Gothic Doll

EN BRAZOS DE MAEL

Gothic Doll

EN BRAZOS DE MAEL

LORENA AMKIE

Diseño de portada: Alejandra Ruiz Esparza
Fotografía de portada: © Nilufer Barin / Trevillion Images
Diseño de interiores: Víctor Manuel Ortiz Pelayo

© 2010, Lorena Amkie
c/o Guillermo Schavelzon & Asoc., Agencia Literaria
www.schavelzon.com

Derechos exclusivos en español para México y América Latina

© 2014, Editorial Planeta Mexicana, S.A. de C.V.
Bajo el sello editorial DESTINO M.R.
Avenida Presidente Masarik núm. 111, 2o. piso
Colonia Chapultepec Morales
C.P. 11570, México, D.F.
www.editorialplaneta.com.mx

Primera edición: abril de 2014
ISBN: 978-607-07-2104-5

Impreso en los talleres de Litográfica Ingramex, S.A. de C.V.
Centeno núm. 162-1, colonia Granjas Esmeralda, México, D.F.
Impreso y hecho en México — *Printed and made in Mexico*

A L. Z. A., por volver
A J. D. L. A., por nunca haberse ido

El primer requisito de la inmortalidad es la muerte

Stanislaw Jerzy Lec

UNO

Finalmente me levanté. No sabía cuánto tiempo había pasado encogida en ese rincón, sólo recordaba el dolor, el eco de mis gritos mientras me retorcía como un gusano en el anzuelo. El aire entraba por mi boca abierta y quemaba todo a su paso, y la sangre era cemento fresco que corría por mis venas, más espesa cada vez. Amenazaba con endurecerse y dejarme tiesa, una estatua grotesca con los ojos muy abiertos y las manos enroscadas como las ramas de un árbol seco.

Volví al suelo casi de inmediato: mi tobillo derecho comenzó a punzarme. No grité porque mi cabeza no aguantaría más chillidos. Me senté para verme el pie. Estaba descalzo, embarrado de tierra y alguna sustancia que se había secado. No alcancé a distinguir el barniz rojo de las uñas. Vi la herida. Era la mordida de una rata gigante, sin duda. Dejé caer mi pie como si la rata siguiera adherida a él y empecé a mover los dedos de las manos, tocando un piano invisible a toda velocidad. Mi respiración no tardó en seguir el

mismo compás. Volteé a todos lados. El cuarto parecía haber crecido en los últimos segundos y después todo se detuvo. El polvo se quedó suspendido en el aire, cada pizca brillaba con un tono ligeramente distinto. ¿Con qué me habían drogado? Agité la mano y la galaxia de polvo desapareció. Dejé escapar un gemido. «Alguien», pensé, «¿no hay nadie que pueda ayudarme?» Cerré los ojos. Cuando los abra estaré en mi cama, gritaré y mamá vendrá a ver qué pasa. «Así será», recé en voz baja, «así será». Mis rezos fueron inútiles y mi pecho tembló antes de que pudiera empezar a llorar.

—¿Dónde estoy? —pregunté, y mi voz sonó como la de una niña chiquita y aterrorizada. Me tapé la cara con las manos sucias. Respiré profundamente para poder seguir llorando y me sobresaltó el olor que me rodeaba. Olía a Maya, a mi sangre. Empecé a tocar todo mi cuerpo, a buscar por dónde me estaba desangrando.

—Me voy a morir, me voy a morir —lloriqueé. Las yemas de mis dedos sentían cada piedra diminuta, cada gota de sangre coagulada. Hallé costras en mis rodillas y seguí subiendo por los muslos desnudos hasta topar con mi ropa interior. Tenía puesta esa minifalda que mamá desaprobaba y al subir a mi pecho descubrí los restos de una playera destrozada. «Me violaron», pensé, y disfruté de un breve ataque de autocompasión. ¿Por qué yo? Si en verdad había sucedido algo así de trágico, mi vida ahora sería muy diferente. Tuve una visión de mí misma, de una Maya más adulta, con sabiduría en la mirada y enflaquecida por el sufrimiento. Esa Maya cargaría su historia con dignidad, pensaría que las razones por las que las demás sufren son sólo niñerías. Las circunstancias obligarían a Abel a madurar, al escuchar mi historia lloraríamos juntos, y él renovaría su decisión de amarme por siempre. Nos casaríamos jóvenes. La gente aprobaría nuestra decisión, dirían: «Claro, después de una experiencia así, es como si hubieran crecido cinco años». Nuestra boda sería conmovedora, todos llorarían. «Sólo tu amor puede curar mis heridas», le diría yo al intercambiar votos. Me quedé suspendida en esa dulce historia lo más que pude y volví a la realidad con un suspiro. Hice otro esfuerzo por recordar, pero fue inútil.

Volví al examen de mi cuerpo. En la unión del cuello y el hombro hallé una herida. La toqué por un segundo y quité la mano. ¿Y si la rata tenía rabia? Además yo estaba tan sucia que seguro todas las cortadas se habían infectado.

—¿Qué me hiciste? —pregunté, y moví la cabeza para alejarme de la nube fétida de mi aliento. Volteé a mi alrededor de nuevo, sólo para comprobar que estaba sola. Oí el rechinido de una bicicleta que pasaba afuera y los pasos apresurados de dos perros. Gateé hasta la puerta del cuarto. Intenté tragar saliva, pero mi boca estaba seca. Iba a abrir la puerta, pero me dio miedo que las bisagras rechinaran y alguien escuchara y viniera. Mamá debía estar buscándome. Abel también. Vendrían por mí, sólo tenía que quedarme quieta ahí adentro y me encontrarían pronto. Me acosté en el suelo y fingí no ver lo sucio que estaba. Cerré los ojos y empecé de nuevo con el piano invisible. Van a venir, van a venir. No sé cuánto tiempo esperé, los minutos transcurrían de forma extraña, como si no tuvieran prisa.

—Nadie va a venir —dije—. Tengo que levantarme, salir de este cuarto, volver a casa. Alguien se apiadará de mí, alguien tiene que ayudarme. —Abrí la puerta unos centímetros y miré afuera. Era una calle horrible, con coches viejos estacionados en las banquetas, grafiti en las paredes y olor a gasolina y basura. Cerré la puerta con cuidado. ¿Cómo había llegado ahí? Los que vivían en esa colonia no iban a ayudarme, encontrarían la manera de abusar de mí. Pero no tenía opción, tenía que hacer algo. Volví a abrir. Ya era de día y había más movimiento en la calle. Debí haber salido cuando aún estaba oscuro, para pasar de-sapercibida. Crucé los brazos sobre el pecho para cubrir mi sostén negro. Di un paso afuera y cerré la puerta tras de mí, como si ese cuarto en verdad fuera mío. Me faltaba un zapato, pero decidí dejarme el otro para proteger aunque fuera un pie. Era difícil enfocar las fachadas de las casas, brillaban de un modo casi molesto y parecían moverse, se hacían chicas y grandes casi imperceptiblemente, latían. Doblé una esquina y la colonia no mejoraba. Había refaccionarias, misceláneas que se llamaban como sus dueños y basureros desbordantes de desperdicios multicolores que parecían mágicos por culpa de los efectos de lo que fuera que yo había tomado.

Mis pies se dirigían a alguna parte, y como de cualquier forma no sabía dónde estaba, les hice caso. Nunca me habría topado con la gente que caminaba por ahí, simplemente no existían en mi mundo. Caminaba viendo al frente, para aparentar seguridad y no encontrarme con algún par de ojos. Vi pasar un taxi y lo llamé. La barba del conductor tenía varios huecos en las mejillas y cada pelo se erguía como por iniciativa propia. Era la barba más viva que hubiera visto. Pero no se detuvo. Imbécil. Volví a cruzar los brazos para cubrir las rasgaduras de mi playera. Pasé junto a un carrito de atole y el olor me hizo encoger la nariz: ése debía ser el peor atole del mundo. Lo dejé atrás y me topé con un puesto de periódicos. Un viento suave hacía crujir el papel, que despedía un penetrante olor a tinta. Busqué la fecha de ese día, pero no sirvió de nada, pues no tenía ninguna otra referencia. El vendedor olía a ropa sucia. No levantó la mirada de la revista que estaba leyendo y seguí mi camino. Noté que las personas se apartaban a mi paso y me sentí indignada. Ellos me temían a mí, o al menos les desagradaba. «No soy de aquí», quería gritarles, «uno de ustedes me trajo. Nunca estoy tan sucia, tengo pares para todos mis zapatos y una cama deliciosa que me espera». Cada persona dejaba en el aire una estela particular: crema de rasurar, cloro, ajo. Levanté el brazo para llamar a otro taxi y se siguió de largo. Gruñí e intenté detener mi llanto antes de perder lo que me quedaba de dignidad frente a la gente de esa colonia. Asumí que todos me miraban y hasta creí escuchar voces que hablaban de mí.

—Mira nomás eso.

—Se le pasó la mano el resistol, está perdida.

—Las cosas que uno ve.

Busqué a los dueños de las voces, pero no pude culpar a nadie. Cada quien continuaba su camino como si nada. Yo cojeaba y tenía el hombro derecho un poco encogido para no estirar la herida del cuello. Qué bueno que no había escaparates por ahí, si me hubiera visto me habría desmayado. Sólo necesitaba un peso y un teléfono público, pero no me atreví a pedir limosna. «No seas idiota, Maya, tienes que hacerlo. ¿Qué importa? En una hora estarás en casa y esto será una alucinación». Pero cada vez que me decidía a acercarme, el salvador potencial retrocedía o me esquivaba sin siquiera verme a la cara. El último, una señora chaparra, gorda y con dos verrugas palpitantes en la mejilla, levantó bruscamente una mano amenazando abofetearme si daba un paso más. Olía a aceite quemado y a *spray* de pelo barato. «Tú me das asco a mí», quise gritarle. Pero se había alejado a toda velocidad, y no tenía fuerzas para cargar con mi cuerpo y perseguirla.

Sentí que llevaba semanas arrastrándome por un desierto. Tenía tanta sed que hasta mis venas querían agua. El latido de mi corazón era tan rápido que me pregunté si no podía tener un infarto. «Exacto», pensé, «me desplomaré a la mitad de esta calle roñosa y todos ustedes se sentirán culpables». Mientras pensaba esto, volteé a mi alrededor con un puchero en la cara. ¿Había alguien que pudiera ayudarme? ¿Nadie? Un perro callejero pasó a mi lado. Se veía que el mundo lo trataba mal. Mis dedos cabían en los huecos que formaban sus costillas, y en el cráneo, justo entre sus ojos, algo le había arrancado la piel.

—Ven —supliqué. En silencio le prometí llevarlo conmigo y cuidarlo para siempre si me hacía caso. Tendríamos una increíble historia de amistad. Su pelo corto estaba salpicado de lodo y un par de moscas le rondaba una oreja. Aspiré su olor. Supe que era hembra, que su oreja estaba infectada, que había roído un hueso de pollo. «Me lo dijo con la mente», pensé asombrada. Fui tras ella y al presentirme se detuvo y volteó a verme, aterrorizada. Se echó en el piso y rodó hasta quedar boca arriba. Con los ojos me rogó que no le hiciera daño.

—No te voy a hacer nada, chiquita —susurré. Llegué hasta ella y se encogió, esperando una agresión—. La gente es horrible, ¿verdad? Yo no soy así.

«Mamá entenderá, cuando sepa mi historia, por qué me llevé a esta perra y por qué tengo que cuidarla», pensé. Algo me atraía a ella. Me puse de cuclillas y estiré el brazo para tocar su hocico. Mi pulso aumentó y el de la perra también. Sus latidos sonaban como el motor de un coche viejo. Levanté la mirada, segura de que para entonces estaríamos rodeadas de espectadores atraídos por el ruido de ese corazón espantado, pero a nadie le importaba. O quizá nadie lo escuchaba como yo. Algo me habían dado, algo que hacía que la realidad fuera más… real. Eventualmente pasaría el efecto y mis sentidos volverían a la normalidad.

Sentí con los dedos cada pelo color arena, la tensión con que se erizaban los poros de la perra, el calor proveniente de su aliento agitado. Necesitaba estar más cerca de ella. La calle desapareció, los ruidos se nublaron. Sólo existían ese latido y el cuerpo rendido a mis pies. Acerqué mi rostro al suyo y evitó verme a los ojos. Ahí estaba, muy clara, la fuerza de atracción que ejercía sobre mí: el olor dulce que salía de su cabeza. Retrocedí, desconcertada. Traté de recordar algún aroma parecido. Pensé en el pan recién horneado, pero mi mente sólo pudo evocar imágenes. Me di cuenta de que en los últimos segundos no había sentido dolor en el hombro ni en el tobillo, a pesar de la posición incómoda en que estaba. Apenas me percaté, el dolor volvió, acompañado de una sensación de ardor en toda la piel.

—¿Ahora qué? —me quejé en voz alta. La perra aprovechó mi distracción para incorporarse y salir corriendo—. ¡No! —grité, y al mover los músculos de la cara se arrugaron las capas de polvo y lágrimas que traía encima. Me levanté con la intención de ir tras la perra, pero finalmente la dejé ir. «Si un perro no quiere que lo alcances, no lo alcanzas», pensé. Se alejó con el rabo entre las patas y sin mirar atrás. La calle volvió a la vida, el volumen de todo subió, pero otra vez estaba sola. El ardor me provocaba comezón. Me rasqué los brazos y sólo logré llenarme la piel de caminitos de sangre; mis uñas eran trozos de cristal mal cortado. Parecían delgadísimas. Llegando a casa me daría un buen baño, después al salón para un *manicure*, un *pedicure* y un masaje. Empecé a sentirme muy incómoda por estar tan sucia, aunque el ambiente me favorecía: no llamaba tanto la atención como lo habría hecho en otros lugares. Estaba pegajosa y reseca, cada que mis muslos se rozaban, la mugre producía el sonido de dos lijas frotándose.

Seguía sin saber cuánto tiempo había pasado, podían ser días, muchos días sin un baño, sin agua, sin comida.

—Días… —susurré, y volvió la angustia. «¿Cómo llegué aquí? ¿Qué me pasó? ¿Estaré enferma? ¿Dónde están mamá y Abel, por qué no me encuentran?» Entonces parpadeó en mi mente una secuencia de imágenes: Abel y yo entrando a un bar, Abel y yo gritándonos, yo caminando hacia una mesa. Pero no supe qué bar era, ni qué nos decíamos, ni de quién era la mesa hacia la que yo caminaba. Creí estar cerca de recordar algo más, cuando el *flash* de una cámara gigantesca me deslumbró. «Ahora me voy a quedar ciega», pensé, «es lo único que falta». Me hice sombra con la mano y no pude evitar oler el sudor viejo, la mugre adherida a mi piel. El ardor volvió, se arrastraba por mis piernas y se metía entre la tela de mi ropa. Algo muy malo me está pasando. La luz seguía destellando dentro de mis párpados cerrados. Abrí un ojo y distinguí mi sombra en el pavimento. Entonces comprendí que el *flash* era el sol, la nube que filtraba su brillo había sido arrastrada por el viento. No estaba ciega y mi cerebro no estaba explotando. «Debí de estar muchos días en la oscuridad», me dije, «por eso la luz intensa me molesta. Mis ojos y mi piel están sensibles, eso es todo». Pero el ardor empeoró y tuve que buscar un lugar sombreado para refugiarme. Percibí un olor a papel quemado y al acercar el brazo a mi nariz descubrí que era yo. Sacudí los brazos para deshacerme de las llamas invisibles, pero no logré nada. Después de un par de minutos en la sombra me sentí mejor.

Estaba bajo el toldo de una fonda de comida corrida que aún no levantaba su cortina metálica. Debían de ser alrededor de las siete de la mañana. En un día normal estaría desayunando un jugo de naranja y un plato de papaya en cuadritos con limón y sal. Mamá estaría terminando de prepararme un almuerzo extranutritivo mientras se tomaba su café con leche y demasiada azúcar. Yo subiría las escaleras de dos en dos para ir por mi mochila, echaría una ojeada rápida a mi cuarto para asegurarme de que no se me olvidaba nada, volvería a ponerme perfume y bajaría las escaleras corriendo porque mamá ya esperaría en el coche para llevarme a la escuela. Pero no, estoy en la colonia más horrible de la ciudad, medio desnuda, violada, golpeada y olvidada por todos. La mitad de la gente que pasa hace como que no me ve, tal vez piensan que así muestran mejor educación. La otra mitad me mira fijamente y pone cara de asco o de lástima, reacciones que nunca esperé provocar.

Aun con los ojos medio cerrados alcancé a ver en la acera de enfrente algo que se me hizo conocido: un letrero escrito con un pincel hundido en pintura verde que decía «Entrada a la vuelta». No logré recordar el contexto en que lo había visto y alrededor nada más era familiar. Me dispuse a cruzar la calle y algo me hizo frenar. Un segundo después una motocicleta dio vuelta en sentido contrario y pasó zumbando frente a mí. Si no me hubiera detenido, me habría atropellado. Mi corazón se agitó por lo cerca que había estado el peligro. Volteé a todos lados y crucé corriendo. La quemazón volvió a avivarse, la cara también me ardía. «Entrada a la vuelta». Obedecí las letras verdes y me interné en un pequeño callejón. Ningún auto habría cabido por ahí, el callejón iba haciéndose más y más angosto. A ambos lados había edificios grises de dos y tres pisos que se unían por alambres llenos de ropa secándose. Más adelante, los balcones en los que había calentadores de agua y bicicletas estaban tan cerca que los vecinos seguramente podían saltar de uno a otro sin ningún problema. «¿Por qué sigues caminando?», me pregunté. Creí que había llegado al final del callejón, cuando vi que entre los muros de las últimas casas había un pasillo. Algo me llamaba a seguir, la respuesta a alguna pregunta. Con cada paso dejaba más atrás el sol, y el ardor disminuía. Miré hacia atrás, quizá esperaba que alguien me advirtiera que no debía entrar ahí.

Un olor me sobresaltó. Era parecido a algo que había olido antes. Avancé más, buscando el origen. La mala planeación de las construcciones había creado un patio al que la luz nunca llegaba. Al principio me costó trabajo adivinar dónde terminaba, pero mis ojos se acostumbraron pronto a la oscuridad, veía con mucha más claridad que cuando estaba deslumbrada. Me detuve y escuché el zumbido de cuatro… no, seis moscas. Y ese olor, mezcla de chamuscado con otra cosa, tenía conquistado el espacio. Las moscas rondaban un charco en el suelo, al final del patio, de forma irregular. Era sangre vieja y negra, sangre muerta. Esperé el malestar que cualquier persona normal debía sentir, no llegaba. Me acerqué más, «ahí vienen las náuseas, el mareo, el miedo», pensé. Un paso más y estaría sobre el charco. Me agaché y toqué la superficie: era una nata espesa. «¿Qué te pasa? ¿Por qué no sientes nada?» Acerqué los dedos manchados a mi cara y saqué la lengua. Probaría el líquido pegajoso, eso me devolvería a la realidad, provocaría la repulsión que esperaba. En el último instante me arrepentí y me puse de pie apresuradamente. ¿Y si no me asqueaba? No quise averiguarlo. Limpié mis dedos en la falda y retrocedí unos pasos. El charco brillaba como chapopote fresco, me pareció que se movía suavemente, como si el suelo estuviera vibrando. No podía apartar la vista. La sangre se arrastraba milímetro a milímetro, era un animal que me quería lamer los pies. Me alejé más y frente a mí apareció, por medio segundo, la imagen de mi cuerpo tirado en el suelo, con sangre saliendo de todas partes como una manguera con fugas. Me arrastraba con enorme esfuerzo, parecía una araña a la que le hubieran arrancado la mitad de las patas. Grité y las paredes me devolvieron unos aullidos espantosos que me hicieron estremecer.

Busqué con desesperación la ranura por donde podría salir de ese lugar, pero no veía claramente y mis manos no encontraban el borde de las paredes. La imagen comenzó a parpadear, se repetía una y otra vez, sin ningún cambio. Cerré los ojos con fuerza, pero no había escape. La sangre, mientras tanto, seguía persiguiéndome, estaba segura. Tenía que salir de ahí antes de volverme completamente loca, pero la ansiedad no me ayudaba a actuar con inteligencia. Intenté derribar un muro con los puños y sólo logré abrirme los nudillos. Pegué la frente a la pared. «Es una pesadilla, relájate y pronto vas a despertar. Es sólo una pesadilla».

Los aullidos seguían sonando y tenían un orden: primero venía uno agudo, sorprendido y desgarrador, después una serie de pequeños gritos de agonía pura, seguían los ruegos y luego venía el llanto, lastimoso, resignado. Un segundo de silencio y volvía a comenzar la grabación. Dentro de mi estómago había un océano viscoso y la marea comenzó a subir, llenó mi esófago y me cortó la respiración. Me vi desde afuera: Maya escupía chapopote por la boca y lloraba gruesas lágrimas negras.

Abrí los ojos e inhalé. Saber que podía respirar me tranquilizó un poco y aproveché ese momento de calma para encontrar la salida. Ahora sí no importaba, pediría limosna, haría lo que fuera para volver a casa lo antes posible. Sentí que si no me iba en ese instante, quedaría atrapada en el callejón para siempre. Pronto estuve bajo los tendederos, expuesta de nuevo a los rayos del sol. Avancé a ciegas, creí que iba a tropezar, pero si había obstáculos, los esquivé sin darme cuenta. Me hice sombra con la mano. Crucé la calle y volví a pararme bajo el toldo de minutos atrás. Me volví para mirar el letrero de letras verdes y suspiré aliviada, como si me hubiera salvado de algo terrible por un pelo.

La fonda ya estaba abierta, algo repugnante se cocinaba en unas ollas cochambrosas, algo con cilantro, aceite requemado y carne de cerdo. «Fiamos mañana», decía un pequeño letrero. El dueño se levantó tras la barra y comenzó a acercarse. Venía a exigir que me quitara de ahí. Esa era mi oportunidad, no me iría hasta que me dejara hacer una llamada. Me preparé para el encuentro imitando lo mejor que pude la expresión que tenía la perra callejera que había huido de mí. El dueño llegó con el ceño fruncido, la boca torcida y las manos en la cintura.

—Sácate de aquí —dijo, mientras indicaba con la cabeza adónde debía irme. Yo había anticipado una negociación, un: «Disculpe, señorita, no puede estar aquí». La descortesía me ofuscó y olvidé lo que planeaba decir. Mis músculos se tensaron y sentí un extraño dolor en la boca. «Si vieras como soy normalmente», pensé, «ya estarías con que 'Diga usté, güerita, qué le servimos, en qué le puedo ayudar, sí, usted manda, cómo no'». ¿En verdad no quedaba nada de Maya bajo las capas de polvo?

—Que te largues, me espantas a los clientes —insistió. Si no me voy, me va a correr a patadas. «Vete, encuentra alguien más amigable.» Busqué dentro de mí al miedo pero mi enojo subía como leche hirviendo, con cada palabra y con cada gesto de ese fondero asqueroso. Me tomé unos segundos para analizarlo con desprecio. Comencé por su frente, demasiado brillosa para lo temprano que era, los pelos que asomaban por sus fosas nasales, las pelusas diminutas que rodaban por su bigote cada vez que respiraba. «¿Qué haces, Maya?», advertía una voz dentro de mí. «No sabes de qué es capaz la gente así, ¿qué te pasa?» Crucé los brazos para taparme el pecho, pero al fondero no le interesaba nada de eso. «Pídele una disculpa, lárgate, o al menos llórale si quieres hacer la llamada». Pero no lograba borrar de mi cara esa expresión absurda de altivez y dignidad. Pasó por mi mente decirle: «Usted no sabe quién soy, si me ayuda lo recompensarán», como en las películas en donde los reyes se disfrazan de pobres y luego descubren su identidad. Eso lo pondría a prueba, y no la pasaría, como era obvio. Después le pediría ayuda a una mujer que me prestaría el dinero para el teléfono, aunque esto privara a sus seis hijos del bolillo que iban a compartir. Desaparecería de su vida sólo para volver días después, con una recompensa magnánima. Sus hijos celebrarían bailando descalzos en la calle y el fondero presenciaría la escena desde su local grasiento. Yo lo miraría sólo el tiempo suficiente para asegurarme de que me reconociera, después lo saludaría con una inclinación de cabeza y a él se le retorcerían las entrañas.

—¿Qué quieres, pinche loca? —preguntó. Tenía una manera muy graciosa de estirar el labio inferior cuando hablaba. —¿Quieres comida?

Lo estaba asustando y me sentí muy satisfecha. «Muy bien, Maya, pero igual estás loca», dijo esa voz interna. El fondero agarró un paquete de galletas saladas de una de las mesas y me lo aventó.

—Sales, ya, ora vete. —Lancé las galletas de regreso con dos dedos, como una baraja inservible. El tipo tuvo que agacharse para cacharlas y me miró con la nariz encogida. Sus poros negros se abrían y cerraban como bocas diminutas. Él no era el único que deseaba terminar con el asunto, yo ya no aguantaba el olor que salía de esas ollas. De hecho, llevaba mucho tiempo aguantando la respiración, ya ni sabía cuánto.

—Necesito hacer una llamada —dije.

—Pos allá en la esquina hay un teléfono, ándale.

—No tengo dinero.

Se metió la mano a la bolsa del pantalón y sacó una moneda de dos pesos. La azotó contra la mesa.

—Ahí está, órale —dijo. Lo tomé y el fondero retrocedió al ver mi mano aproximarse.

—Gracias.

No me respondió y volvió a su lugar. Caminé hacia la esquina señalada. Había sido estúpido tomar esa actitud, pero me sentí excitada y aventurera. Dejé atrás el cerdo con cilantro y caminé bajo el sol, levantando un pie más que el otro por culpa del tacón del zapato que me quedaba.

—Ah… —exhalé al llegar al teléfono, tan feliz como si estuviera ya frente a la puerta de mi casa. Le habían arrancado el auricular y sólo había un cable inútil.

—¡Hijos de…! —grité, y jalé el cable con todas mis fuerzas hasta que tropecé hacia atrás, con el cable en la mano. Seguro estaba flojo. Me puse de pie y volteé buscando otro teléfono alrededor. Caminé un par de cuadras, sin éxito. Empecé a sentirme agotada, ya era suficiente.

—No es justo —lloriqueé. Dirigí la mirada adelante, estaba cansada de la gente, de sus caras chuecas y de los olores que traían impregnados en el pelo y en la ropa. Volvió el ardor, volvió la sed, mi lengua era como una hoja seca. Apreté la moneda en mi mano y traté de apresurar el paso. Sin avisar, imágenes de esa Maya que se arrastraba invadieron mi mente y me dejaron tiesa. Los chorros de sangre salpicaron el lente imaginario a través del cual yo veía la escena. Esa Maya enterraba las uñas en el piso para intentar avanzar, pero algo la jalaba hacia atrás y ella gritaba y suplicaba. No veía cómo iba a salir viva de ahí y eso me aterrorizó. Sacudí la cabeza, manoteé a mi alrededor para ahuyentar la película. Seguí caminando. La escena se repitió una y otra vez, me mareaba y hacía sentir enferma, me hacía temblar y tambalearme. Finalmente distinguí, con los ojos medio cerrados, la silueta de otro teléfono.

Levanté el auricular y, en vez de llamar de inmediato, me quedé pensando en qué iba a decirle a mamá. No quería asustarla y tampoco podía pretender que nada había pasado. Decidí llamar a mi tía Simona. Seguro estaría en su casa y no tendría nada más que hacer, si acaso perdería por mi culpa su clase de tejido, *origami* o lo que fuera en que ocupaba su tiempo esos días. Así ella tendría que lidiar con cómo avisarle a su hermana que yo había vuelto.

—Hola, ¿tía?

—¿Quién es? ¿Maya? ¡Maya! ¿Cómo estás, dónde…? ¿Eres tú?

—Sí. Estoy… —Volteé a mi alrededor para buscar el nombre de la calle, pero antes de que pudiera responder, Simona siguió gritando.

—¡Dios mío! ¡Déjame hablar con tu mamá! Es más, voy para allá.

—No, no —me apresuré a decir antes de que colgara y saliera corriendo—, no he llegado a mi casa, no he hablado con mamá. ¿Puedes venir por mí?

—Pero… —Y se quedó en silencio.

—¿Por favor?

—Claro, claro que sí, pero déjame hablarle a Lucrecia y… ¿Qué te pasó? Dios mío, ¿estás bien? Maya, ¡no lo puedo creer!

—Se me acaba el crédito, tía. Estoy en una colonia muy, muy fea, la calle se llama Venado y…

—¿No quieres que le hable a tu mamá?

—¿Puedes venir tú y luego le llamamos?

—Está bien, claro, como quieras. Calle Venado, qué horror. ¿Qué más?

—No sé… Hay una papelería, una vulcanizadora y…

—Mira: quédate ahí, métete a la papelería, no te muevas. Yo investigo dónde está la calle, y salgo por ti con Luis. No te muevas.

Quise responder pero no podía hablar. Colgué el teléfono y mis dedos empezaron con el piano invisible. Mamá iba a tener un millón de preguntas y yo no tendría nada que responder. Quería llegar a casa, bañarme cinco veces, meterme a la cama, dormir hasta que las últimas horas parecieran un sueño y nunca tener que hablar al respecto con nadie. Y después despertar y que Abel estuviera abrazándome.

Fui hacia la papelería sin siquiera considerar entrar. El calor me parecía excesivo para la hora que pensé que era, todo mi cuerpo era una garganta sedienta y el agua me abandonaba evaporándose en el aire gota por gota. ¿Cuánto tardaría Simona? ¿Qué tan lejos estaba? Era posible que me hallara incluso fuera de la ciudad. «No, por favor», recé, «no más sorpresas». Intenté reconocer algo pero seguía en las mismas. Una mujer bajita caminaba en mi dirección arrastrando a un niño espantoso que hacía berrinche. Me tapé los oídos pero era demasiado tarde: los chillidos ya se habían enterrado en mis tímpanos como lápices afilados. Quería preguntarle a la mujer si estábamos en la ciudad, pero preferí que se fuera lo más lejos posible. Llegué frente a la papelería y me detuve ante el escaparate de cristal. Ahí estaba lo que más temía ver: el reflejo de una chica que, a juzgar por su apariencia, estaba muerta.

Hubo momentos en que no sólo me olvidé de mí,
sino también de lo que soy

Samuel Beckett

DOS

Simona llegó, al fin. No supe cuánto tardó, a veces me parecía que el tiempo transcurría insoportablemente lento. Estuve moviéndome en busca de sombra, pero el olor a papel quemado estaba tan impregnado en mi nariz que ya no sabía si venía de adentro o de afuera. Dejé de ver a las personas y los sonidos pasaron a segundo plano, pues aunque traté de ignorarla, la película mental de esa Maya agujereada y escupiendo sangre por todos lados volvía con una frecuencia casi regular y yo tenía que estar lista para cuando atacara. La angustia que me provocaba bloqueaba el cansancio y el ardor, y me devolvía de inmediato a la humedad de aquel patio negro.

El coche rojo no pasó desapercibido. Avanzaba como un carro de carnaval que quisiera asegurarse de que todos lo veían. Me sentí avergonzaba de que viniera por mí, pero pensé que realmente no había alcanzado ninguna clase de hermandad con la gente de esa calle, no era uno de ellos. Detrás de los vidrios polarizados estaba

Simona, buscando a una Maya muy diferente de la que la esperaba. El coche pasó frente a mí y siguió de frente. Fui tras él y agité los brazos, pensé que Luis me vería en el espejo retrovisor, pero no.

—¿Cómo vino a meterse aquí la señorita Maya? —preguntó el chofer con la voz tensa.

—No tengo ni idea, pero estate atento, Luis, busca la papelería.

—Sí, señora.

Estaba varios metros atrás y aun así oía cada palabra. Corrí paralelamente al coche y me detuve a centímetros de la defensa.

—¡Dios mío! —exclamó Simona. Luis encendió los limpiadores para ahuyentar a la limpiavidrios que habían creído que era.

—¡Tía! —grité. Pude sentir las miradas de la gente de alrededor. Debían pensar que estaba loca de remate.

—¿Maya?

El auto se detuvo y Simona bajó del asiento trasero. Iba a abrazarla cuando de pronto me sentí terriblemente avergonzada. Traté de cubrirme el pecho y después me llevé las manos a la cabeza por costumbre, para intentar arreglarme el pelo. No pude ni penetrar ese enjambre. Retrocedí, asumiendo que mi tía no querría tocar a una criatura tan inmunda. Se tomó unos segundos para mirarme con los ojos muy abiertos. No quería creer que en verdad fuera yo. Sus arrugas rellenas de maquillaje se acentuaron, su nariz se encogió involuntariamente por culpa de mi pestilencia. Ella olía tan bien, a perfume caro mezclado con algo familiar y reconfortante. Vi en su cara lo que no quería ver en la de mamá: la comprensión de que algo espantoso había pasado.

—Chiquita… —murmuró. Así me decía mamá. Simona se acercó y sostuvo mi cara entre sus manos. Permanecimos así unos instantes. Mis mejillas sentían el pulso acelerado de Simona a través de las palmas de sus manos. Hasta creí escuchar su corazón y recordé a la perra callejera. Quizá podría pedirle a mi tía que la buscáramos y la lleváramos con nosotras. Ella también merecía que la salvaran.

—Vámonos de aquí —dijo, y me empujó suavemente hacia el auto.

—Estoy muy sucia —dije, apenada.

—No digas tonterías. Súbete y vámonos.

Obedecí. Luis me saludó con una inclinación de cabeza. Imité su gesto y volteé de inmediato al exterior para evitar reconocerme en la mancha negra del espejo retrovisor. Comenzamos a avanzar, dejando atrás al callejón con los tendederos, al fondero de frente grasosa, a la mujer que pudo haberme ayudado y en vez de eso compró un bolillo para sus seis hijos, y al patio negro.

El asiento de piel se adhirió como una lapa a mis muslos pegajosos. El olor a nuevo del auto me hizo sentir que volvía a la civilización y sonreí. Me habían rescatado, la pesadilla había terminado. Simona volteaba a verme cada treinta segundos y al comprobar que esa vagabunda era en efecto su sobrina, su cara se deformaba y ella corregía esa expresión involuntaria sonriendo. Me alivió que no supiera formular las preguntas cuyas respuestas yo no tenía. Luis fue menos discreto y abrió las cuatro ventanas a pesar de encontrarse en una colonia de tan mala pinta. Debía de pensar que lo peor de la colonia ya estaba a bordo. Busqué con la mirada la fonda aunque sabía que estaba oculta en una calle a cuadras de ahí. Me habría encantado pasar frente al toldo naranja, asomar la cabeza por la ventana o, mejor aún, por el quemacocos, y enseñarle al dueño el dedo medio de mi mano derecha, bien estirado y asqueroso como estaba. Como un reflejo, llegó a mi mente la voz de mamá: «Hay que agradecer, hay que agradecer». Siempre decía eso cuando se enojaba o deprimía, para recordarse a sí misma que, a pesar del mal momento, las cosas buenas en su vida excedían a las malas.

—¿Quieres ir a tu casa, Maya?

—¿Podemos ir a la tuya?

—Ya oíste, Luis. —Le dije a Simona que necesitaba bañarme y asintió.

—Déjame llamar a tu mamá, necesita verte.

—Pero no necesita verme así, tía —dije. Asintió y el resto del camino transcurrió en silencio. Luis se estacionó y al bajar del coche la piel del asiento se despegó de mis piernas sin ganas.

—Usa mi baño, ahora te llevo un cambio de ropa. Pero ¿puedes, Maya? ¿Necesitas ayuda para bañarte? Creo que te tiene que ver un doctor… —Y empezó a caminar nerviosamente, como si el doctor se le hubiera perdido en la cocina.

—No tardo nada —dije, y subí las escaleras de tres en tres. Siempre las subía de dos en dos. En fin. Llegué a su cuarto y el efecto de la adrenalina se acabó: la sensación de seguridad fue tan fuerte, que me recorrió un escalofrío de pies a cabeza, un escalofrío de puro placer al ver la cama hecha, el escritorio, el clóset ordenado de Simona. Mi pecho empezó a temblar y empecé a gemir. Estaba feliz de estar en una casa civilizada. No recordaba nada todavía, pero el placer de lo conocido era tal, que no me esforcé en pensar.

Entré al baño y me vi largamente en el espejo. Había perdido al menos cinco o seis kilos y el color de mi piel era imposible de adivinar bajo todas las capas de suciedad. Tenía tantas heridas que no sabía de cuál había salido la sangre que manchaba toda mi ropa. Recordé el charco de sangre del callejón… ¿de quién sería? Si yo hubiera perdido tanta sangre, no habría vivido para contarlo. Tiré todo lo que traía puesto al bote de basura, incluyendo el zapato. Abrí el grifo caliente y casi grito de dolor: mi piel estaba quemada y necesitaba agua fría. Esperaba una sensación desagradable, pero me sentí inundada de felicidad. El agua resbalaba por mi cuerpo y llegaba a mis pies de color café. Intenté deshacer la trenza, pero mi pelo estaba tan sucio y enredado, que mejor saqué unas tijeras del cajón del lavabo y empecé a cortar mechones completos que caían al piso y se atoraban en la coladera. La labor no era tan sencilla. Seguía en eso cuando escuché de lejos la voz de mamá. Simona la había llamado. Antes de que pudiera reaccionar, entró al baño y la puerta se estrelló contra la pared escandalosamente.

—¡Maya! ¡Estás aquí! —gritó. Corrió a abrir la cortina y me encontró con las tijeras en la mano.

—¿Qué haces? ¡Dios mío, Maya, qué haces! —Dejé las tijeras a un lado e iba a explicarle, pero se abalanzó hacia mí. Se metió a la regadera y empezó a besarme la cara. Se empapó. Cerré el agua. Trató de acariciarme la cabeza y mis cabellos se enredaron en sus dedos. Nada le importaba. Nos abrazamos y de nuevo me temblaba el pecho. Me refugié entre su hombro y su cuello, y el nudo en mi garganta se hizo más y más apretado. Mamá me miró de pies a cabeza y su cara se contrajo de dolor. A mí, curiosamente, ninguna de las heridas me dolía ya.

—Estoy bien, mamá, de veras —le dije. No esperaba que me creyera. Nos vimos a los ojos y vi que tenía un millón de preguntas rebotándole en la cabeza, pero decidió esperar. Volvió a abrazarme y no me soltó por mucho tiempo. Después se salió de la regadera para que yo terminara. Ella, por supuesto, esperaba sentada sobre la tapa del escusado. No iba a dejarme sola ni un segundo.

—¡Pero no! —gritó de pronto, antes de que yo abriera el agua—, ¡no debes bañarte! Tenemos que ir a la policía primero, que te examine un doctor y que les digas… —Antes de que continuara la interrumpí.

—No podemos, mamá —expliqué. Su cara preguntaba: «¿Por qué?»— Porque no sé lo que pasó.

Soy más mortal que mi cuerpo

Vladimir Holan

TRES

Mamá ya había hecho todas sus llamadas y afortunadamente se había negado a las visitas, lo cual agradecí. Me informó que mi tía Simona se había estado quedando con ella en casa desde que yo había desaparecido. Percibí que quería contarme, o contarle a alguien, lo mucho que había sufrido y las cosas que había pensado. Estaba forzándose a callar. Observé mis rodillas desnudas: no tenían ni un rasguño. Lo mismo mis codos. La mordida del tobillo se había desvanecido. Parecía que nunca había estado lastimada. Sólo tenía la piel enrojecida en todos los lugares donde me había dado el sol. El corte de pelo había quedado fatal y mamá ya había tomado en cuenta una visita a la peluquería como parte de la agenda del día siguiente. Mi asistencia al colegio estaba descartada por el momento.

No había llamado a Abel. Mamá lo sugirió y yo dije que prefería llamarlo al día siguiente, cuando estuviera más calmada, pues Abel vendría de inmediato si lo llamaba y no quería ver a nadie. La verdad es que tenía miedo de verlo, no sabía por qué. Sólo recordar su cara me paralizaba por completo, y aunque quería abrazarlo y tranquilizarlo más que nada en la vida, no me atreví.

Al llegar a casa, mamá me arropó en la cama como cuando era niña. Ofreció cocinar algo, pero yo no tenía hambre. Ella y Simona se sentaron en la orilla de mi cama, esperando que yo hablara. Era lo normal después de tanto tiempo y angustia, pero no sabía cómo narrar lo que sí recordaba sin espantarlas más. Se abrazaron y mamá empezó a llorar de nuevo. Se tendió a mi lado y le acaricié el pelo. Observé mis dedos, más delgados que de costumbre, y las uñas que habían crecido mucho en las últimas semanas, y se habían quebrado. Mamá se limpió las lágrimas e hizo un gesto que interpreté como «no necesitas esto después de lo que pasaste».

—Bueno, además del peso no te ves tan mal —dijo, queriendo sonar ligera. Pero al instante estalló en llanto de nuevo, desesperada por no saber qué le había pasado a su hijita.

—Me siento bien, estoy feliz de estar aquí —dije, y pensé en limarme las uñas antes de lastimar a alguien.

—Estás pálida, puedo ver tus venas —dijo en un tono triste. Supe que no iban a irse y me sentía incómoda por no tener una explicación, ni para ellas ni para mí misma. Entonces fingí un bostezo y entrecerré los ojos. Mi tía comprendió de inmediato.

—Está agotada, después de los días que ha pasado… Dejemos que duerma y mañana nos contará todo. Ven, vámonos. —Se puso de pie, pero mamá se quedó a mi lado en la cama.

—Quédate conmigo —le dije, sabiendo que eso la tranquilizaría.

—Si quieres, claro, mi vida. —Se metió bajo las cobijas y me abrazó. Yo no tenía sueño y más bien quería pensar, pero comprendía que quisiera quedarse y asegurarse durante la noche de que yo estaba ahí en realidad, que no era un sueño. Simona se fue y cerró la puerta.

Nunca pude conciliar el sueño, y mamá se estremecía a cada rato, seguro tenía pesadillas relacionadas conmigo. Entonces la tocaba y la despertaba suavemente, le decía que ahí estaba, que todo estaba bien. Su piel estaba demasiado caliente y le quité las cobijas de encima, pero empezó a temblar de frío. Volví a cubrirla. No podía salir del cuarto, por si me buscaba, pero tampoco podía seguir acostada. Me senté en la silla del escritorio y observé en la penumbra los marcos de fotos que tenía ahí, todas de Abel y yo. No se distinguían muy bien, pero las conocía a detalle, hasta sabía en qué orden estaban. ¿Por qué no había querido llamarlo? Una frase me rondaba la cabeza: «Tengo tantas ganas de verlo, que da miedo». No tenía mucho sentido, pero tampoco cabía duda de que lo amaba, que lo había extrañado, que quería protegerlo de verme así. ¿Así cómo? Volví a sentir mis codos lisos y extrañamente suaves. Mamá tenía razón, fuera de la delgadez extrema y el mal corte de pelo, no me veía tan diferente.

Estaba amaneciendo cuando decidí volver a la cama. Cerré los ojos, pero había demasiadas preguntas en mi cabeza como para dormir. Mamá despertó a las siete, sobresaltada. Vio que estaba ahí y me abrazó eufóricamente. Estaba tan feliz que quizá olvidaría preguntar qué había pasado. Me pidió que la acompañara mientras se bañaba. Le pregunté qué fue lo último que supo de mí y el agua que caía llenó el silencio. Después dijo con voz muy seria que

Abel habia venido por mí como cualquier sábado. Que cuando dieron las tres de la mañana y yo no había llegado, ella comenzó a preocuparse. Me llamó veinte veces, telefoneó a la mamá de Abel: él había llegado a su casa a las dos y estaba dormido.

—Le exigí a su mamá que lo despertara, quería saber dónde te había dejado. Dijo que se habían peleado y que te habías ido del bar con un tipo. Hablé a los hospitales, a la policía, seguí intentando con tu celular, nada. Abel llamó después de un rato… tenías que haberlo oído, estaba como loco. Había regresado al antro a buscarte, a preguntar por ti. Nadie sabía nada. ¿Con quién te fuiste? ¿Qué te hizo? Te juro que no voy a enojarme, necesito saber si te hicieron algo… ¿Qué pasó?

No pude contestar. Tenía un horrible dolor de cabeza y algunas imágenes aparecían en mi mente por segundos, nunca el tiempo suficiente para comprenderlas. Ese bar. Abel y yo gritándonos. Alguien dándome una hoja doblada en cuatro. Yo metiendo la hoja a mi bolsa. Una pluma fuente y una mano tomándola, una mano hermosa, pálida, de dedos blancos. Después, nada. Cuando abrí los ojos vi que mamá me miraba espantada, envuelta en una toalla.

—¿Estás bien? ¿Qué pasa? Estás pálida —preguntó asustada.

—Me duele la cabeza… Mamá, no recuerdo nada de esa noche. No puedo decirte qué pasó. Sólo sé que no estoy lastimada, me siento bien.

—De todas formas te tiene que ver el doctor y no quiero que discutas. ¿Qué pasó? ¿Por qué no regresaste con Abel? ¿Con quién te fuiste?

—Nos peleamos… creo que nos peleamos. No sé nada más. —Entendió mi última frase, en la que le estaba pidiendo que dejara de preguntar. Para mí era mucho más frustrante de lo que se imaginaba.

Me puse ropa limpia y dejé que me llevara de aquí para allá. El día estaba nublado y pensé que era triste que, después de tanto tiempo encerrada, mi primer día no tuviera sol. Simona tenía algo que hacer y mamá y yo fuimos a desayunar (yo no toqué mi plato), después al salón de belleza. Para emparejarme el cabello tuvieron que cortármelo casi al ras. Ese corte me hacía ver mucho más joven. Mientras tanto, mamá agendó la cita con el médico. Al ver mis manos el estilista sugirió un *manicure* y acepté.

—Nunca había visto uñas tan delgadas —comentó— parecen de vidrio.

Nos dirigimos al doctor. Me revisó y le preocupó mi presión anormalmente baja. Mi complexión le pareció más pálida de lo normal y sugirió una anemia por desnutrición. Me pidió narrar lo que había pasado.

—Un día desperté en un local abandonado, en una colonia desconocida, llena de cortadas y heridas. Llamé a mi tía y vino por mí.

El doctor me atacó con preguntas, y repetí las mismas frases una y otra vez. Por su tono de voz, era obvio que no me creía. Mi historia le sonaba más bien a secuestro y abuso. Pero se equivocaba, lo presentí.

—Tiene que comer bien, descansar y probablemente ver a un psiquiatra. Los eventos traumáticos pueden provocar amnesia, y hay métodos para ayudarla a recordar —dijo el doctor, ligeramente irritado. Después le pidió a mamá que nos dejara solos.

—Sé que es difícil, pero necesito hacerte unas preguntas importantes. Puedes contestar con toda confianza, esto es confidencial. —El doctor tenía una expresión entre preocupada y enojada. Asentí.

—¿Usaste alguna droga, alguna pastilla, cocaína o algo así?. —No recordaba nada, pero respondí que no.

—¿Abusó alguien de ti? Sé que es difícil, pero es importante saberlo —reiteró. Negué con la cabeza.

—¿Cómo sabes si no recuerdas nada?. —No me creía. Pensaba que fingía mi amnesia para no afrontar los hechos o para no hacer sufrir a mamá.

—No recuerdo nada, pero no lo creo.

—Dices que estuviste en un local abandonado dieciocho días, y que recuerdas haber tenido dolores terribles en todo el cuerpo. Hay drogas que causan alucinaciones de ese tipo. Y también hay situaciones traumáticas que provocan daños mentales y físicos, y que quisiéramos olvidar. Ahora cuéntame, ¿qué pasó? —preguntó mientras me revisaba los reflejos. No tenía ni una sola herida. Eso debía parecerle más sospechoso.

—No lo sé. Fui a un bar con mi novio. Después desperté en ese lugar. Recordaba haber sufrido dolores y tenía toda la piel llena de cortadas, pero ahora no tengo nada. Me siento bien.

—Quizás algún muchacho en el bar te ofreció una bebida… puede ser que le hayan echado algo, Maya. Dime la verdad. —Me estaba exasperando. Se preguntaba si era una mentirosa o una esquizofrénica. Admito que todo sonaba muy raro, pero era la verdad que tenía a la mano. No recordaba nada más, al menos nada que le importara al médico.

Volvimos con mamá y el doctor recetó algunas vitaminas y opinó que esperáramos un par de semanas a ver si, una vez pasado el *shock*, mi situación mejoraba. Después me hizo salir diciendo que tenían que verificar mi peso otra vez. Quería decirle a mamá que yo tenía problemas mentales o algo. Obedecí y esperé afuera. Nadie iba a creer mi historia. ¿Y si el doctor tenía razón? Tal vez alguien me drogó, el tipo con el que Abel me vio, tal vez abusó de mí en alguna parte y me abandonó en la calle, después de golpearme y dejarme medio muerta. Podía ser, al fin y al cabo yo no tenía idea. Pero algo me decía que era otra cosa.

Al fin salió mamá y me abrazó significativamente. ¿Qué le habría dicho el doctor? Pagó la consulta y llegamos a los elevadores. Creí que ya nos íbamos, pero llegamos a otro piso, el del laboratorio.

—El doctor recomendó unos análisis de sangre para confirmar la anemia —explicó. La pura idea de que me sacaran sangre me mareó y casi me caigo. Mamá me sostuvo—. Tomará un minuto, ¿está bien? —dijo para tranquilizarme. Seguimos avanzando, yo apoyada en su brazo. Amarraron un hule en mi brazo y la enfermera buscó mi vena. Mi corazón latía aceleradamente. A la vista de la aguja todo mi cuerpo se tensó y sin pensarlo me levanté de la silla y salí corriendo de la salita, golpeando a la enfermera a mi paso. Arranqué el hule con las uñas y me corté el brazo con ellas en el proceso. Mamá me siguió. Su mirada estaba llena de terror y eso me obligo a calmarme: la había hecho sufrir demasiado. Le sonreí lo más convincentemente que pude. Estuvo de acuerdo en dejar los exámenes para otro día.

Una de las cosas más difíciles es guardar en el corazón
palabras que no puedes pronunciar

James Earl Jones

CUATRO

Llegamos a casa a las tres de la tarde y supe que ya no podía escapar más: tenía que llamar a Abel. ¿Por qué me sentía tan rara? Tal vez por la pelea, no recordaba qué nos habíamos dicho. La verdad es que últimamente peleábamos mucho, era una mala época. Pero yo siempre pensaba que era normal y que se nos pasaría. Nos amábamos demasiado como para terminar por alguna tontería.

Marqué a su casa y me dijeron que no estaba. Busqué mi celular instintivamente, pero había perdido mi bolsa aquella noche, con el teléfono, las llaves de mi casa y la cartera. Mamá estaba en la cocina preparando algo. Era el primer momento en que me dejaba sola desde la noche anterior. Aproveché para encerrarme en mi cuarto y llamar al celular de Abel.

—Hola, Lucrecia… ¿alguna noticia? —Su voz sonaba esperanzada. Había reconocido el teléfono de mi casa.

—Abel… soy yo. —Se hizo el silencio. Escuché su respiración mientras mi estómago se encogía hasta dejarme sin aire.

Repetí su nombre y me pareció que sonaba hermoso. Abel… el amor de mi vida.

—Maya… regresaste.

—Sí, y estoy bien. Todo está bien. ¿Dónde estás? ¿Vienes? —dije, todo en menos de cinco segundos.

—Pero… ¿qué te pasó? ¿Dónde estuviste? ¿Cómo regresaste? —Él, en cambio, hablaba muy lentamente, como si todavía no supiera cómo reaccionar. Sonaba tan raro que me pregunté si mi regreso le parecía más bien una mala noticia. Estaba un poco enojada pero traté de controlarlo, tal vez el *shock* le hacía actuar así.

—La verdad es que tengo algún tipo de amnesia y no sé muy bien lo que pasó. No recuerdo nada de esa noche. Sólo sé que fuimos a El Lujo y que discutimos de alguna tontería, como siempre… ¿Dónde estás? ¿Por qué no estás aquí? —me quejé. De pronto, todo el miedo se desvaneció y tenía urgencia de verlo, de ponerme de puntitas para alcanzarlo, de ver sus ojos verdes, de acariciar sus mejillas y besar las pecas de sus pómulos.

—Dijiste… dijiste que no querías volver a verme nunca más en tu vida.

No recordaba nada, pero podía haber dicho eso. Nuestras peleas eran muy intensas, pero duraban poco, y luego venían las reconciliaciones, los besos, las promesas, y algunas semanas tranquilas.

—Era una pelea. Seguro no dije eso. Y si sí, no era yo —dije. Sonaba muy estúpido, pero no sabía qué decir. Recurrí al contraataque—: Además, seguro tú también dijiste cosas horribles.

—Pues sí —admitió—. Luego te pusiste a coquetear con ese *yuppie*, en mi cara. Y yo…

—Te fuiste —completé. No lo recordaba, pero era típico de su carácter y la causa de grandes peleas. Solía pasar que en vez de quedarse y discutir conmigo, se iba de mi casa azotando la puerta y cuando se le calmaba el ánimo, casi siempre al día siguiente, llamaba. En una ocasión me había dejado sola en un restaurante. No se lo perdoné por semanas.

—Sí. Pero después te llamé y nunca contestaste. Creí que seguías enojada, y la verdad yo estaba furioso. Pensé que si hablábamos acabaríamos cortando, así que era mejor que ni contestaras. Y regresé a mi casa. Además llevábamos semanas peleando a diario, y… —Por momentos sonaba enojado, pero en general sólo parecía incómodo y confundido. Como si no supiera qué esperaba de él. La verdad es que yo necesitaba la mayor cantidad de datos posible.

—Y yo me quedé en El Lujo —dije en voz baja, más para mí que para él. Y, pensé, pasó algo con una pluma fuente y un papel.

—Después— continuó—, a las tres de la mañana, habló tu mamá a decirme que no habías regresado. Yo hasta pensé que igual y habías pasado la noche con ese tipo, no sabía. No me preocupé realmente hasta la tarde del domingo, sólo seguía enojado.

—¿Cómo iba a pasar la noche…? —Que se le hubiera ocurrido eso me irritó, pero sabía que no era lo más importante y me controlé. Además no podía defenderme, no recordaba si había coqueteado o no con ese hombre ni de qué forma. Nada de eso importaba, quería ver a Abel. Presentí que no pensaba venir, y fue como si una sombra gigante me congelara.

—¡No podía saber! —gritó— ¡Tú dices que no te acuerdas! ¡Tal vez sí lo hiciste! ¿Qué hiciste? ¿Qué pasó?

Mis músculos se tensaron y me quedé parada, con el teléfono en la mano, rígida como una piedra. La mandíbula comenzó a temblarme y quise romper la pared de un puñetazo. Era increíble que Abel pudiera darle más importancia a sus celos que a la posibilidad de que algo horrible hubiera pasado.

—Voy a colgar —anuncié lo más calmadamente que pude. Mi voz sonó como un gruñido.

—Maya… No, perdóname, soy un imbécil. No sabes cómo he estado. —Colgué el teléfono y estuve sin moverme varios minutos. La de esa noche había sido una estúpida pelea más y yo estaba dispuesta a ignorar todo lo que había pasado (era más fácil porque no lo recordaba), incluso perdonaba que Abel me hubiera dejado abandonada en ese bar. Pero no podía aguantar que me acusara. Nunca había sentido a mi cuerpo enfurecerse tanto. Hasta me había bajado la temperatura: tenía las manos heladas.

Me sentía completamente confundida. No estaba segura, pero parecía que Abel y yo ya no éramos novios. Era imposible de creer. Llevábamos juntos más de un año, y apenas me empezaba a acostumbrar a la idea de que nos quedaba toda una vida por delante. Ahora quién sabe qué pasaría con nosotros. Finalmente solté el teléfono y fui a ver las fotos. Empecé a sentir mucho frío y me metí bajo las cobijas. Tenía ganas de llorar, pero las lágrimas no venían, era como si estuviera helada por dentro y por fuera, totalmente seca y helada.

Tal vez las cosas que yo le había dicho ameritaban que me dejara ahí. Tal vez yo había coqueteado descaradamente, por lastimarlo. Había echado todo a perder. Y mi desaparición había sido mi culpa, después de todo hay que ser muy estúpida para irse con un extraño en la madrugada. Abel tenía razón de odiarme. Aunque, si no se hubiera ido, quizá nada hubiera pasado. Quise aferrarme a esa última idea para poder culparlo, pero no estaba convencida de nada. Me encogí más y más, pero el frío no se iba. Oí a mamá llamándome, pero no encontré fuerzas para contestar. Al poco tiempo vino a ver si todo estaba bien. Destapó mi cabeza y se me quedó viendo con gesto preocupado.

—¿Hablaste con Abel? ¿Va a venir? ¿Qué pasa, chiquita?

Ése era el momento para que las lágrimas fluyeran y alguien me hiciera sentir mejor, pero no lograba llorar.

—¿Quieres que te suba algo de comer? Hice milanesas… —Estaba hueca y hambrienta, pero la pura idea de las milanesas me hizo sentir náuseas. Hice que no con la cabeza. —¿Qué quieres? —preguntó desesperada.

—Abel no va a venir… Me odia. Parece que nos peleamos esa noche. No sé si va a venir… nunca más —dije, y escondí la cabeza bajo las cobijas.

—Ustedes siempre se están peleando, hija, pero no creo que sea el final de todo… No sabes lo preocupado que estuvo, hablé todos los días con él. Va a estar bien, dale tiempo.

No insistió con lo de la comida, y se lo agradecí. Dijo que estaría en su cuarto y me dejó sola. Me paré frente al espejo del baño y no reconocí mi cara. Mi palidez había evolucionado a un tono azulado, probablemente por la falta de alimento o por la llamada telefónica. Analicé mis ojos: se veían más hundidos que de costumbre y estaban rodeados por un círculo morado. Me sentí

enferma. Volví a la cama y caí en una especie de adormecimiento pesado y triste. No lograba olvidar la voz de Abel. No sabía quién tenía la culpa.

Me levanté en la madrugada. Estaba más cansada que antes de acostarme. Además tenía un dolor de estómago que a cada segundo subía de intensidad. Era sábado y aún me quedaba el fin de semana para no pensar en el colegio. No podía dejar de pensar en Abel. Me resistía a creer que se había terminado. Todo era una enorme confusión, y no sabía qué sentir ni qué pensar. Pronto recordaría y aclararíamos todo y la vida seguiría su curso.

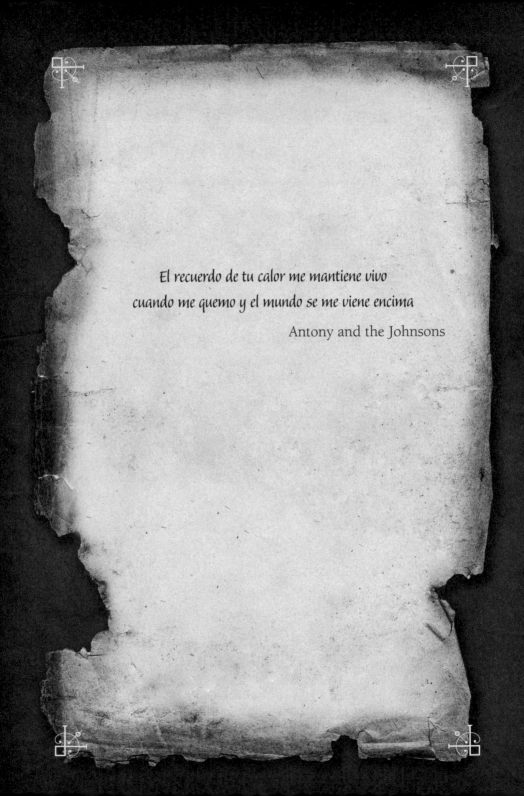

El recuerdo de tu calor me mantiene vivo
cuando me quemo y el mundo se me viene encima

Antony and the Johnsons

CINCO

Me enamoré de Abel meses antes de que me hiciera caso. Era el hermano mayor de Valentina, mi mejor amiga, y uno de los «rebeldes» de la escuela: pelo largo, pulseras de piel, anillos en todos los dedos; tocaba la guitarra en una banda de rock. Se rumoraba que tenía un tatuaje. Valentina era lo opuesto, pero adoraba a su hermano, se llevaban de maravilla, y ella no dejaba de hablar de él. En principio mi obsesión fue culpa suya. Llevaba años de conocerlo y nunca me había fijado en él, supongo que le faltaba crecer. A mí también, claro.

Un momento decisivo fue cuando Valentina y yo fuimos a ver tocar a Abel y su banda, Gothic Doll. Habían organizado una gran fiesta en una casa abandonada en el norte de la ciudad, y era la primera vez que tendrían tanto público. Valentina y yo tuvimos que irnos con Abel desde temprano y escuchar la prueba de sonido y el ensayo. Traté de vestirme como creí que a él le gustaría: me puse unos *jeans* negros y una playera negra sin mangas, me llené de

pulseras los brazos y de anillos los dedos. Algunos me quedaban demasiado grandes y otros demasiado chicos, pero no importaba. En el coche yo iba atrás, y Abel y Valentina platicaron todo el camino como si yo no estuviera ahí.

Aunque había un cantante, era obvio que el verdadero líder de la banda era Abel; andaba de aquí para allá revisando cables y dando órdenes. No podía dejar de buscarlo con la mirada mientras Valentina hablaba quién sabe de qué. Tenía que disimular, no quería que ella supiera que estaba encaprichándome con su hermano. Quién sabe cómo reaccionaría. Además, lo más seguro era que fuera algo pasajero, a todas les gustan los «chicos malos», no era nada original. Verlo tocar fue emocionante, se veía muy sexy en el escenario. A veces hacía coros y su voz grave cubría casi por completo la del cantante. Me gustaba, no podía negarlo. Estuve viendo cómo sus dedos se movían con agilidad por las cuerdas y su cara de concentración total.

Valentina decidió ir a averiguar si había un baño en esa casa derruida casi en el mismo momento en que la banda tomó un pequeño descanso. Abel volteó en mi dirección. Pensé que estaba buscando a su hermana, pero me estaba viendo a mí. Le sostuve la mirada. Levantó las cejas como diciendo «¿Qué hay?», y yo puse mis dos pulgares hacia arriba, como para decirle que se oía bien. Me arrepentí de inmediato por mi estúpido gesto, pero él sonrió y asintió con la cabeza. Su sonrisa me paralizó. De pronto no parecía malo en absoluto y me gustó todavía más. Esa sonrisa fue el principio de todo.

El resto de la noche seguí cada uno de sus movimientos, totalmente hechizada. Tocaron sus últimas canciones y cerraron con una que había escrito Abel: cantó acompañado sólo de su guitarra. Estaba tan perdida escuchándolo que se me olvidaba respirar. En el camino de vuelta íbamos comentando la tocada, y él me veía por el espejo como buscando mi opinión. Al despedirse Valentina me abrazó y me susurró al oído:

—Vamos a tener que hablar de esto.

A partir de ese día me convertí en una fan oficial de Gothic Doll. No me perdía ninguna tocada y decidí que ya tenía el derecho de ir a saludarlo cuando lo veía en el patio, siempre en el mismo lugar y con los mismos amigos. A veces él se acercaba. Hablábamos de cualquier cosa y yo me volvía torpe, olvidaba las palabras. Él parecía no darse cuenta. Se volvió una rutina arreglarme más los días en que iba a ir a casa de Valentina y, por si acaso, siempre llevaba un bilé en la mochila. Encontraba los más estúpidos pretextos para platicar con él y comencé a escuchar la música que le gustaba. Cuando llamaba a Valentina y él contestaba, nos quedábamos platicando varios minutos.

—Estás enamorada de Abel —dijo Valentina después de un par de semanas. Tenía una sonrisa extraña en la cara.

—¿Qué te pasa? ¡Estás loca! Sólo me cae bien. —Pero el color me subió al rostro y no me dejó mentir.

—Oye, me ofendes. Abel será mi hermano, pero tú eres mi mejor amiga… ¿Qué no me tienes confianza, o qué? —Lo decía medio en serio, medio en broma. Obviamente ella comprendía lo complicado de la situación.

—Es una tontería, se me va a pasar, ni vale la pena hablar de eso —respondí. Una parte de mí deseaba que ella me dijera que cualquier acercamiento entre Abel y yo sería demasiado incómodo.

Así tendría que olvidarme de todo el asunto en vez de afrontar lo que sentía, de encarar el miedo a que Abel no sintiera lo mismo por mí.

—Sólo quiero decirte que si estás preocupada por mí, no lo estés. No voy a meterme, si pasa pasa, ¿está bien?

Me quedé callada. Seguirlo negando era absurdo. Sólo le pedí que no le dijera nada a su hermano, y ella juró que así sería. Los días siguieron pasando y ahora evitaba ir a casa de Valentina. Tenía que separar mi amistad con ella de los otros sentimientos, que cada día eran más fuertes e insoportables. Me limitaba a ver a Abel en los recreos, a veces, y en las tocadas. Cada día era un martirio: decidir entre saludarlo y no saludarlo, preguntarme si me estaba viendo desde lejos o no, dudar de si algún día yo podría llegar a ser, para él, algo más que la amiga de su hermanita.

Pasaron tres meses desde la primera vez que lo vi tocar. Un día sonó la campana del recreo y al salir del salón casi choco con él.

—A ti te estaba buscando —dijo, satisfecho. No pude decir nada. Vi sus ojos verdes y noté por primera vez las diminutas pecas de sus pómulos. Tenía el pelo agarrado en una colita y me puse a ver sus anillos, atontada. No sé cuánto tiempo pasó. De pronto oí mi nombre y vi que Abel me estaba ofreciendo un papel: la invitación para la próxima tocada, que en realidad era un concurso de bandas.

—Valentina… a ella le… Valentina ya sabe, ¿no? —tartamudeé, sintiéndome la más idiota.

—Mi hermana no puede venir. Pero me gustaría que tú vinieras de todas formas. Te puedo conseguir aventón con alguien, si quieres…

Me recorrió lo que podría definirse como el contrario exacto de un escalofrío. Intenté mantener mi respiración en un ritmo normal, pero mi corazón latía tan fuerte que pensé que Abel podía escucharlo. Como es típico, ese día no me había arreglado especialmente bien, pensaba quedarme leyendo en algún rincón, pues Valentina tenía que ver a su equipo en la biblioteca para un trabajo. En ese momento se me ocurrió: Valentina. Seguro sí podía ir a la tocada pero había decidido darme una oportunidad a solas con su hermano. Había roto su promesa de no intervenir, pero en ese momento, mientras fingía leer los nombres de las bandas en el papelito, la perdoné.

—Y no te preocupes por el cover, yo invito —dijo Abel.

—Oye, ¿no me puedo ir contigo? —pregunté. Llegar temprano y esperar a que empezara la tocada valía la pena a cambio de los trayectos a solas con él. Al instante en que acabé de decirlo me arrepentí. Seguro iría con su banda o algo, y yo sería un estorbo—. Olvídalo, yo llego ahí. Tienes que llevar las guitarras y todo.

—¿Quieres? Es que tengo que estar ahí a las seis para las pruebas de sonido. ¿No te da flojera? Para mí mejor, si no tendría que irme solo hasta allá y el camino es largo…

—Me llevo un libro.

—¡Excelente! —dijo, y sonaba emocionado—. ¿Por qué no vienes a comer el jueves y nos vamos juntos como a las cinco? Si cambias de opinión avísame. Ojalá no.

«Ojalá no». Seguí repitiéndome esas palabras después de que Abel se despidió y regresó con sus amigos. Mi mente comenzó una carrera loca. ¿Qué iba a ponerme? ¿Con quién me sentaría

mientras tocaban? ¿Me habría invitado por pura cortesía? Tenía mil preguntas y fantasías. Mi felicidad aumentó cuando le conté a Valentina y pareció genuinamente emocionada. Según ella, no había intervenido para nada, la invitación de Abel era auténtica.

—Viene mi tía de Estados Unidos y mi mamá me pidió que la acompañara por ella al aeropuerto. En verdad no puedo ir —explicó.

El resto del día lo pasé haciendo logotipos con una M y una A entrelazadas. Me fue imposible concentrarme en las clases, y la semana se pasó más lenta que lo normal. Estaba tan nerviosa que todos los recreos me fui a esconder a la biblioteca. No quería ver a Abel, portarme estúpida y que él se arrepintiera. Sólo hasta el jueves me atreví a salir al patio. Ya tenía puestos los jeans que usaría y en mi mochila llevaba el resto del atuendo, incluyendo pulseras, anillos y demás. Vi a Abel de lejos y sonrió mientras agitaba la mano. Incliné la cabeza y le sonreí de vuelta. Luego tocó una guitarra imaginaria y de nuevo le mostré mis dos pulgares hacia arriba. Tenía que eliminar ese gesto de mi repertorio.

La comida con la familia de Valentina estuvo normal, nada extraño. Abel se paró pronto de la mesa para ensayar un solo que no le salía bien. Después salió de su cuarto cargando un amplificador.

—Voy a ir empacando —dijo—. En quince nos vamos, superfan.

Me cambié la playera y me puse todos los accesorios. Luego me maquillé como me recomendó Valentina, con los ojos muy negros y las pestañas muy largas. Insistió en que me pintara las uñas de negro, pero no me daba tiempo. Abel tocó la puerta y preguntó si estaba lista. Salí y me miró fijamente unos segundos.

—Excelente… vámonos—. Creí que iba a decir algo más, pero quizá no se atrevió frente a su hermana. O tal vez no iba a decir nada y me lo inventé. Valentina me hizo adiós con la mano, con esa sonrisita tan molesta, y le contesté con una mueca.

Por primera vez iba en el asiento del copiloto en el coche viejo de Abel. La cajuela iba llena de guitarras, amplificadores y cables, y entre nosotros estaba la base de un micrófono, que sólo cabía en el coche a lo largo. Los primeros minutos fueron raros, así que se apresuró a prender el radio. Luego le pregunté si estaba nervioso y se dio vuelo hablando de la ineptitud de su baterista, que siempre se salía de tiempo, y de la impuntualidad del bajista, que era tres años mayor y siempre llegaba borracho o crudo a los ensayos. Mientras hablaba yo veía sus manos y el perfil perfecto de su nariz. Me parecía excitante que manejara rápido. Fuimos los primeros en llegar, y Abel se apropió de la mesa más cercana al escenario.

—Al menos vas a poder vernos muy de cerca —dijo— aunque no sé si eso es bueno o malo.

Me sonrojé, quién sabe porqué, y fingí analizar el bar. Luego me senté junto a él.

—Demasiado temprano —dijo, y tamborileó los dedos en la mesa. Nos quedamos en silencio por un tiempo que pareció eterno. El baterista y el cantante llegaron a los pocos minutos.

—Aquí está una de nuestras principales fans. A tiempo, como debe ser —les dijo Abel, señalando un reloj imaginario en su muñeca. El lugar empezó a llenarse con las demás bandas y sus porras.

—Vamos a hacer la prueba de sonido. Tardo diez, quince minutos. Mientras lee o algo —dijo Abel, y me dio una palmadita en la rodilla. Era el primer contacto físico fuera de su cachete contra el mío cuando nos saludábamos. Sonreí aunque él ya no veía y saqué mi libro de la mochila, pero él comenzó a organizar y dar órdenes, y me gustaba verlo así, controlándolo todo. Al terminar los Gothic Dolls vinieron a sentarse conmigo y las demás bandas comenzaron con sus pruebas.

—¿A quién más invitaron? —pregunté.

—No viene nadie más. Están hartos de oír siempre lo mismo, y además este bar está lejísimos —explicó el cantante.

—¿Yo soy la única? —pregunté, y me pareció triste.

—La única —dijo Abel. Me tomó la mano y se la llevó al corazón—. La única fiel.

Me reí como idiota, disfrutando del contacto de sus manos llenas de anillos. No supo qué más hacer con mi mano y la llevó a la mesa. Me soltó y comenzó a golpear la madera con las dos manos, al ritmo de alguna cancioncita desconocida. Llamó a un mesero y me preguntó si quería algo. Pedí una limonada.

—Somos los primeros —dijo Abel—, mejor ya vamos a preparar todo.

Llevaron sus instrumentos al escenario y me quedé sola en la mesa. La luz no permitía leer, ni siquiera fingir que leía. Dejé la mochila en la silla y me acerqué al escenario. Quizá podía ayudar. El cantante me vio ahí, demasiado sola e incómoda, y me dio el cable del micrófono.

—Conéctalo a esa bocina de allá —dijo, y estuve feliz de hacer algo. Ayudé con un par de cables más y después tomé unas botellas de agua que estaban tras los cortinajes del escenario y puse una frente al bajo, una junto a la batería, una al lado del micrófono y le di una a Abel.

—Qué buena fan —dijo Abel, al tiempo que me ponía su mano en el hombro—. Gracias, Maya.

Tuve que respirar hondo para tragarme la gigantesca sonrisa que se escondía en mi boca. Me encogí de hombros como diciendo «No es nada», y las bocinas anunciaron que el concurso estaba por comenzar. Volví a la mesa y tomé un poco de limonada. El salón se oscureció y la guitarra de Abel hizo que todos guardaran silencio. Siempre empezaban con esa canción. Se prendió una luz y el resto de la banda se unió, pero para mí no existía nadie más que él. Casi no volteó hacia el público, estaba concentrado en su guitarra y sus dedos se movían como si lo que hacían fuera muy fácil. Al terminar la primera canción Abel volteó a verme. Sonrió e hizo una reverencia medieval. Estuve a punto de hacer mi gesto de los pulgares pero por suerte me detuve. Las siguientes canciones se pasaron demasiado rápido. A veces me miraba, y siempre encontraba mis ojos puestos en él. No sabría decir si las canciones salieron bien o no, estaba perdida. El cantante se tiró al piso, como hacía para cerrar el espectáculo, y se apagaron las luces. La gente aplaudió un poco. Yo aplaudí mucho. Minutos después los vi salir con sus estuches y cables. Abel parecía satisfecho.

—¡Felicidades! —exclamé—. ¿Cómo se sintieron?

Empezaron a hablar al mismo tiempo y no entendí nada. Al parecer no todos tenían la misma impresión.

—¿Tú qué opinas? —me preguntó Abel.

—A mí me gustó mucho, pero no soy objetiva —dije. Siempre que él hablaba me sonrojaba, al menos con esa luz baja no era tan notorio.

—Pobrecita, la única fan de Gothic Doll en un bar lleno de porras de los demás —dijo, y me abrazó. No pude evitar ronronear de placer, con riesgo de que él escuchara. Iba a soltarme y me apresuré a abrazarlo de vuelta. Sentí su respiración en mi nuca y cerré los ojos. Era una noche perfecta.

Escuchamos a las demás bandas, y a cada tanto Abel se acercaba a hablarme al oído. Una voz avisó que el resultado del concurso se anunciaría en media hora. Abel y los demás miembros de la banda pidieron cervezas y todos brindamos por Gothic Doll. Yo acerqué mi vaso de limonada vacío y él me lanzó una mirada intensa y dulce antes de darle un trago a su cerveza.

No ganaron. Nos encogimos de hombros. El lugar empezó a vaciarse, la mayoría de los músicos tenía clases al día siguiente. Comenzó el proceso de empacado y yo ayudé a Abel con la base de micrófono y la maleta de los cables.

—Se hizo lo que se pudo —dijo el cantante— pero el árbitro estaba vendido—. Abel abrió la puerta del pasajero y subí al coche.

—La verdad es que esa banda sonaba muy bien —dijo—. A nosotros nos falta ensayar y el baterista siempre se sale de tiempo. Pero me divertí. ¿Tú?

—También, mucho. Me encanta verte tocar —aventuré, y no supe si fue demasiado. No respondió ni puso música. Avanzamos unos minutos por la ciudad en completo silencio. Al pasar por encima de los topes se oía cómo rebotaban los estuches de las guitarras en la cajuela. Llegamos a un semáforo en rojo y me volteó a ver.

—Dame tu mano —pidió muy seriamente. Se la tendí y le dio un beso. Después entrelazó sus dedos con los míos y no me soltó durante todo el camino. Todo mi cuerpo se movía con la fuerza de mis respiraciones, estaba tan emocionada que los ojos se me llenaron de lágrimas. Llegamos a mi casa y Abel vino conmigo hasta la puerta.

—Gracias por venir, Maya. Hablamos pronto.

Me dio un abrazo y pensé decir algo acerca del concurso, pero no valía la pena. Apenas se fue me pregunté a qué se refería con que hablaríamos pronto. ¿En la escuela? ¿En su casa? ¿Qué quería decir? Mamá ya estaba dormida y subí de puntitas. Mientras me lavaba los dientes recorrí la noche mentalmente para convencerme de que no había sido un invento mío: él había buscado maneras de tocarme, me había abrazado, había entrelazado sus dedos con los míos… Llamaría, eso había querido decir.

De vuelta en el presente, suspiré. Durante meses y meses él fue lo más importante en mi vida. Lo único importante. Nunca había soñado que se podía amar así a alguien. La vida apenas comenzaba y Abel era mi destino, tenía que pasar mi vida con él. Él mencionó terminar, algo que a mí nunca se me había ocurrido… Tal vez él lo deseaba desde antes y sólo aprovechaba la situación. Negué con la cabeza. Abel me amaba, no podía ser que una pelea fuera el final. ¿Cómo habíamos arruinado todo? ¿Qué pasó realmente esa noche, después de que Abel se fue? Tenía que recordar, sólo así podríamos hablar. Después mis coqueteos y su abandono no serían importantes. Estaríamos juntos, como debía ser. Estaba segura de que llamaría y querría verme. Llamaría.

Pienso siempre en ti, pero ya no puedo hablar de ti;
te debo amar en secreto, venir a ti cuando estoy solo

Leonard Cohen

SEIS

Pasé todo el fin de semana acostada, a veces en mi cama y a veces en el sillón frente a la televisión. No pude comer nada, y la cara de preocupación de mamá era perpetua. Me sentía agotada y con el cuerpo adolorido. El teléfono sonó muchas veces, y cada vez mi corazón se aceleraba, pero siempre eran familiares o algunos compañeros de la escuela. Valentina llamó y contestó mamá. Ni siquiera pidió hablar conmigo. Cuando empecé a salir con Abel, se volvió él tan importante en mi vida que no supe equilibrar las cosas. Valentina, por su parte, no pudo controlar sus celos. Esos dos factores destrozaron nuestra amistad, y cuando me di cuenta era demasiado tarde. Ella me odiaba y nunca me perdonaría. Cuando la veía en casa de Abel, nos poníamos incómodas. Después conoció a alguien, un tipo de otra escuela. Creí que al enamorarse comprendería lo que me había pasado y podríamos hablar, pero no fue así. Intenté acercarme dos o tres veces y sus reacciones fueron tan frías, que me rendí. La relación de

Valentina con su hermano también había cambiado radicalmente, y esto a él le entristecía mucho.

—Pero no puedo hacer nada. Tendrá que superar sus celos, tarde o temprano yo iba a conocer a alguien. Además ella ya tiene novio, no la entiendo —decía.

Llegó la noche del domingo y ni rastro de Abel. Al día siguiente lo vería en la escuela y no podría soportar que fuera así de lejano. ¿Qué podía hacer? Su ausencia comenzaba a dolerme como mil agujas enterradas en el corazón. Tenía que hablar con él, rogarle, si era necesario, recordarle todo lo que habíamos pasado juntos, repetirle cuánto lo amaba… Agarré el teléfono al menos diez veces, pero no me atreví a llamar. No sabía qué decir, si yo lo había perdonado, si él a mí. Esa noche Simona volvió a su casa y se llevó todas sus cosas. Estábamos de nuevo mamá y yo solas. A las doce se fue a dormir, no sin antes preguntar cómo me sentía y rogarme que comiera algo. Le dije que comería en ese momento y para que me creyera fui hasta la cocina y abrí el refrigerador. Cuando oí la puerta de su cuarto cerrarse, volví al sillón. Cerré los ojos y recordé mi primera cita oficial con Abel.

Pocos días después del concurso, yo estaba en mi salón durante el recreo, dibujando guitarras eléctricas en la parte de atrás de mi cuaderno.

—¿Por qué te escondes?

Su voz me tomó por sorpresa, y cuando volteé y lo vi en el marco de la puerta, cerré mi cuaderno tan rápido que salió volando. Abel dio un par de pasos enormes y lo recogió mientras yo seguía sin reaccionar. Por suerte no vio las hojas llenas de sus iniciales y las mías.

—N-n-o… —tartamudeé. Quise decir algo mejor, pero no se me ocurrió nada. Agarré el cuaderno y lo guardé en mi mochila.

—¿Cómo te va? —preguntó para hacer plática. Decidí que podía responder alguna tontería o dar un paso más atrevido.

—Qué… ¿me estabas buscando? —pregunté. Sonrió y con la luz sus ojos brillaban.

—¿Buscando? Para nada, siempre vengo a este salón en los recreos.

—Qué raro, nunca te había visto por aquí…

Me hizo seña de que saliéramos y lo seguí. Caminamos por el patio; dos de sus amigos nos seguían con la mirada.

—¿Cuándo es la próxima tocada?

—No sé…

—Ah.

—Maya… qué bonito nombre tienes.

—Gracias…

—¿Maya…?

—¿Qué?

—¿Quieres venir al cine conmigo el jueves?

—Claro. —Mi boca contestó antes de que todo mi cuerpo entendiera y se emocionara. Seguí caminando mientras miraba el piso y tardé unos segundos en darme cuenta de que Abel estaba parado detrás de mí. Lo miré y volví a su lado rápidamente.

—¿Sí? ¿El jueves? —repitió, como si no me creyera. Lo miré a los ojos y no pude evitar sonreír con todos los dientes. Él parecía nervioso y eso me hizo sentir feliz.

—Sí, el jueves. Vamos al cine el jueves.

—Perfecto. Entonces paso por ti a las seis…

—El jueves —dijimos al mismo tiempo. Habíamos repetido tanto esa palabra que perdió sentido. Asintió con la cabeza, sonrojado, y yo lo imité mientras me invadía un calor intenso. Después se fue caminando a donde estaban sus amigos, que lo recibieron con palmadas en la espalda y sonrisas burlonas. Me aseguré de que nadie estuviera viendo y me fui corriendo al baño. Me eché agua fría en la cara y le sonreí a mi reflejo. ¡Tenía una cita!

El miércoles nos vimos de lejos en el patio. Yo iba caminando con Valentina. Él inclinó la cabeza y sonrió, le sonreí de vuelta. Hizo una seña rara y le pregunté con los labios: «¿Qué?». Repitió la seña y comprendí. «¿Mañana?», estaba preguntando. Asentí con la cabeza y me hizo adiós con la mano. Valentina observó todo el intercambio y me miró, inquisidora.

—¿Qué se traen tú y Abel?

Sólo entonces fui consciente de que no le había contado nada de la cita. Le dije que Abel me había invitado, y era obvio que estaba ofendida de que no le hubiera contado antes.

—Abel no dijo nada —dijo en voz baja. No preguntó nada más ni parecía emocionada. Por mi parte estaba tan feliz, que no podía distraerme con su enojo. Ya se le pasará, pensé.

El jueves no vi a ninguno de los dos en el recreo. Me refugié en la biblioteca e intenté leer, pero no podía concentrarme. El día pareció eterno, las clases más tediosas que nunca. No tenía planeado contarle nada a mamá, pero se dio cuenta de que había algo raro y durante la comida no dejó de mirarme con esa media sonrisa que ponen las mamás cuando quieren decirte que «saben».

—¿Qué? —pregunté finalmente, desesperada.

—Nada, nada. ¿Cómo podía ser? ¿Qué no podía guardarme un secreto? Dejé de comer y me sonrojé. Ella seguía mirándome con esa sonrisa y decidí contarle, de todos modos ya sabía.

—Abel me invitó al cine hoy.

—¿En serio? ¿Ustedes dos solos?

—Sí.

—Qué bueno, hija. En verdad me da mucho gusto. Oye, ¿Valentina estuvo de acuerdo? Su pregunta me hizo enojar.

—No le tengo que pedir permiso a ella —repliqué secamente.

—Sólo digo… ellos se llevan muy bien, va a estar complicado para la amistad de ustedes dos.

—¡Sólo vamos al cine, mamá! ¡No ha pasado nada! —Azoté el tenedor en la mesa y corrí a mi cuarto. No quería escuchar nada de Valentina. Ella y su hermano eran dos personas diferentes y él podía invitar a quien quisiera. Cerré con llave y me lancé a la cama. Le pegué al colchón una y otra vez hasta que me calmé. La verdad es que no quería pensar en las complicaciones, sólo en que Abel llegaría en una hora y media. Tomé un baño y el agua caliente acabó de relajarme. No sabía qué ponerme, no quería que pareciera que me esforcé demasiado. Acabé de arreglarme demasiado pronto y faltaba todavía media hora. Hojeé una revista y en eso sonó el timbre. Bajé corriendo para evitar que mamá contestara. Le grité adiós y salí.

Fuimos a ver una película que él eligió, bastante densa, nada adecuada para una primera cita. Salimos a las ocho de la noche y propuso que tomáramos un café para no quedarnos con la sensación de pesadez. Fuimos a la cafetería en la que todos se juntaban para estudiar antes de los exámenes. Por un precio bastante decente te daban una taza de café y te seguían sirviendo hasta que murieras de un paro cardiaco. Nos quedamos en silencio. «Podemos hablar de Valentina, de la escuela o de la banda», pensé. «Eso es lo que tenemos en común.» Abel sonrió con cara de «Ja, ja, qué incómodo» y empezó a tamborilear con los dedos en la mesa. Volteó a su alrededor, con impaciencia, y finalmente habló:

—Dice Valentina que escribes poemas.

Asentí. El tema no daba para mucho más.

—Algún día le podemos poner música a uno, si quieres —propuso. Dije que me encantaría y de nuevo nos quedamos callados. Él lo había intentado. Era mi turno.

—Además de las películas trágicas, ¿qué otras te gustan?

Era un tema típico de cita, pero no importaba. Se aferró a él y estuvimos comentando un rato. Después la plática fluyó más fácilmente, volvimos a la música, la escuela, algunos maestros… De Valentina no hablamos, aunque yo no dejaba de pensar en ella. Ya no estaba tan segura de que no le molestara que yo saliera con su hermano, pero era demasiado tarde. Abel empezó a hablar de las maldades que le hacían sus amigos y él a los maestros y me hizo reír mucho. Nos relajamos aún más y estuvimos platicando hasta la medianoche: mi hora de llegada. Le dije, tristemente, que teníamos que irnos. Pidió la cuenta y suspiró. Se me quedó viendo a los ojos y al poco tiempo tuve que desviar la mirada.

—Perdiste —dijo con una sonrisa adorable.

—No vale, no sabía que estábamos jugando. —Hizo una mueca chistosa y volvió a ponerse serio. Sus hermosos ojos verdes ni siquiera parpadeaban. Sostener su intensa mirada era difícil y perdí un par de veces más. Llegó la cuenta y los dos nos pusimos de pie. Él volvió a suspirar, como si le diera mucha pena que la noche terminara. Mi ánimo no podía ser mejor. Fuera de los pequeños momentos incómodos, todo había sido perfecto. Me encantaba ir descubriendo otras facetas de Abel, además de las de rockero y chico malo. Pagamos y nos dirigimos al coche. En el camino a casa puso su mano, con la palma hacia arriba, sobre mi muslo. Enlacé mis dedos con los suyos. Sentía su piel cálida y su pulso acelerado y no pude evitar imaginar cómo sería besarlo. Llegamos frente a mi casa y bajó a acompañarme hasta la puerta.

—Estuvo bien, ¿no? —preguntó. Puse cara de confusión. ¿Era una afirmación o una pregunta?

—Digo, al menos yo me la pasé muy bien —aclaró. Asentí con una sonrisa.

—Hablamos pronto—. Y se acercó lentamente a mi rostro. Cerré los ojos, sintiendo su cercanía y su respiración. Besó mi mejilla y susurró en mi oído:

—Buenas noches.

El recuerdo de esa cita, de sus labios en mi piel, del pulso acelerado, de la tensión llena de expectativa, era demasiado doloroso. Me hice bolita en el sillón y traté de revivirlo una y otra vez, aunque hacía que todo adentro me punzara. Comencé a caminar por la sala. Fui a la cocina y me serví un vaso de agua, aunque no tenía ganas de tomarlo. Le di un trago. Tenía un sabor metálico muy desagradable y lo escupí en el lavabo. Estuve unos minutos parada

sin hacer nada. Era tarde, pero el sueño no se veía venir por ningún lado. Sentía, en cambio, una hiperactividad angustiante que me revoloteaba dentro, estaba llena de energía pero no podía hacer nada con ella. Además necesitaba ver a Abel y hacer lo que fuera para que lo que había pasado desde aquella cita no se desvaneciera. Era tan tarde que seguramente estaban todos en casa. Pensé llamar, pero de nuevo no lo hice. Me acerqué a la escalera y supe que mamá estaba profundamente dormida. El agotamiento la había alcanzado: por fin podía dormir tranquila. Entonces mis piernas empezaron a cosquillear y salí corriendo a la calle.

En quince minutos estaba frente a la casa de Valentina. Aunque la distancia era relativamente corta, me sentí absolutamente extenuada. Respiré hondo, pero mi cansancio no estaba relacionado con el aire. Me dolía el cuerpo como si estuviera en llamas. Me acerqué a la casa con sigilo y la rodeé. La luz del cuarto de Abel estaba prendida y un suave murmullo salía de su ventana. Al pensar que estaba tan cerca de él, los dolores aumentaron. Sentía la garganta cerrada y la piel ardiendo, cada paso hacía que mis huesos se debilitaran.

No sabía qué iba a decir, pero tenía que verlo. Sabía que presentarme ahí sin más era una tontería. Obviamente no podía tocar la puerta. Busqué una piedrita en el piso y la lancé a su ventana. No acerté. Volví a intentarlo y la piedra entró. Pensé que eso haría que se asomara, pero no. Esperé un par de minutos y acerté de nuevo, pero Abel no salía. Observé la fachada para hallar un modo de escalar. En otro momento habría sido ridículo siquiera considerarlo, pero no esta noche. Nunca había escalado una pared plana, pero algo me decía que podría hacerlo sin mayor problema. Iba a comenzar, pero no podía moverme. Mi sangre parecía haberse vuelto espesa. Recargué la espalda en la pared y me sentí desfallecer. Me concentré en el murmullo que salía de la ventana y supe que Abel estaba tocando. El sonido no era musical: era la guitarra eléctrica, pero no estaba conectada. Sus dedos golpeaban las cuerdas furiosamente y alcancé a distinguir el roce de su cabello sobre sus hombros. Era un sonido tan sutil que no podía creer que lo había escuchado. Me dejé caer al piso y traté de entender la melodía mientras el corazón se me agrietaba. Mi dolor físico no cedía, y estar bajo su ventana, y sin posibilidad de verlo, era insoportable. Quise arrastrarme de vuelta a casa, pero mis músculos no respondían. Al parecer había agotado mis últimas fuerzas en la carrera. Pegada a la pared podía sentir las tenues vibraciones que la guitarra provocaba, e imaginaba a Abel con los ojos cerrados, pateando el piso con un ritmo que no tenía nada que ver con lo que estaba tocando. ¿Me amaba todavía? ¿Después de todas las peleas, de aquella noche, a pesar de todo? No lo sabía.

Pasó un largo tiempo antes de que pudiera volver a moverme. El murmullo había cesado y el cuarto de Abel estaba a oscuras, pero presentía que no estaba dormido. Me incorporé y de nuevo consideré escalar, pero supe que no lo lograría. Emprendí el regreso. Cada paso era más difícil que el anterior, mis pies pesaban una tonelada y mis piernas estaban rígidas y adoloridas. El bombeo de mi corazón era terriblemente lento: lo sentía segundo a segundo en la cabeza y en cada dedo. Mi cuerpo rogaba parar, pero tenía que llegar antes del amanecer. El camino tomó más de dos horas y al llegar me dejé caer sobre el sillón. Pensar siquiera en subir las escaleras era imposible.

Me abraza,
me transforma,
me obliga al esfuerzo
de permanecer
siempre frío por dentro
y soñar que estoy vivo

Muse

SIETE

Estuve sólo tres horas en el sillón antes de prepararme para el regreso a la escuela. Durante ese tiempo sólo pensé en Abel, y la sensación de que algo había cambiado para siempre me llenó de una pesadumbre demasiado dolorosa. Deseaba dormir más que nada en la vida, pero no lo logré. Me bañé y noté que mi piel era más pálida que de costumbre, por el confinamiento o por el cansancio absoluto que aún no me podía sacudir de encima. La textura, sin embargo, era muy suave. El enrojecimiento había desaparecido. Estaba peinándome cuando me noté unas profundas ojeras. Parecía que no había dormido en años. Mis mejillas estaban hundidas, y estaba tan blanca que podía ver el azul de mis venas a través de la piel. ¿Cómo iba a enfrentarme a mis compañeros viéndome así? ¿Qué explicación iba a darles?

Ni siquiera podía imaginar cómo sería mi regreso. Tenía ganas de quedarme en la casa, o de caminar por horas. No, más bien no tenía ganas, de nada. Quería estar suspendida en el limbo del fin de semana indefinidamente. La idea de convivir y explicar una y otra vez algo que desconocía, parecía insoportable. Y las clases… por alguna razón ir a la escuela parecía absurdo. Algo terrible y enorme me había sucedido, y ahora iba a regresar a la prepa a fingir que todo había vuelto a la normalidad. Sólo que podía correr a velocidades ridículas y escuchar cosas como el ruido del cabello de Abel cuando se movía. Aunque seguramente todo eso era por lo que había pasado. «La adrenalina», me repetí sin mucha convicción.

La cocina estaba llena de luz solar tan intensa que tuve que cerrar los ojos. Saludé a mamá, que ya estaba vestida. Su expresión confirmó que mi aspecto era atemorizante. Volteó la cara y trató de sonreír mientras ponía un vaso de jugo en la mesa.

—Maya… estuve pensando…

Me senté a la mesa y miré el jugo y el plato de fruta frente a mí. Podía distinguir con demasiada claridad el olor de cada cosa, y los aromas eran tan intensos que me dieron náuseas. Los empujé hacia el centro de la mesa y esperé que mamá completara su frase.

—Quizá la hipnosis podría ayudarte a recordar qué pasó. Tengo los datos de un doctor muy bueno, nada de charlatanerías, un psicólogo serio… Podríamos probar. ¿Qué opinas?

Tuve que alejarme de la mesa para poder concentrarme en la conversación. ¿Hipnosis? La idea me ponía nerviosa, pero la posibilidad de recordar… La posibilidad de recordar era a la vez esperanzadora y aterrorizante.

—Podría ser… aunque da miedo —confesé. Que mamá fuera tan paciente conmigo era impresionante; que pudiera estar así, sin saber, y que me creyera o al menos fingiera creer que yo no recordaba, me hizo correr a abrazarla. El olor de su piel, dulce y reconfortante, me transportó a mi infancia de inmediato. Estar acostadas en el sillón viendo la tele, con mi cabeza en su pecho y ese mismo olor. ¿Sería el perfume que usaba? ¿El champú? Era poco probable que llevara usando el mismo producto más de una década. Tal vez así olía ella, y el olor era sutil pero estaba profundamente grabado en mi olfato y mi cerebro. Me estrechó con lo que probablemente eran todas sus fuerzas. Yo, en cambio, me sentí tan llena de amor por ella que tuve cuidado de no apretar demasiado. Podía lastimarla aunque su peso me excedía, no cabía duda. Di un paso atrás y la miré a los ojos. Fingía estar bien, pero algo dentro de ella estaba roto, podía sentirlo. No saber la hacía imaginar cosas terribles, y la angustia de mi desaparición no se le quitaría por meses, o años. De hecho, pensé, es posible que nunca llegue a sanar del todo. Concluí que lo mejor era saber, empezar a lidiar con el asunto.

—Sí, vamos con ese doctor —le dije—. Siempre es mejor saber, ¿no?

—Supongo —dijo, no muy convencida. Mamá era psicóloga y eso me hacía apreciar aún más el esfuerzo que estaba haciendo por no averiguar más de mis últimas semanas. No había considerado que tal vez ella no quería saber, y apenas se me ocurrió al escuchar su tono de voz. —Voy a hacer la cita. ¿No vas a desayunar?

—Ayer me dormí tarde y cené algo. Todavía estoy llena —mentí. De hecho, sentía un tipo de apetito que no había sentido nunca antes, como si en vez de tener el típico hueco en el estómago lo tuviera en todo el interior. Pero no podía comer lo que estaba en la mesa, me daba asco. Era como esas veces en

que uno tiene un antojo muy específico, pero aún no descubre de qué.

—Bueno, al menos llévate algo a la escuela —suplicó, y me tendió una bolsa con una manzana, una barra de granola y una bolsa de cacahuates. La tomé sin discutir—. Y llévate mi celular, si necesitas algo llamas al instituto.

En las tardes, mamá daba terapia en un consultorio dentro de la casa. Así había sido desde el divorcio, y le permitía sentir que estaba conmigo aunque estuviera trabajando. Hacía apenas unos meses había comenzado a trabajar por las mañanas en una preparatoria muy exclusiva a la que asistían los hijos de padres de mucho dinero, políticos y diplomáticos extranjeros. Una colega la había recomendado, pues necesitaban alguien muy profesional, y mamá había estudiado quién sabe cuántas maestrías y diplomados. Según lo que contaba, el nivel era altísimo y los alumnos tenían cursos adicionales de idiomas, política, negocios y cosas por el estilo. Las familias que tenían hijos sobresalientes en otras escuelas hacían lo imposible por que ingresaran ahí, pues les aseguraba la entrada a las mejores universidades, y no sólo las del país. El problema era que las colegiaturas eran carísimas, pues los maestros eran de alto nivel, muchos de ellos extranjeros, y los laboratorios de ciencias y de computación eran lo más moderno disponible. El colegio había sido fundado por un grupo de gente que buscaba crear generaciones de jóvenes que serían los científicos e intelectuales del futuro. A veces becaban a estudiantes extraordinarios que no podían pagar las colegiaturas.

Mamá era psicóloga adjunta y apoyaba a los extranjeros en su adaptación al país. Y bueno, los adolescentes son iguales aunque sean genios, y tenían los mismos problemas que cualquiera con sus amigos, novios, padres… Aunque siempre hablaba de las grandes presiones que tenían esos pobres niños encima, yo sabía que le hubiera encantado que yo estudiara ahí. Y no es que yo fuera de las que reprobaban, pero estaba lejos de ser la mejor de la clase, y tenía que serlo para aspirar siquiera a presentar las pruebas de admisión. Ni modo: tendría que enorgullecerse de alguna de mis habilidades no académicas.

Salimos juntas y la luz volvió a cegarme. Antes de arrancar el coche mamá volteó a verme.

—¿Estás segura de que quieres ir hoy? ¿Te sientes lista? Te ves agotada… —y puso cara de tristeza con la última frase.

—Estoy tan lista como lo estaría mañana o cuando fuera. Mejor lidiar con esto y ya —dije con falsa valentía. Yo también tenía una pregunta, aunque el puro hecho de que la tuviera obviaba la respuesta—. Oye, ¿y papá…?

No pudo sostenerme la mirada. Volteó al frente y encendió el coche. Quitó el freno de mano y yo la miré fijamente, anticipando su respuesta.

—El día siguiente de que desapareciste le dejé cinco mensajes. En el último le decía que creía que te habían secuestrado. Me regresó la llamada dos semanas después, la mañana del día que volviste. Le dije que no sabía nada nuevo. Eso es todo.

—¿No ha vuelto a preguntar…? ¿Ya le avisaste que regresé?

—No he vuelto a hablar con él.

Aunque sabía que iba a decir algo parecido, me sorprendió lo doloroso que fue escuchar la confirmación. No pude responder, era como si el pecho se me hubiera quedado encerrado entre dos

paredes. Ella también se quedó en silencio. A los quince minutos llegamos a la escuela.

—Si te sientes mal o necesitas cualquier cosa, háblame. Yo paso por ti a las tres. —Me besó la mejilla y me acarició el pelo. Me despedí y bajé del coche. Iba unos minutos tarde, y eso haría que mi entrada al salón de clases fuera más llamativa de lo necesario. Además, estaba tan agotada que apenas podía caminar a paso normal. Volví a tener la sensación de que mi cuerpo estaba en llamas, y podía escuchar los latidos de mi corazón retumbar en mi cabeza, lentos y cansados. La piel de los brazos y la cara me ardía, y un olor a papel quemado venía de no muy lejos. Me acerqué el brazo a la cara y comprobé que era mi piel. Había estado en la sombra tanto tiempo, que ahora era demasiado sensible al sol, supuse. Suspiré. Tal vez ir a la escuela no había sido tan buena idea.

Llegué frente a mi salón y tuve que calmarme antes de tocar la puerta. Aún no había decidido qué historia contaría. Tal vez lo más fácil era decir la verdad: no recordaba nada. Lo último que sabía es que había estado en El Lujo. Con Abel. Después había amanecido, semanas después, en mi casa. No sabía dónde había estado ni cómo había regresado. No estaba lastimada ni enferma, sólo cansada y confundida. No había más que decir. Toqué la puerta y la maestra de Historia me indicó pasar.

Ese día repetí mi versión oficial docenas de veces. Pasé todo el recreo en la Dirección, arreglando la cuestión de mis faltas con los maestros. Los siguientes días fueron iguales. Empecé a usar una gorra y playeras de manga larga para protegerme del sol. A las tres de la tarde lo único enrojecido eran mis manos, y en la noche habían vuelto a su tono blanquecino y ya no me ardía la piel. No podía comer nada y le inventaba a mamá que había comido en la escuela. Durante los recreos me escondí en un rincón sombreado del patio de la primaria, no quería ver a nadie y lo logré. Cada vez que llegaba a una esquina me aterrorizaba toparme con Abel o con Valentina. No estaba lista. Mi cansancio fue creciendo cada día, y cuando en las tardes o noches intentaba dormir, era imposible.

El jueves viví todas mis clases como una zombi. No entendía nada ni veía claramente. En Matemáticas estábamos viendo un tipo nuevo de ecuación y yo sólo veía números y signos desfilando. El maestro puso cinco ecuaciones en el pizarrón y comenzó a caminar por el salón respondiendo preguntas. Mi lápiz comenzó a pasearse por el papel cuadriculado. No tenía ni idea de lo que estaba haciendo, veía cada movimiento como si estuviera en cámara rápida. Cuando el maestro pasó por mi lugar se quedó viendo mis operaciones detenidamente. Apenas habían pasado cinco minutos y yo había llenado páginas y páginas de garabatos.

—¿Has estado estudiando o qué? —preguntó. Tomó mi cuaderno y revisó con más cuidado—. Y perdiste tres semanas de clases. ¿Cómo…?

Lo miré, confusa, y no dije nada. No podía ser: había trabajado como autómata, sin la menor conciencia o concentración, y no había cometido ni un solo error en operaciones de una página completa. El maestro me devolvió mi cuaderno y se encogió de hombros. Miré las hojas llenas de números y signos mientras el resto de mis compañeros batallaba con la primera operación. Pedí

permiso para salir, di tres pasos y me sentí agotada. Ni siquiera tenía la energía para intentar comprender lo que había pasado en la clase de Matemáticas. Me senté en el piso, recargando la espalda contra la pared, y cubrí mis ojos del sol con la gorra. La sensación de vacío interior era más intensa a cada minuto que pasaba, y no tenía ni idea de cómo aliviarla. Debía volver al salón, pero no lograba pararme, ni siquiera moverme. La campana del recreo sonó mucho antes de lo que esperaba. Reuní las fuerzas para ponerme de rodillas y después, con las manos sobre la pared, me levanté. Mis compañeros de clase salieron en desbandada y casi tropiezo. Quise huir como los días anteriores, pero supe que Valentina se acercaba, y además de que no tenía energía para escabullirme, pensé que no podía evitar el encuentro toda la vida. La multitud se abrió y la vi caminando decididamente hacia mí. Se me acercó y me dio un abrazo corto y extraño que no tuve tiempo ni fuerzas de corresponder.

—Entonces no te acuerdas de nada —dijo fríamente.

—Prefiero decirle eso a todos. Me acuerdo de algunas cosas.

—De las cosas que le dijiste a Abel… ¿te acuerdas? —Escuchar su nombre me estremeció.

—No muy bien. ¿Él te contó?

—No muy bien.

Nos quedamos en silencio, y ella me recorrió con la mirada de la cabeza a los pies. Después se le llenaron los ojos de lágrimas. Nos abrazamos, esta vez de verdad. Ella estaba temblando. Quise llorar, para que supiera cuánto me alegraba de volver a verla, aunque lleváramos meses sin hablar.

—Diario le preguntaba a Abel si sabía algo, Maya. No sabes cómo pensé en ti. Y Abel… no sabes cómo estaba. Y la última vez que tú y yo hablamos… ya sabes, hablamos en serio…

Recordaba perfectamente esa vez, una semana antes de mi desaparición. Yo la había acusado de estar enamorada de su hermanito y de ser incapaz de alegrarse por mí. Ella me acusaba de traicionarla y abandonarla y de haberla usado para llegar a Abel. Nos habíamos gritado en un café al que habíamos ido con la intención de «recuperar» la amistad, que se venía deteriorando hacía semanas. Después de eso no volvimos a hablarnos, y ella dejó de ir a las tocadas. Nadie tenía la culpa realmente, las cosas se habían dado de esa manera. Con ese abrazo supe que su cariño no había desaparecido del todo y me alegré mucho. Decidí aprovechar la situación para liberarme de mis propias culpas.

—De verdad siento mucho lo que te dije ese día. Tenía que haber manejado mejor la relación con Abel, todo fue muy raro y…

—¿Y yo? Siempre te animé para que salieras con él y luego… Ay, Maya, ¡te he extrañado mucho! Si no hubieras regresado…

No terminó la frase, pero quería decir que si yo me hubiera muerto, se habría sentido culpable por cómo acabaron las cosas. Volvimos a abrazarnos, pero esta vez sentí un extraño malestar y la solté.

—¿Abel y tú se están llevando bien? —pregunté.

—Últimamente más, pero las cosas siguen raras… Hemos estado bastante alejados, pero supongo que es normal cuando dos personas tienen pareja. Ni modo.

—Sí… ¿Cómo va eso?

—Bien… Diego y yo nos la pasamos bien. Y Abel y tú… ¿qué? ¿Ya hablaron? ¿O necesitan un descanso?

No entendí a qué se refería con lo del descanso, ya nos habíamos dejado de ver por suficiente tiempo. Respondí fríamente.

—Hablamos, pero no pudimos arreglar nada. Todo está revuelto. Nos dijimos cosas horribles esa noche, él me dejó en el bar…

—Bueno, porque tú estabas con otro tipo —dijo a modo de reclamo. Decidí no responder, no quería discutir con ella también.

—¿Quién era? ¿Lo conocías? ¿Te hizo algo?

—No lo conocía… No sé si me fui con él ni si me hizo algo.

—¿Te drogó? ¿Te violó, Maya? Porque podemos buscarlo, y…

—Nunca lo encontraríamos —dije sin saber muy bien por qué. Me estaba agotando. Por un lado, hablar de Abel y sentir su presencia en Valentina era demasiado doloroso, e intentar recordar esa noche fatal me llenaba de frustración. Nos despedimos, y al intentar volver al salón de clases mis piernas dieron de sí y caí al suelo. Traté de levantarme pero mis brazos tampoco respondían. De nuevo escuché el lento latido de mi corazón, parecía que trataba de comunicarme algo. A lo lejos distinguí la voz de Valentina que decía mi nombre. Los colores a mi alrededor eran opacos, y los sonidos, difusos. Creí que iba a desmayarme, pero seguía consciente e inmóvil. Dos figuras se acercaron, dos chicos; me ayudaron a levantarme. Uno preguntó algo, pero yo escuchaba todo como a través de una nube densa. Supe que no me llevaban al salón de clases, sino a la enfermería. Entre los dos me acostaron en un catre angosto, y la enfermera se apresuró a hacer la básica revisión para la que estaba capacitada.

No supe cuánto tiempo pasó. Estaba en un limbo entre la conciencia y la inconsciencia. Me transportaron de un lugar a otro, escuché todo como un murmullo incomprensible y no reconocí los lugares ni a las personas que me rodeaban. Mi cuerpo era como el de una muñeca de trapo que todos manipulaban sin demasiado esfuerzo.

El descubrimiento de un nuevo platillo
hace más por la felicidad humana
que el descubrimiento de una nueva estrella

Jean Anthelme Brillat-Savarin

OCHO

La vida me volvió como un choque eléctrico. En un segundo, los sonidos se volvieron más nítidos que nunca. Miré a mi alrededor y ahí estaba la cara sorprendida de mamá. Frente a mí estaban una enfermera y el mismo doctor que me había revisado días atrás, aún más sorprendido. Tenía ganas de levantarme de ese camastro y brincar por todas partes, o salir a correr a toda velocidad, pero noté el catéter insertado en mi brazo.

—¿Maya? ¿Estás bien? —preguntó mamá, con su eterno gesto de preocupación.

—Me siento increíble —respondí casi en un grito. Todo el cuerpo me cosquilleaba, lleno de placer. Modulé mi voz— ¿Qué pasó?

—Te desmayaste en la escuela… Te trajimos al hospital y resultó que tenías la presión muy baja, tenías… —Mamá se detuvo y miró mi rostro detenidamente. Era obvio que la situación le era incomprensible. Mientras, me invadió un calor delicioso. El doctor tomó la palabra.

—Al parecer perdiste mucha sangre, Maya. Por eso tenías la presión tan baja, el corazón no tenía sangre para bombear. Lo que no entendemos es cómo. La última vez que te revisé, no estabas tan grave. Estamos haciendo análisis…

Traté de poner atención a lo que el doctor explicaba, pero resultaba difícil con mi grado de euforia. Volteé para sonreírle a mamá y calmarla, y noté que tenía un catéter en el brazo también. Comprendí que me habían hecho una transfusión de sangre, de su sangre. Estaba pálida y no era a causa del procedimiento, sino de la ansiedad. El doctor continuó:

—¿Has perdido sangre últimamente? Es que ya te revisé y no encuentro… —El médico negó con la cabeza, desubicado. —No entiendo —confesó.

— Pues no sé —dije alegremente—. Ahorita estoy de maravilla.

El doctor le hizo una seña a la enfermera y ésta retiró las agujas. El cuarto se llenó de un aroma penetrante y dulcísimo. Cerré los ojos e inhalé con fuerza. Al abrir los ojos vi el gesto de dolor de mamá y recordé su miedo a los piquetes. La enfermera tomó un algodón con alcohol y se lo puso sobre el brazo. El olor fue desapareciendo y el del alcohol tomó su lugar. Antes de que la enfermera me limpiara, no pude evitar lamer de mi brazo una pequeñísima gota de sangre. Me recorrió un escalofrío.

—Pues… supongo que la transfusión fue una buena idea —dijo el médico, confundido—. Preferiría que Maya pasara la noche aquí, para estar seguros…

Mamá y yo nos pusimos de pie al mismo tiempo y el doctor se sobresaltó. Ella quería saber mi opinión, presentí que iba a volver a preguntar cómo me sentía, aunque era difícil confiar en mis cambios de ánimo. Estaba a punto de hablar cuando dije:

—La verdad no le veo caso a quedarme. ¡Me siento increíble! —dije entusiasmada—. Si pasa algo venimos de inmediato.

El doctor se encogió de hombros y me revisó los reflejos, la presión, el corazón… ¿Para qué? Estaba convencida de que mis latidos se escuchaban a metros de distancia. Después de un rato de papeleo ya estábamos camino a casa. Estuve viendo por la ventana y los colores tenían una brillantez poco común. Durante los altos podía escuchar claramente las conversaciones y la música en los coches de al lado, aun con sus ventanas y las nuestras cerradas.

Eran las seis de la tarde y mamá insistió en que permaneciera en reposo lo que restaba del día. Pensé en sus pacientes vespertinos… Seguramente les dio vacaciones durante mi desaparición y aún no reanudaba sus sesiones.

—Sabía que era muy pronto para que volvieras a la escuela. Lo sabía —dijo. Se sentía responsable por lo que había pasado, y yo no lograba convencerla de lo bien que estaba.

—Oye, mamá, ¿y tus pacientes?

—Este tipo de euforias, de altas y bajas tan radicales, no es normal —prosiguió, ignorando mi pregunta—. No podemos confiarnos ahora de que ya estás bien. Mañana voy a la escuela y le pido a tus maestros los temas que te perdiste y los de toda esta semana. Puedes estudiar aquí para no atrasarte, pero aquí.

—¿Y tu trabajo? —pregunté.

—Si te veo bien, voy, y si no, no. Y si llamas, vengo. Me quedaría todos los días, pero las últimas semanas no pude concentrarme muy bien que digamos y tengo mucho trabajo atrasado.

—Pero ¿y tus pacientes?

—Empiezo el miércoles.

Quedarme no era buena idea. Cada uno de mis latidos llegaba a todas partes, estaba llena de energía. Había vuelto a la vida. Me sentía tan bien que no había pensado en Abel la última hora. Mamá se fue a la cocina a preparar algo. El recuerdo de los olores durante el desayuno me revolvió el estómago. No comería nada y mamá se preocuparía más. Tal vez valía la pena que fingiera alimentarme. Desde donde estaba podía distinguir exactamente qué estaba calentando; los olores también eran mucho más fuertes y, en este caso, insoportables. Corrí hacia la ventana, la abrí y aspiré el aire de afuera. Esperaba la familiar sensación de los pulmones llenándose, pero no llegó. Volví a aspirar: mi sentido del olfato era más agudo que nunca, pero el aire no llegaba a ningún lado. Hice un experimento y dejé de respirar. Pasaron un par de minutos y yo seguía como si nada.

—¿Maya?… Ah, no te había visto. Ven a comer algo —dijo mamá, y dejó una charola en la mesa de centro de la sala.

Yo seguía conteniendo la respiración. Habían pasado unos cinco minutos, era imposible. Miré a mamá y quise comentar lo que pasaba con ella, con quien fuera, pero guardé silencio. Vi la comida. Los olores que ahora llegaban eran tenues, mucho menos molestos que antes. La idea de comer, sin embargo, me repugnaba. Me senté y tomé un bocado con el tenedor. Me lo metí a la boca y un sabor metálico y desagradable recorrió mi paladar. Supe que no podría tragármelo. Mamá observaba atentamente. Froté mis manos como para decirle que tenía que lavármelas y me levanté a toda prisa. Llegando al baño escupí la comida de inmediato y respiré profundamente por primera vez en muchos minutos. No me había sentido asfixiada, pero no respirar era demasiado raro y prefería hacerlo. Me tomó unos instantes recuperar un ritmo normal. Volví a la sala y me dediqué a inventar pretextos para levantarme: quería salsa, otro cuchillo, un vaso de agua. Llevaba el plato a la cocina y tiraba algo de la comida al triturador del lavabo, pensando que después ofrecería lavar los trastes y podría encenderlo y deshacerme de la evidencia.

Me forcé a quedarme quieta para que mamá se tranquilizara. Preguntó acerca de la escuela y le conté una versión modificada de lo que había pasado en la clase de Matemáticas. Preguntó por Valentina y le dije que habíamos hablado, y que lo más seguro era que volviéramos a ser amigas, sobre todo ahora que Abel y yo… callé, pero era demasiado tarde. Había dicho su nombre y ahora un torrente de imágenes me destrozaba por dentro. Tenía que volver a verlo. Mamá se apresuró a hablar de otra cosa, de su tema favorito: los estudiantes de la preparatoria en donde trabajaba:

—Uno más brillante que el otro —dijo—, y por eso una está tentada a creer que son más maduros que los demás adolescentes, pero al final de cuentas son iguales, con los mismos problemas de adaptación, de rebeldía… Ahora hay un grupito del que todos hablan, y todavía no entiendo bien qué está pasando ahí, es una obsesión. Es increíble que no sea suficiente pertenecer a la escuela más prestigiosa: también dentro de ella hay grupos exclusivos… ¡Pobres chavos!

Finalmente me acompañó a mi cuarto y me arropó. Decidí quedarme ahí hasta que se durmiera. Podía escuchar cada movimiento que hacía y el momento en que su respiración

se hizo más pausada, señal de que estaba dormida. Entonces bajé a la sala, abrí la ventana y salí por ahí sin hacer ruido. Segundos después estaba camino a casa de Abel. Era obvio que no quería verme. No llamaba y ni siquiera lo veía en la escuela. Seguramente también estaba escapando de mí. Cuando éramos novios nos veíamos todos los recreos en el mismo lugar, frente a la cafetería. Casi siempre estaba con sus amigos y yo a veces iba con Valentina, antes de que la relación se enfriara por completo. Comíamos juntos, nos tomábamos la mano, y yo era feliz de que nuestra relación fuera tan pública. Me llenaba de orgullo ser su novia. Ahora estaba por cumplir cuatro semanas de no verlo. Era demasiado, no importaba qué nos hubiéramos dicho o hecho. Apuré el paso. La imagen de mamá plácidamente dormida no me abandonó en todo el camino. Cada vez que se movía en su cama, yo lo veía en mi mente, como una película. Si me concentraba, podía escuchar su respiración y su pulso, como si fuéramos la misma persona. No supe si era mi imaginación o una especie extraña de telepatía, pero era bueno saber que estaba bien. Llegué a casa de Abel al poco tiempo. Desde el mismo lugar que la última vez, escuché su voz. Estaba conversando con Valentina.

—No sé, es que todavía es muy raro todo.

—Pero ¿quieres hablar con ella o no? Está muy mal. Supiste que hoy se desmayó en la escuela, ¿no?

—Pero ¿qué hago? Me siento… no sé. Además no dejo de pensar que si no nos hubiéramos gritado, tal vez no se habría ido con ese tipo. Tal vez no le hubiera pasado… lo que sea que le haya pasado. ¿A ti te dijo algo?

—No. Creo que en verdad no se acuerda. Pero tú sí te acuerdas de las cosas que te dijo. Se estaban peleando, no podías saber que le iba a pasar algo malo. No puedo creer que además de todo te sientas culpable.

Cerré los ojos y me imaginé a Abel en su silla giratoria y a Valentina acostada en la cama. Una parte de mí siempre se sintió culpable de arruinar su relación, así que me alegré un poco de que estuvieran conversando, aunque la plática no me conviniera a mí. No entendía muy bien las intenciones de Valentina, y algo me daba mala espina.

—¿No puedes creer? Es obvio. Yo la llevé ahí, yo era responsable de regresarla a su casa, aunque estuviéramos enojados. La dejé ahí, a una niña sola, la abandoné. Soy un imbécil. No puedo verla a la cara, ni a su mamá. Y ni sé lo que pasó, pero seguro que no fue algo bueno, y es por mi culpa.

Valentina suspiró. Estaban hablando en voz bastante baja, pero yo escuchaba cada sílaba y podía imaginar los gestos de los dos. Nunca había imaginado que la culpa fuera parte de lo que mantenía a Abel lejos de mí. Ahora que lo escuchaba, sonaba lógico. Quería escalar hasta su ventana, interrumpir la conversación, abrazarlo, sentir de nuevo esa certidumbre y esa tranquilidad de que estaríamos juntos para siempre. Eso era lo único que podía ayudarme a volver, a retomar mi vida. Lo necesitaba más que nunca, y estaba tan cerca y tan, tan lejos… No me sentía capaz de hablar con él todavía. Mientras tanto, mamá cambiaba de posición en su cama.

—Pero ¿la quieres?

—Ay, Valentina, qué pregunta.

—¿Por qué? Apenas es tu primera novia, y tú mismo dijiste que se peleaban diario.

—¿Y eso qué?

—No sé, tal vez ya estás harto. No tienes que regresar con ella sólo porque le pasó algo.

Mi cuerpo se endureció en segundos. Mis manos se cerraron en puños y las uñas atravesaron la carne. Me tragué un grito de dolor. Vi las palmas de mis manos llenas de sangre oscura y golpeé con ellas la pared de la casa. Así que eso era lo que ella quería, que Abel y yo termináramos. Y había venido a saludar y abrazarme en la escuela… ¡Qué hipócrita!

—¿«Le pasó algo»? —gritó Abel. Escuché cómo la silla rodaba por el suelo después de que él se levantara, furioso—. ¡No puedo creer que digas eso! ¿Has pensado siquiera en lo que le pudo haber pasado? ¡ Era tu mejor amiga! ¡Imagínatelo! ¡No digas tonterías, Valentina!

—¡Si la quieres tanto, entonces por qué no estás con ella! —respondió Valentina, ofendida.

Alguien se acercaba a la recámara de Abel. Los gritos habían despertado a sus papás. Los hermanos se callaron. Él no respondió la pregunta. La puerta de la recámara se abrió, pero nadie dijo nada. Alguien salió de la habitación, seguramente Valentina, la puerta se cerró y por unos segundos todo quedó en silencio. Después se oyó un golpe: Abel había pateado algo. Me sobresalté y retiré las manos de la fachada amarilla. Había dejado una huellas sangrientas.

Regresé a casa sin saber cómo sentirme. Valentina evidentemente no había superado que yo fuera la novia de su hermano, no soportaba los celos y quería confundir a Abel ahora que todo era un enredo. Más que su hermana, parecía una mujer enamorada y despechada. Nunca me habría imaginado que podía ser tan víbora. Pero ella no importaba. Quise pensar que era obvio, por la reacción de Abel, que todavía me quería. Todo era un desastre, pero hallaríamos el modo de sanar las heridas, sólo era cuestión de tiempo. Mientras, seguiría extrañándolo. Entré por la ventana de la sala y llegué a mi dormitorio sin hacer ruido. Fui a lavarme la sangre de las manos; cuando estuvieron limpias vi que no tenía una sola herida. Me encogí de hombros. Ya no sabía si sorprenderme o no de las cosas raras que me pasaban. No tenía ganas de dormir. De hecho, intenté recordar la última vez que había dormido y no pude. Había sido hacía casi un mes.

¿Qué podremos usar para llenar los espacios vacíos
en los que solíamos hablar?

Pink Floyd

NUEVE

El viernes mamá tuvo que irse a trabajar, pero antes de eso entró a mi cuarto a ver cómo me sentía. Me encontró tan fresca como si hubiera dormido profundamente por horas, así que se fue tranquila. Podía haber escapado a la escuela, pero no tenía ganas. Estaba tan atrasada que ya daba lo mismo un día más o un día menos. Tenía algunas tareas para elegir y ocupar mi tiempo libre: Literatura, más ejercicios de Matemáticas, Física, Historia… eso tomaría todo el día. Mamá había llegado a su trabajo. Antes de bajar de su coche respiró hondo como para darse valor. Si me concentraba, podía ver lo que ella veía, escuchar lo que escuchaba. ¿Cómo podía ser? «Otra cosa más», pensé, «qué caso tiene analizarlo».

Cerré todas las cortinas de la casa; estaba más cómoda con la luz artificial y menos intensa. Me senté en el comedor y saqué el cuaderno de matemáticas. En la clase había estado como una zombi, pero ahora mi mente veía todo muy claro. Sabía

exactamente lo que tenía que hacer, la lógica de las ecuaciones era tan obvia que en cinco minutos había acabado con toda la tarea. Siempre había odiado las matemáticas, pero ahora parecían divertidas. Maravillada con mi nueva habilidad, volví a revisarlas: no había errores. Ya que las fórmulas y los números fluían tan fácilmente, saqué la tarea de Física, otra de las materias que se me dificultaban. Sucedió algo similar. Mi mano se movía a toda velocidad, los resultados aparecían en mi cabeza antes de que pudiera escribirlos. Había acabado con la mitad de mis pendientes y apenas eran las nueve y media. A las once supe que mamá llamaría para ver cómo estaba, y tomé el teléfono segundos antes de que sonara. Estaba tan incrédula de oírme tan bien, que parecía hasta decepcionada.

—No hay que confiarnos, tenemos que averiguar qué pasa —dijo muy seria. Me comentó que la semana entrante teníamos cita con el hipnotista, el martes en la tarde. Le dije que estaba bien, y volvió al trabajo. Para la una de la tarde yo había terminado con todo. Leí los capítulos de Historia en un tiempo récord, y al cerrar el libro comprobé que recordaba párrafos enteros, línea por línea. Estaba entretenida descubriendo mi memoria fotográfica cuando el pulso de mamá se aceleró. Un hombre había entrado a su oficina y la veía fijamente a los ojos mientras hablaba. Era difícil calcular su edad. Yo veía la escena como si estuviera escondida detrás de la silla de su escritorio. No pude escuchar lo que decía, porque su apariencia me distraía. Su pelo era negro, lacio y brillante, sus ojos negros parecían los de una persona mucho mayor. Era pálido, alto, con brazos largos y dedos aún más largos. De pronto volteó ligeramente la cabeza y hubiera jurado que me miró.

Sonrió ligeramente y el pulso de mamá se aceleró aún más. Algo de este hombre la perturbaba. Seguí viendo la escena y él seguía mirándome, pero yo no estaba ahí. Agité la cabeza y descubrí que podía decidir no ver. Así lo hice.

Continué con mis tareas. Las composiciones siempre se me habían facilitado, pero ahora parecía que las palabras exactas llegaban a mi mente cuando las necesitaba, sin ningún esfuerzo. ¿Qué estaba pasando? ¿A cuántos sucesos bizarros seguiría dándoles la explicación de que «era la adrenalina»? Ya había pasado bastante tiempo, y si bien lo que había sucedido y no recordaba me había traumado seguramente, no cabía duda de que algo más pasaba. Estaba aburrida y decidí experimentar con lo de la respiración de nuevo. Podía dejar de respirar por el tiempo que yo quisiera, sin ninguna consecuencia ni esfuerzo. ¿Qué clase de accidente podía provocar algo así? De cualquier modo, estaba acostumbrada a respirar y no quería dejar de hacerlo, pero por unos momentos pensé en las posibilidades: bajo el agua, en un avión sin oxígeno, en la cajuela de un auto. Tenía que ser algo temporal, era demasiado raro.

Prendí la computadora y estuve perdiendo algo de tiempo en Internet. Se me ocurrió que tal vez yo tenía alguna enfermedad o condición que me permitía respirar sólo de vez en cuando y que multiplicaba mi inteligencia. Busqué los síntomas y no encontré nada definitivo. Algunas páginas sugerían que yo era una niña índigo, pero las rechacé de inmediato. Por otro lado, el cansancio tan abrumador que había sentido también era nuevo, nunca me había pasado que mis músculos no respondieran de esa forma.

Mamá no tardaría en llegar, así que decidí ensuciar un par de platos y dejarlos en el lavabo para convencerla de que había estado comiendo.

Esa tarde Valentina llamó y ofreció venir a verme. Acepté porque quería saber qué me iba a decir sobre Abel. Mi motivación era un poco perversa: quería confirmar que a mí me decía algo diferente de lo que pensaba en realidad. Mamá puso papas y galletas en unos platitos en la mesa de centro de la sala. Después fue a encerrarse a su cuarto para dejarnos hablar solas. Valentina esperaba encontrarse con alguien convaleciente, después de todo ella había visto cómo me desplomaba en la escuela. Se sorprendió mucho de verme tan bien, y me contó lo que todos decían de mí.

—Hay una teoría de que te volviste anoréxica y las semanas pasadas estuviste en una clínica o algo así. Y que por eso te desmayaste en la escuela. Luego hay otra teoría, pero tiene más que ver con drogas.

El ambiente entre nosotras era raro. Yo intentaba ser amable, aunque había escuchado lo que le había dicho a Abel, y ella también intentaba tratarme bien: estaba obligada, mi desaparición y después mi crisis en la escuela me hacían la víctima.

—Pero ¿mamá no avisó en la escuela que yo había desaparecido? ¿Y Abel? —pregunté.

—Abel no hablaba con nadie. Yo sabía de su pelea de esa noche porque lo oí llegar a la casa y le pregunté qué había pasado. Sólo dijo eso: que se habían peleado y que te habías regresado con alguien más. Y tu mamá avisó, y era obvio para todos, pero yo creo que la gente igual se inventa chismes. Igual y se inventaron lo de la anorexia y las drogas porque es menos dramático que lo obvio —concluyó, y desvió la mirada.

—Que alguien me secuestró, ¿no?

—Pues sí... es lo más lógico. Por el desconocido del bar, por cómo te veías cuando regresaste, por que no te acuerdas de nada... Lo más seguro es que lo hayas bloqueado.

—Pero ni te vi ese día —interrumpí.

—Pero yo a ti sí. Saliendo de la Dirección. Parecía que habías bajado diez kilos o algo así. Me impresionaste tanto que no te quise ni saludar.

—¿Y Abel? —pregunté con voz inocente. Valentina puso cara de tristeza y suspiró. Yo ya sabía algo de lo que Abel pensaba, pero quería ver qué decía ella.

—Abel piensa que es su culpa. Ni sabe qué, pero es culpa suya, y entonces nunca lo va a superar. Cree que te violaron o algo. No puede ser que no te acuerdes, Maya, dime la verdad. ¿Sabes que Abel tuvo que hablar con la policía para intentar describir al tipo ése y encontrarte? —su tono era entre desesperado y enojado. No intentaba ser amable pero al menos no era hipócrita. Si yo lograba recordar lo que había pasado y era algo menos terrible de lo que Abel creía, se tranquilizaría y podría decidir honestamente si quería estar conmigo o no. No se engañaría a sí mismo por la culpa. Valentina creía que yo estaba usando mi situación para hacer sentir mal a su hermano, para chantajearlo y retenerlo, pero era ridículo. Comprendí que ella no sabía nada de mí ni del amor que sentía por Abel. ¿Cuál era su problema? Ya no estábamos juntos.

—No es su culpa. Obviamente no es su culpa —dije.

—¿Estabas lastimada? ¿Cómo regresaste aquí?

—Pues… caminando. —Valentina puso los ojos en blanco. No me creía y pude sentir que se impacientaba. Mi frustración también estaba creciendo, no recordaba un episodio clave de mi vida y la gente actuaba como si eso fuera difícil para ellos. Nos quedamos en silencio y pude escuchar la respiración agitada de Valentina. Yo estaba harta, no quería hablar más del asunto, y la mezcla de sentimientos era demasiado intensa. Se levantó y dio algún pretexto soso para irse. No la cuestioné. Caminó hacia la puerta y la acompañé. Volteó a verme antes de salir. Iba a decir algo, pero al final no se decidió. Cerró la puerta tras ella, y escuché sus pasos en el pavimento y la puerta de su coche abriéndose. Después escuché como, dentro de su coche, suspiraba.

El fin de semana transcurrió sin novedad. La plática con Valentina me había dejado un mal sabor de boca. Y mamá, en efecto, había encontrado tiempo el viernes para ir a mi escuela y averiguar si había tareas o materias en las que yo estuviera atrasada. Trajo un montón de pendientes y me alegré de tener algo que hacer. El sábado nos sentamos a trabajar al mismo tiempo en el comedor. Ella tenía que hacer unas evaluaciones o algo así. Mi mano se movía a toda velocidad resolviendo ecuaciones y fórmulas y escribiendo párrafos completos en escasos minutos.

—¿Estás bien? Te veo muy acelerada —dijo mamá, preocupada como siempre. No se me había ocurrido que podría interpretar mi eficiencia como algo malo.

—Son las vitaminas —inventé. Cada noche mamá me veía tragarlas y yo las mantenía en mi boca para luego escupirlas. No podía tragar nada, me daban ganas de vomitar. Volví a mis cuadernos y podía sentir que me observaba, confundida.

—¿Ahora está mal que me guste hacer la tarea? —pregunté, medio en broma.

—Claro que no —respondió— claro que no. Al fin se levantó de la mesa, fue a bañarse y a arreglarse y se quedó encerrada en su cuarto, hablando con Simona por teléfono. Podía escuchar todo lo que decía y seguir con mis tareas sin ningún problema. Llevaba dos horas trabajando cuando decidí parar. Dejé el lápiz a un lado y vi que había avanzado de más en el libro de matemáticas… Lo había terminado, para ser exactos. Las operaciones habían ido subiendo en dificultad y ni me había dado cuenta.

—Soy un genio —dije en voz baja. Después me reí. Sabía que no era un genio, pero me estaba cansando de buscar explicaciones.

En vista de que yo me sentía tan bien, en la noche mamá propuso que fuéramos al cine con Simona. Acepté y entramos a una comedia romántica. Mientras recorríamos la plaza estaba nerviosa de encontrarme con alguien de la escuela, pero no era el lugar más de moda. Apenas me senté en la sala, recordé que Abel tenía una tocada importante esa noche. Estaba programada desde hacía meses. Era la primera tocada suya que iba a perderme, y eso me entristeció. La película empezó y podía escuchar las conversaciones en voz baja de las personas, y también cómo masticaban sus botanas y cómo vibraban sus celulares. No podía concentrarme. Pensaba en Abel, y en que estaría conectando su guitarra, agarrándose el pelo con una liga, sacando una plumilla de su estuche. En la pantalla la pareja se estaba peleando. Entonces recordé a Abel en El Lujo, gritando.

Las imágenes llegaron todas juntas de golpe: Abel gritando, yo entrando al baño, el hombre de traje sonriendo desde el otro lado del bar, una pluma fuente, sangre. Intentaba ordenarlas, pero no era fácil. Brinqué de mi asiento y mamá y mi tía voltearon a verme, alarmadas. Susurré que iba al baño y tropecé con los pies de todas las personas de la fila. Los recuerdos me bombardeaban sin clemencia. Salí corriendo de la sala como pude y me dirigí al baño. Encerrada en un cubículo y con los ojos cerrados, apoyé la frente en la pared. Fui paso por paso: llegué con Abel al bar y él pidió un trago. Empezamos a discutir de algo, él gritaba, yo gritaba. Nos separamos y entré al baño. Abel esperaba afuera. Al salir choqué con un hombre de unos treinta años, vestido de traje y corbata, y nos miramos a los ojos largo rato. Yo quería apartar la mirada, pero era imposible. De reojo podía ver que Abel gritaba y gesticulaba. No crucé palabra con el extraño, y finalmente se alejó caminando. Abel me acusó de coquetear y exigió que nos fuéramos. Yo no dije nada, tenía la boca sellada. No me moví, seguí al extraño con la mirada y Abel lo notó, se dio la media vuelta y se fue. Entonces caminé por el bar hasta que vislumbré al extraño de traje y caminé hacia él como una muñeca a la que habían dado cuerda. Quería voltear, seguir a Abel, pero no podía. Era como si mi cuerpo fuera propiedad de aquel extraño y sus ojos negros. Al fin llegué a la mesa a la que estaba sentado.

—Hola, Maya —dijo el hombre—. Siéntate. Obedecí porque no tenía de otra. Sacó una pluma de la bolsa de su saco. La pluma fuente. La puso en la mesa, al lado de un mantel blanco de papel, y empezó a dictarme. Decidí que no le haría caso, pero mis dedos tomaron la pluma y comencé a escribir, sin poder evitarlo. Sentía la mirada del extraño sobre mi rostro, quemaba. Volteé a verlo: parecía nervioso, a veces volteaba a su alrededor. Intenté buscar a Abel con la mirada: no podía mover el cuello. Algo me obligaba a ver el papel y lo que estaba escribiendo. Al terminar tomó la pluma y se la guardó, dobló el mantel en cuatro y me ordenó guardarlo. Lo metí en mi bolsa. Después se puso de pie y volvimos a vernos a los ojos. Los suyos eran duros y bellos, no podía dejar de mirar. El resto de su cara era… No lo recordaba, al igual que no recordaba lo que había escrito en ese papel.

Me ofreció el brazo y caminamos a través del bar. Me sentía como un caballo que sólo podía ver hacia el frente, aunque me preguntaba dónde estaba Abel, qué pasaría con él, adónde iba yo. Llegamos a la salida y nos abrieron la cadena. El viento frío me pegó en la cara. Caminamos unas cuantas cuadras y dejamos atrás el bullicio y las luces de El Lujo. Traté de observar a mi alrededor. Me sentía como anestesiada, no tenía miedo ni entendía nada. Después las imágenes se volvían confusas. Algo estaba claro: tenía que encontrar ese papel. Pero ¿cómo? La bolsa estaba perdida. Aunque, quizá… Pude haberla dejado en ese local abandonado. Era una posibilidad, aunque muy remota. Tenía que intentarlo, era el único dato nuevo que recordaba, y parecía esencial.

Con la mente saturada, volví al cine. Le sonreí a mamá y pareció creerme que todo estaba bien. Las imágenes se repetían sin parar y llegaban al mismo punto: el extraño y yo dejando atrás el bar. Acabó la película y dije estar muy cansada. Mis deseos eran

órdenes esos días, así que volvimos a casa de inmediato. Subí a mi cuarto y Simona se quedó unas horas más; estuvieron platicando en la sala con una taza de té. Hablaron de mí todo el tiempo. Simona me veía bien, pero mamá seguía preocupada. El martes iríamos al hipnotista, y ella se cuestionaba si no sería mejor que yo no recordara.

—Sea lo que sea lo superarán juntas —dijo Simona—, y yo estoy para ti siempre, en todo.

Mamá lloraba.

—Estoy cansada de ser fuerte y fingir que estoy bien. La verdad estoy destrozada. Ni siquiera he podido procesar lo que ha pasado, en parte porque no sé exactamente qué es, y en parte porque siguen pasando cosas, sigo viéndola… Pues no sé, no sé cómo debería estar. A veces la veo tan acelerada, que siento que está en negación. No está bien.

Me llegó una sensación de calor que realmente venía del abrazo de ellas en la sala. Estreché mi almohada y me invadió una tristeza enorme. Hacía mucho que no pensaba en lo que ella estaba pasando, y no sabía cómo ayudarla. Pensé en Abel y consideré huir para verlo en el bar donde había tocado esa noche. No tenía caso. Necesitaba recordar. Ésa era la única manera de ayudar a todos a superar esto. Tenía que volver a donde fuera que hubiera ido con ese hombre y encontrar ese papel. O algo. Durante la noche mamá se asomó a verme dos veces. Ya empezaba a acostumbrarme a escuchar sus pasos y fingir dormir segundos antes de que llegara.

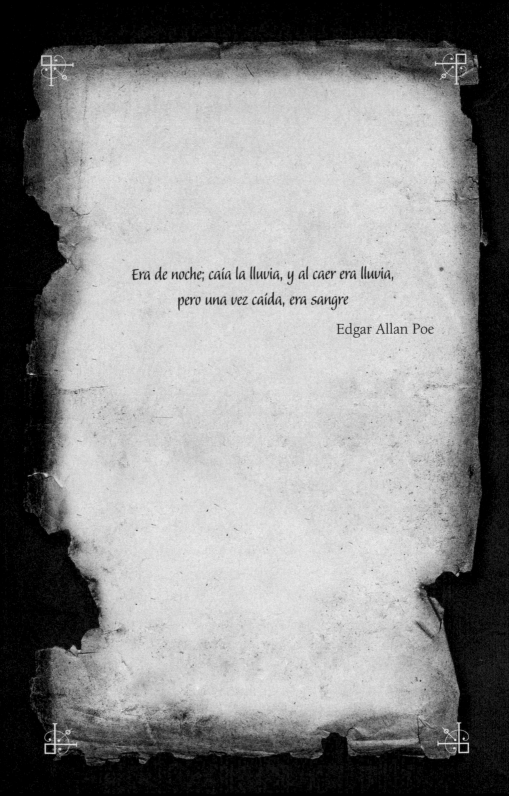

Era de noche; caía la lluvia, y al caer era lluvia,
pero una vez caída, era sangre

Edgar Allan Poe

DIEZ

staba decidida a investigar al día siguiente, pero mamá amaneció enferma. Tenía una horrible jaqueca, el cuerpo cortado y le dolía la garganta. No podía dejarla sola. Finalmente se había desahogado con alguien y su cuerpo lo había entendido como una señal de que podía bajar la guardia. Ni siquiera podía pararse de la cama, aunque lo intentó varias veces. Fue bueno poder hacer algo por ella, después de lo que la había hecho pasar las últimas semanas. Estuve llevándole té, aspirinas y agua de limón todo el día, la tapaba y destapaba según su fiebre, y, cuando a ratos se quedaba dormida, reproducía en mi mente la serie de imágenes que ahora recordaba, para ver si había algún detalle nuevo. Nada.

Mamá no se veía bien, pero quiso ir a trabajar de todas maneras. Seguía muy atrasada y eso le preocupaba mucho. No quería perder su trabajo, y ya le habían dado demasiadas concesiones por lo que me había pasado. Físicamente me sentía como nueva, y le avisé que también iría a la escuela. No discutió, se ofreció a llevarme y acepté. De nuevo me dio su celular para que la llamara por si acaso. Además de la gorra y la playera de manga larga, comencé a usar lentes oscuros y guantes. No soportaba ese olor a quemado.

El día en la escuela fue raro: las clases parecían más sosas que nunca, como si los maestros hablaran deliberadamente lento y repitieran lo mismo diez veces. Estaban muy sorprendidos y satisfechos conmigo, parecía que no había perdido ni un solo día de clases y ya estaba al corriente en casi todas mis materias. Por otro lado, el interés de mis compañeros por mí no había decaído todavía. Algunos se decepcionaron cuando dije que el jueves simplemente se me había bajado la presión. Esperaban alguna historia trágica. Muchos preguntaron si ya recordaba algo, y cuando decía que no, asentían con la cabeza como idiotas y se iban. Algunos menos discretos preguntaban directamente si era cierto que me habían violado cinco tipos o cuánto habían pedido de rescate por mí. Sus vidas eran tan aburridas que los chismes los mantenían vivos. Intenté ver a mamá varias veces, pero apenas alcanzaba a distinguirla en mi mente como una sombra. La telepatía se había ido desvaneciendo. Comenzó el recreo y, segundos antes de que pudiera huir a algún rincón solitario, se acercó Ana, con quien nunca había cruzado más de diez palabras. «¿Ahora qué quiere ésta?», pensé.

—Te ves muy bien, Maya. Te sientes mejor, ¿no? —preguntó. Su interés sonaba genuino y eso me descontroló. Estaba esperando más morbo.

—Sí, mucho mejor, gracias —respondí. Ahora va a preguntar si me acuchillaron o me estrangularon, pensé.

—El año pasado entraron dos tipos a mi casa. Yo estaba sola. No importa. El caso es que imagino cómo te sientes. Si algún día necesitas hablar, ya sabes —dijo. No dio más información ni preguntó qué me había pasado. Me pareció tan honesta y agradable que lamenté no conocerla más. Sonreí, me devolvió la sonrisa y se fue. Pensé que si algún día descubría qué había pasado y necesitaba hablarlo con alguien, aceptaría su oferta. A la hora de salida llamé a mamá y le inventé que iría a casa de una amiga.

—¿Qué amiga? —preguntó, exageradamente alarmada.

—Ana —improvisé.

—No sabía que te llevabas con ella.

—Apenas empezamos. A ella le pasó algo traumático también y siento que podemos hablar —dije.

—Pero ¿te sientes bien? ¿No sería mejor que regresaras a descansar? —insistió. Discutimos y logré convencerla de que me sentía bien y de que era mejor que conviviera con gente en vez de estar sola.

Empecé a caminar y al poco tiempo mis piernas exigieron aumentar la velocidad. El local estaba en un lugar apartado de la ciudad, lejos de todo, y además no estaba segura de que lo encontraría fácilmente. Tenía que llegar a El Lujo primero, y partir de ahí. La colonia era peligrosa y era mejor volver antes del anochecer.

La gente se apartaba de mi carrera frenética, durante la cual ni siquiera me sonrojé. Simplemente no representaba un esfuerzo para mí. Dos horas después estaba frente al bar. Volteé a todos lados y comencé a caminar, fijándome en cada detalle. Reconocí el letrero que decía «Entrada a la vuelta». Ahí estaba el callejón donde había encontrado mi zapato. Tenía una sensación extraña, algo me atraía a esa cueva oscura y peligrosa. Dos hombres me miraron, extrañados, y siguieron su conversación. Al pasar a su lado me llegó un fuerte olor a sudor rancio. Fruncí la nariz y avancé. Había estado en ese callejón antes de llegar al local, así que no estaba de más hacer una parada ahí. Di la vuelta en la esquina y pasé frente a la pequeña puertecilla. Seguí adentrándome hasta que la luz del día era lejana y escasa. Un aroma agrio y suave invadió el ambiente. Conocía ese aroma. Llegué al final. El charco de sangre ya era sólo una mancha en el suelo, y no había más que ver.

Iba a dar media vuelta para salir cuando tuve que frenar en seco. Una nueva serie de imágenes comenzó a aparecer en mi mente a una velocidad tal, y con tanta intensidad, que tuve que cerrar los ojos. Me tambaleé y acabé recargada en la pared, con los pies justo sobre la mancha negra y vieja que había sido un charco de sangre. Mi cabeza parecía estar reproduciendo la misma película una y otra vez: el extraño y yo llegamos al callejón y él me guía al fondo con suavidad. Yo llevo mi bolsa cruzada sobre el pecho y me aferro a la correa. Al parecer no tengo la menor conciencia de lo que estoy haciendo, permito que él me lleve a donde quiere sin resistirme. Me empuja hasta que choco con la pared, la misma pared contra la que estoy ahora. Después agarra mi cuello con su mano y me mantiene inmóvil. Empieza a hablar suavemente. Repite mi nombre muchas veces: «Si te pruebo», dice, «no voy a ponerle fin». El resto de la película pasaba a una velocidad tan fugaz que no podía retener nada. ¿Cómo me había dejado llevar a un lugar así por un extraño? Y mi actitud era lo que más llamaba la atención: totalmente sumisa, sin miedo ni conciencia.

Mi mente se calmó y las imágenes dejaron de atacarme. Observé el entorno de nuevo y comprendí que lo más probable era que toda esa sangre seca fuera mía. Había estado completamente a merced de ese hombre, no parecía probable que me hubiera defendido. Estaba tratando de ordenar las nuevas piezas del rompecabezas cuando escuché pasos en el callejón. No podía correr hacia ningún lado y además, para mi sorpresa, no estaba asustada. «Mi cabeza sigue sin estar del todo bien», pensé, «una niña de 17 años debería tener miedo de estar sola y acorralada en un callejón». Los pasos se acercaban. No me moví. Toqué mis uñas, largas y afiladas, y sin querer asumí una posición de ataque casi felina. La sombra del invasor llegó antes que su cuerpo.

Finalmente se hizo visible frente a mí. Su estatura era promedio, y su complexión gruesa. Pude distinguir sus facciones aun en la penumbra, pero antes de verlo ya había reconocido ese aroma a sudor viejo que me hizo fruncir la nariz antes de dar la vuelta para entrar al callejón.

—Así que aquí te viniste a meter, mamacita —dijo, y siseó como una serpiente. No parecía traer ningún arma, pero seguramente podía vencerme con su pura fuerza. Pude sentir cómo se me erizaba la piel de la espalda y los brazos, como si fuera un animal furioso. Lo normal habría sido intentar huir, o entablar alguna clase de diálogo, suplicar, lo que fuera. Pero mi mandíbula empezó a temblar y mis músculos se tensaron tanto, que parecía estar hecha de piedra. No tenía miedo, más bien estaba llena de rabia. Si quería lastimarme, al menos se llevaría algunos rasguños. Intenté comprender por qué estaba actuando de una forma tan extraña y ajena, pero la adrenalina era tal, que no podía

concentrarme en nada más que mi atacante, cuyo aliento llegaba a mi nariz.

—Tranquilita, mi reina, relájeseme, que sólo nos vamos a divertir un poquito —dijo, y mis ojos se movían a toda velocidad, analizando cada movimiento, cada paso que lo acercaba a mí. Noté que cojeaba un poco de la pierna izquierda y pensé que saberlo sería útil para defenderme. Yo seguía inmóvil. Se detuvo a centímetros de mí. Mi posición de ataque parecía divertirle. Entrecerró los ojos para verme mejor y su sonrisa se hizo más ancha.

—Qué linda estás, mamacita —dijo y, sin que lo viera venir, sujetó mi cuello entre sus dedos y me estrelló contra la pared, justo como había hecho aquél extraño semanas atrás. Entonces el tiempo se detuvo. El resto de la película llegó a mí como una ola gigante y lo cubrió todo. Ahora lo veía muy claro: después de ponerme contra la pared, el extraño de traje me explicó, casi cariñosamente, que si me probaba, se arrepentiría de ponerle fin. Después soltó mi cuello y me miró con esos ojos densos y poderosos. «Por eso», dijo, «tengo que desangrarte. Perdóname, Maya.» No había acabado de decir mi nombre cuando me había rajado el cuello profundamente con sus uñas. La sangre brotó a chorros e instintivamente me llevé la mano a la herida e intenté gritar. No pude. Me faltaba el aire y mis ojos estaban tan desorbitados que parecía que iban a salirse de las cuencas. Caí al piso. El dolor era tal que perdí el sentido. Lo recobré segundos después al sentir un nuevo tormento, esta vez en la unión del hombro y el cuello. La agonía era insoportable. Mi atacante estaba inclinado sobre mí, sus uñas largas y filosas como navajas aún dentro de mi carne. Retiró la mano de golpe y estaba segura que iba a morir de dolor. La sangre comenzó a fluir por ahí también. Moví la boca intentando decir algo, pero era inútil. Podía oír el latido de mi corazón en el centro de mi cabeza. Apoyé las manos en el suelo y comencé a arrastrarme para huir. Se me cayó un zapato. Mi atacante me dejó avanzar unos metros, pero era obvio que podía detenerme cuando quisiera. Mi sangre formaba un charco que crecía a cada segundo. Creí que quizá me dejaría ir, cuando se apoderó de mi tobillo derecho y jaló mi cuerpo con una mano, como si no pesara nada. Mis rodillas y codos se rasparon contra el suelo hasta sangrar. Volteé a verlo, aterrorizada, y con la mirada le supliqué que parara. Ya no tenía fuerzas para intentar defenderme, había perdido demasiada sangre. Me miró y creí detectar en su cara un leve gesto de tristeza. Después apoyó su pulgar en mi tobillo y hundió su larga uña como si fuera un cuchillo sobre mantequilla. Todo mi dolor se concentró en ese último grito, que se quedó flotando en el aire del callejón por mucho tiempo. Me desmayé, segura de que nunca más despertaría.

Abrí los ojos y el hombre con olor a rancio me tenía contra la pared y lamía mi oreja toscamente. Apenas habían transcurrido unos segundos. Se me erizó de nuevo la piel y se me endurecieron los músculos de todo el cuerpo. Los dedos del hombre estaban en mi estómago cuando mi mano derecha le arañó el costado, rasgándole la camisa y haciéndole sangrar. Se enojó. Un delicioso aroma me sobresaltó y permanecí inmóvil unos segundos. Respiré hondo y abrí la boca, como para retener más de esa fragancia.

—Ah, ¿quieres jugar rudo? —preguntó el hombre, furioso. Golpeó mi estómago con el puño cerrado. Esperaba dejarme sin aire, pero apenas me moví. Entrecerré los ojos y el hombre sonrió, creyendo que mi gesto era de dolor. Tomó mi playera con

la intención de romperla. Yo estaba poseída, llena de una furia sobrehumana. Estrellé mi rodilla contra su rodilla izquierda y se dobló de dolor. Tomé sus brazos, cada uno con una mano, y sonreí al ver que no podía soltarse. Su expresión cambió. De pronto, estaba aterrorizado. Agitó todo el cuerpo, pero no podía escapar. Sus ojos me suplicaron que lo dejara ir, pero sólo apreté más los dedos. Actuaba instintivamente, sin pensar. Mis uñas se hundieron en su carne y el mismo aroma me distrajo momentáneamente. De pronto sentí un dolor punzante en las encías y la boca me supo a sangre. Mi labio inferior estaba sangrando. Recorrí mis dientes con la lengua y descubrí por qué.

—¡Por favor! ¡Ay, Virgen Santa! ¡Por favor déjeme ir! —lloriqueaba el hombre. Pero no iba a dejarlo ir. Miré su rostro una última vez y hundí mis nuevos colmillos en su yugular.

Te han conquistado aquellos
que saben conquistar sin ser vistos

Leonard Cohen

ONCE

Dejé caer su cuerpo agonizante al suelo, y lo que quedaba de él fluyó desde su herida para formar un charco sobre la vieja mancha. Seguía respirando y hacía ruidos desagradables. Le rompí el cuello de un pisotón y el silencio invadió el callejón. Miré el cadáver a mis pies y mi corazón aceleró su ritmo. Tomé mi mochila y avancé hacia la salida, presa de un terror desconocido. Al mismo tiempo, mi cuerpo estaba cargado de una energía indescriptible, toda mi piel cosquilleaba y mis venas latían llenas, satisfechas. La mezcla de sentimientos era tal, que lo único que pude hacer fue salir a toda velocidad. Aun en la oscuridad, mis pies sabían donde pisar, y en cuestión de segundos emergí del callejón. El segundo hombre estaba recargado sobre la pared, probablemente esperando su turno. Me dijo algo y sentí que la furia me invadía de nuevo, pero el pánico era tal que lo ignoré y salí corriendo. Mi cuerpo sabía a dónde quería llegar, y estuve frente a aquel viejo local al poco tiempo. Ya era de noche,

pero acababa de comprobar que no debía tener miedo. Crucé la vieja puerta desvencijada y un par de ratas se espantaron y salieron corriendo al escucharme llegar. Una vez dentro me senté en el piso. Mi corazón latía tan rápido que creí que iba a explotar. «Acabo de matar a un hombre», dije en voz alta. Por más que intenté recurrir al argumento de que se lo merecía, era imposible de creer. Reviví toda la escena en mi cabeza y fui presa de un miedo profundo, que nunca antes había sentido: no le temía a nada externo, pero estaba aterrorizada. Al mismo tiempo, nunca me había sentido mejor físicamente. Tenía ganas de correr por horas, mis extremidades cosquilleaban de placer y todo mi interior celebraba que me hubiera alimentado. Era una lucha entre mi cuerpo y mi mente que no iba a llegar a ninguna conclusión esa noche.

Me extendí sobre el suelo polvoso y pensé en mis días de aislamiento. ¡Qué diferente era todo! Estaba en el mismo lugar, pero ahora podía distinguir cada pizca de polvo, podía oler que alguien había entrado ahí después de que yo había huido, podía escuchar a los coches circular, calles y calles más allá. Mi cuerpo temblaba de éxtasis… y de terror. La boca aún me sabía a la sangre agridulce de aquel hombre, y tenía las manos sucias. Después de unos minutos finalmente logré calmarme. Sólo entonces noté que sonaba el celular dentro de mi mochila. Lo saqué y vi que había perdido diez llamadas. Comencé a reír a carcajadas. Mi pobre mamá estaba preocupada de que algo le fuera a pasar a su hijita, que acababa de matar a un hombre. Le desgarró la carne con sus uñas afiladas y le hundió los dientes en la yugular. Después le tronó el cuello de un pisotón. Esto tenía que ser una pesadilla. «Esto no pasa en la vida real», dije en voz alta. Es imposible. Sin embargo, su sangre navegaba por mis venas como un río frenético, llegando a todas partes y llenándome de goce. Nunca había estado menos cansada en toda mi vida. Mi corazón latía con una fuerza inusitada y todos mis sentidos estaban despiertos y sensibles al más mínimo cambio.

Me incorporé. Había ido a buscar la bolsa y al menos lo intentaría. Recorrí el lugar y en una esquina hallé mi cartera morada, las llaves de mi casa y un bilé. La cartera estaba vacía, el que encontró la bolsa no pensó que valiera nada por sí misma. Las llaves estaban sueltas, sin llavero, y faltaba el celular. Pero hecha bola, a unos pasos de ahí, estaba una hoja de papel. Quien haya encontrado la bolsa leyó mis notas y no le parecieron importantes. Recogí el papel y no me atreví a leer. Tomé el resto de mis cosas y salí de ahí. Mis piernas exigían correr, mi cuerpo estaba lleno de vitalidad. Arranqué y en el camino, cuando no había nadie alrededor, brinqué algunos botes de basura y arbustos. Llegué a mi casa en un tiempo imposiblemente corto. Abrí con las llaves y mamá corrió a recibirme. No se veía preocupada. Oculté mis manos, manchadas de sangre. Le dije que tenía que entrar al baño y me escabullí. Me lavé y cambié de ropa. El olor de sudor viejo del hombre estaba impregnado en mi playera, aunque era poco probable que alguien más lo notara.

Fui a la cocina, y mamá corrió a abrazarme y besarme la cara.

—Te ves… diferente. No estás pálida, estás hermosa —dijo, y me besó la frente. Lo que acababa de pasar era imposible de creer, mucho más ahora que estaba en casa. Traté de convencerme de que lo había soñado, pero las sensaciones eran demasiado reales. Mi mente recordaba las cosas con un detalle impresionante, cada color, cada sonido, cada segundo estaba registrado como una película en mi cabeza.

—Es que… comí muy bien —respondí. Fue lo primero que se me ocurrió—. En casa de Valentina —completé—, comí bien.

—¿No ibas a casa de Ana?

—Ana, sí —respondí confundida— ¿Qué dije?

—Dijiste Valentina, y por cierto, te llamó dos veces. ¿Quieres cenar algo?

Le dije que había comido demasiado y que no tendría hambre, al menos no por ahora. Necesitaba estar sola. Dije que tenía tarea y subí a mi cuarto. Cerré con llave y saqué la hoja arrugada de la bolsa de mi pantalón. La probabilidad de que la encontrara era de una entre un millón, no lo podía creer. Desdoblé el papel y reconocí mi letra. Era una larga carta, dirigida a mí. La leí y después la leí dos veces más. Él la había dictado, palabra por palabra. El sonido de las palabras se reproducía en mi cabeza una y otra vez, y mi esfuerzo por entender lo que significaba todo aquello era tal, que tuve que sentarme. El corazón me retumbaba como un tambor dentro del pecho. Todo era irreal. «No puede ser, esas cosas no existen. Yo no soy esto, es imposible. Nadie es esto.» Cerré los ojos y me transporté al callejón donde mi vida anterior había terminado y la nueva había comenzado. Me toqué los dientes con la lengua: todo normal. Acaricié mi brazo con las uñas: el contacto era como de un cristal finísimo. Me levanté de un brinco y fui a verme al espejo. Estaba sonrojada, toda mi piel había adquirido un tono sano y hasta infantil. Las ojeras habían desaparecido por primera vez desde mi regreso. La sangre corría como una caricia suave por dentro. Pero algo más había cambiado. Asustada, corrí por una de las fotos del escritorio. Analicé la imagen y luego volví al espejo. Mi cara era diferente. Algo muy sutil, pero ahí estaba, sin duda. Estaba acostumbrada a que la gente calculara siempre dos o tres años menos que mi edad, era algo irritante. Observando cuidadosamente mi rostro en el espejo supe que eso ya no pasaría. No sabría cómo explicarlo, simplemente me veía… diferente. Como se podía haber predicho que me vería al crecer. Mis rasgos habían perdido toda suavidad y eran más rígidos, severos. Como si toda yo fuera una estatua de cera. Mamá no pareció darse cuenta. Tal vez era algo más sutil de lo que yo creía, y sólo para mí era evidente. Así que ahora yo era eso. Imposible de creer. Miré mis ojos en el espejo y aparté el rostro de inmediato. Me dio miedo; parecía mucho más vieja. De pronto me invadió un profundo pesar. No comprendía muy bien qué significaba lo que había pasado, pero algo había cambiado, se había roto, perdido, para siempre. Había matado a un ser humano. Y yo era más que un ser humano. O menos, según eligiera verlo.

Te daré hambre, dolor y noches de insomnio.
También te daré belleza,
y satisfacciones que pocos conocen,
y atisbos de la vida celestial

Howard Lindsay

DOCE

Maya: Te dicto esta carta para que reconozcas en ella tu letra. Hasta antes de esta noche nunca me habías visto, pero yo a ti sí. Te he estado siguiendo, buscando el momento oportuno. Sólo necesitaba que me vieras a los ojos para que estuvieras bajo mi control, como estás ahora. Por lo tanto, no debes culparte por tus acciones.

En sólo unos minutos saldremos de aquí. Te llevaré a algún rincón. Sé que si te pruebo no podré ponerle fin a esta miserable vida, así que me veré forzado a desangrarte. Y justo cuando tu corazón esté a punto de detenerse, te daré a beber de mi sangre. Entonces me devolverás el favor: vaciarás mis venas y ése será el principio de todo.

Los vampiros recién nacidos son los más fuertes. Sus mentes no pueden comprender lo que ha pasado, sólo saben que están furiosos. Así que después de que te deje vaciarme, me destrozarás. Y no habrá nadie para detenerte. Yo no te detendré. Hace semanas que no me alimento y estoy débil. Querrás hasta la última gota. Después comenzará para ti

el proceso. No recuerdo el mío, sólo algunos vampiros lo recuerdan. Pero he observado a otros, y sufren horriblemente. Sus órganos internos mueren. Sólo necesitan el corazón y sus conductos. La sangre nueva disuelve todo, lo quema como fuego líquido. Los nuevos vampiros se desgarran la piel con desesperación, pues les arde como si estuviera en carne viva. Aún no tienen la habilidad de sanar. Vuelven a lamer la sangre que brota de sus heridas, gritan, se retuercen, desean dejar de existir a cada segundo. Sus ojos son como los de un animal herido, desorbitados e inyectados en sangre. Esta agonía se prolonga por más de diez días. Entonces, si sobrevives el proceso, te despertarás como de una pesadilla, totalmente curada y sin ningún dolor. Serás un vampiro. Es imposible saber qué habilidades tendrás y cómo será tu nueva vida. Serás una huérfana en un mundo de sombras que no debería existir. Faltan muchos años para que puedas comprender lo sola que estás.

Hay una caja fuerte a tu nombre en el Banco del Sur, en la sucursal más cercana a tu casa. La llave que necesitas para tener acceso a ella está en el fondo del último cajón de tu clóset. En esa caja está mi herencia, y te la dejo toda a ti. No sabrás qué hacer con ella, pero no me importa: si es verdad lo que dijeron, estaré muerto, al fin. Para beber absolutamente toda mi sangre destrozarás mi cuerpo con esa fuerza aplastante que sólo tienen los recién nacidos. Dejarás mi corazón seco y mi carne se secará también y en cuestión de horas será sólo polvo. Como debió haber pasado hace cientos de años.

—M.

Me senté en la silla del escritorio, aún con la carta en la mano. Era absurdo. Yo no podía ser un vampiro. Ni había «destrozado» a uno para beber su última gota de sangre. Mi cerebro trataba de procesar la información y acoplarla al mundo real, mientras una terrible certidumbre crecía en mi interior. Luché contra ella. «Todo es irreal», dije, «estoy loca». Alguien me había drogado y seguía en un mal viaje, del que algún día volvería. Ese desconocido me había asesinado esa noche, me había acuchillado y yo me desangré. Era lo último que recordaba de mi vida «real». «Estoy en el purgatorio, o en alguna otra dimensión. O estoy en coma desde que alguien me encontró medio muerta en ese callejón.» Cualquier opción parecía más probable. Escondí la cabeza entre las manos. «No, soy sólo una adolescente que vivió una experiencia traumática y no sabe cómo manejarla. Mi mente está inventando cosas. Todo se va a arreglar. Estoy loca, estoy loca, estoy loca.»

La luz del amanecer me sacó de mi parálisis. Había pasado al menos diez horas sentada en esa silla sin moverme y sin hacer ni pensar nada que recordara a la mañana siguiente. Me sentía extrañamente relajada: quizá no podía dormir, pero sí podía permanecer inmóvil como una estatua y descansar de esa manera. Me di un baño y vi mi reflejo largamente. Mi pelo había crecido a una velocidad increíble la última semana. Mis uñas también. Los renglones de la carta desfilaban en mi cabeza uno por uno, desde el principio y hasta el final, y volvían a empezar. Elegí mi ropa y reacomodé unos libros sólo porque no quería abrir el último cajón de mi clóset y alimentar mi locura. Pronto despertaría de esta larga pesadilla. Mientras tanto, no podía dejar de pensar, y era agotador. Apenas eran las seis y decidí salir a correr un poco. Por si acaso, deshice mi cama y dejé una nota en la puerta.

El exterior me sentó bien. Hacía un poco de frío y el sol estaba escondido tras unas pesadas nubes grises. Pensé en mi piel enrojecida y en lo molesta que era la luz directa del sol en mis ojos. Así que no era un mito. Traté de recordar los más comunes. La mayoría de las historias que conocía (a Abel le encantaba el tema) tenían que ver con aristócratas europeos, no con adolescentes comunes y corrientes. Pensé en el hombre que me había atacado el día anterior, y al que había matado sin gran esfuerzo. Se dio cuenta de que se enfrentaba a algo que no era humano y le rogó a la Virgen que lo salvara de esa criatura del infierno. Yo, una criatura del infierno. Sonreí. Qué ridículo. Tal vez no fuera la mejor persona del mundo, pero no era malvada, ni antes ni después de esa noche en el callejón. Quería estudiar una carrera, casarme con Abel, viajar, tener hijos algún día… una vida normal. Yo no elegí cruzarme con ese desconocido, ni vivir nada de lo que estaba pasando. Quizá si continuaba con mi vida como si nada, alguien se daría cuenta de que todo era un error y arreglaría las cosas. «Alguien.» Qué estúpida. Volví a la hipótesis de que estaba loca y de que todo estaba en mi imaginación.

Dejé de correr. No tenía ni idea de dónde estaba ni de qué hora era. Sin pensarlo olisqueé el aire y de inmediato me reproché haberlo hecho. «No eres un animal», me dije. Pero mi cuerpo tenía otra opinión, mis piernas cambiaron de rumbo y emprendieron la carrera y las calles se me hicieron conocidas al poco tiempo. «No puede ser», pensé, por lo general era desorientada. Pero ahí estaba, frente a mi casa. Mamá estaba en la cocina, preparándome una bolsa con comida. Al verme sonrió.

—Justo a tiempo. Vámonos —dijo. Subimos al coche y mi estado de ánimo mejoró. Mamá seguía enferma, pero igual hablaba con ese tono tierno y preocupado. Platicar con ella hizo que los hechos recientes parecieran todavía más alejados de la realidad. En la misma vida no cabían ella y una versión de mí que podía romperle el cuello a alguien con el pie.

—Creo que necesito un psiquiatra —dije de pronto. Ella siguió viendo el camino y apenas parpadeó. Estaba aprendiendo a controlar sus emociones alarmantemente bien. Pero yo escuché cómo el latido de su corazón se aceleraba y sentí cómo la temperatura en el coche subía un poco, casi nada.

—Tengo buenas recomendaciones. ¿Recordaste algo o…? —No pudo terminar su pregunta. Y yo no supe qué responder. Creí que saber lo que había pasado iba a solucionar mis problemas y tranquilizar a la gente de mi alrededor, pero mi vida sólo seguía complicándose más y más. «Sí, mamá, recuerdo que un vampiro me enterró las uñas para desangrarme, y después yo le chupé la sangre, al menos eso dice él. Y si te interesa saberlo, ayer maté a un tipo asqueroso en el mismo callejón. ¿Mencioné que no necesito respirar, dormir ni comer?».

—No, todavía no —mentí—, pero creo que estoy imaginando cosas o algo así.

—Hoy vamos a probar la hipnosis, y puedo empezar a hacer llamadas para ver quién es el mejor psiquiatra. Quizá las cosas que imaginas son parte de tus recuerdos. Vas a estar bien, todo va a estar bien. —Las últimas dos frases las dijo mecánicamente, como para convencerse a sí misma. Era injusto que ella tuviera que sufrir tanto, me llenaba de rabia y no sabía qué hacer al respecto.

—Pero estoy muy bien, de veras —dije alegremente. —Sólo creo que puede ayudar.

—Sí, claro, cualquier cosa puede ayudar. Lo que quieras, hija. —Estiró el brazo y buscó mi mejilla. Su mano estaba muy caliente y creo que la temperatura fría de mi piel la sobresaltó. Sus ojos estaban húmedos. ¿Cómo podía ayudar? La culpa me destrozaba. Lo único que quería era que todo fuera como antes. ¿Por qué yo? ¿Qué tenía de especial? ¿Era yo una criatura del infierno, malvada? Pensar tanto era muy cansado.

Llegamos a mi escuela y me despedí con un beso. Sonrió con una tristeza demasiado grande, y bajé del coche sintiéndome pesada y adolorida. Si ésta era mi nueva vida, la odiaba. Me dirigí al salón y a cada paso me enfurecía más con ese desconocido, con las circunstancias, con todo.

Algo en mí hizo que toda la gente se mantuviera alejada ese día. Nadie preguntó nada, sólo me miraban de reojo a veces, y luego se volteaban rápido. No tuve que hablar con nadie, y eso me alegró. Las clases eran fáciles y aburridas, tenía demasiadas cosas en qué pensar y lo hice sin perder ni una palabra de lo que los maestros decían. No necesitaba poner mucha atención para entender. La escuela era una estupidez, algo intrascendente en comparación con el resto de mis preocupaciones.

Llegó el recreo y salí del salón sin rumbo definido. El clima, como es usual en la ciudad, había cambiado radicalmente desde la mañana. Ahora el sol brillaba en todo su esplendor, tanto, que me lastimaba los ojos. En vez de salir al patio di media vuelta hacia la biblioteca. Oí que alguien me llamaba. Era Valentina. La ignoré y caminé más rápido. La cita con el hipnotista me tenía tan preocupada, que por primera vez no estaba pensando en Abel ni en el miedo que me daba toparme con él. Avancé rápidamente, mirando al suelo, cuando presentí que estaba cerca. Frené en seco. Volteé como un robot a todas partes, pero no lo veía. Respiré profundamente y un sutil aroma llegó hasta mí. No era el perfume, ni el champú, ni el detergente con que habían lavado su ropa. Era a lo que olía él, su piel. Cerré los ojos y volví a respirar. Avancé lentamente, mis pies sabían hacia dónde y no le hacían caso a mi cabeza, que quería evitar el encuentro. En vez de girar hacia la biblioteca, llegué al área de oficinas y ahí, en un rincón, lo vi. Fingía leer una revista mientras mantenía los ojos fijos en la pared de enfrente. No pude avanzar más. Contuve la respiración: un gesto típico de cualquier mujer al ver al hombre que ama. Típicamente humano. Todavía no me veía y aproveché para observar su perfil perfecto, su barbilla y sus pómulos afilados, su piel blanca con algunas pecas adorables. No podía creer que había pasado tanto tiempo. Abel se veía más flaco. No se había movido ni un centímetro. Sostenía una revista de música entre sus dedos largos. No tenía ninguno de sus anillos. Y su pelo estaba corto. No quedaba nada de su melena. Que su apariencia fuera diferente resultó muy doloroso: hacía más obvio que algo había cambiado. Lo miré unos segundos más. Lo amaba. No importaba si mi problema era ser esquizofrénica o un vampiro, igualmente lo amaba más que a nada en la vida y estar tan cerca sin que fuera realmente mío era terrible. Tenía que ser mío.

Di unos pasos más. Él seguía ensimismado. Dije su nombre en voz baja. No quería asustarlo. Volteó y me recorrió fugazmente con la mirada antes de llegar a mi rostro.

—Hola Maya —respondió suavemente. Nos miramos en silencio. Que existiera tal incomodidad entre nosotros era insoportable, antinatural. Con algo de esfuerzo se puso de pie frente a mí. Bajó la mirada. Yo no sentía rencor ni enojo, ni siquiera al recordar la acusación que me había hecho en el teléfono días antes. Además, ya sabía lo que había pasado: me habían hipnotizado y eso me liberaba de toda culpa. Y el desconocido me había estado siguiendo, si no era esa noche habría sido alguna otra. Eso liberaba a Abel de culpa. Solamente tenía que explicárselo. «Solamente eso», pensé. ¿Cómo podía explicarle? El tiempo seguía pasando y ninguno de los dos hallaba qué decir. Era ridículo después de lo que habíamos vivido juntos.

—Te cortaste el pelo —dije para evitar que se fuera.

—Sí… hace unos días —respondió. Era peor que hablar del clima. Necesitaba decirle, a él más que a nadie, lo que había pasado. Por meses y meses había sido mi mejor amigo, nadie me conocía como él, y a veces los sucesos en mi vida no se volvían reales hasta que se los contaba. Éste era un caso extremo, pues nada parecía real. Y sin embargo, esa certidumbre seguía latiendo dentro de mí, repitiéndome que ésta era mi vida y que más valía aceptarlo.

—¿Qué tal estuvo la tocada el sábado?

—No tocamos.

—¿Por qué?

—No doy ni una nota afinada. Pero no importa, no tengo ganas de todas maneras. Maya…

Escuchar su voz diciendo mi nombre me hacía sentir cerca. Esperé a que continuara.

—No sé. No puedo decirte nada. Perdón. No puedo hablar contigo. No sé. —Hablaba muy rápido, confundido y triste. Yo tampoco sabía cómo empezar, porque no acababa de comprender qué nos forzaba a mirarnos como dos extraños en vez de abrazarnos.

No aguanté más y lo rodeé con mis brazos: la cercanía fue fulminante. El rumor de su sangre al pasar por las venas de su cuello llegó a mis oídos inesperadamente y me paralicé. No sólo podía escuchar, podía sentir cada bombeo de su corazón en mi rostro. Correspondió a mi abrazo y empezó a temblar. Estaba llorando. Quería hablar con él, aclarar las cosas, pero mi cerebro estaba paralizado. Olí su piel como un animal y lo apreté más contra mí. Sentí cada lágrima caer sobre mi pelo, sobre mi espalda. Quería consolarlo, pero mi mandíbula comenzó a temblar. La sensación de vacío en mi interior era más intensa a cada segundo, me invadió una añoranza, un deseo que no había sentido nunca antes. Los colmillos rompieron la carne de mis encías y me provocaron un dolor tal que tuve que hacer un gran esfuerzo para no gritar. Los toqué con la punta de la lengua, largos y afilados. Traté de pensar, pero era imposible. Abrí la boca y al mismo tiempo sentí más claramente la ola de calor que salía de su piel. Entonces la campana anunció el final del recreo. Abel suspiró y yo me separé bruscamente de él, como si acabara de despertar de un mal sueño, en un lugar desconocido. «Esto no puede estar pasando», me dije. «Soy un animal, un monstruo. Tengo que despertar, por favor, quiero despertar.» Abel estaba mirando al suelo como un niño regañado. Sentí un terror gigantesco al pensar en lo que estuve a punto de hacer. No tenía idea de lo que era, ni de cómo controlarme, y eso me aterrorizó. Cerré la boca. No me atreví a ver a Abel a la cara. Salí corriendo a toda velocidad hasta que lo dejé atrás.

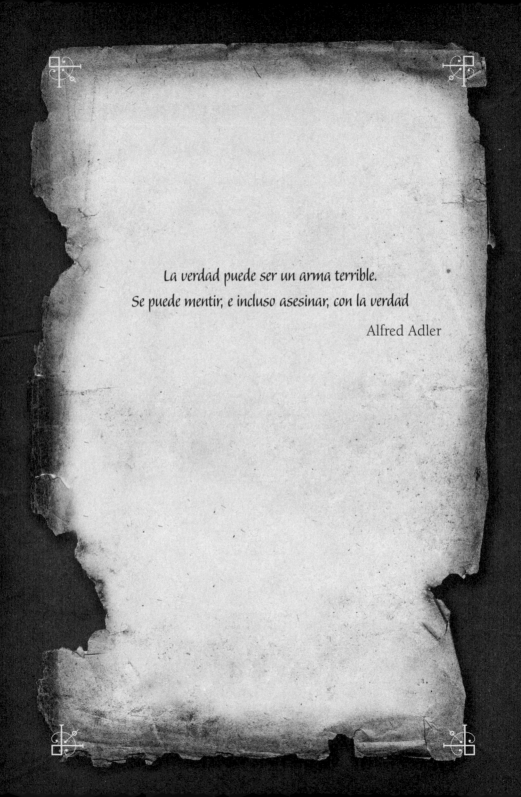

La verdad puede ser un arma terrible.
Se puede mentir, e incluso asesinar, con la verdad

Alfred Adler

TRECE

Regresé a casa con el transporte escolar. Mis sentimientos eran tantos y tan confusos que hubiera dado lo que fuera por dormir días y días, hasta despertar y descubrir que todo había sido un mal sueño. O al menos ansiaba olvidar todo por un rato, apagarme. Tenía la cita en la tarde y aún no sabía qué historia le inventaría al hipnotista, algo creíble que no fuera demasiado traumático para mamá. Mientras tanto, el recuerdo de Abel y su olor estaba tan clavado en mí, que todo en el mundo tenía ese aroma. Con él aparecieron por segunda vez mis colmillos bestiales. La primera había sido en defensa propia, estaba llena de rabia. Ahora, de deseo. La añoranza no desapareció hasta que estuve frente al psicólogo. Tomó sus manos en las mías y las apretaba, mientras me ordenaba cerrar los ojos y situarme mentalmente en El Lujo. Presentí que sería imposible que me hipnotizara, lo cual me tranquilizó. No podía perder el control de lo que decía. Recomendó que mamá esperara afuera, pero el

espectáculo era para ella, así que insistí en que me acompañara. Dije que no estaba entrando en trance, para que fuera más creíble cuando fingiera lograrlo. Él hacía preguntas y yo respondía.

Se lo conté así: estaba con Abel en el bar, peleamos y él me dejó abandonada. Un tipo de traje vio todo y se acercó amablemente. Me compró una bebida y me invitó a su mesa. Conversamos un rato y se ofreció a llevarme a mi casa. No tenía cómo volver, así que decidí aceptar. Pensé en llamar, pero no tenía caso preocupar a mamá. Salimos juntos y empezamos a caminar. Llegamos a una calle muy oscura y tuve miedo, pero al poco tiempo estábamos frente a su coche. Me abrió la puerta y subí. Él dio la vuelta y, justo antes de que entrara al coche, dos tipos lo agarraron, lo golpearon y le quitaron las llaves y la cartera. Intentó resistirse y escuché un disparo. Bajé y salí corriendo, pero uno de los tipos me persiguió y me arrastró hasta el coche. Me resistí, pero eran más fuertes que yo. Me obligaron a subir y los tres nos fuimos. Alcancé a ver al extraño del bar tirado a la mitad de la calle. Traté de salir, grité, les rogué que me dejaran ir y les ofrecí mi dinero. El tipo que iba en el asiento trasero conmigo se cansó de mis gritos y me amenazó con la pistola, así que me callé. Agarraron mi bolsa, se quedaron con mi celular y lo que traía en la cartera. Iban muy rápido y yo ya no sabía dónde estábamos. De repente frenaron y me obligaron a bajar frente a un edificio viejo. Entramos a un local abandonado, y uno de ellos me puso enfrente la pistola y me dijo: «Tenemos tu nombre y tus datos. Si sales de aquí antes de mañana y le dices algo a alguien, te matamos, ¿oíste?». Dije que sí, y me dejaron ahí. De repente me sentí mareada y me recargué en la pared. El mareo aumentó y me quedé medio dormida…

La historia no tenía ni pies ni cabeza, lo sabía. Si ya tenían mis datos, los tipos podrían haber llamado a mamá a pedir un rescate. Podían haber hecho lo que fuera conmigo, y me habían dejado en paz. ¿Por qué había elegido no culpar al desconocido? Era más lógico que él me hubiera drogado y llevado a alguna parte. Pero no quería culparlo, quién sabe por qué. Ni siquiera hablé de su físico, no quería que supieran nada de él. Qué estúpida historia, tenía que haber pensado en algo mejor, pero desde el encuentro con Abel no había podido pensar en nada más. El doctor seguía haciendo preguntas. Tenía que inventar algo que justificara mi amnesia. No se me ocurrió nada. El doctor me sacó del supuesto trance y abrí los ojos. Me miraba con una media sonrisa. No me había creído.

—¿Qué de lo que nos contaste es cierto, Maya? —preguntó en tono irónico.

—Todo… —respondí sin mucha convicción. Mamá se veía confundida.

—Nunca estuviste hipnotizada, yo sé cómo funciona esto y no puedes engañarme. Igual me gustó escuchar tu historia. ¿Eso es lo que te pasó?

—Sí…

—No entiendo. ¿Fingiste la amnesia o fingiste recordar? ¿Por qué? —Ahora parecía realmente interesado. Estaba acorralada y no se me ocurría nada.

—¿Inventaste todo eso, Maya? —preguntó mamá, incrédula. Los dos me miraban, esperando una explicación.

—Sólo se me ocurren dos cosas: o tienes miedo de recordar lo que realmente sucedió o ya lo sabes y estás inventando otra historia porque la tuya es peor. De cualquier forma es imposible que yo te ayude así.

No podía ser que hubiera fracasado. ¿Qué pasó? ¿Por qué no inventé algo mejor? Mamá se veía confundida y enojada. Tenía que inventar algo rápido, aferrarme de algo de lo que había dicho el doctor.

—La verdad es que recordé todo hace unos días… pero no quiero asustar a mamá. —Eso, al menos, era cierto completamente.

—Entonces te pasó algo peor, lo olvidaste y luego lo recordaste —sugirió el doctor. Asentí, pero él ya no confiaba en mí. Lo que tenía que hacer era tan fácil… inventar una historia creíble. Y había fracasado. Ahora no veía una salida. Mamá se paró y se dirigió a la puerta. El doctor la siguió y me miraron desde ahí.

—Ya no quiero que sufras —dije tristemente.

—Lo entiendo. Pero hacerme venir aquí y hacer todo este teatro para mentirme a mí y al doctor, cuando ya sabías lo que te había pasado, Maya…

Estaba decepcionada, herida. Guardé silencio. Nos fuimos y durante el camino no hablamos. Consideré mis alternativas. No podía contarle la verdad, claro. Y ahora ella esperaba una historia terrible, que era justo lo que yo había querido evitar. Nos estacionamos y apagó el coche.

—Apenas estoy tratando de entender lo que pasó —empecé a decir.

—No quiero hablar contigo.

Bajó del coche y se fue directo a su cuarto. Yo hice lo mismo. Me tiré en la cama y pensé en el día que había pasado. Mi vida como adolescente era suficientemente complicada como para sumarle hipnotistas y seres mitológicos. Ahora mamá me odiaba, no podía hablar con nadie ni acercarme a Abel hasta que aprendiera más de mi nueva condición. Por lo visto, esta nueva vida no se iba a desvanecer, era real.

Abrí el último cajón de mi clóset con la débil esperanza de no encontrar esa llave, pero ahí estaba. Una pequeña llave plateada en un aro de metal, nada más. Ese hombre, o lo que fuera, había entrado a mi casa. Instintivamente volteé a todos lados, aunque sabía que no estaba ahí. Según él, yo había vaciado sus venas y luego lo había despedazado. No recordaba nada de eso ni imaginaba cómo podría ser verdad. Los bancos ya estarían cerrados y no podría comprobar el resto de lo que decía la carta, aunque ya no había razón para dudar. Una herencia… ¿Qué sería? Ahora me carcomía la curiosidad. ¿Por qué a mí? ¿Quién era yo y qué tenía de especial? Ya era de noche y mamá no salía de su cuarto. Estaba muy ofendida. No se me ocurrió qué podía hacer y decidí salir. Pensé en dejar una nota, pero no lo hice. Estaba enojada y frustrada. Lo de la hipnosis había salido demasiado mal. Escapé por la ventana de la sala y empecé a caminar. Sabía que si no elegía un rumbo, mis pies me llevarían a casa de Abel, y me daba terror verlo. Fui a un parque cercano y me senté en una banca en la oscuridad. Nadie iba a ese parque en la noche, tenía mala fama.

No se veían más que dos o tres estrellas, y la luna estaba tapada por nubes. Sólo había un farol prendido a unos metros de mí. Lo rondaban algunos mosquitos y palomillas. Podía escuchar el zumbido de cada insecto, distinguir uno del otro y saber cuando uno de ellos se acercaba demasiado a la luz y moría instantáneamente. ¿No era eso lo que debía pasarme a la luz del día? La información que tenía provenía de los libros de vampiros y brujas que había estado leyendo por culpa de Abel. ¿Qué iba a decir cuando le dijera la verdad? ¿Se la iba a decir algún día? No sabía si podía acercarme a él sin que aparecieran esos malditos dientes anormales. Recordé la sensación de abrazarlo, su olor, lo suave que se veía su piel. Mi corazón se agitó de inmediato. Cerré los ojos y me transporté a una noche específica. Él había llamado sólo para decir que estaba pensando en mí. Yo me había quedado callada. Casi beso el teléfono. Hablamos cinco minutos y colgó. A los diez minutos volvió a llamar.

—No puedo hacer este trabajo y es para mañana —dijo—. No me puedo concentrar, por tu culpa. Creo que voy a ir a saludarte, a ver si esto mejora después.

Llegó al poco tiempo, más guapo que nunca. Me dio un abrazo corto que me dejó sin aliento y luego simplemente nos quedamos viendo a los ojos. Por suerte estaba oscuro y él no podía notar que estaba sonrojada.

—Bueno, me voy —anunció. Después dio un paso atrás y suspiró. Era demasiado adorable. No quería irse. —Bueno… dos minutos más —dijo, y se acercó de nuevo. Tomó mi cara entre sus manos y me miró intensamente. Tuve miedo de que pudiera escuchar el latido loco de mi corazón. Pensé que iba a besarme y cerré los ojos. Al instante sentí sus labios suaves sobre la mejilla y un escalofrío recorrió mi espalda. La cercanía que deseaba desde hacía tanto tiempo al fin era realidad. Podía oler su loción, sentir su aliento, el calor de su cuerpo. Su boca rozó mis párpados y la punta de mi nariz. Se separó de mí, todavía con los ojos cerrados, respiró hondo y soltó el aire. Después aprendí que ese gesto era señal de felicidad total. Abrió los ojos y sonrió.

—Ahora sí me voy —dijo, y se mordió el labio. Me quedé donde estaba, con los labios punzando y sin poder decir nada. Le sonreí de vuelta y empezó a retroceder hacia su coche. Hizo adiós con la mano y se fue. Esperé a perderlo de vista para soltar un grito y dar unos brinquitos de emoción. Fui paso por paso en mi mente para grabar cada uno de sus gestos y poderlos ver cuando quisiera recordar lo que era un beso perfecto. Ése era sólo el principio, no podía evitar imaginar lo que venía: el día que me dijera que éramos novios oficialmente, cuando me presentara así con sus amigos y familia, salir con él los fines de semana, tener derecho de abrazarlo y besarlo cuando quisiera. Y ahora todo era incertidumbre y confusión. Seguí pensando mientras observaba a los insectos volando alrededor del farol. Tenía que haber una manera de controlar ese deseo tan intenso que había sentido, una manera de conversar con él tranquilamente, de salir como antes y volver a la normalidad. Vi las venas azules de mi brazo a través de mi piel transparente. Nunca volvería a la normalidad. Lo supe y lo entendí por primera vez, en ese momento. No iba a despertar de ese sueño, esta era la vida y yo era eso, más valía asumirlo y encontrar el modo de seguir adelante.

Protege al sol de mis ojos;
hace tanto que no veo quién soy

Human Drama

CATORCE

Aceptar que era un vampiro no era la labor más fácil. Tenía que entender que vivía en un mundo mucho más complejo de lo que creía, un mundo oscuro y extraño en el que había lugar para seres que se alimentaban de sangre humana y que podían correr a velocidades increíbles. El asunto de la comida era especialmente triste. Nunca más disfrutaría del simple placer de un vaso de agua, de una milanesa o de un pastel de chocolate. Al principio seguí intentando acercarme comida a la boca. Mi cuerpo no lo necesitaba, pero quizá podía comerlo de todas maneras. No funcionó. El olor de mis platillos favoritos era tan desagradable como antes había sido apetitoso. El agua tenía un sabor metálico que se quedaba en mi boca por horas después de probarla, así que dejé de intentarlo. Sin embargo, cada vez encontraba nuevas maneras de hacerle creer a mamá que me estaba alimentando.

Pasó otra semana. La sensación de irrealidad no desaparecía. Me concentré en mi nueva mente y en mi nuevo cuerpo, para comprender y asumir mejor mi realidad. La escuela era igual de sosa, de pronto me había vuelto buena en todas las materias y el nivel de los demás me aburría. Sin duda esto era parte de mi nuevo ser. Valentina intentó hacerme plática un par de veces, pero no fluía fácilmente y estar cerca de ella era incómodo. En cuanto a Abel, hice lo posible por no verlo nunca. De todas formas no podía estar en el patio: si permanecía bajo el sol durante mucho tiempo, mi piel se achicharraba y empezaba a percibir ese olor a papel quemado. Me apropié de un rincón de la biblioteca, detrás de unos estantes, y me escondía ahí todo el recreo. Eso también alejaba de mí a los olores de la comida de los demás. Esperaba en mi cuarto a que anocheciera, leyendo o haciendo tareas insulsas, y entonces salía a correr. Corría a toda velocidad, tanto, que estaba segura de que algunas personas no alcanzaban a distinguir mi silueta. En las noches veía la tele con mamá, que reanudó sus sesiones y se veía menos preocupada. O quizá seguía furiosa. Cuando ella se iba a dormir, yo me acostaba. No se puede decir que dormía, sólo descansaba. Daba lo mismo tener los ojos abiertos o cerrados: entraba en un estado extraño y permanecía inmóvil por horas, hasta el amanecer. Ya me iba acostumbrando a las capas y capas de ropa que tenía que usar para salir. No era de sorprenderse que la gente me viera como lo que era: un bicho raro. Lentes oscuros, una gorra, blusas de manga larga, bufandas y hasta guantes, ni un centímetro de piel descubierta aunque hiciera un calor insoportable. El sol no me mataría al instante, como en las películas, pero definitivamente había que evitarlo. Además, mi temperatura era siempre baja. La última vez que había sentido calor había sido cuando le rompí el cuello al tipo ése en el callejón. Era la sangre.

La sangre. Evité el tema lo más que pude. Mi aceptación de las circunstancias llegaba hasta ahí y no lograba avanzar. No podía ser que matar seres humanos fuera la única manera de comer. Quizá siglos atrás no importaba, la gente moría a los treinta años de cualquier cosa, o desaparecían y era lo más natural del mundo. Pero en la ciudad, y en esta época, un vampiro no podía ir por ahí matando gente. Y además de la cuestión práctica, estaba la moral. Yo no había escogido ser lo que ahora era, nunca lo habría escogido, y eso no cambiaba mi esencia, no me volvía automáticamente una asesina. Seguía siendo una persona, o al menos algo parecido. Aún podía tomar decisiones, elegir ser buena y no mala. Así que ignoré el asunto de la sangre por unos días más. Tal vez no era una necesidad real, tal vez había otra manera y sólo faltaba descubrirla.

Llegó el fin de semana y mamá finalmente me compró un nuevo celular. Estábamos saliendo del centro comercial cuando propuso ir a comer a mi lugar favorito. No pude decir que no. Estar frente a frente volvía más difícil hacerle creer que comía. Quizá tendría que recurrir al truco de meterme la comida a la boca y escupirla en la servilleta. Pedí lo de siempre y cuando llegó traté de recordar cómo se sentía masticar, tragar, tener los sabores en la boca. Mamá llamó al mesero y durante la distracción aproveché para cortar un pedazo de ese filete que antes había sido lo más suculento, y envolverlo en mi servilleta. Nunca más disfrutaría de mi comida favorita. Mamá pidió un café y, por primera vez en toda la comida, me miró a los ojos.

—¿Cuándo vas a decirme lo que pasó en realidad? —dijo sin más preámbulo. No sé por qué me tomó por sorpresa, era obvio que algún día querría saber. No tenía preparado nada. Consideré decirle la verdad, pero algo me decía que no debía revelarle mi secreto, a ella ni a nadie. ¿Quién iba a creerlo? Acabaría en un manicomio, llena de medicinas para la locura. Si se lo confesaba a alguien, esa persona esperaría una demostración, una prueba. ¿Y eso de qué serviría? Resultaría obvio que soy peligrosa para los seres humanos. Me encerrarían, quizá en un laboratorio para estudiarme, quizá en un lugar todavía menos agradable. Me tratarían como a un criminal. Tenía que guardar el secreto hasta que entendiera mejor, pero era más difícil cada día. Además, el mundo era lento y extraño, yo no encajaba en ningún lado. Lo único constante era mi necesidad de Abel, que, de hecho, también cambió. Estaba totalmente obsesionada. Recorría mentalmente mis momentos con él, desde que no era más que el hermano mayor de mi amiga hasta que se fue de El Lujo, furioso. Recordaba, para mi desgracia, cada palabra de la última llamada telefónica que habíamos tenido, y de nuestro último encuentro, en la escuela. Extrañaba hablar con él, escucharlo tocar la guitarra o tararear alguna canción en el coche, sentir sus dedos en una sala de cine, buscando entrelazarse con los míos. Extrañaba acariciar su pelo largo y apoyar la cabeza en su pecho, donde podía oír su corazón. Extrañaba su piel, el sonido de su voz, el sabor de su boca y los movimientos de su lengua cuando me besaba. Seguía esperando que llamara, aunque sabía que no pasaría, y entonces ese nuevo celular no servía para nada.

Me pregunté qué tan real era el deseo de mamá por saber. ¿Me quería tanto que aceptaría en lo que me había convertido? Probablemente aceptaría cualquier cosa, pero tenía que creerla antes, y esto no lo creería nunca. Sólo la haría sufrir más. Ya no podía mantenerla así, tenía que decir algo.

—Fue ese tipo, mamá. Después de que Abel se fue, me compró algo de tomar y le echó algo. Me llevó a ese lugar en el que desperté, un local abandonado en una zona horrible. Me desmayé y no supe nada. Sólo desperté ahí un día y empecé a caminar de regreso a la casa. Tardé como ocho horas, pero no quería parar hasta llegar. No sé de dónde saqué las fuerzas.

Levanté la mirada y vi que mamá estaba llorando. Tenía su taza vacía en una mano, la apretaba tan fuerte que parecía que iba a quebrarla con sus dedos. Me arrepentí de mi nueva mentira. No había sido lo suficientemente inofensiva. Pero ya no había nada que hacer. Si la corregía, ella sabría que la engañaba. Puse mi mano sobre la suya y se sobresaltó ligeramente por lo frío de mi piel. Me había quitado los guantes después de que escogimos una mesa lejos de las ventanas. Mamá nunca comentaba acerca de mis atuendos, creía que tenía que ver con el trauma, de alguna manera no muy clara. Algún día eso iba a terminar, no iba a poder engañarla para siempre. Lo que yo vivía era tiempo robado. Llegaría el momento en que sería obvio que no estaba envejeciendo. Si en algo coincidían todas las historias, era en eso: viviría para siempre, congelada en mi cuerpo actual. No tendría arrugas ni canas. Acaricié esa piel tan querida y vi los ojos rodeados de ojeras. No tenía canas porque se pintaba el pelo desde hacía años, pero en las últimas semanas había envejecido, por mi culpa.

—Estoy bien, mamá. Si pasó algo, yo estaba desmayada. Es más, el doctor me revisó y dijo que estaba bien.

—Quiero que veas a un psiquiatra —dijo.

—Psicólogo. Nada de medicinas —concedí. Quitó su mano de la mía, como si no pudiera discutir si nos estábamos tocando.

—¿No crees que necesitas medicinas?

—Pues… no, hago una vida normal, voy a la escuela, me va bien…

—Y te vistes como si quisieras que nadie te viera, cubriendo cada pedacito de piel, no ves a ningún amigo, no sé qué pasa con Abel, pero seguro nada bueno, a veces entro a tu cuarto en la noche y estás acostada como una estatua, con los ojos abiertos, y hasta parece que no respiras…

No podía negar que, puesto así, sonaba muy raro. Y yo que creía estar haciendo un buen trabajo. Pero finalmente, aunque yo fuera un vampiro, seguía siendo su hija, y ella me conocía bien. Tenía que haber tenido más cuidado.

—Empezamos con el psicólogo y luego vemos, ¿sí? —propuse. Asintió y ahora ella tomó mi mano entre las suyas.

—Estás helada —susurró. Sonreí para quitarle importancia. Se limpió las lágrimas con la servilleta de tela y suspiró. Esperaba una peor historia y ahora estaba aliviada. Me había creído. Era injusto que ella tuviera que pasar por esto. No quería mentir, y sólo podría hacerlo unos años más. Después tendría que decirle. O tal vez no le diría nunca. De igual manera acabaría yéndome. ¿Pero adónde? No tenía caso pensar en eso. Me quedaban algunos años de vida «humana», si es que lograba tener más cuidado y aprender a fingir mejor. Recordé la carta. En efecto, todavía no entendía lo sola que estaba, pero empezaba a imaginármelo. Y era culpa suya, de ese maldito que ni siquiera firmó con su nombre. De ese extraño que me arrancó de una vida para obligarme a ser algo que no quería ser. Estaba huérfana: el único que podía explicarme el sentido de esta existencia e indicarme el camino que debía tomar, había dejado de existir. O al menos eso clamaba. Lo único seguro era que, algún día, tendría que alejarme de todo lo que amaba. Me invadió una rabia tal, que no pude evitar que los colmillos emergieran, causándome un dolor terrible.

Ese domingo mamá se fue con Simona de compras y yo decidí quedarme en casa. Taparme tanto era incómodo, y había notado que durante el día me cansaba más rápido, como si el sol se chupara toda mi energía. Lo más lógico habría sido llevar una rutina nocturna y descansar durante el día, pero tenía que adaptarme al horario de mamá si quería prolongar mi tiempo con ella.

El enojo no desapareció ni bajó de intensidad. Al contrario. Había pasado la noche pensando en las cosas que ya no podría disfrutar, tratando de entender lo que significaba que mi vida humana había terminado a los diecisiete años. Era demasiado injusto. ¿No pudo esperar cinco, diez años más? ¿Qué era una década para alguien que ha vivido por siglos? Me pregunté si yo había hecho algo esa noche en El Lujo o en alguna otra ocasión, para provocar que M. me eligiera. «Pero no», pensé, «me niego a culparme. Es su culpa, él hizo esto, me asesinó. Estoy muerta». Crucé los brazos sobre el pecho, como si estuviera en un ataúd. Pensé en el hombre al que había matado y en si alguien lo extrañaría. Su amigo lo había ido a buscar y se había encontrado con un cadáver. Ese episodio era confuso, pero no me causaba remordimiento. Me defendí, como cualquiera habría hecho. Sólo que tenía mejores recursos que una adolescente común y corriente.

Saqué la llave del cajón de mi buró y jugué con ella unos minutos. Una herencia. No quería nada de ese desgraciado, era un asesino y lo que había obtenido en su vida lo había robado, no cabía duda. Quizás él había vaciado mi cartera. Quizá no estaba muerto, no me constaba. Empecé a darle vueltas a esa idea. Tenía que volver a El Lujo y buscarlo, preguntar por él, averiguar. Era obvio que la manera más fácil era ir al banco y ver en el interior de esa caja, pero además de mi rechazo por lo que viniera de él, debo aceptar que tenía miedo de lo que encontraría. La carta decía que yo no sabría qué hacer con su herencia. ¿Qué sería?

Mamá llamó para invitarme a comer con ella y su hermana, pero tenía ganas de descansar. Mi noche había estado llena de angustia y pensamientos que iban y venían sin parar, y nada parecía más atractivo que echarme en la oscuridad, dejar de moverme y de pensar. Descubrir que podía hacer eso fue maravilloso, aunque lo que dijo mamá me puso en alerta: ella había entrado a mi cuarto y yo no me había dado cuenta. Así de profundo era ese tipo de descanso. Procuré cerrar los ojos esta vez, para no asustarla si llegaba antes de que yo me levantara. Así fue, y al verme tan tranquila tomando una siesta, se marchó y se puso a trabajar en la sala. Eran las nueve de la noche cuando volví a la vida, por decirlo de alguna manera. Supe que mamá había regresado porque escuché el roce del lápiz con el que escribía. Traté de ver a través de ella, como unos días atrás, pero era imposible. Entonces comprendí: había sido la sangre. La transfusión hizo que yo pudiera ver lo que ella veía, sentir lo que sentía. Nos hizo estar cerca de una manera que nunca había imaginado. Y después el efecto se fue desvaneciendo. Quizá la sangre del hombre que pretendía violarme había provocado su propia muerte, llena de violencia como estaba. Al recordar la sangre, sentí cosquillas en todo el cuerpo. No podría ignorar el asunto por mucho tiempo más, mi corazón y mis venas sedientas lo indicaban.

Guardé la llave en el buró e imaginé al vampiro entrando a mi casa, viendo mis fotos, abriendo mis cajones. Tal vez lo había hecho por la noche, mientras mamá y yo dormíamos. ¿Por qué me había convertido? Si su existencia era miserable, ¿por qué traer a alguien más a ella y luego desaparecer? ¿Por qué dejarme cualquier cosa como herencia? ¿Qué le importaba mi vida, si me había abandonado a segundos de crearme? La cantidad de dudas era abrumadora, y sabía que lo más probable era que no obtuviera respuestas. Dejé de pensar en eso y volví a mi tema favorito: Abel. Habían pasado cinco días desde nuestro encuentro y la necesidad de él también crecía a cada minuto. Mamá había vuelto a su cuarto y estaba hablando con su hermana. Fingí dormir porque sabía que vendría a verme, y después esperé a que se durmiera.

Llegar a casa de Abel fue más difícil que la última vez. No quería aceptarlo, pero sabía que era por el hambre. Todas las luces estaban apagadas y no escuché ninguna conversación o movimiento en la casa. Volteé a mi alrededor para ver que no hubiera nadie. No sabía cómo, pero esa noche llegaría a la ventana de Abel y entraría a su cuarto para verlo dormir. Intenté escalar, pero la pared era plana y no había de dónde aferrarse. Brinqué, pero no llegué a la altura correcta. Lo seguí intentando, y a la cuarta vez pude aferrarme del marco de la ventana. No lo podía creer. M. había dicho que no había manera de saber cuáles serían mis poderes... Pues bueno, podía brincar. La ventana estaba cerrada, pero no con seguro. Me sostuve con una mano y con la otra deslicé el vidrio a un lado. El aroma de su piel salió por la ventana y me hizo perder el equilibrio. Apoyé los pies en la pared y me impulsé hacia el interior del cuarto. Logré aterrizar sin hacer mucho ruido, y Abel apenas se movió bajo las cobijas. Cerré la ventana y verifiqué que la puerta estuviera cerrada también. Entonces me acerqué lentamente, excitada ya por el olor que llenaba el cuarto y por la forma de su cuerpo largo y hermoso en la cama. Estaba acostado boca abajo, con la cabeza sobre sus brazos doblados. Su pecho se movía con una regularidad que me relajaba. Yo ya me había acostumbrado a dejar de respirar, pero lo hice porque quería absorber su esencia lo más posible. De hecho, aspiré tanto de su olor que me sentí mareada, intoxicada. ¡Cómo lo había extrañado! No debía acercarme más, era arriesgado. Pero quería ver sus labios, las pecas de sus pómulos. Un paso más. Dos. Mi corazón me arañaba por dentro, mis manos necesitaban aferrarse a su carne, mis venas lo deseaban a él y sólo a él. «Sal de aquí», pensé, «lárgate ahora mismo». Pero algo más fuerte que mi cabeza impidió mi huida. Me hinqué al lado de la cama, con su cara tan cerca que podía sentir su respiración. Observé cada milímetro de su piel blanca, pero ya no más blanca que la mía. Quería acariciar su pelo corto, como de soldado. Podía escuchar el bombeo tranquilo de su corazón, y su sangre que recorría su cuerpo sin prisa. Cada latido hacía que en mi interior todo doliera de deseo. Mis encías comenzaron a punzar y traté de concentrarme para evitar lo que venía. «Tienes que lograrlo», pensé. Pero fallé. El dolor era una mezcla del peor dolor de muelas posible con lo que imagino que se sentiría un parto. La carne se abría sin querer abrirse, y las puntas de esos dos colmillos aparecían sobre los míos.

Seguían saliendo, largos y afilados como navajas, hasta chocar con mi labio inferior. De nuevo, ahogué el grito en mi garganta y cerré los ojos mientras pasaba. Vi a Abel ahí, indefenso, con ese olor, con esa sangre, ahí, tan cerca. Estiré la mano y rocé su mejilla. No se movió. Dejé mi mano ahí y se calentó con su piel. Acerqué el rostro al suyo, y creí que iba a desmayarme. Lo deseaba tanto… Y antes lo había deseado muchas veces, pero de maneras muy distintas. Ahora quería estar dentro de él, ser parte suya, saber qué pensaba, qué sentía, ver lo que veía. Hice un enorme esfuerzo y retrocedí.

Extrañaba tanto poder tocarlo, besarlo. Extrañaba hablar con él y escuchar su voz que me decía cualquier cosa. Extrañaba los anillos que usaba antes de mi desaparición. Sabía dónde los guardaba. Me arrastré hasta las repisas y abrí la pequeña caja de madera que él mismo había pintado. Saqué mi favorito, un anillo de plata con forma de máscara, de antifaz de carnaval. Me quedaba grande en todos los dedos menos el pulgar. Me lo puse y fui hasta la ventana. La deslicé suavemente y volteé a verlo una vez más. Esa noche no pude descansar. Los colmillos no dejaron de recordarme cuánto lo deseaba.

Los apetitos más violentos de toda criatura
son la lujuria y el hambre;
la primera es el impulso perpetuo
por continuar la especie,
y la segunda el impulso por sobrevivir

Joseph Addison

QUINCE

Esa semana me pareció la más larga desde mi regreso. Mi cuerpo pedía alimento, y el recuerdo de Abel estaba insoportablemente presente. Por suerte no lo vi en la escuela y, de nuevo, nadie se me acercó. Valentina llamó tres veces: mamá contestó la primera vez y le pedí que dijera que estaba dormida. La segunda vez en realidad no estaba, y la tercera hablamos dos minutos incómodos y después inventé algún pretexto para colgar. Por otro lado, noté mucho más claramente cómo me afectaba el clima: los días despejados mi cuerpo era más pesado y la piel me picaba, mientras que las nubes y la lluvia ayudaban más a mi ánimo. De todas formas prefería las tardes en mi cuarto, con todas las cortinas cerradas a la espera del anochecer, cuando salía a caminar o correr. Aunque últimamente no tenía la energía para ir muy rápido.

El jueves tenía mi primera sesión de terapia. Obviamente mamá no estaba invitada, por lo cual mis nervios eran menos que antes de la cita con el hipnotista. De todas formas no sabía de qué hablar con la psicóloga. Tal vez podría desahogarme acerca de algunos temas para que al menos sirviera de algo. Mamá lo iba a pagar, así que contar puras mentiras me haría sentir culpable. Le pedí prestado el coche para ir sola y lo tomó como un gesto de buena voluntad: yo me hacía responsable de mi propia terapia.

El consultorio era una salita bastante acogedora en un tercer piso. La mujer tenía unos cuarenta años y su apariencia no tenía nada especial, al menos no a primera vista. Se llamaba Bárbara.

—Bueno, Maya, ¿en qué puedo ayudarte? —¿En qué podía ayudarme, realmente? Me tomé unos instantes para pensar mi respuesta y que fuera lo más cierta posible.

—Pues… tuve una experiencia traumática.

—Muy bien… ¿quieres contarme qué pasó? También podemos hablar de otra cosa —sugirió. Seguramente no esperaba que le contara de inmediato, quizá los pacientes necesitaban estar más en confianza para hablar de cosas así, pero yo no. Lo que iba a contar no era cierto y no necesitaba más introducción. Repetí exactamente la misma historia que le dije a mamá en el restaurante.

—Ah —dijo, y apuntó en una libreta—. No tienes idea de lo que pasó mientras estuviste desmayada.

—No. Pero el doctor me revisó y no encontró nada.

Nos quedamos en silencio. Ella estaba analizando mi ropa. Me incomodó y volteé a otro lado. Había una mesita con adornos de cerámica y me puse a jugar con uno. Ir había sido mala idea, una pérdida de dinero y tiempo.

—Y estuviste dos semanas en ese local abandonado… ¿por qué no te fuiste?

—Estaba drogada, no podía.

—¿Y no descubrieron qué tipo de droga te dieron? Porque estar inmovilizada dos semanas no es cualquier cosa…

—No, no encontraron qué era —contesté secamente. Entre el hambre y su interrogatorio estaba poniéndome de muy mal humor. Además, la luz que entraba por la ventana no ayudaba—. Me molesta mucho la luz. Por favor cierre las cortinas —agregué, sin poder evitar el tono. Nunca le hablaba de usted a los adultos, pero por alguna razón me pareció más grosero y por eso lo hice.

—En un momento las cierro. ¿Podrías sólo explicarme por qué te molesta tanto? —Su tono condescendiente me irritó aún más.

—No hay nada que explicar. Me molesta y ya. —Se puso de pie y cerró las cortinas. Luego volvió a su silla y a su expresión de sabelotodo.

—¿Quieres estar aquí, Maya?

—No. Lo hago por mi mamá.

—No crees que necesitas ayuda, entonces.

—La verdad, no. No este tipo de ayuda, por lo menos.

—¿Qué clase de ayuda, entonces?

—Ni siquiera puedo empezar a explicarle.

—Inténtalo, entonces. Y háblame de tú, que me haces sentir vieja.

Su repetición de la palabra entonces me exasperó. Estuve a punto de gritarle que si decía esa palabra una vez más me largaría de ahí. Sólo fingí una sonrisa que seguro resultó macabra y respondí:

—Sólo puedo decir que he cambiado mucho desde esa noche.

—¿Cambiado para bien o para mal?

¿Qué podía contestar? «Para mal, pues ahora estoy muerta y soy una asesina. Para bien, pues ahora puedo oír al contador de al lado hablando con su amante por teléfono, y puedo oler el jabón con que te lavaste las manos. Para mal, pues el sol me quema la piel, no puedo comer y además perdí a mi novio y no puedo ni acercarme a él. Para bien, pues según las leyendas, voy a vivir por siempre.»

—Cambiado. No soy la que era antes.

—Las personas que sufren algo como lo que te pasó, muchas veces cambian… se cambian de trabajo, dejan a su pareja, se van a vivir a otro lado… sienten que estuvieron al borde de la muerte y deciden ver la vida de otra forma. ¿Es algo por el estilo?

—No.

Sonrió, un poco desesperada. No le estaba dando nada para trabajar.

—¿Por qué crees que tu mamá quiere que vengas?

—Piensa que hago cosas raras por lo que pasó. Pero yo creo que la que necesita terapia es ella.

—¿Y está yendo con alguien, entonces?

Ahí estaba otra vez esa palabra. No pude aguantarlo más y destrocé el adorno con el que había estado jugueteando. Apreté la mano y se deshizo en mil pedazos. La psicóloga se quedó inmóvil y miró su adorno pulverizado con la boca abierta. Qué estúpida, tenía que haberme controlado. Comencé a levantar las piezas más grandes y murmuré una disculpa.

—No importa… ¿Estás bien? ¿No te cortaste?

—No pasó nada. Quiero pagártelo.

No podía verme a la cara. Su mirada estaba fija en el suelo, entre mis pies, donde estaban los restos. Todavía no se lo creía. Estaba asustada y fascinada. Su actitud hacia mí iba a cambiar, lo presentí. Dejó la libreta a un lado.

—¿Qué pasó, Maya?

—Perdón, estoy de mal humor.

—Sí, pero… —Ella quería indicar lo obvio: «Sí, estás de mal humor, pero de cualquier forma rompiste ese adorno con tu mano… ¿Cómo puede ver?» Estaba buscando en su mente alguna explicación. Seguramente llegaría a «es la adrenalina», o algo por el estilo.

—Soy muy fuerte —expliqué, simplemente. No iba a contentarse con eso, claro—. Desde que volví. Soy más fuerte, puedo correr a velocidades increíbles, me volví buena en la escuela.

—Ajá… y tú crees que esto tiene que ver con lo que te pasó esa noche.

—No lo creo. Lo sé —respondí. No podía evitar ser grosera, tratarla como a una estúpida. No era mi intención, pero estaba de un humor pésimo. Pensándolo bien, era un poco mi intención.

—¿Y siempre te has vestido así?

—¿Así cómo?

—Tapándote hasta el último pedazo de piel aunque estemos a treinta grados centígrados.

—¿Qué tiene que ver?

—Sólo me preguntaba si tu ropa estaba relacionada con lo que te pasó.

—Me molesta el sol, ya se lo dije. Mi piel es más sensible.

—Desde que volviste —completó.

—Sí, desde que volví.

—Antes no podías romper un adorno con la mano —declaró. Su manera engañosa de preguntar me resultaba inaguantable.

—Nunca lo había intentado. Tal vez sí —dije. ¿Por qué me portaba así? Las respuestas salían de mi boca sin pensar. No tenía nada contra ella, pero estaba fuera de control. Me estaba defendiendo, evadiendo toda respuesta útil, pues tenía miedo de hablar de más. Y al mismo tiempo, tenía unas ganas terribles de contarle, de sacarlo de mi interior aunque no creyera ni una palabra.

—¿Por qué estás tan enojada? Ya sé que no es conmigo. No me conoces.

—¿Qué no oíste? ¡Todo cambió! ¡Mi vida cambió! ¡Voy a perder todo! ¡Por eso estoy enojada! —exclamé, y me paré, lista para irme.

—¿Qué vas a perder?

—¡Todo! ¡Todo lo importante! A mamá, a Abel…

—Abel es tu novio —supuso.

—Abel no es nada mío. ¡No tengo nada! Y no es mi culpa, yo no pedí esto. ¡No es justo! —grité. Bárbara miraba tranquilamente. Estamos avanzando, pensaba. Mis músculos estaban tan rígidos que me dolían. Tal vez ella tenía razón y estaba enojada con alguien más, pero tenía ganas de lanzarla contra la pared y verla romperse en mil pedazos, como su adornito horrible.

—Claro que no lo pediste, claro que no es tu culpa —dijo. Estaba hablándome como si fuera la víctima de un abuso cualquiera y sólo logró enfurecerme más.

—¡Ya sé que…! —No pude terminar. El dolor en la boca me paralizó y por primera vez no callé. Le di la espalda a la psicóloga y chillé con todas mis fuerzas mientras mis enfurecidos colmillos buscaban salir y yo intentaba evitarlo. Temblaba de rabia, desesperación y hambre. El eco de mi grito se quedó flotando en la salita unos minutos, el tiempo que me tomó calmarme un poco y sentir que no iba a matar a esa mujer de una forma muy violenta. Para mi sorpresa, logré lo que quería y los dientes bestiales no aparecieron. Me dejé caer sobre el sillón y escondí la cabeza entre las manos. Ahora me sentía perdida, no reconocía a la Maya que había sido en ésta nueva. Que la posibilidad de matar a alguien apareciera en mi cabeza tan fácilmente me aterrorizó. Este nuevo estado no podía vencer, no podía borrar para siempre la esencia de lo que yo había sido antes. Tenía que luchar contra eso.

No me atrevía a levantar la cara y enfrentar a la psicóloga. ¿Qué pensaría de mí? Traté de adivinarlo, pero mis sentidos estaban débiles, borrosos. Debía ser el hambre. Respiré profundamente, como habría hecho un humano para calmarse. Yo, en realidad, quería captar el aroma de la mujer frente a mí. Me concentré en escuchar el latido de su corazón; estaba muy agitado. Imaginé ese río caliente navegando por sus venas, llegando a sus dedos, a sus pies, a su cuello. Apreté los puños. «Piensa en otra cosa, piensa en otra cosa.» Levanté la mirada. La psicóloga me veía fijamente. Fingía estar tranquila, pero yo ya sabía que su pulso estaba alocado, que estaba nerviosa. Y no tenía ni idea…

—¿Estás bien? —preguntó. Escuchar su voz me hizo volver y fui un poco la Maya de antes. Estaba muy avergonzada:

había roto su adorno, había soltado un grito que hasta la amante del contador escuchó, y en general parecía una persona desquiciada.

—Perdón… yo no era así —dije en voz baja. Quería agregar algo más parecido a una explicación, pero no pude. El enojo se convirtió en una tristeza profunda. Mi cuerpo estaba rígido y pesado y la sangre en mis venas era espesa y pegajosa. Me paré muy lentamente. Estaba agotada. Quería salir de ahí. La psicóloga se puso de pie.

—No te vayas, Maya, siéntate. No estoy enojada, el adorno no importa. Y aquí puedes decir y hacer lo que sea, es un espacio para ti.

Me quedé parada, indecisa. Ella se acercó y me abrazó. Seguro que eso no era muy profesional, la debo de haber conmovido mucho. Dejé caer la cabeza sobre su hombro y simplemente disfruté del contacto. No importaba que fuera una extraña, el calor sobre mi cuerpo frío se sentía bien.

—Está bien, Maya, llora, sácalo —dijo Bárbara con una voz muy suave. Intenté sollozar, aunque ya sabía que no obtendría ni una lágrima. Al sentir mis temblores apretó más y repitió—: Llora, está bien, llora, todo va a estar bien.

No podía llorar, no estaba bien, nada iba a estar bien. La tristeza era insoportable, tanto, que las necesidades físicas dejaron de ser importantes. Me solté del abrazo y me pareció que mi piel se enfriaba unos grados más. Saqué de mi bolsa el cheque firmado por mamá y se lo di. Hizo como que lo rechazaba, pero al final lo tomó. Su cara estaba encogida en un gesto de compasión y sorpresa por lo que había visto.

—Voy a apartarte este horario la próxima semana. Ojalá regreses, Maya. Puedo ayudarte.

Quise creerle, pero no se me ocurrió cómo podría cumplir esa promesa.

El hambre es insolente,
sólo desea ser alimentada

Homero

DIECISÉIS

El tema de la alimentación era cada vez más difícil de ignorar. La sensación de ardor y vacío interno aumentaba día a día. Tuve que suspender mis carreras al atardecer porque no tenía fuerzas y supe que si no hacía algo pronto, acabaría en el hospital de nuevo. Había estado esperando algo, quién sabe qué, una idea luminosa, otra manera de nutrirme. No existía. Aunque mi mente se negaba, mi cuerpo sabía muy bien lo que quería… lo que necesitaba, más bien. Mamá me lo había dado a través de una transfusión, y después lo que había pasado en el callejón había sido un accidente, sólo me había defendido, no había pretendido alimentarme. «Sería tan fácil si alguien me explicara qué tengo que hacer», pensé. Debía de haber reglas, acciones aceptadas y no aceptadas. Debía de haber otros como yo, que hacían las cosas de una manera establecida. ¿Dónde estaban? ¿Los reconocería? ¿Me reconocerían a mí? ¿Sabían los no vampiros de nuestra existencia? La posibilidad de que hubiera otros era a la vez emocionante y aterradora. Vampiros que fingían vidas normales, mezclados en el mundo real, como yo. Cualquier cosa era posible. Pero cuánto necesitaba un guía, alguien que entendiera lo difícil que era aprender a ser de nuevo… No tenía ni idea de qué se esperaba de mí, si es que alguien esperaba algo. A los diecisiete años apenas sabía quién era yo. Mi misión en el mundo estaba lejos de estar definida. Y ahora, a empezar desde cero. Tenía que haber una razón, no sé, cósmica, universal, para que existiera gente como yo. Seres como yo. Y los poderes debían tener un objetivo mayor que sólo sobrevivir. O tal vez no. Ah, demasiadas preguntas y ninguna posibilidad de respuesta.

¿Cómo debía elegir a mi… comida? ¿Víctima? Comida sonaba mejor. Como si fuera simplemente un predador en la cadena alimenticia. Nadie se enojaba con los leones por comer gacelas. Era cuestión de supervivencia. No importaba cuántas veces lo repitiera, no lo iba a creer. No lograba convencerme de que había dejado de ser humana. ¿Cómo iba a creerlo? Seguía sintiendo, pensando, amando a la misma gente y las mismas cosas. Con excepción de la comida y el calor: antes me encantaba el calor. La gente dice que es mejor el frío porque puedes taparte más y más, y con el calor no hay nada que hacer. Pero yo siempre preferí los veranos calurosos, broncearme en la playa; incluso sudar era mejor que tener frío. Ahora no soportaba el sol. Y faltaba mucho tiempo para que alcanzara a entender todo lo que había cambiado y estaba por cambiar. Era demasiado para una adolescente. Mis problemas eran reprobar Matemáticas, recibir regaños por llegar tarde, que mi novio se ofendiera por alguna tontería, no tener qué ponerme… no podía ni siquiera empezar a definir la crisis que tenía ahora. Así que decidí ir paso a paso.

Mamá tenía pacientes hasta tarde y le pedí el coche para «ir a sacar unas copias». Salí justo cuando se metía el sol. ¿Dónde podía… hmm… «comer» sin que nadie se diera cuenta? «Cómo puedes pensar eso, Maya, vas a matar a alguien. Deberías irte a entregar a la policía, confesar que mataste a ese tipo asqueroso en el callejón.» ¿Para qué? ¿Era mejor el mundo cuando él existía? Discutí conmigo misma durante el camino hasta el mismo callejón. Prefería correr, pero estaba demasiado agotada, me habría desplomado a la mitad del camino. Era miércoles y ya habían pasado más de dos semanas desde que había estado ahí por última vez. Estacioné el coche lo más cerca posible y empecé a olfatear el aire. Tenía la esperanza de encontrar al compañero del cerdo ése. Estaba segura de que reconocería su olor. Antes habría dicho que los dos hombres olían a sudor, a polvo y a alcohol, pero estaba aprendiendo que los matices son infinitos, que cada persona posee un olor propio que no tiene que ver con su alimentación, con el perfume que usa ni con su higiene personal. Y aunque había salido corriendo después de dejar frío a su colega, recordaba el olor y las intenciones de ese hombre, que esperaba afuera del callejón pacientemente.

Rodeé la cuadra. Cada paso era más difícil, como si mis pies fueran dos piedras gigantes. Los colores empezaban a formar una masa opaca y me zumbaban los oídos. Mi cansancio era tal que me pregunté si tendría la energía para atacar. Encontraría a ese hombre, eso sí. Parecía la clase de persona que siempre está parada en el mismo lugar, y que sólo se mueve para ir por otra cerveza o algo de comer, uno de esos personajes del barrio que todos conocen. Entonces se me ocurrió algo: él me reconocería.

Frené en seco para considerar ese pequeño detalle. Tal vez no era tan buena idea seguir.

Ya había oscurecido por completo y decidí volver a mi coche y pensar en otra opción, aunque no me quedaba mucho tiempo y no quería desmayarme en ese barrio. De pronto llegó el olor que esperaba. Volteé a todos lados y alcancé a ver que el hombre se escondía dentro de una tiendita de abarrotes. Era él, y me estaba siguiendo. No lo había notado antes porque mis sentidos ya estaban muy debilitados. Mi corazón se aceleró y no pude evitar sonreír: él creía que iba a tomarme por sorpresa. El cansancio desapareció como por arte de magia y aceleré el paso mientras lo guiaba al callejón. Durante la persecución creció dentro de mí una excitación que nunca había sentido. No quería estar en ningún otro lugar en ese momento. Escuché el roce de una navaja que se abría y percibí el olor avinagrado de mi presa. No era lo más antojable, pero…

Llegué al callejón. Paré en la entrada para asegurarme de que me veía. Su pulso se agitó. A sólo pasos de ahí había estado el cadáver desnucado del otro tipo. Respiré profundamente, sólo por costumbre, y caminé hasta el fondo. Estaba completamente oscuro, pero podía distinguir las siluetas, cada piedra, el contorno de la vieja mancha que se estaba integrando al piso y, sobre todo, podría distinguirlo a él. Se acercaba con mucha lentitud. El sonido de sus latidos llenaba el callejón. Volteaba para todos lados con movimientos nerviosos y no me veía. Yo, en cambio, vi como se persignaba al entrar, y olí el sudor fresco en su frente y en sus axilas, mezclado con la suciedad de días atrás.

—Te voy a matar, zorra —dijo con voz temblorosa. Automáticamente asumí una posición de ataque. Sentí que mis músculos se endurecían y mis encías se abrían, pero la excitación era tal que el dolor pasó a segundo plano. No avanzó más. Agitaba la navaja con el brazo estirado hacia delante y yo veía la posición de sus dedos y su cara de terror. ¿Por qué se la buscaba? ¿Por qué no se iba de ahí? «Quién entiende a los humanos», pensé, y reí.

—¿De qué te ríes? Ya te vi. Primero te voy a… —No quise escuchar sus planes y en tan sólo unos pasos fugaces llegué hasta donde estaba y me estrellé contra él. Los dos caímos al piso. Apreté su cuello entre mis dedos y vi sus ojos desorbitados y confundidos. Tenía ganas de hablar con él, como en las películas, decirle: «Así que ese día estabas esperando tu turno, ¿no? ¡Pues ya te toca!». Pero pataleaba y golpeaba, y así no se podía hablar. Puse una rodilla sobre su pecho para inmovilizarlo y en eso sentí una punzada en la espalda. El maldito había logrado cortarme con su navaja. La piel herida me cosquilleaba. ¿Qué tan grave sería? Aprovechó mi distracción para empujarme. Aterricé boca abajo y comencé a arrastrarme hacia él. No podía verme pero decidió patear al azar, y, aunque esquivé la mayoría de sus patadas, una me dio en plena cara. Dejé escapar un gemido. Así supo dónde estaba y se puso en cuclillas sobre mi espalda.

—Ahora sí, perra —dijo. Dejé que creyera que había ganado. Creo que pude haber terminado con él desde que entró al callejón, pero me estaba divirtiendo, aunque no había nada de humano en esa diversión. El tipo sostenía mis brazos con sus manos, y así supe que ya no tenía la navaja.

—Ora sí, quietecita —dijo con voz de reptil. Me soltó y fingí rendirme. Se me hacía agua la boca; podía escuchar el paso de la sangre por sus venas. Distinguí el sonido de su cinturón deslizándose y decidí no esperar. Ya no quería tener su asqueroso cuerpo encima. Me apoyé en las manos, me levanté de un brinco y lo mandé a volar por los aires. Me lo había quitado de encima como si no pesara nada. Intentó levantarse, pero le pateé el estómago con todas mis fuerzas y vi en su cara el mismo gesto aterrorizado y sorprendido de su amigo. ¿Quién me hubiera temido antes? La sensación era agradable. Se puso a gatas y lo seguí pateando. Se encogió en el suelo y fui a recargarme contra la pared unos segundos. Comenzó a arrastrarse hacia la salida del callejón. Lo dejé avanzar unos metros, pero nunca consideré dejarlo ir. Él no me habría dejado ir aunque le hubiera rogado, tampoco el otro tipo. Caminé tranquilamente hasta bloquearle el paso.

—¿No querías estar a solas? —le pregunté en un tono cínico y cruel. Casi no reconocí mi voz. Levanté el pie y lo descargué sobre su mano. El crujido de los huesos llegó hasta mis oídos con toda claridad. El callejón se llenó de su aullido cobarde. Intentaba mirarme a los ojos, pero yo no tenía ganas. Quería rogar, decir que todo había sido un malentendido… demasiado tarde. De nuevo sentí la cortada en mi espalda y me enfurecí más, pero esa furia estaba mezclada con otras muchas cosas desconocidas que no quise analizar por miedo a descubrir un lado de mí que, o era nuevo, o siempre había estado ahí, escondido. Me agaché y acerqué el rostro al suyo. Sonreí para enseñarle los dientes. Estaba totalmente mudo y su gesto, entre otras cosas, era de incredulidad. Su mandíbula empezó a temblar, pero no me interesaba nada de lo que tuviera por decir.

Nadie me vio salir del callejón. Llegué al coche y me sorprendí de hallarlo intacto. Al recargarme sentí un dolor agudo en la espalda, donde yo creía que el tipo me había cortado. Intenté tocar la herida y me sobresalté al descubrir que el cuchillo seguía ahí, clavado profundamente bajo mis costillas. No reaccioné de inmediato. Era demasiado extraño, terrorífico. Finalmente lo tomé y lo desclavé. El área comenzó a punzar y a chorrear sangre. Me quité la sudadera y la apreté contra mi espalda. Mamá no necesitaba encontrar una mancha roja en el asiento de su coche. Estaba incómoda, pero eso era todo. El dolor no era paralizante ni nada por el estilo. Encendí el coche y escapé a toda velocidad.

La sangre quiere sangre

William Shakespeare

DIECISIETE

odo depende del enfoque, pensé. Ese hombre iba a hacerme daño, si se lo permitía. Y a la vez, no habría hecho nada si yo no me hubiera presentado ahí. La primera postura tenía una trampa, no voy a negar que estaba consciente de ella: decir que había acabado con ese tipo por defensa propia podía llevarme a la conclusión de que era aceptable matar a cientos de personas, siempre y cuando encontrara la manera de probar que ellos me habrían hecho daño si hubieran podido. Pensaba en esto camino a la escuela, mientras me estiraba las mangas de la playera para cubrirme las muñecas de la luz que entraba por la ventana del camión escolar. Sabía que filosofar no iba a darme una solución, el asunto era demasiado complicado. Mi corazón latía alegremente, distribuyendo esa sangre un poco avinagrada por todo mi cuerpo. Pensé en mi herida de la espalda: había sanado durante la noche. Mi piel seguramente estaba lisa y blanca, sin rastro del ataque. Las escenas de lo que había pasado unas horas atrás se repetían en mi cabeza como una película de ciencia ficción, divertida, sangrienta, irreal.

La primera clase ese día era la de Matemáticas. El maestro se acercó mientras el resto de los alumnos llegaba y se acomodaba en sus lugares.

—He notado que últimamente se te facilita mucho la materia —dijo—. Hoy te traje unos ejercicios avanzados para que no te aburras.

Dejó unas hojas con ecuaciones en mi lugar y se fue al pizarrón. Mientras explicaba operaciones que yo había resuelto en mi casa semanas atrás, analicé las hojas. No tenía más que verlas unos instantes para entender de qué se trataban y lo que había que hacer. Me puse a trabajar y, al terminar, pedí permiso para salir. El maestro se acercó a mi lugar, desconfiado. Fue a su portafolios y trajo el libro del que había fotocopiado los ejercicios y revisó mis resultados contra los del libro. No había cometido ningún error.

Llegó el recreo y salí corriendo a mi escondite de costumbre. Pasé frente a los baños y por primera vez pensé en que nunca más tendría que usarlos. Mejor. Siempre me había parecido una pérdida de tiempo. Llegué a la biblioteca y empecé a sentir un aburrimiento insoportable. No quería estar ahí. Estaba harta de la gente, de que me vieran como bicho raro y comentaran a mis espaldas acerca de mi ropa, mi gorra, mi bufanda, mis guantes, mi silencio, mis calificaciones. Ya nadie preguntaba acerca del «secuestro»: mis respuestas eran muy breves y a veces groseras, y el tema pasó de moda. Ahora les interesaba Abel, y comentaban el hecho de que no estuviéramos juntos como si les incumbiera. A muchas niñas les gustaba, y yo alcanzaba a escuchar sus pláticas: que si estaba mejor con el pelo corto, que seguro él ya no quería conmigo porque me había vuelto muy rara, que lo vieron platicando con ésta y la otra. Los celos me causaban una reacción física incomodísima, como si mis venas se comprimieran y no dejaran pasar la sangre fácilmente. Siempre supe que Abel podía elegir a quien quisiera. Era guapísimo y tenía ese *look* de chico malo que a tantas les gusta. Y en las nuevas circunstancias era más probable que conociera a alguien más, a que nosotros estuviéramos juntos de nuevo. Por un lado estaban sus culpas y celos y Valentina, que evidentemente no quería que regresáramos, y por otro un vago enojo de mi parte (de que me hubiera dejado ahí, aunque M. me habría encontrado en otro lugar y momento de todas maneras) y las nuevas emociones que provocaba en mí, pues no sabía si podría controlarlas. A veces fantaseaba con nuestra reconciliación y otras veces intentaba hacerme a la idea de que lo había perdido para siempre. Pero Abel nunca desaparecía. Vivía en mi alma como un hueco permanente que siempre dolía. Aún no sabía qué hacer al respecto, me confundía demasiado, necesitaba más tiempo.

Lo que estaba viviendo era tan gigantesco que la prepa parecía aún más insignificante. Ese día tuve suficiente y decidí largarme. Llegué a la cancha de futbol y esperé a que sonara la campana para que todos volvieran corriendo a sus salones. Antes de que el prefecto recorriera cada rincón buscando a los vagos, tomé vuelo y salté el muro que me separaba del mundo exterior. No fui suficientemente precavida y caí frente a un coche que tuvo que desviarse violentamente para no atropellarme. Permanecí inmóvil unos segundos. Tenía que ser más cuidadosa. Después emprendí

la carrera, segundos antes de que el conductor reaccionara y me gritara, como lo tenía bien merecido. Habría jurado que lo escuché decir mi nombre.

Eran las doce del día y el sol estaba en su esplendor. Aun con las capas y capas de tela, la gorra y los lentes oscuros, los rayos llegaban a mi piel. El picor y el olorcito a quemado no tardaron en llegar. No tenía un lugar específico a donde quisiera ir, pero tenía que alejarme de la luz directa del sol. Comencé a correr en dirección a mi casa y de pronto se me ocurrió un lugar al que había pospuesto ir: el banco. Llegué a mi cuarto y tomé la llave del cajón del clóset. Volví a leer ese fragmento de la carta:

Hay una caja fuerte a tu nombre en el Banco del Sur, en la sucursal más cercana a tu casa. La llave que necesitas para tener acceso a ella está en el fondo del último cajón de tu clóset. En esa caja está mi herencia, y te la dejo toda a ti. No sabrás qué hacer con ella, pero no me importa...

Por semanas no había querido saber nada de esa herencia, pero ahora mi curiosidad le ganaba al rencor. Iría, sólo necesitaba descansar un poco de la luz. Cerré las persianas, me quité gorra, bufanda, guantes y sudadera, y estiré mi cuerpo en la cama. El silencio era absoluto y la oscuridad también. Me invadió un adormecimiento agradable y cerré los ojos. Mi mente estaba en paz y sin embargo era consciente de cada parte de mi cuerpo y de la caricia de la sangre que iba y venía por mi interior. Estaba en el estado anterior a ese trance que usaba para descansar.

Volví en mí después de escuchar mi nombre muchas veces. Al final lo habían gritado, y eso me sacó del trance definitivamente.

Mamá estaba frente a mí, podía distinguir su rostro en la oscuridad. Estaba pálida y espantada.

—¿Qué pasa? —pregunté, y sólo entonces me di cuenta de que tenía agarrada su mano. La solté de inmediato: estaba morada por la falta de circulación.

—Traté de despertarte… Tienes tu terapia —contestó en voz baja sin cambiar de expresión. Le había hecho daño a mamá, a la persona que más quería en el mundo. No supe qué hacer. Había agarrado su mano como un reflejo, sin conciencia. Antes nunca había considerado la posibilidad de lastimarla, y me inundó una tristeza aguda. Intenté abrazarla, pero ella se inclinó hacia atrás.

—Perdóname. Me asusté, eso es todo —dije a modo de explicación. Dobló y estiró los dedos para estimular la circulación y se puso de pie. Parecía totalmente vulnerable y débil, el ritmo agitado de sus palpitaciones me ensordecía y no podía ignorarlo.

—No oías… Te llamé muchas veces… no te movías… no respirabas… no me soltabas —tartamudeó. Estaba en *shock*. Traté de tocarla y no se dejó. Me tenía miedo, no podía soportarlo.

—Mamá. —No intenté acercarme para no asustarla. Era mi peor pesadilla. Ese trance era peligroso, yo era peligrosa para ella y no tenía ni idea de qué hacer con esa información. Si algo le pasaba por mi culpa, nunca me lo perdonaría. Encontraría la manera de dejar de existir. M. me había dado la clave: dejar que un vampiro recién nacido me destrozara. Antes de que eso pasara tenía que irme. Pero ¿adónde? ¿Con qué medios? ¿A hacer qué cosa? Estos pensamientos me atacaron en pocos segundos, no pensaba claramente, y la expresión de terror en la cara de mamá me lastimaba más que nada en esta nueva vida, más que la distancia de Abel, más que la soledad y el saber que era una asesina.

—¿*Qué* eres? —preguntó casi sin voz.

—¿Cómo que qué soy? Soy tu hija —respondí fingiendo estar irritada, y me puse de pie—. Estaba durmiendo, seguro respiraba muy quedito y por eso creíste que no respiraba, tenía pesadillas y reaccioné así, por el susto. No exageres, mamá.

—No… no respirabas, y estás fría, congelada, no te movías, parecías… —Y se interrumpió. Parecía muerta, sí, seguramente. Pero necesitaba que se calmara. Por unos segundos consideré decirle la verdad, pero no era el momento correcto, no así. ¿Cuál es el mejor momento para decirle a tu madre que estás muerta?

—Pero estoy bien, mamá. Así, sin luz, seguro se veía peor. Y sí, la verdad últimamente he tenido más frío, pero eso ya lo sabes, has visto lo que me pongo diario —dije tratando de sonar relajada.

—Sí, pero… —No supo qué más decir. Volvió a sentarse sobre la cama y permitió que me acercara y la abrazara. La calidez de su cuerpo contra la frialdad del mío era demasiado obvia, y las dos nos estremecimos. Entendí lo diferentes que ahora éramos y me aferré más a ella. —Tal vez me estoy volviendo loca —susurró.

—No estás loca, las dos hemos pasado unas semanas horribles, yo creo que un poco de paranoia es normal —dije. Su pelo me hacía cosquillas en la cara y tenía una textura que nunca había notado.

—Sí… —Me abrazó de vuelta sin muchas fuerzas y en eso sonó el timbre. Debía de ser uno de sus pacientes. Yo no tenía ganas de regresar con Bárbara, pero tenía que salir y ver si la distancia hacía que mamá creyera que había imaginado todo. Nos separamos y ella se fue caminando lentamente.

—Voy con Bárbara —anuncié.

—Sí… te dejé el cheque y las llaves del coche en la mesa de la cocina —respondió distraída—. Ten cuidado —agregó como por rutina. Después bajó las escaleras y fue a abrir la puerta. Volví a cubrirme la piel, esperé a que se cerrara la puerta del estudio y bajé corriendo. El banco estaba por cerrar, pero iba tarde para la terapia. Tenía que llegar, no podía engañar a mamá con eso también. Aspiré el olor dulce que dejó por toda la casa y maldije mi vida y lo que me habían hecho.

Bárbara se sorprendió al verme llegar. Se apresuró a cerrar las cortinas y prendió la luz.

—No creí que vendrías. Hubiera cerrado desde antes —se disculpó. Sabía que me seguía la corriente como si yo estuviera loca, pero no importaba. Para eso le pagaba. Tomé asiento y me deshice de algunas capas de tela.

—Dijiste que el horario estaba libre —respondí.

—Excelente—, y sonrió. Mi pecho estaba lleno de un dolor inexplicable. No era hambre ni nada físico. Ahora sentía los dolores del alma en el cuerpo y no había ninguna cura. La seguridad de que lo que vivía era temporal y que pronto tendría que perder todo me aplastó en ese momento, en ese sillón, frente a esa extraña. Sentí de nuevo la urgencia de llorar y tenía la certeza de que no lo lograría cuando los ojos se me nublaron por completo. ¡Estaba llorando! La sensación era maravillosa. Quizá todo había sido un sueño y ahora terminaba, quizá todo volvería a la normalidad. La euforia duró demasiado poco; intenté ver a Bárbara y distinguí su silueta a través de un filtro rojo. Me limpié las lágrimas y vi mis dedos manchados. ¡Eran lágrimas de sangre! Solté un pequeño grito y cuando me di cuenta Bárbara ya estaba a mi lado con una caja de pañuelos. Tomé unos cuantos y me limpié la cara. Vi las manchas, horrorizada. Bárbara aparentaba tranquilidad pero podía escuchar su corazón y sentir su miedo. Quería actuar como si ya hubiera visto todo y nada le impresionara, pero seguro no había visto esto.

—¿Te ha pasado antes? —preguntó con la voz temblorosa.

—¡Nunca! —exclamé sin poder calmarme.

—¿Por qué no llamas a tu mamá para que te lleve al doctor? Toma —Y me tendió su celular. Definitivamente no iba a llamar a mamá y no iba a ir al doctor.

—Estoy bien —dije, y tomé un último pañuelo—. Pero si quieres que me vaya, me voy.

—No, no es eso, sólo que… Bueno, te están sangrando los ojos —dijo, como para darle gravedad a la situación. Como si yo no supiera lo que pasaba. Temí que llamara a mamá a mis espaldas y le dijera lo que había pasado. Tenía que darle alguna explicación.

—Ya paró. Es una enfermedad… una infección. A veces sangran y luego paran. En la noche me pongo unas gotas y ya.

—Pero dijiste que nunca te había pasado.

—Bueno, nunca había sangrado tanto. Por eso me asusté. Pero estoy bien.

—¿Estás segura de que no tienes alguna herida? Creo que ver a un doctor sería lo mejor…

Yo misma estaba tan alterada que era difícil calmar a alguien más. Hice una bola con los pañuelos llenos de sangre y fui a tirarlos al bote de basura. Volví al sillón y miré a Bárbara. Qué cosas había tenido que ver, la pobre.

—¿Podemos olvidar esto? Y si ya no me quieres atender, lo entiendo —dije, con la intención de enternecerla. Y también para hablar de algo, no sabía qué más hacer. Se encogió de hombros.

—Quiero ayudarte, Maya. Olvidemos lo que pasó. Platícame algo, lo que quieras.

—¿Como qué?

—Cualquier cosa. Háblame de la escuela, de Abel, de tu mamá, de tu papá… —Con sólo escuchar la palabra, la sangre me volvió a subir a los ojos. Ahora que había empezado a llorar, no iba a parar, por lo visto.

—Mi papá… —dije— se fue cuando yo tenía diez años. Unos meses después le hizo llegar los papeles del divorcio a mamá.

—No lo ves seguido, entonces —afirmó. Negué con la cabeza. Lo había visto en total una diez veces desde su partida.

—La última vez que lo vi fue en mi fiesta de catorce años.

—¿De catorce y no de quince?

—Le dije a mamá que todas hacían fiesta de quince, y que para cuando llegara la mía todos estarían hartos. Así que preferí hacerla de catorce, para ser la primera. Vino quince minutos y se fue. Lo seguí para pedirle que regresara a bailar el vals conmigo, pero se estaba subiendo a su coche, lo esperaba esa tipa.

—Su nueva novia.

—Ni tan nueva.

—¿Ya la conocías?

—La había visto. Era una paciente de mi mamá —expliqué, y las imágenes llegaron a mi cabeza de inmediato. Siempre me asomaba desde la escalera para ver llegar a los pacientes. Ese día papá llegó temprano y cuando ella tocó, él le abrió y se sentaron en la sala. No podía verlos, así que bajé sin hacer ruido. Me escondí detrás de la columna y escuché su plática. La sesión de mamá se alargó, ellos conversaron unos diez minutos, y vi claramente cómo ella apuntaba algo en un papel y se lo tendía. Él volteó a todos lados y se guardó el papelito con su teléfono en la bolsa de la camisa. Mamá salió y acompañó al paciente anterior a la puerta. Papá se paró de un brinco y se fue a esconder a la cocina como si hubiera hecho algo malo. Creo que por eso entendí que, en efecto, lo había hecho, o más bien, planeaba hacerlo. Antes de invitar a esa mujer a pasar, mamá me descubrió tras la columna y sonrió dulcemente.

—Y tu papá la conoció en tu casa. ¡Una paciente! Qué… —Iba a decir «qué bastardo» o «qué desgraciado», pero se contuvo.

—Sí —dije, y decidí callarme.

Le había pedido su teléfono a una puerta de distancia de mamá. Y lo increíble es que ella siguió yendo a terapia unos meses. Le decía a mamá que tenía un problema, que estaba saliendo con un hombre casado. Y mi papá empezó a llegar temprano los días que ella venía, y platicaban y se besaban ahí, en mi casa. Finalmente pasó lo que tenía que pasar: mamá salió un día, ellos no se dieron cuenta y los encontró. Ella entró al estudio a hablar con mamá, papá subió las escaleras y casi se tropieza conmigo, ni me vio. La tipa ésa se fue, y en la noche mis papás se pelearon a gritos y él se largó. No lo vi por meses. Mamá me contó que se habían peleado y que no sabía qué iba a pasar. Al menos no me inventaba mentiras idiotas. Cuando dijo que se iban a divorciar y que él no regresaría, le dejé de hablar por muchos días. Meses después él vino para llevarme a tomar un helado y explicar su lado de la historia, y tampoco quise hablar con él, aunque lo adoraba. Luego vino un par de veces por año y a veces llamaba por teléfono. Y vivía cerca, se había mudado con esa tipa y mamá sabía dónde. Muy cerca. Sólo no se le pegaba la gana venir.

Bárbara me miraba con expresión pensativa. No podía contarle todo eso. La única persona que lo sabía era Abel. La verdad es que yo seguía pensando que podía haber prevenido todo si le hubiera dicho a mamá lo del papelito. O al menos podía haberle dicho lo que veía en cualquier momento, en vez de esperar a que ella lo descubriera de una manera tan horrible. Por supuesto, nunca se lo confesé. Y por más que me repitiera a mí misma que era sólo una niña, que no podía saber nada y que no era mi culpa, una parte de mí no lo creía. Pensé en mamá y en la expresión de su cara cuando salió de su consultorio y los encontró. Vi toda la escena desde la escalera y nunca la olvidaría. Luego pensé en su cara de susto de unas horas atrás, en el miedo que tenía. No podía soportarlo. Volví a sentirme como en la mañana, en la escuela: todo era una estupidez. Esta terapia era una estupidez. ¿Para qué hablar de estas tonterías de hace años? No servía para nada ahora. Empecé a impacientarme. ¿En qué iba a ayudarme? Además ya ni pensaba en papá, era obvio que yo no le importaba en absoluto.

—¿De qué sirve hablar de esto? —exploté de pronto.

—Pues… sirve para desahogarte, y para entender por qué estás tan enojada y con quién.

—¿Con quién? —grité, y me puse de pie— ¡Con el que me hizo esto y después me abandonó!

—¿Tu papá? —preguntó en su forma tan irritante de preguntar. Yo estaba pensando en el vampiro que me desangró y me condenó, que me dejó sola en esta existencia sin explicar nada y que provocó que mamá me tenga miedo y que yo no pueda acercarme al amor de mi vida. Pero daba lo mismo, los dos habían hecho lo mismo, a fin de cuentas. Se habían largado, y ahora estaba sola y sin la menor idea de qué tenía que hacer con mi vida.

—No sirve hablar de esto —dije, determinada a no ser grosera—. Tengo problemas hoy, ya no puedo hacer nada con el pasado.

—Está bien. ¿Cuáles son tus problemas de hoy? Era imposible. No podía hablar con ella. Saqué el cheque de mi bolsa y lo dejé en el sillón. Salí del consultorio mientras ella me llamaba con voz paciente, como a una niña chiquita a la que quería calmar. Llegué a la calle y el sol me dio de lleno en la cara, el cuello y las manos. Había olvidado la gorra, la bufanda y los guantes allá adentro. Quería que ganara mi orgullo y largarme, pero no aguantaba esa luz directa ni un segundo más, y faltaba el camino en el coche. Regresé y encontré la puerta abierta. Bárbara estaba sentada en su silla, y las cortinas y la ventana estaban abiertas de par en par.

—Olvidé mis… —No terminé la frase y tomé las cosas del sillón con los ojos entrecerrados.

—El sol es uno de tus problemas de hoy, entonces —dijo con tono de sabihonda. Al fin creía que mi molestia era real. De no serlo, no habría regresado por mis cosas después de la forma en que me fui.

—Sí, es *uno* de mis problemas.

—Y te sale sangre de los ojos, ¿otro problema?

—En efecto —y usé esa frase para sonar tan sabihonda como ella.

—Además puedes romper adornos con la mano.

—Eso más bien es un problema para ti —dije. Ella soltó una carcajada y yo me arrepentí de inmediato de haber hecho el chiste. Debía escapar, hablar con esa mujer era inútil. Hacerme su amiga, más.

—Supongo que sí. Pero necesitaba un pretexto para deshacerme de él, alguien me lo regaló y lo odiaba. Así que gracias.

Supe que estaba mintiendo pero no dije nada. Sonreí cortésmente y procedí a cubrirme la piel.

—Dijiste que desde tu regreso eres otra… ¿A qué te refieres? ¿En qué has cambiado? —preguntó. Fue lo primero que se le ocurrió, no quería que me fuera y mi chiste la había hecho creer que ya éramos amigas.

—Cambié de especie —dije en tono burlón. ¿Qué más daba? Me estaba divirtiendo al fin.

—¿Ah, sí? —preguntó en el mismo tono bromista, y cruzó la pierna. Después se quitó los lentes, como si así escuchara mejor. —¿Y qué eres ahora?

—Soy un vampiro.

Disfruté sus intentos de mantener fija su expresión y después corrí hacia la ventana abierta y brinqué. Escuché su grito de terror y la vi acercarse a la ventana, esperando lo peor. Yo había caído sobre mis pies como un gato, con suavidad y gracia. Ni siquiera pensé que abajo me pudiera ver alguien. Por suerte era una calle cerrada muy tranquila, y en ese momento no había nadie. Vi a Bárbara y le sonreí. Eso le había quitado su carita de sabihonda.

Vagando por un tramo de tu ciudad natal,
esperas que algo o alguien te indique adónde ir

Pink Floyd

DIECIOCHO

Decir esas palabras en voz alta me llenó de euforia, al igual que mi travesura de brincar por la ventana. Salí corriendo a toda velocidad y luego recordé que llevaba el coche y tuve que regresar por él. Cuando llegué a casa mamá seguía trabajando. Decidí que pronto le diría la verdad. ¿Qué tan mal podía salir? Era mi madre, tenía que quererme incondicionalmente. Y después le contaría a Abel mi conversión en uno de los personajes de sus historias favoritas. Le mostraría la carta e iríamos juntos a descubrir mi herencia. Entendería que no había sido su culpa, yo aprendería a estar con él sin alterarme, encontraríamos la forma. Era mi alma gemela, y mi alma no había cambiado, seguía ahí y lo amaba.

Estaba tan emocionada que no podía estar quieta. Arreglé mis libros, esta vez por altura, y seguí con los cajones. Quería salir a correr, pero quedaban dos horas de luz más o menos intensa. Prendí la tele y estuve cambiando los canales hasta que al fin el sol se puso y salí corriendo. Dejé mi calle atrás y llegué a un conjunto de casas que siempre veía desde afuera. Me alejé de la caseta de vigilancia, tomé vuelo y di el salto más increíble que había dado hasta el momento. Llegué tan alto que por milésimas de segundo estuve preocupada por mi aterrizaje. Estaba adentro. Empecé mi recorrido por un sendero rodeado de árboles. Las hueledenoche estaban despertando, y su fragancia llenaba el ambiente. En alguna casa una mujer tocaba el piano; distinguía el choque de sus largas uñas milésimas de segundo antes de escuchar la nota. En otra casa alguien veía un programa con risas pregrabadas mientras cocinaba palomitas en el microondas. Aceleré para huir de ese olor a mantequilla artificial que antes me hacía agua la boca. De pronto percibí un aroma desconocido y extraño. El instinto hizo que mis sentidos bloquearan todo a mi alrededor para concentrarse solamente en eso. No sé cómo describirlo mejor: olía frío. Supe que alguien o algo me estaba siguiendo. Frené. No me interesaba jugar al gato y al ratón. Que dijeran lo que tenían que decir. «No tengas miedo, casi nadie puede hacerte daño, eres fuerte, tus heridas sanan casi de inmediato, y si nada funciona, puedes correr.» Pero tenía miedo. No estaba segura de que lo que me acechaba fuera humano.

Giré sobre mis pies y no vi nada alrededor. De pronto, una figura apareció de la nada y se plantó frente a mí. El sobresalto fue tal, que mi corazón literalmente se detuvo y ni siquiera pude gritar. Era un hombre, o tenía la forma de un hombre, y el cabello negro y lacio le cubría la frente y parte de los ojos. Su mirada me heló la piel, y eché a correr a toda velocidad. A los pocos metros apareció frente a mí y supe que no podría frenar antes de que chocáramos, pero desapareció tan pronto como había llegado. Volteé hacia todos lados, desconcertada y aterrorizada.

—Deja de correr. No voy a hacerte daño. —Busqué de dónde venía su voz, que además era conocida.

—¡¿Quién eres?! —grité.

—Tranquilízate. Necesito que… —No dejé que terminara. Su olor no era humano, y lo que quedaba en mí de esa condición dictaba huir. Volví a emprender la carrera y una fuerza invisible lanzó mi cuerpo contra un árbol. El golpe en la cabeza me desorientó por completo. Segundos después intenté pararme, pero algo me lo impedía. La figura se acercó y se detuvo frente a mí.

—No quería hacer eso, Maya. Lo siento. Pero necesito hablar contigo.

Quise decir algo, pero mi boca no respondía. Estaba paralizada, no podía moverme, hablar ni hacer nada por defenderme.

—Necesito que escuches. Ahora, si prometes quedarte tranquila, te suelto. ¿Sí?

Lo único que podía mover eran los ojos y no tenía idea de cómo decirle que sí, que me quedaría tranquila. Debió entender: a los pocos segundos recuperé el control sobre mi cuerpo y lo primero que hice fue tenderme boca abajo sobre el pasto y rogar por que los huesos de mi espalda sanaran pronto. Tenía al menos un par de costillas rotas y el dolor era terrible. No quería hacer enojar a ese… lo que fuera, y hasta le agradecí en voz baja suspender su hechizo. Se sentó en el pasto y vi su cara de reojo. Ahora lo recordaba: era el tipo que había entrado ese día a la oficina de mamá. Y me había mirado, supo que yo estaba ahí y que podía verlo.

—Trabajo en el instituto con tu madre. Y sí, te vi ese día en su oficina. Hoy fui a buscarte al colegio, pero saliste corriendo

mientras te llamaba. —Así que él era el conductor del auto que casi me atropella después de que salté la barda. Y al parecer, podía adivinar mis pensamientos.

—Decidí esperar a que estuvieras más calmada, por eso no te seguí antes. Soy Iván —dijo, y me ofreció una enorme y blanca mano. Estiré el brazo con mucho esfuerzo y la estreché. Comprobé que ambos estábamos igual de fríos.

—¿Y también eres…?

—Un vampiro, sí. Hoy iba a tu colegio porque… No escuché nada después de la palabra «vampiro». Me apoyé en las manos y logré sentarme con las piernas cruzadas. Así que había otros, ahí mismo en la ciudad, trabajando en el mismo lugar que mamá. Así de cerca. Tenía que reprogramar mi cabeza para entender el mundo en que ahora vivía. Iván seguía hablando. Era atractivo de una manera poco usual. Su piel era blanquísima y lisa, sin una sola arruga, aunque sus ojos parecían los de un viejo, por su expresión más que por otra cosa. Sus labios gruesos eran de un rojo intenso, y aun en la oscuridad podía ver las venitas en su cara. Estaban llenas de sangre que palpitaba sin parar. Tenía frente a mí a un vampiro que acababa de alimentarse, no cabía duda. No podía dejar de verlo, su textura y el contraste de sus mechones negros azabache contra su piel perfecta como la de una estatua.

—Maya —dijo suavemente. No había notado lo hermosa que era su voz. No quise responder para que mi nombre quedara flotando en el aire—. Intento decirte que iba camino a tu colegio para hablar contigo y con tus profesores. ¿No te ha parecido que las materias son demasiado fáciles últimamente? Quiero que hagas unas pruebas para cambiarte al instituto en donde trabajo. Serás más feliz ahí.

—Nunca me van a aceptar. Es para genios ricos —respondí.

—Estarías becada. Y no sé si lo has notado, pero para los estándares humanos eres un genio.

—¿Y para qué quiero estudiar ahí?

Iván negó con la cabeza y sonrió ligeramente.

—Ah, los adolescentes —dijo—. Estudiar ahí hará que aproveches mejor tu nuevo potencial. Después podrás estudiar una carrera en una de las mejores universidades del mundo, antes de que tengas que dejar la casa de tu madre definitivamente. En el instituto estarás más a gusto, y yo estaré cerca de ti y podré ayudarte a entender lo que te pasa.

—¿Por qué me iría de casa de mamá? Volvió a suspirar, aburrido.

—Algún día la dejarás. Entenderás que es peligroso para ella, que ustedes dos son diferentes, que perteneces a otro mundo, y te irás.

—Nunca voy a dejarla.

—No tengo tiempo para discutir esto, Maya. Mañana presentarás las pruebas y el lunes llamarán a tu madre para darle las buenas nuevas.

—¿Y si contesto todo mal a propósito?

—No lo harás. En el fondo quieres esto. Además a tu madre no le vendría mal una beca completa para su hija. Es evidente que pronto tendrá que dejar de atender pacientes.

—¿Por qué?

—Porque está «imaginando cosas». Dudando de sí misma.

—Todo va a cambiar cuando le diga la verdad.

—No puedes decirle nada. Ni a ella ni a nadie.

—¿Y por qué no?

Cerró los puños y miró al cielo, como implorando paciencia. Mamá hacía lo mismo cada vez que discutíamos. Sin el gesto aterrador de cerrar los puños, claro.

—¿Por qué no le has dicho todavía? —preguntó con la mandíbula apretada. Parecía que iba a lanzarme contra otro árbol y de todas formas no podía dejar de verlo, embobada.

—Tengo miedo de que no me crea y me encierre en un manicomio o algo así —tartamudeé. Bárbara ya sabía la verdad, me creyera o no.

—Bueno, recuerda eso y no digas nada. Tengo que irme. Ya hablaremos más cuando ingreses al instituto —concluyó. Acercó su mano a mi espalda y sentí un frío intenso. El dolor de mis huesos desapareció.

—Oye… —comencé a decir, pero ya había desaparecido. Mi corazón latía a mil por hora y la cabeza me daba vueltas. Tenía mil preguntas que hacerle. ¿Cuántos más de nosotros había? ¿Dónde estaban? ¿Alguien conocía a M.? ¿En verdad iba a vivir para siempre? ¿Desde hace cuánto existimos? ¿Para qué? ¿Todos pueden hacer las mismas cosas que yo? ¿Qué pasaba durante ese trance extraño? Me recosté sobre el pasto y miré el cielo negro y las tres estrellas que brillaban a través de las nubes y la contaminación. «Qué mundo éste», dije en voz alta. No pude evitar sonreír. Había un nosotros, un sentido para todo. Y estaba ese ser misterioso, dispuesto a ayudarme. Presentaría las pruebas e intentaría que me admitieran en el instituto. Era cierto que mamá estaría feliz si lo lograba. Obedecería en eso, seguro. Pero no había escuchado una explicación convincente para no decirle la verdad a mamá, como había decidido. O a Abel.

La secretaria vino a sacarme de una tediosa clase de Química para llevarme a la Dirección. Todos mis compañeros callaron como si yo me hubiera metido en algún problema grave. Volteé a verlos desde detrás de mis lentes oscuros (los maestros permitían que los usara porque yo «tenía problemas») y no me dio tristeza pensar en dejar de convivir con ellos para siempre. La seguí con la ilusión de que me llevaría con Iván, pero en la oficina esperaba una mujer común y corriente. Se presentó como Silvia. Mamá la había mencionado, era la subdirectora. Pasé el resto del día respondiendo cuestionarios mientras ella leía un libro. Al terminar quiso conversar conmigo y dijo que conocía a mamá, que me parecía a ella, preguntó por mis materias favoritas, quiso saber si extrañaría a alguien si dejaba ese colegio.

—¿Cómo es que nadie se había dado cuenta de tus habilidades antes?

—Es que antes no las tenía —respondí.

—¿Quieres decir que antes eras una alumna estándar? ¿Cuándo cambió eso?

—Seguro supiste que desaparecí un tiempo… Bajó la mirada como para demostrar que lo sentía mucho. Su gesto era sincero.

—Claro que lo supimos.

—Bueno —respondí en tono ligero. No quería hablar del asunto. Pues cuando regresé todo era más fácil, quién sabe por qué.

—Extraño —dijo, pero juzgando por su expresión, no parecía que fuera demasiado extraño para ella.

Llegó la hora de salida, y Silvia ofreció llevarme a mi casa. Acepté, por supuesto. Un coche era mucho mejor que el camión escolar y llegaría más rápido.

—No me cabe duda de que estarás muy feliz en el instituto. Encontrarás gente con quien tienes cosas en común —dijo muy convencida. ¿Habría otros alumnos vampiros? ¿Cómo funcionaría el que yo estudiara en el lugar de trabajo de mamá? De pronto la perspectiva me llenó de ansiedad. Ahora ya no vería a Abel, tendría que llegar a un lugar nuevo y no estaba segura de que encajaría. Después de todo, no era mi «inteligencia sobrenatural» la que me causaba problemas de integración, sino el haber cambiado de especie, como le dije a Bárbara. Llegamos a mi casa y faltaba un rato para la hora en que usualmente yo llegaba con el camión. Le agradecí a Silvia y aconsejó no decirle nada a mamá, para sorprenderla el lunes en el instituto. Yo debía tomar un taxi para la junta a las nueve en punto. Ya tenía permiso de mi colegio.

Corrí a mi cuarto y decidí ir al Banco del Sur. Tomé la llave y una identificación, por si acaso. Pensaba esperar a Abel para ver el interior de esa caja, pero no era capaz de aguantar la curiosidad ni un minuto más. Había unas cuantas nubes y agradecí al inestable clima de la ciudad: la mañana había estado soleada. Corrí a velocidad normal y llegué al poco rato. No sabía con quién tenía que hablar, así que me acerqué al escritorio de uno de los ejecutivos.

—Vengo a ver una caja fuerte que está a mi nombre —le dije al hombre de traje.

—¿Qué número de caja es? —preguntó. Revisé la llave. Le dije el número.

—Ah, la famosa 243. ¿Puedo ver una identificación? —preguntó. Saqué mi credencial de la escuela y se la mostré. Sacó de un archivero un fólder rotulado 243 y alcancé a ver una foto mía ahí. Reconocí la imagen: me la había sacado Abel y estaba en un cajón de mi escritorio. ¡M. la había robado! El ejecutivo miró la foto con atención, después me miró a mí. Cuando llegó a la conclusión de que sí era yo, me invitó a seguirlo.

—¿Por qué es famosa? —pregunté. El ejecutivo puso una clave para entrar a la bóveda donde estaban las cajas.

—La abrió a tu nombre un notario, hace dos años. Se nos informó que vendrías por estas fechas y recibimos instrucciones de permitirte el acceso aunque no fueras aún mayor de edad. El procedimiento de hecho viola varias reglas, pero el notario arregló todo el asunto directamente con nuestro director.

M. me había elegido años atrás. Y había estado esperando. ¿A qué? Fuera lo que fuera, estaba agradecida, a los 15 años era yo horrible y tenía granos en la cara y los dientes chuecos. Y si Iván creía que yo era inmadura, debió haberme conocido a esa edad. Entramos en la bóveda, el ejecutivo me pidió la llave y sacó otra de su bolsa. Introdujo las dos en diferentes cerraduras y extrajo la caja 243, tan gruesa como un cajón de archivero. La llevó cargando a un cuartito, la dejó sobre una mesita y prendió la luz. Después salió de ahí y cerró la puerta. Estuve viendo la caja un par de minutos sin atreverme a abrirla. ¿Y si había algo terrible ahí adentro? Me senté en la única silla del lugar y abrí la caja. A primera vista sólo había muchos sobres amarillos llenos de papeles. Los saqué y vi un cofre de madera tallada del tamaño de una caja de zapatos y una bolsa negra de terciopelo. Aquí está lo interesante, pensé. Saqué la bolsa primero y deshice el nudo de listón negro. Me quedé con la boca abierta. Estaba llena de billetes de cien dólares ordenados en fajos de… ¿trescientos? ¿Quinientos? Hice un cálculo rápido… Había heredado más de medio millón de dólares en efectivo. Nunca había visto tanto dinero junto, y no podía asimilar la idea de que fuera mío. Empecé a pensar en qué podría gastarlo cuando me topé con una limitante: mamá. Evidentemente se preguntaría de dónde lo había sacado. Le diría la verdad y podríamos comprar una casa o irnos de viaje… Ni siquiera sabía cuánto valía una casa.

Decidí dejar la caja de madera para el final y revisar las docenas de sobres. Tomé uno que decía El Prado. Así se llama una de las colonias más finas de la ciudad. Dentro había un juego de llaves y un engargolado. Lo hojeé y vi las fotos de una enorme casa ubicada en esa colonia. Tenía balcones por todas partes y un jardín enorme. Había fotos de cada cuarto y una descripción general de la casa: seis recámaras, nueve baños, estacionamiento para diez autos, alberca, dos cocinas, etcétera. Seguí pasando las hojas y llegué a un documento de apariencia oficial. Ahí se declaraba que yo, Maya Cariello Huerta, era dueña de la casa ubicada en Calle del Roble 14, en la colonia El Prado. Volví a leerlo y cerré y abrí los ojos un par de veces para asegurarme de que estaba despierta. Leí las etiquetas de algunos de los sobres amarillos: París, Nueva

York, San Francisco, Londres, Frankfurt, Madrid, Sydney, Venecia, Buenos Aires, Tokio. Y había otros con nombres más misteriosos: Naviera, Productos, Invertex… M. tenía razón: no tenía ni la menor idea de qué hacer con su herencia. Me abrumó tanto que guardé las cosas de regreso y llamé al ejecutivo con un timbre que encontré en la pared. Devolvió la caja a su lugar y yo corrí a casa, demasiado excitada como para pensar en el cofrecito de madera tallada.

Un amigo que sangra es mejor

Placebo

DIECINUEVE

enía que ver a Abel. Ya había pasado demasiado tiempo. Esta vez quería verlo y que él me viera. Quizá resultaría peor, pero no podía evitarlo. No me sentía hambrienta y eso ayudaría. Nos abrazaríamos, él sabría que yo lo amaba, perdonaríamos todo… Frené mi mente para no hacerme falsas expectativas. Decidí hacer todo como una persona normal, por una vez. Le pedí el coche a mamá el sábado en la tarde y accedió. Simona vendría a la casa y no lo necesitaba. La verdad es que mamá no se veía muy bien. Antes de irme la abracé y sentí que era más frágil que días atrás. Tenía círculos morados alrededor de los ojos y la piel hundida y gris, y estaba más flaca. Deprimida. Me rompió el corazón. El lunes que le anunciaran lo de mi beca en el instituto se sentiría mejor. Iván había dicho que tendría que dejar de atender pacientes… ¡Podía dejar de hacer cualquier cosa! ¡Éramos ricas! Recordé los bultos de billetes y me recorrió un escalofrío de placer. ¡Me mataba no poder decírselo a nadie!

Antes de salir miré mi reflejo por horas. No podía descifrar si era más o menos bonita que antes. Estaba más flaca. Mi dieta no tiene carbohidratos, pensé, y sonreí. Mi cabello había crecido bastante en poco tiempo (ya me llegaba a los hombros), y tenía que limar mis uñas constantemente. Me maquillé un poco y cambié mi atuendo diez veces. Estaba tan nerviosa como en nuestra primera cita. Era probable que Abel no estuviera en casa. No quería decepcionarme y, aunque tenía ganas de sorprenderlo, preferí llamar antes. Mi corazón retumbaba furiosamente mientras esperaba que respondiera el celular. Finalmente lo hizo. Estaba en un lugar muy ruidoso. Preguntó quién hablaba; mi número era nuevo y no lo había reconocido.

—Soy yo —dije.

—¿Quién? —repitió en un grito.

—Yo, Maya —grité. Odié tener que levantar tanto la voz.

—¿Maya? Espérame un segundo.

Imaginé que estaba saliendo del escándalo para poder escuchar. ¿Qué le diría? No estaba en su casa, estaba ocupado. ¿Cómo iba a verlo? Pensaba en esto cuando la llamada se cortó. Esperé unos minutos a que llamara. Comencé a desesperarme. Quizá había colgado a propósito. No quería saber de mí, lo estaba interrumpiendo, me odiaba. Rodeé mi cama quince veces, observé mis libros, tan ordenados. Finalmente bajé hecha una furia, justo en el instante en que Simona tocaba el timbre.

—¿A dónde vas, tan guapa? —preguntó cuando le abrí. No me había puesto la gorra, los guantes ni los lentes. Ya eran las seis y media, y el sol estaba por desaparecer.

—Mamá está en su cuarto —respondí bruscamente.

—Qué humores —comentó Simona en voz baja, y se dirigió a la escalera. Azoté la puerta detrás de mí y revisé que mi teléfono sirviera. Estaba a punto de subir al coche cuando escuché a mamá conversar con su hermana. Seguro Simona se iba a quejar de lo grosera que fui.

—… como cualquier adolescente —concluyó Simona—. Va a estar bien, dale tiempo.

—Lo que no sé es si yo voy a estar bien —respondió mamá—. Creo que estoy imaginando cosas, Simona. Me estoy volviendo loca. La otra vez la vi durmiendo y podía haber jurado que estaba muerta. No estoy superando esto. Y nunca come, de verdad.

Qué tonta fui. ¿Cómo no cerré la puerta esa vez? Tenía que decirle la verdad. No podía dejar que pensara que estaba loca. Desaparecí por semanas para luego volver y seguir haciéndole el mismo daño que cuando estaba lejos. De pronto sonó mi teléfono. Respondí de inmediato.

—¿Maya? —dijo su amada voz.

—Sí… —Fue lo único que pude responder. Tenía tanto que decirle, y no podía hablar.

—¿Cómo estás?

—Pues… bien. ¿Tú?

—Normal. Hoy tenemos una tocada. Estaba en el *sound-check* cuando llamaste, por eso no oía nada. Y luego se le acabó la pila al teléfono y te hablé desde el de Valentina. Perdón.

—Ah, Valentina está ahí —dije en voz alta. En realidad lo decía para mí.

—Sí. Terminó con Diego y no quiere estar sola… Ya sabes.

—Sí… —dije, desilusionada—. ¿Dónde es la tocada?

—En un barecito, el Santos. ¿Lo conoces? En el sur.

—Ah. Creo que sí —mentí—. ¿A qué hora?

—A las nueve, en dos horas.

—Y si voy ahorita… ¿puedo hablar contigo antes de la tocada? Se hizo el silencio. Abel estaba intentando un acercamiento casual y «hablar» le sonó demasiado serio.

—Sí… supongo. Ven —dijo.

—Bueno. Adiós —Colgué rápido para que no cambiara de opinión y me subí al coche. No tenía ni idea de dónde era el lugar y llamé a uno de esos servicios de guía por celular. Me dirigí al sur y media hora después vi el pequeño letrero del bar. Era temprano y no fue difícil encontrar dónde estacionarme. Apenas crucé la puerta, percibí el aroma de su piel. Volteé a todos lados y no lo vi. El lugar era diminuto, y aparte de la batería, no parecía posible que cupiera nada más en el escenario improvisado de la esquina. Sólo había una mesa ocupada: Valentina conversaba con otra chica que estaba de espaldas. Me acerqué y reconocí a Vanesa, de la generación de Abel. Era una de esas mujeres que una tiende a odiar: pelo dorado, largo, lacio y brillante, grandes ojos verdes, sonrisa perfecta y la altura suficiente para ver a Abel a los ojos sin tener que ponerse de puntas. Nunca había hablado con ella, pero en la escuela era célebre. Mientras avanzaba vi que estaba enfundada en un vestidito que dejaba sus piernas descubiertas y sentí una punzada de celos en alguna parte del corazón. Saludar era inevitable por el tamaño del lugar, así que llegué hasta la mesa y dije hola. Valentina se sorprendió desagradablemente y pude ver cómo la sangre escapaba de su rostro. A Vanesa tampoco le gustó demasiado la idea, lo cual confirmó mis sospechas de qué hacía ahí, en el *sound-check*, dos horas antes de la tocada.

—¿Cómo has estado? Casi ni te he visto en la escuela —dijo Valentina hipócritamente. ¿Qué había pasado con nuestros años y años de amistad? La tristeza sustituyó a los celos por unos instantes.

—Hola —dijo Vanesa, y ni siquiera se estiró para saludarme. Yo tampoco hice el esfuerzo y sólo levanté las cejas.

—¿A qué vienes? —preguntó Valentina, como si yo hubiera llegado a su casa sin avisar. Olisqueé el aire lo más discretamente que pude y supe que Abel se acercaba. Incliné la cabeza como respuesta y atravesé el escenario hasta la puerta trasera del bar. Desde ahí lo vi sacando algo de la cajuela de su coche. No notó mi presencia y pude observarlo. Adoraba verlo sin que él se diera cuenta, sentía que lo espiaba y que así podía hacerme una idea de cómo lo veían los demás. Cerró la cajuela y comenzó a acercarse, con un inmenso cable en la mano. Levantó la cabeza y me vio. No sé por qué esperaba una sonrisa; su expresión confundida fue decepcionante. No pude evitar escuchar a Valentina y Vanesa murmurando, preguntándose qué demonios hacía yo ahí y por qué no dejaba a Abel vivir su vida en paz.

—El cable de cinco al fin tronó —dijo Abel, respondiendo una pregunta que no hice. Recordé el famoso cable con el falso contacto. Yo le decía que comprara otro o que usara el de diez metros, pero él estaba encariñado con ése aunque su guitarra a veces dejara de oírse a la mitad de una canción.

—Se negaba a morir —dije.

—Pero siempre traigo éste, por si acaso.

—Ah, muy bien—. No era posible que ésa fuera nuestra plática. A veces, con tal de discutir, Abel tomaba la postura opuesta a la mía y la defendía con pasión, aunque yo sabía que en el fondo pensábamos lo mismo acerca de ese tema en particular.

—¿Cómo has estado? —preguntó después de unos segundos de incómodo silencio.

—Depende el día —respondí. Estaba parado a cinco metros de mí, en una postura poco natural y cargando ese cable. Yo respiraba con un ritmo extraño, no humano, con tal de olerlo. Más allá del detergente con que se lavó su ropa, más allá del champú, del gel para el pelo y de su loción, estaba él, su aroma natural, el de su piel y el de su sangre. Quería guardar ese olor en mi cabeza para siempre, no sabía cuándo lo volvería a ver después de ese día. Estaba anocheciendo y eso me tranquilizó. Parecería menos pálida. Recordé a Vanesa con su vestido y me sentí horrenda con lo que traía puesto.

—¿Qué hace Vanesa aquí? —pregunté de pronto. Quizá podíamos pelear por eso. Discutir al menos era algo que nos definía como pareja. Todo menos ese silencio absurdo.

—Quería conocer a la banda. Vino con Valentina —respondió, y fijó la mirada en el horizonte. ¿Por qué era tan difícil? Avancé un paso y noté los latidos de su corazón. Quería acariciar ese corazón, por más extraño que suene. Su aroma y su cercanía eran intoxicantes, y de pronto no supe qué hacía ahí, qué quería decirle. En mi mente sólo se repetía la imagen de un abrazo, sólo deseaba estrecharlo y sentir el palpitar de su yugular en los labios, tocar su cabello con la punta de los dedos, probar de nuevo su saliva, después de semanas sin tener en la boca más que un solo sabor. Él no me tenía miedo.

Seguí avanzando y no retrocedió. Tampoco se acercó. Supongo que no entendía el objetivo del encuentro. «¿Qué quiere?», se preguntaría, «¿por cuánto tiempo más prolongará esta incomodidad?». Tenía que usar el cerebro y apagar mis sentidos. Retrocedí y dejé de respirar, aunque su fragancia ya había invadido cada rincón.

—¿Por qué no quieres verme? —pregunté finalmente. Yo sabía la respuesta, pero no podía empezar el reencuentro diciendo: «Cuando fui a espiarte escuché tu conversación con Valentina y…». Mi pregunta lo desconcertó por completo. Quizás había sido demasiado directa. Se colgó el cable en el hombro y enlazó las manos detrás de la cabeza. Después abrió mucho los ojos.

—Me vas a volver loco —susurró, quizá contando con que yo no escucharía. Creí que se refería a nuestro último encuentro, del que yo había escapado a toda velocidad.

—Estaba confundida, perdóname. No me debí haber ido así.

—¿Ido? ¿De qué hablas? —casi gritó, exasperado.

—En la escuela, ese día… ¿De qué hablas tú? —respondí, súbitamente irritada también.

—¿De qué? ¿Estás bromeando? ¿Tienes amnesia otra vez o qué? Perdón, no quise decir eso…

Mi mandíbula empezó a temblar, así como mis músculos. ¿Estaba insinuando que nunca había tenido amnesia? ¿Qué estaba pasando? Quise mandarlo a volar de una patada, pero al instante me arrepentí de ese pensamiento. Evidentemente había un gran malentendido, y aunque mi impulso era largarme, necesitaba entender. Respiré hondo y su aroma funcionó como calmante.

—No. No estoy bromeando. No entiendo de qué hablas. Vine porque te extraño.

—¡Y yo a ti! ¡Como nunca creí que podía extrañar a alguien, Maya! Pero me pediste que te dejara en paz y estoy intentándolo, aunque no sabes cómo cuesta.

—¿Yo te pedí? ¿De qué hablas?

—Pero tus cambios de humor me van a volver loco. Por favor, por favor, dime qué quieres, lo que quieras, pero no me hagas esto, no me abraces en la escuela y después vengas aquí… Ya sé que no tengo derecho a pedirte nada, Maya, ya lo sé. Sólo que me perdones, y que si vienes aquí, no hagas como que no… Porque me destruye, de veras… Olvídalo, no sé qué decir. Te extraño. Ya te dejé cien recados y lo escribí mil veces. Lo único que me ha detenido de ir a tu casa es que me pediste que no lo hiciera. Vivo pegado a la computadora como un imbécil, esperando ver tu nombre en la pantalla. Mi vida es una mierda. Pero no puedo pedirte perdón para siempre y tienes razón, lo mejor es que no estemos juntos, todo es demasiado complicado.

Estaba muda. ¿Diez recados? ¿Que lo escribió mil veces? ¿De qué hablaba? Mi mente no tardó en procesarlo todo. No era demasiado difícil.

—¿Diez recados? —dije lentamente, controlando mi furia—. ¿A qué número?

—Al de siempre. Valentina dijo que tenías el mismo.

—Valentina… —Mi teléfono desapareció esa noche. Tengo un número nuevo, del que te marqué hoy —dije, y lo miré esperando que procesara la información.

—Pero tu mensaje sigue ahí, con tu voz…

—Debe estar en algún rincón, sin pila o aplastado. Yo no lo tengo. Y en las últimas semanas he revisado mi correo tres veces en total, no más. No he leído nada tuyo y no te he escrito ni un solo correo.

—¿De qué hablas? —gritó Abel, con lágrimas en los ojos. Dejó caer el cable y dio dos grandes pasos. Llegó frente a mí tan rápido, que no estaba lista para sentirlo así de cerca. Tomó mi cara entre sus manos con cierta violencia. Su piel caliente me dejó muda e inmóvil.

—¿De qué hablas? ¿De qué hablas? —repitió suavemente, con una desesperación tan dolorosa que mis ojos comenzaron a inundarse también. Estaba oscuro y pensé que quizá no se daría cuenta del color de mis lágrimas. No quería que me soltara. Lo había extrañado tanto que habría detenido el tiempo en ese momento, aunque era desgarrador, con tal de tenerlo así de cerca, con sus dedos en mi piel helada.

—Ay, Abel… —dije, y empecé a llorar. Valentina. ¿Cómo pudo? Por eso se había puesto blanca al verme. ¿Cuál era su problema, por qué quería que yo sufriera, que Abel sufriera? Debía odiarme mucho para hacer algo así. Y además me había llamado, fingiendo ser mi amiga, mientras lo hacía. Pero ya pensaría en ella después. Ahora tenía que aclarar la situación con Abel, y esperar que me creyera y que no pensara que estaba loca.

—¿Qué? Dime, por favor —suplicó. Retiré sus manos suavemente y me limpié la cara con las mangas de la playera.

—Nunca escribí nada. Alguien más lo hizo, desde mi cuenta.

—¿Alguien se metió a tu correo? ¿A quién le interesaría hacer algo así? Maya, por favor, me voy a volver loco.

Supongo que era lógico que no me creyera. Por lo visto, había estado recibiendo dobles mensajes muy confusos últimamente. ¿Cómo podía demostrárselo? No quería acusar a Valentina hasta tener pruebas. Ahora recordaba que le había dado mi clave alguna vez, por teléfono. Necesitaba imprimir algo y no estaba cerca de la computadora. Olvidé cambiar la clave después, pero nunca creí… ¡Desgraciada! Quizás incluso había creado una nueva dirección a mi nombre, lo suficientemente parecida a la otra como para que Abel no se diera cuenta. Tuvo que hacer eso, si no se arriesgaba a que yo encontrara algún mensaje antes que ella. Tenía ganas de hacerla pedazos con mis manos. Las imágenes que invadieron mi cabeza eran tan sangrientas que mi corazón se aceleró y empecé a temblar de nuevo. Si los colmillos salían y me topaba con Valentina, no podría controlarme. La traición era demasiado grande. Y sí, no le había contestado el teléfono ni me interesaba revivir nuestra amistad, pero por respeto a lo que fuimos me debía algo mejor. Intenté calmarme y comencé a hablar.

—Te juro que nunca escribí nada. He estado demasiado confundida para hacerlo, ni siquiera ahora sé cómo manejar la situación. Te he extrañado como loca, sólo pienso en ti, si hubiera sabido que querías verme también, créeme que… Hoy ya no aguanté. Quiero explicarte muchas cosas, demostrarte que lo que pasó no fue culpa tuya, te lo puedo demostrar. Creí que por eso no querías verme, porque te sentías culpable.

—¡Claro que me siento culpable! ¿Qué clase de imbécil deja a su novia en un bar, abandonada? Y sí, al principio no podía verte. Me cuesta trabajo verte a la cara, Maya, y a tu mamá también. Pero después de una plática con Valentina me quedó claro que, aunque yo había echado todo a perder, tenía que pedirte perdón y decirte que me arrepentía y que te amaba, no podía ser tan cobarde, y siempre pensé que tú tenías derecho a odiarme y a decirme lo que quisieras… y eso fue lo que pasó. No te culpo de nada, créeme que yo me odio más a mí mismo de lo que cualquiera me puede llegar a odiar en esta vida.

Mi enojo se desvaneció y sólo quedó mi amor por Abel. Saber que él sentía lo mismo que yo fue increíble. De pronto la felicidad era tanta, que todos mis problemas parecían insignificantes. Además, yo tenía la clave de su liberación. Cuando le contara lo que había pasado y le mostrara la carta, entendería, al fin. No más culpas. Recorrí la corta distancia que me separaba del amor de mi vida y vi que temblaba. Lo abracé y hundí la cara en su pecho. Sólo entonces recordé que tenía puesto su anillo. Me lo quité rápido y lo sostuve en mi puño.

—Estoy bien —susurré. Iba a decir: «Estoy bien, estoy viva», pero era mentira. Rodeó mi espalda con sus brazos largos y me sentí más tranquila y feliz que en muchos, muchos días—. Estoy bien, estoy *aquí* —elegí decir, y él besó mi cabeza y recorrió mi espalda y mis brazos con sus manos, como para comprobar si era cierto que estaba *ahí*.

—Perdóname, niña, perdóname… —suplicó en voz tan baja que nadie más podía haber escuchado—. No fue culpa tuya —susurré—, te lo puedo demostrar.

Acaricié su cabeza y su cabello corto y suave.

—Qué te hicieron —susurró. No estaba preguntando realmente. Tenía miedo de la respuesta.

—Te lastimaron.

—Sí, pero estoy bien.

Sentí que se desvanecía en mis brazos y lo escuché gemir suavemente.

—No, no me lastimaron —rectifiqué—, estoy bien.

—En las cartas… ahí está lo que pasó, con detalle. Los tres hombres, el cuarto ése, lo que te hicieron…

Me volví de piedra en un segundo. El nivel de sadismo de Valentina era asombroso. Se tomó la molestia de inventar una historia terrible y violenta, y contársela con detalles a su hermano. ¿Cómo pudo? ¿Quién de las dos es más mala?, me pregunté, ¿yo, que asesiné a dos potenciales violadores sin pizca de inocencia en sus cuerpos asquerosos, o ella, que elegía hacerle daño a alguien de su sangre, simplemente por envidia? No pude evitarlo. El horrible dolor comenzó en mi boca, y los ojos se me llenaron de lágrimas que ensuciaron la camisa negra de Abel. Me solté de su abrazo y me alejé lo más que pude. Abrí la boca y mi cara se deformó con el grito que no salió de mi garganta. Me enjugué las lágrimas y esperé a que mi corazón se calmara.

—No escribí nada. No hubo tres hombres, violaciones, torturas, golpes ni nada por el estilo —dije dándole la espalda. No podía contener la rabia. Tenía que salir de ahí o alguien saldría lastimado. Muy pronto.

—Y ¿entonces?

—Te voy a decir, sólo que no ahora mismo. Pero no es lo que te imaginas.

—¿Peor?

—No sé… diferente. Sólo puedo decirte que no lo podías evitar. Tengo que irme.

—Pero… no, no te vayas, habla conmigo.

—Falta poco para la tocada. Disfrútala, relájate. Nos veremos pronto y te explicaré todo. No sabes cuánto te amo. —Era raro decir eso con dos diminutas espadas en la boca. Incluso era difícil hablar bien. Tenía que pronunciar cada sílaba con cuidado y lentamente, abriendo mucho la boca para no rasgar mi propia lengua. Rodeé el bar por fuera y me subí al coche, todavía temblando de furia. Valentina me la iba a pagar. Por suerte el coche de mamá no tenía demasiada potencia, de lo contrario seguramente me habría estrellado. Antes de llegar a casa decidí pasar por la de esa traidora, quién sabe por qué. Me estacioné afuera y mi imaginación se dio vuelo planeando mi venganza. Pensé destrozar su cuarto, pero si lo hacía esa noche sería demasiado evidente. Lo que urgía era leer esos correos y averiguar exactamente qué le había inventado esa maldita a Abel.

Mamá y Simona estaban acostadas en la cama viendo la tele. Debía ser algo chistoso porque el ánimo que se respiraba era bastante más ligero que horas antes. Las saludé y Simona golpeó el colchón, sugiriendo que las acompañara. Sólo la luz de la pantalla iluminaba el cuarto. Mis colmillos ya se habían retraído y pensé: «¿Por qué no?». Estaba a punto de avanzar cuando recordé que había llorado. Les dije que en un momento regresaba y corrí al baño. Mis dedos estaban manchados y mis mejillas tenían rastros de sangre seca. Con la luz prendida, mamá y su hermana lo habrían notado, y habría sido una nueva causa de preocupación. Me lavé y cambié de ropa. Al quitarme los pantalones cayó el anillo de plata de Abel, que estaba en una de las bolsas. Lo levanté y me lo puse de nuevo en el pulgar. Hundí las mangas de la playera en el lavabo lleno y el agua se tiñó de inmediato. Nunca podría darle rienda suelta a mi llanto, sería una visión terrorífica.

Ocupé un lugar entre las dos mujeres y seguimos viendo la comedia. Al acabar ésa, vimos otra. Me sentí feliz entre los cuerpos cálidos de las dos y comprobé que sus olores no me atraían en absoluto. De hecho, parecía que los había tenido guardados desde siempre en la memoria, y estaban asociados a mi hogar, a la familia, a la luz del día, a la comida y a todo lo bueno que tenía mi vida antes. Jamás podría hacerles daño. Me pegué más a mamá y ella me abrazó, feliz.

De lo que tengo miedo es de tu miedo

William Shakespeare

VEINTE

Necesitaba descansar, dejar de pensar, pero era imposible. Lo que hizo Valentina era demasiado increíble, todavía tenía que entenderlo. Ver a Abel, como siempre, había sido excitante y agotador; el lunes conocería el famoso instituto y la caja estaba ahí, esperándome, guiñándome el ojo siempre que pensaba en ella. Llevaba dos horas dando vueltas en la cama, cuando lo sentí cerca. No podía ser; eran las dos de la mañana. Brinqué de la cama y cuando me di cuenta ya estaba con medio cuerpo fuera de la ventana. ¿Siempre me movía así de rápido? La madrugada estaba oscura y silenciosa. Pero era cierto. Estaba cerca. Su delicioso aroma entró en mi cuarto traído por una ráfaga de aire, y mis dedos se aferraron al marco de la ventana con tal fuerza que me rompí todas las uñas. Respiré profundamente y empecé a temblar. No sé si era la noche o qué, pero Abel olía mejor que nunca. Mis músculos estaban tan tensos que se convulsionaban y era consciente de cada una de mis venas y del latido suplicante de mi corazón. Me lancé por la ventana y golpeé el auto de mamá al caer. No lo planeé muy bien. Vi las luces de su coche que doblaba la esquina y salí a esperarlo. Sobre mi buró, mi celular sonaba. Abel quería avisar que estaba llegando.

Me vio y bajó del coche sin siquiera apagarlo. Corrió hacia mí y nos abrazamos hasta que noté que le costaba trabajo respirar. Aún no medía muy bien mi fuerza. Mantuve mi pecho contra el de él y algo increíble sucedió: mi corazón comenzó a imitar el ritmo del suyo, y de pronto ya sólo había un poderoso latido, formado por los dos. Me pregunté si él se daba cuenta. Por primera vez en semanas lo sentí realmente cerca.

—¿Cómo supiste que venía?

—Tuve un presentimiento.

—Te extrañé en la tocada —me dijo al oído.

—¿Qué tal estuvo? —pregunté. No me interesaba mucho hablar de eso, pero había que empezar por algún lado. Su cercanía provocaba una revolución en mi cuerpo. Mi piel estaba erizada, el temblor era peor que antes, los colmillos querían salir, pero logré mantenerlos en su lugar. Al menos por un rato.

—Sorprendentemente bien. Cuando te fuiste creí que no iba a poder ni afinar la guitarra, pero estaba inspirado.

—No sabes todo lo que tengo que contarte.

—Hoy sólo quiero abrazarte, así —susurró, y me atrajo. Recorrió mi espalda con los dedos, sus yemas eran como fuego paseando por mi piel, enviando energía eléctrica a todo mi ser. Tenía que pararlo y explicarle antes de que lo averiguara de la peor manera.

—Quiero decirte… —comencé. Pero él me ignoró por completo y continuó.

—Y besarte, así.

Tomó mi cara entre sus manos y acarició mis mejillas con sus pulgares antes de cubrir mis labios con los suyos. La humedad de su boca y el aire que soltaba sobre mi cara me empujaron al límite y le di la espalda, gimiendo de dolor.

—¿Estás bien? ¿Te lastimé? ¿Qué hice? —susurró Abel, asustado. Así que éste era el momento. Iba a decirle a mi novio (¿éramos novios de nuevo?) que me habían convertido en vampiro. Que no tomo agua, no como, ni aguanto la luz del sol. Que me alimento de sangre. Que tengo una herencia millonaria en el banco.

—Es que… me voy cambiar de escuela —se me ocurrió decir. Después de todo, era una de las cosas para contarle.

—¿Qué? ¿A cuál?

Se lo dije y ante sus preguntas sólo pude decir que a partir del incidente, algo en mi cabeza comenzó a funcionar mejor.

—Pero, ¿qué tiene que ver? No entiendo. ¿Hay alguna explicación médica o algo?

Recordé a Bárbara. También tenía que contarle a Abel que ahora iba a terapia. O que había ido, al menos. No sabía si volvería.

—Hay otra explicación —comencé, pero seguía sin saber cómo empezar. La plática funcionó: los colmillos se retrajeron y mi cuerpo se calmó un poco. Estar cerca de Abel aún era difícil, pero mi objetivo era controlarme, tenía que lograrlo, o no tendría caso decirle la verdad. Toqué mis encías con la yema de los dedos, buscando algún hueco. Nada. Al parecer, las heridas cerraban de inmediato.

—Ya no te voy a ver en la escuela —murmuró tristemente. Sentí que se aproximaba y me puse tensa.

—Hace semanas no te veo en la escuela de todas formas —le dije, intentando sonar ligera.

—Pero eso ya volvió a la normalidad, ¿o no? Tú y yo…

¿La normalidad? No existía ya. Di media vuelta y encontré su expresión confusa, con esos ojos verdes que tanto amaba y que había pasado tantas horas de mi vida mirando. Acaricié su cara con los dedos lenta y suavemente. Las sombras de la noche en su piel lo hacían ver más hermoso, y me llené de melancolía. De pronto sentí que lo había perdido para siempre, que la vida que habíamos planeado ya no existía. Mis yemas podían percibir los más ligeros cambios de temperatura que había en cada parte de su rostro, podía sentir dónde le latía la sangre, dónde se le acumulaban las lágrimas, y distinguir ese insignificante temblor en los músculos de su boca. Bajé por su cuello y recorrí sus hombros. Podía adivinar dónde empezaba cada uno de sus huesos y dónde, por culpa de la tensión, se habían enredado sus nervios. Él estaba inmóvil. Comencé a bajar por sus brazos, con cuidado de no arañarlo con las puntas de mis uñas disparejas.

—Nunca voy a ser normal —dije, y al terminar me arrepentí del tono dramático que le imprimí a la frase. Abel volteó a ver el suelo, lleno de culpa. No podía ganar: mientras yo no confesara, él no dejaría de destrozarse por dentro. Y por fuera, aparentemente: mi recorrido por su cuerpo llegó a sus antebrazos y encontré, en su brazo izquierdo, unas cicatrices que no existían antes. Mis dedos analizaron con más cuidado y él se dio cuenta, dio un paso atrás y se apresuró a desenrollar las mangas de su camisa sobre sus brazos.

—¿Qué es eso? —reclamé.

—No es nada, olvídalo.

—¿Qué hiciste?

—Nada, no es nada —insistió, mientras retrocedía más y más. Pero me conocía lo suficiente como para saber que esa respuesta no bastaba—. Hice una estupidez. Eso es todo. Y ni siquiera la hice bien, si quieres saber. Valentina me encontró y la hice jurar que no le diría nunca nada a nadie.

Esto explicaba un poco más el odio que me tenía Valentina y lo determinada que estaba a mantenerme lejos.

—¿Cuándo fue?

—Después de la carta que contaba lo del secuestro, y los tres… pero eso ya fue la última gota, llevaba semanas imaginando lo peor.

Entonces esto no explicaba nada, sólo quedaba claro que Valentina estaba loca: ella lo hacía sufrir y después me odiaba a mí por su sufrimiento. No tenía caso intentar entender. Estaba loca de remate.

—Pero ¿eres idiota o qué? ¿Cómo se te ocurre? —estallé, furiosa.

—¡Estaba desesperado! Necesitaba… necesitaba sufrir, Maya, *lo necesitaba.*

—¿No viste que yo estaba bien? ¿Sabes lo que hubiera pasado conmigo si tú…? ¡Habría pasado el resto de mi vida…!

No pude seguir. Me llegó una nítida imagen de Abel parado en el baño de su casa con una navaja, la negra que llevaba siempre en la bolsa. Lloraba y apretaba los dientes mientras la cuchilla se hundía en su carne blanca. El primer corte fue el más difícil: le temblaba la mano y la navaja no estaba bien afilada. Los demás fueron rápidos y menos profundos. Era como una película que no podía dejar de ver, aunque abrí y cerré los ojos diez veces. No tuve duda de que había sucedido así. Abel se tambaleó y se recargó en la pared. Fue resbalando hasta sentarse en el suelo. Vi su sangre derramándose sobre el tapete del baño, sobre los mosaicos azules, a Abel soltando la navaja y desviando la mirada de sus heridas mientras su respiración de aceleraba. Luego llegó Valentina. Seguramente, en su mente torcida me habría culpado si Abel moría. Abel. Muerto. Una jaqueca insoportable me atacó, mientras la película seguía repitiéndose, fragmentada, en mi cabeza. Cerré los ojos. Las imágenes eran tan dolorosas que todo mi cuerpo estaba reaccionando, furioso y desesperado. Perdí el equilibrio y caí de rodillas. Mis músculos no respondían, más rígidos que nunca. Mis puños temblaban y cada latido era un golpe que nacía en mi corazón y se expandía por mi cuerpo como un espasmo. Valentina. Su nombre resonaba en mi cabeza. Iba a saber de mí esa misma noche. No podía aguantarlo más.

Me puse de pie de un brinco y estaba a punto de salir corriendo cuando recordé la presencia de Abel. Por unos segundos lo había olvidado, el dolor y la rabia me consumían por completo. Había retrocedido hasta chocar contra su coche y tenía las manos apoyadas en el cofre. Sus ojos estaban muy abiertos y estaba conteniendo la respiración, aterrorizado. Sólo entonces me di cuenta de que mis colmillos estaban profundamente enterrados en mi labio inferior. Intenté acercarme a Abel y vi cómo su cuerpo se tensaba aún más. Abrí la boca y la sangre empezó a brotar de las dos heridas. Abel había visto todo. Yo ni siquiera había sentido el momento en que me salieron los dientes. Supe que después, cuando recordara su rostro desfigurado por el miedo, me invadiría una tristeza insoportable, pero ni siquiera eso podía detenerme en mi camino hacia Valentina. Me limpié la boca con la mano y salí corriendo.

—¿A-adónde vas? —preguntó Abel. Yo ya estaba muy lejos, pero lo escuché tan claro como si hubiera gritado.

—A ver a tu hermana —refunfuñé, y apresuré el paso. No supe si escuchó. Le tomó unos segundos reaccionar, meterse en su coche y arrancarlo. Llegaría unos minutos después que yo.

Vislumbré la fachada de la casa y no bajé la velocidad: la utilicé para subir por la pared hasta la ventana de Abel. Me aferré a un ladrillo ligeramente salido: la ventana estaba cerrada. Intenté deslizarla, pero el seguro estaba puesto. Sin pensarlo dos veces, la rompí con el puño de mi mano libre. Era un cristal muy grueso y no puedo negar que se me escapó una pequeña sonrisa de satisfacción. Brinqué al interior del cuarto de Abel y aterricé en posición felina, como anticipando un ataque. Eran más de las cuatro de la mañana y no se me había ocurrido que todos estarían dormidos y que el sonido del cristal rompiéndose había sido demasiado fuerte. Me enfurecí por mi torpeza. Escuché pasos apresurados y a la madre de Abel, que llamaba a la policía en voz muy baja. Mi corazón comenzó a acelerarse. «Qué estúpida eres, Maya. ¿No podías encontrar una manera más silenciosa de entrar?» Había arruinado todo. Ahora vendría la policía, y yo tendría que salir de ahí sin haber logrado nada. Me acerqué a la puerta de la recámara y vi la silueta del padre de Abel.

—Cierra con llave, Amelia —le ordenó a su esposa. Luego se dirigió al cuarto de Valentina, abrió la puerta y escuché que esa desgraciada preguntaba qué había pasado, medio dormida.

—Escuchamos un ruido, eso es todo. Tú cierra con llave y no te preocupes.

Iba a dirigirse a la habitación de Abel, pero al ver la puerta abierta comprendió que su hijo no había llegado. Comenzó a bajar las escaleras, convencido de que el ruido había venido del piso inferior. Amelia obedeció a su esposo, y escuché el clic del seguro de la puerta. Me escabullí al cuarto de Valentina, que se había quedado dormida de nuevo, sin la menor preocupación. Cerré la puerta con llave y la observé. La furia volvió a apoderarse de mí, con todas sus consecuencias físicas. Dormía ahí, tan tranquila, después de todo lo que había hecho. Mi mandíbula temblaba. Quería agarrarla del cuello, verla abrir los ojos, sorprendida y asustada, mostrarle mis dientes y luego destrozarla a mordidas mientras mis dedos en su garganta evitaban que gritara. Mis manos se deformaron hasta parecer garras. Di otro paso hacia la cama. Valentina cambió de posición. Abrí la boca. Estaba tan cerca que mis piernas rozaban su colchón. De pronto, presentí que Abel se acercaba. A los pocos segundos escuché que estacionaba el auto y bajaba corriendo. Abrió la puerta de la casa y se encontró con su padre en la sala.

—¿Me estabas esperando? Perdón, tuve que… ¿Dónde está Valentina?

—Pues dónde va a estar. En su cuarto. Mañana discutimos tus horas de llegada. Creo que alguien entró a la casa. No hagas ruido y ayúdame a buscar. Ya llamamos a la policía —susurró. Abel estaba preocupado por su hermana. Había visto todo: la furia, el cuerpo rígido temblando, los colmillos. Y me había mirado con el mismo miedo que mis presas del callejón, que mamá aquella vez. Valentina dormía pacíficamente. Nunca sabría lo cerca que había yo estado de destrozarla.

Tenía que salir por el mismo lugar por el que había entrado, antes de que Abel subiera. La razón calmó mi rabia un poco, pero sólo un poco. Antes de abandonar el cuarto de Valentina lo recorrí con la mirada fugazmente. Su computadora portátil estaba en el escritorio. Con ella había inventado esa historia escalofriante que había llevado a su hermano a abrirse la piel con una navaja. Tomé el cable y lo partí en dos con mi uña del pulgar. Después arañé la pantalla negra furiosamente hasta dejarla inutilizable. El rechinido hizo que Valentina volteara, con los ojos entreabiertos. Me quedé inmóvil, y ella volvió a dormirse de inmediato. Salí del cuarto y en segundos estaba ante mi única vía de escape. Abel y su padre estaban subiendo las escaleras. Me apoyé en el marco de la ventana y los cristales rotos me hirieron la palma de las manos. Vi el anillo de máscara en mi pulgar y decidí devolverlo. No fuera a ser que justo después del incidente notara su ausencia o llegara a verlo en mi mano. Me lo quité y fui a meterlo en la cajita de madera. Estaba manchado de sangre, pero no tenía tiempo de limpiarlo. Lo dejé ahí y no pude ni cerrar la cajita. Salté por la ventana al tiempo que Abel entraba a su cuarto.

Me arrastré lejos de su ventana, detrás de los arbustos de la entrada principal. Él contemplaba la noche, completamente confundido. Las manos me cosquilleaban, y al verme las palmas noté que las heridas habían comenzado a sanar. Ya no sangraban y no había ningún otro fluido humano, ni siquiera costras. Los pliegues simplemente buscaban unirse de nuevo. Mi visión era igual de buena, incluso mejor, que de día. Noté que la piel no estaba lisa… había sanado con astillas de cristal dentro. En eso escuché su voz.

—¿Maya? —preguntó en un murmullo tembloroso. Podía distinguir cómo sus botas hacían crujir los cristales del suelo. Permanecí inmóvil. Las luces de una patrulla me deslumbraron. Tenía que salir de ahí. Antes de emprender la carrera, respiré profundamente. Mis ojos se nublaron y salí corriendo, sabiendo que los policías verían sólo una sombra fugaz. Una sombra que, al alejarse, dejaba en el aire lágrimas oscuras. El aroma de Abel había cambiado. Olía a miedo.

Estaba desesperado. Necesitaba sufrir. Yo le grité por decir tal estupidez, pero pocas horas después lo entendí perfectamente. La variedad de sentimientos que me destrozaba era tal, que no parecía haber un mejor alivio que el dolor físico, algo intenso, que me ayudara a olvidar. Dejé a Abel atrás y emprendí la carrera más frenética hasta el momento. Iba tan rápido que no estaba segura de tocar el suelo. Las lágrimas dificultaban mi visión, pero mi cuerpo sabía por dónde ir. Cerré los ojos esperando tener un accidente, pero mis pies evitaban cada obstáculo, brincando en ocasiones a grandes alturas para dejar atrás un arbusto o un bote de basura. Quería correr hasta que se me cayeran las piernas y me estallaran los pulmones. No sucedería nada de eso. Llegué a una zona de restaurantes y frené. Todo estaba desierto y oscuro, y yo no estaba lejos de la esquina donde, al final de la noche, tiraban los restos de comida. En contra de todos mis instintos y deseos, me forcé a llegar al origen de ese olor espantoso. Un par de ratas me pasaron rozando los pies. Me senté junto a los montones de basura y me volví a ver las palmas de las manos. Rocé una y luego la otra con las yemas de los dedos. Ahí estaban los trocitos de vidrio de la ventana de Abel, bajo mi piel blanca y sin cicatrices. Si los dejaba ahí, seguro no pasaría nada. Una infección parecía poco probable, y su presencia no me causaba más que una ligera molestia al presionar. Sólo era un pretexto. Tenía que sufrir, yo también. Estiré la mano izquierda y me desgarré la carne con las uñas de la otra mano. Aullé de dolor. Comencé a buscar los trocitos de vidrio ensangrentado y a sacarlos. A veces tenía que abrir más alguna herida y escarbar los nervios y el borde de los huesos y el sufrimiento era casi insoportable. El olor de los desperdicios, además, era lo más asqueroso que había olido en toda mi vida. No me atreví a continuar con la otra mano. Me puse de pie y comencé a caminar, con la mano punzando. Que dure el dolor, rogué. Pero antes de llegar a casa, las llagas me habían sanado.

Me senté ante mi escritorio planeando desmenuzar la enorme cantidad de cosas que necesitaba entender, pero mi mente estaba bloqueada: ya no quería analizar nada ni sufrir más. Había llegado a su límite para esa noche. Eran casi las cinco de la mañana. Prendí la computadora y creé una nueva dirección de correo. Desde ahí le escribí a Abel:

De ahora en adelante sólo te escribiré desde este correo. Si recibes algo más con mi nombre, ignóralo, no soy yo. Y responde sólo a esta dirección. Te extraño. Te amo. Tengo mucho que decirte.

Apagué la computadora y permanecí ahí. Pronto podría abandonarme en ese trance que tanto necesitaba y dejar de pensar. Cerré la puerta con llave y me metí a la cama como si realmente tuviera frío, como si realmente pudiera descansar. Mi sueño de despertar al día siguiente y descubrir que todo había sido una pesadilla, se disolvía cada vez más entre las complicaciones de mi nueva vida.

Pasé la mayor parte del domingo encerrada. Fingí dormir hasta el mediodía y después «tenía mucha tarea». Sólo salí un par de veces para llevar platos de comida a mi cuarto. Ése era un buen truco: vaciaba la comida en una bolsa de plástico y, cuando mamá se distraía, me deshacía de la evidencia. Mamá se veía triste y un poco perdida. En otras circunstancias habría intentado alegrarla, pero ese día estaba convencida de que lo mejor era estar lejos. Las dos personas que más amaba me tenían miedo. ¿Cómo iba a decirles lo que era? Eso las alejaría de mí para siempre. Tal vez eso era lo que Iván intentaba decir aquella noche: «Algún día la dejarás. Entenderás que es peligroso para ella, que ustedes dos son diferentes, que perteneces a otro mundo, y te irás».

Era lo mismo con Abel. ¿Qué clase de vida podíamos compartir, siendo de distintas especies? Dudaba que quisiera verme, después de lo que había atestiguado. Mi cabeza iba a estallar. Cada día pasaba algo que me alejaba de mi vida como humana y me acercaba más a un abismo profundo. ¿Qué iba a hacer, sola y eternamente de diecisiete años?

Prendí la computadora por inercia, no tenía ninguna esperanza y mi corazón brincó de alegría al ver el nombre de Abel en el buzón de mensajes nuevos. Escribió a las diez de la mañana. Observé la pantalla un par de minutos para retrasar el momento de enfrentarme con lo que quería decir. Si pedía que lo dejara en paz para siempre, encontraría el modo de destruir mi cuerpo blanco, que de humano sólo tenía la sangre, para dejar de existir y no tener que vivir por décadas sin él.

Definitivamente soy un imbécil. Ayer recibí otra carta «tuya». Hora de envío: 2.30 a. m. La dirección es la misma, pero con otra terminación. No me había dado cuenta. Pero ¿quién hace algo así? ¿Quién se toma tanta molestia? No entiendo. Alguien que se sabe tu dirección y la mía. ¿Qué está pasando? ¿Qué pasó ayer? Necesito hablar contigo.

A continuación copiaba la carta:

Abel:
No debí haber ido a verte ayer. No sé qué me pasó. Olvida todo lo que dije. Cuando me fui me di cuenta de que no puedo estar contigo, nunca te voy a perdonar lo que pasó. Por favor ya no me hables ni nada.

Maya.

A las dos y media, mientras Abel hablaba conmigo, Valentina redactaba ese insípido correo. No tenía energía para enojarme. Abel debía tener muchísimas preguntas y ahora no estaba segura de si responderlas era lo mejor. Pero ¿cuánto tiempo más podía guardar un secreto así? Tarde o temprano alguien se daría cuenta. Él ya había visto mis colmillos. ¿O no? Estaba muy oscuro… ¿por qué era tan difícil todo? Me levanté y pateé la silla de mi escritorio, frustrada. La pata de metal se dobló y la silla cayó al piso, arruinada. Segundos después mamá vino a tocar la puerta, sobresaltada por el ruido. No la dejé entrar.

—¿Qué pasó? ¿Todo bien?

—No me sale una operación y me puse de malas. No pasó nada.

—Pero ¿y ese ruido?

—Aventé el libro.

—Ah… creí que ya se te facilitaban mucho las matemáticas.

—Sí, sólo es este ejercicio.

—Bueno. Si quieres comer me avisas.

Se quedó esperando una respuesta y al no obtenerla se fue. Tomé la pata de metal de la silla y la estiré. Quedó como nueva. «Soy una caricatura», dije en voz baja, «un monstruo con superpoderes». Me reí y comencé a ordenar mis libros una vez más y a hablar incoherencias. El destino me estaba forzando a lidiar con asuntos demasiado complicados para mi edad. Ya no podía más. No sabía qué responderle a Abel, si decirle que su hermana era la que le escribía, si confesarle que había destrozado su computadora, si contarle la verdad y librarlo de culpas… No sabía qué hacer con veinte casas alrededor del mundo y millones de pesos en el banco. Y mi preocupación de si encajaría en la nueva escuela o no parecía la más tonta de todas, pero no podía dejar de pensar en eso. Era una niña, quería ser una niña. Apagué la computadora y salí de mi encierro. Le pedí a mamá que me llevara al cine. Quiso saber si ya había terminado mis tareas, le dije que necesitaba un descanso y nos fuimos. Me recargué en su hombro durante toda la película y disfruté de ese aroma familiar y acogedor. Después pensaría en todos mis problemas.

La gente es extraña cuando eres un extraño,
los rostros son feos cuando estás solo

The Doors

VEINTIUNO

Queremos que conozcas a una alumna nueva. —Oí que Silvia decía. Yo esperaba afuera de la oficina. Aun con todo lo que tenía en la cabeza, no podía evitar sonreír. Quería ver la cara de mamá cuando me viera entrar.

—Ha demostrado habilidades excepcionales y, aunque es la mitad del año, no dudamos que pueda ponerse al corriente, haciendo trabajos extra si es necesario —dijo Iván. También estaba muy emocionada de verlo, aunque le tenía un poco de miedo. Después de todo, me había lanzado contra un árbol con su mente. No convenía hacerlo enojar. No dejaba de imaginarme las cosas que podría enseñarme acerca de «nosotros», mis preguntas sólo se habían ido acumulando.

—Por su situación, es candidata para una beca completa —agregó Silvia. Podía escuchar el ligero temblor de emoción en su voz. Esa mujer le tenía cariño a mamá y le gustaba hacerla feliz.

—Pasa, por favor —llamó Iván, con su seductora voz que parecía acariciar el aire. Ese día intenté vestirme lo menos rara posible. Llevaba *jeans*, una playera blanca de cuello de tortuga y manga larga, un chaleco y una boina gris que alguna vez compré en una venta de garage. Tenía la idea de parecer una estudiante francesa o algo así. Me quité los lentes oscuros y entré a la oficina de Iván, que tenía las cortinas cerradas y la luz prendida aunque eran las nueve de la mañana. Había tomado el transporte escolar y después había huido del colegio. Una no debe parar taxis de la calle, pero pensé que, después de todo, estábamos a plena luz del día, en una zona de escuelas. Ah, y yo era un vampiro.

—Lucrecia, te presento a nuestra nueva estudiante.

Nos volteó a ver a todos, en turnos, y al final volvió a mí.

—En su escuela se dieron cuenta de que su nivel era mucho más alto y nos llamaron —mintió Iván, y me guiñó el ojo durante medio segundo—. El viernes presentó las pruebas y queremos que se integre cuanto antes.

Los ojos de mamá se llenaron de lágrimas y se levantó para abrazarme. Verla tan feliz borró de mi mente todas mis preocupaciones.

—Por razones obvias, seré yo el que la guíe en su proceso de integración. Felicidades a ambas —concluyó Iván. Propuso que mamá me enseñara las instalaciones y salimos de la oficina guardando el entusiasmo real para cuando estuviéramos solas. Una vez fuera nos volvimos a abrazar, dando pequeños brinquitos.

—¿Cómo no dijiste nada? —preguntó entre risas.

—Era sorpresa.

—Y ¿cómo puede ser? Digo, siempre has sido inteligente, pero… —No quería ofenderme, pero sí, nunca había sido un genio.

—Algo cuajó en mi mente después del secuestro. No sé por qué, pero así fue. Por horrible que suene, hasta eso tuvo su lado bueno —dije.

—¡No lo puedo creer! —gritó. No le importaban tanto las razones y salió corriendo. Fui tras ella y le tomé la mano con la mía, enguantada. Ya ni preguntaba acerca de mi ropa. Me dejaba en paz y yo se lo agradecía. Comenzamos a pasear por el instituto, que realmente parecía un centro comercial. Había un patio al aire libre, pero era posible llegar a cualquier parte sin ver la luz del sol, lo cual era muy conveniente para mí y para Iván. Todo era blanco o plateado, y la iluminación tan intensa casi te hacía olvidar que estabas dentro. En el centro del enorme rectángulo había un patio interior cubierto, con sillones y mecedoras, un rincón con almohadas, y mesas para comer o trabajar con una computadora portátil. Todo el lugar tenía internet inalámbrico, por supuesto. Parecía una universidad del futuro.

—Nunca dijiste que este lugar era así —le reclamé a mamá.

—Hay una política… Los directivos prefieren que no se hable mucho del lugar.

—¿Por qué?

—Pues… supongo que para proteger a los estudiantes, muchos son hijos de políticos y diplomáticos, otros sólo son raros… también por los aparatos y las cosas que hay aquí, sería peligroso que alguien los robara. De hecho, esta escuela tiene un sistema de seguridad impresionante, no te imaginas. Ay, Maya, ¡lo vas a adorar! —exclamó, entusiasmada.

El instituto era mucho más grande de lo que imaginaba. Por el tipo de alumnos que asistían, creí que las clases serían de cinco o seis. Le pregunté a mamá y dijo que había más de treinta alumnos por generación.

—Pero las clases se dan en grupos pequeños, con temas muy específicos basados en las habilidades de los alumnos. A los matemáticos les traen especialistas de nivel internacional para que les den clases, por ejemplo. No es una escuela cualquiera. Obviamente hay materias oficiales que hay que cubrir, pero los alumnos de aquí casi siempre aprenden el contenido del año en un par de meses, y el resto del tiempo se concentran en los cursos especializados. Hay de todo. Ni siquiera yo sé todas las materias que se imparten aquí. Es muy especial. Y ahora estás aquí, no lo puedo creer.

Seguimos caminando y entramos al salón de idiomas. Unos diez alumnos estaban sentados, cada uno en una mesa, con audífonos enormes y ultramodernos, y una computadora enfrente. No había maestros. Estudiaban solos. Los muebles, las luces, todo era minimalista y elegante. Los laboratorios de ciencias eran mucho más impresionantes. Los aparatos y máquinas recordaban a cosas salidas de una película de ciencia ficción. Mi incomodidad iba creciendo con cada sala que visitábamos. No estaba segura de pertenecer ahí. ¿Cuál era mi gran habilidad? No me veía como una gran matemática, física ni química. Tampoco sabía hablar más idiomas, sólo un poco de inglés. Tal vez todo esto era un error.

—¿Y si no soy buena para nada en especial? —le pregunté a mamá, súbitamente aterrada. Se rio y volvió a estrecharme entre sus brazos.

—Iván te ayudará a encontrar tu camino. Todos se sienten así cuando llegan, el lugar impresiona y la gente parece fría, pero ya lo encontrarás. El instituto es, oficialmente, una universidad, ¿sabías? Tiene carreras científicas que no tiene ninguna universidad del país. Hay alumnos que comienzan en prepa y se quedan seis o siete años. Nuestros laboratorios son de los mejor equipados del país. Mucha gente del extranjero viene a usar las instalaciones o a estudiar. Siento no haberte contado nada de esto, Maya. Al contratarme me hicieron firmar un documento de confidencialidad.

Era demasiado extraño. Me llené de ansiedad. Quería regresar a mi vieja escuela, a las tediosas clases de Matemáticas, al refugio de la biblioteca. No podía creer que existiera un lugar así en esta ciudad. Nos cruzamos con un grupo de alumnos orientales. Todos traían audífonos y, aunque caminaban juntos, no convivían realmente. Sin embargo, parecían tener un código de vestimenta: *jeans*, saco negro, camisa blanca y corbatas de distintos colores. Los pasillos se llenaron. Los alumnos estaban cambiando de salones. Habíamos llegado al patio central y estábamos en un sillón viendo pasar a la gente. Mis sentidos se inundaron de información, no supe cómo bloquear la gran cantidad de olores y sonidos que salían de todas partes. La multitud de latidos me ensordeció y dejé de respirar. Algunos alumnos olían bien, pero había otros a los que no me habría acercado nunca. La mezcla era desagradable. La sangre es como la comida humana: hay algunos alimentos que se te antojan y otros que te dan asco.

Estaba tan alterada que no podía poner atención a las explicaciones que mamá daba: «Ése es el hijo del Embajador chino, esas gemelas son pianistas, impresionantes, ese de rojo viene de un pueblito, ni hablaba bien español pero resulta que es un genio de las matemáticas, esas tres vienen de intercambio, son suizas…». Algo me sacó de mi indiferencia: un aroma. Venía de «esas tres», pero no pude detectar de cuál en especial. No era humano, se parecía al olor de Iván, frío, indefinible, sutil. No cabía duda: había un vampiro por ahí. Más de uno, quizá. Y si yo podía detectarlo, no cabía duda de que podían detectarme a mí. Las suizas no me miraban, pero alcancé a escuchar su conversación. Por supuesto, era en alemán, así que no entendí ni una palabra, pero tuve la sensación de que hablaban de mí. Quizá sólo estaba paranoica. Mamá las miraba, como hipnotizada. El olor era una distracción tan fuerte que no había notado su apariencia. Todas rebasaban mi estatura (lo cual no significa mucho), eran delgadas y estaban cubiertas por completo, sólo que lo hacían con más clase y mejor ropa que yo. La primera, una pelirroja, tenía el pelo lacio hasta la cintura y un fleco que le tapaba la mitad de los ojos. No sé cómo estudiaba así, pero se veía muy sofisticada. La segunda tenía pelo castaño claro cortísimo, arreglado como si quisiera dar la impresión de que no se había peinado. El corte resaltaba sus facciones: grandes ojos color miel, nariz diminuta, boca chiquita y elegante. La tercera me estaba dando la espalda y sólo veía su cabello, también castaño claro, largo, con ondas suaves y brillantes. Su suéter se pegaba perfectamente a su piel, mostrando unas curvas perfectas. Tenía *jeans* y botas hasta las rodillas. Resultaba imposible dejar de observar. Debió darse cuenta, porque finalmente volteó y me miró directo a los ojos, sin dudar ni un segundo. Percibí un ligerísimo movimiento de su nariz. Estaba olisqueando. Era ella. Sus ojos verdes seguían viéndome intensamente, como si quisiera conocer mi interior a través de ellos. No descarté la posibilidad de que fuera capaz de hacerlo, y parpadeé antes de voltear a otro lado.

—Hola —escuché decir a una voz femenina. Volteé de inmediato y las tres seguían conversando en alemán. ¿Había imaginado el saludo? La de los ojos verdes sonrió por un instante, sin dejar de conversar.

—Soy Sabine —escuché. Volteé a todos lados, sin comprender quién hablaba. La suiza sonrió de nuevo. Nadie más parecía oírla.

—Bienvenida a Montenegro —dijo la misma voz. Incliné la cabeza y ella respondió con el mismo gesto. ¡Estaba hablando dentro de mi mente! Debió notar mi expresión de espanto, pues se borró su sonrisa y en silencio, agregó—: No quise asustarte. No te preocupes, no leo pensamientos, sólo puedo enviar mensajes, ponerlos dentro de tu mente. Espero conocerte pronto. —Volvió a inclinar la cabeza y me dio la espalda. Sus dos compañeras me analizaron con recelo y después continuaron como si nada.

—Tengo que volver a trabajar —dijo mamá—, y tú tienes que platicar con Iván. Te veo en su oficina a la hora de salida.

Antes de separarnos me besó la frente. Iván me esperaba, y yo estaba impaciente por estar a solas con él. Me indicó cerrar la puerta y tomé asiento.

—¿Qué opinas? —preguntó mientras extendía los brazos como para abarcar todo el instituto.

—Impresionante —dije, y sonrió con orgullo. Entonces comprendí que no sólo era el director, también era el fundador—. Nunca imaginé que hubiera tantos genios en esta ciudad.

—Es una ciudad grande, Maya. Además, no todos son genios, son los mejores de sus generaciones, con un nivel lo suficientemente alto como para que valga la pena fortalecer sus habilidades y darles la oportunidad de hacer algo importante. Este país no tiene muchas oportunidades para gente así, y por eso todos se van.

—¿Y cuántos son como *nosotros*? —pregunté. Que ese hombre y yo estuviéramos en el mismo grupo me hizo sentir importante.

—No voy a arruinarte la diversión de descubrirlo. No te tomará mucho tiempo. Ya conociste a Sabine.

—Sí. Me habló dentro de mi cabeza.

—Sí, ella puede infiltrarse.

—¿Así se llama eso?

—Sí, infiltra pensamientos en tu mente.

—Y tú, ¿puedes leerme la mente?

—No te preocupes por eso.

—Entonces, ¿tú creaste esta escuela?

—Así es.

—¿Por qué?

—Por lo que te expliqué. Para crear oportunidades para la gente realmente especial. Para aportarle algo a este país y demostrar que es posible hacer descubrimientos, inventos, grandes cosas.

—¿Y cómo sabes quién es realmente especial?

—Tengo un equipo de reclutamiento. Visitan las escuelas y encuentran a los alumnos sobresalientes. A veces los encuentran en otras partes, el talento suele estar oculto. Contigo, por supuesto, fue más fácil.

—¿Por qué? ¿Cómo supiste de mí?

—Te vi ese día, en la mente de tu madre. Si no, probablemente me habría tardado más en encontrarte. Que yo trabaje con tu madre es… el mundo es muy pequeño, dicen.

—¿Conocías a M.? ¿Al que me hizo?

—Por supuesto. Los dos llevamos siglos rondando este mundo.

—¿Por qué yo? ¿Por qué me escogió a mí?

—¿No te lo dijo? Por supuesto, no te dijo nada. Fue muy descortés de su parte crearte y dejarte sola. No puedo responder esa pregunta, no es mi lugar. Él te lo habría contado si hubiera querido.

—¿Qué importa? Está muerto de todas formas. ¡Es justo que yo sepa!

—Pregúntame algo más.

—Pero…

—Basta.

—Bueno… ¿es verdad que lo maté? ¿Que lo «destrocé»? No recuerdo nada de eso.

—Es probable. Los recién nacidos tienen mucha fuerza, por unos instantes. Después comienza su transformación y son los seres más vulnerables, hasta que todo termina. M. debió llevarte a un lugar seguro para tu transformación y, antes, debió tomar medidas para asegurarse de que no acabarías con él.

—¿Cómo que es probable? O sea que puede ser que M. no esté muerto.

—No lo sé. Puede estar desaparecido o pudo haberse enterrado para descansar unos años.

—¿No puedo buscarlo?

—No lo encontrarás si él no quiere. Es muy poderoso. Olvida a M. ¿Qué más quieres saber? Se me empieza a terminar la paciencia.

—¿Todos los vampiros pueden hacer las mismas cosas? ¿Tienen los mismos poderes?

Iván rio.

—Poderes… Has visto mucha televisión. No somos superhéroes. Lo que tienes son instintos animales muy desarrollados.

—¿Y para qué?

—Para sobrevivir. Para poder luchar.

—¿Contra quién?

—¿Contra quién? —repitió—. Maya, los vampiros han existido desde el inicio de los tiempos. Las cosas han cambiado, pero tus «poderes» son equivalentes a las garras de un león o al caparazón de una tortuga. Las características de cualquier animal están directamente relacionadas con el predador al que se enfrenta y con la presa de la que se alimenta.

—¿Quién es nuestro predador? —pregunté, excitada.

—El mismo que nuestra presa. Pero las cosas han cambiado, Maya. Es una larga historia que dejaremos para otra ocasión. Ahora tenemos que hablar de tus materias.

—¿Por qué? Tengo muchas preguntas, por favor.

—Una pregunta más.

—Está bien. ¿Yo puedo convertir a un humano en vampiro?

—Algún día podrás. Aún no.

—¿Por qué?

—Tu sangre no es lo suficientemente poderosa todavía.

—Y ¿cuándo…?

La mirada de Iván me hizo callar de inmediato. Comencé a temblar sin control. Dejó de ser mi amigo y su rostro perfecto se volvió tan severo como el de una estatua. Ahora era el director, y el cambio me tomó por sorpresa. Sacó una carpeta y una pluma fuente idéntica a la de mis recuerdos. Me quedé inmóvil.

—Ahora, con respecto a tus materias…

Me integraría al «grupo base», que llevaba las mismas clases que yo tenía en mi antigua escuela, sólo que en un nivel avanzado. Además debía elegir dos idiomas, un instrumento musical y alguno de los talleres, entre los que estaban ajedrez, sistemas, robótica, ecología y muchos más.

—Comenzarás así y después podremos definir en qué nivel estás y, si tienes alguna habilidad especial, te ayudaremos a desarrollarla. Tómate la libertad de explorar los talleres y las materias adicionales hasta que encuentres uno que te llame la atención. Los miércoles sales dos horas más tarde, pasarás esas horas conmigo. Espero que no te moleste perder la hora de la comida —dijo con una sonrisa de complicidad. Éramos nosotros de nuevo. Mi cuerpo se relajó y le sonreí como una niñita idiota. Todas las alumnas estaban enamoradas de él, seguro. Sus ojos negros se endurecieron y agregó, en tono muy serio—: Por supuesto, está absolutamente prohibido alimentarse aquí. Y no menciones los nombres de tus compañeros en el mundo exterior. En general, no hables de lo que eres ni de lo que sucede dentro del instituto.

—¿Por qué?

—Ah —gruñó, ligeramente desesperado—, se me olvida que eres una adolescente de *verdad*. Tienes muchas preguntas,

¿no? ¿Por qué? Porque así nos dejan en paz, es todo. Para que nadie interfiera con nuestras actividades.

Bajé la mirada, llena de vergüenza. Pensé en Sabine. Ella seguramente no era una adolescente «de verdad» y sólo conservaba esa apariencia. Para Iván yo siempre sería una niña inmadura, nunca me respetaría. Guardé silencio y él siguió hablando. Mi tranquilidad se desvaneció por completo, de nuevo volví a preguntarme qué podía tener yo de especial, cómo podía competir con la gente que había visto, en inteligencia o en cualquier aspecto. Se levantó a abrir la puerta de su oficina.

—En cinco minutos va a empezar la clase de Cálculo avanzado del grupo Beta. Ése es el tuyo. Te acompaño al salón.

Caminamos juntos por uno de los pasillos. Era mucho más alto, y yo tenía que dar dos pasos por cada uno de los suyos. Miré su figura de reojo, delgada y elegante, y su perfil de líneas perfectas y bien definidas. Mi apariencia, en comparación, era tosca y poco refinada. Me pregunté si algún día podría relajarme totalmente en su presencia y sospeché que no; los sentimientos que me despertaba eran demasiado intensos y contradictorios. Llegamos a la puerta y antes de separarnos dijo, como si fuera algo sin importancia:

—Ah, y Maya, la próxima vez que estés hambrienta, avísame. Hay algo más de lo que tenemos que hablar.

Entré al salón y los alumnos estaban sentándose. Algunos voltearon a verme, pero en general no había gran curiosidad respecto a mí. Éramos ocho en total. Las persianas evitaban por completo el paso de la luz natural que habría entrado por los enormes ventanales. El maestro encendió un proyector y en el pizarrón blanco apareció una operación bastante compleja, proveniente de su computadora. Volteó al salón y notó mi presencia.

—Maya —dijo sonriente, y me tendió la mano. Se la estreché—. Soy Demetrio Vicks, de Stanford y la Universidad de Londres.

Solté su mano y no dije nada. Presentó su trayectoria como si tuviera que impresionarme, aunque sólo era una alumna más. Por lo visto era un privilegio muy grande enseñar en Montenegro, con tanto niño genio.

—¡Qué bueno que compartimos esta materia! —dijo alegremente Sabine. La busqué con la mirada y estaba en la primera fila, desde donde me miraba fijamente. No la había notado. Fui a sentarme junto a ella y continuó con su plática silenciosa. —¿Qué talleres vas a elegir?

—No sé… tal vez ajedrez —dije en voz alta, y me sentí ridícula. El chico de al lado mío miró de reojo, seguro de que estaba hablando sola. Sabine sonrió más ampliamente.

—¿Cómo te llamas? —«infiltró», mientras sus dientes sostenían un lapicero.

—¿Podrías… hablar en voz alta? —susurré.

—Es más incómodo, pero claro que puedo —respondió en perfecto español pero con un acento nuevo para mí.

—Gracias. Soy Maya.

La clase comenzó. El profesor explicó la operación: con apretar un botón iban apareciendo en el pizarrón los pasos para su resolución. Presentó una nueva, y los alumnos se pusieron a trabajar en sus libretas. Yo lo miré, y una cifra mezclada con símbolos apareció en mi cabeza. El roce del lápiz de Sabine me distrajo y olvidé la cifra, pero con sólo observar la operación unos segundos, volví a tenerla en la mente. La apunté en el único cuaderno que llevaba y dejé la pluma sobre el escritorio blanco. Los demás tardaron unos minutos más en terminar y la suiza volteó, sorprendida. Yo también lo estaba. Creía que a todos nosotros se nos facilitaban las mismas cosas. ¿Cuántos años tendría Sabine? Las operaciones aparecían en el pizarrón y mi cerebro las resolvía en segundos, pasando por el procedimiento a una velocidad tan rápida que no podía ni anotar. ¿Instintos animales? Esto tenía que ser algo más. Me preocupó que el maestro creyera que estaba haciendo trampa, pero ni siquiera se acercó a mi lugar. Casi me alegré cuando llegamos a una ecuación que me tomó un par de minutos resolver.

Al terminar esa clase los alumnos salieron. Resultaba un poco irritante que mi ingreso le diera lo mismo a todos, que nadie se acercara siquiera a preguntar mi nombre. Mi olfato me indicó que Iván estaba fuera. Seguía intentando descifrar ese aroma de vampiro, era un no aroma, como millones de células de viento frío concentradas. Algo así. Llegué hasta él y esperé a que dijera lo que venía a decir.

—La última clase de hoy es Historia. Toda la generación la toma a la vez. Es una de las materias oficiales, sólo que el análisis es bastante más profundo al que estás acostumbrada. Preséntate con la maestra y que te indique los libros que tienes que leer para ponerte al corriente. Seguramente te dará algunas tareas adicionales.

Mientras hablaba fue guiándome al salón. Estaba alfombrado y había sillas de apariencia muy cómoda, algunos sillones y almohadones de distintos tamaños en el suelo. Ya había unas treinta personas ahí, incluyendo a Sabine y sus dos amigas, a los orientales y algunos otros que ya había visto en cálculo. Cada quien se acomodaba a su gusto, algunos estaban recostados en el suelo. Una mujer de unos sesenta años vino a saludarnos. Iván inclinó la cabeza y se fue. La maestra se presentó como Dora Meckler; sé que había escuchado su nombre antes. Debía ser una escritora famosa o algo así. Anoté los nombres de los libros que debía comprar y los números de los capítulos que tenía que leer para estar al corriente. También debía entregar tres ensayos diferentes. Podía pedirle a un compañero los suyos para basarme en su estructura. Me dio su dirección electrónica por si tenía alguna pregunta.

—Ven conmigo —dijo Sabine en mi mente. Me acerqué y sus amigas levantaron la mirada, no muy felices con mi llegada. Estaban celosas, podía sentirlo, pero ¿de qué?

—Te presento a Erika y Ottavia —dijo en voz alta y sonriendo. Erika era la pelirroja y Ottavia la de pelo castaño, que me tendió la mano. Su piel estaba tibia, y tan suave y deliciosa al tacto, que me recorrió un escalofrío de placer y retuve sus dedos más de lo necesario.

—Ni se te ocurra —infiltró Sabine en un susurro. Volteé a verla, totalmente confundida, y seguía sonriendo dulcemente. Solté la cálida mano y miré a Erika, que sólo levantó las cejas. Tomé una de las sillas y la arrastré junto al sillón que las tres compartían.

La clase era más bien una conversación. Empezaron comentando sus lecturas, a lo que Dora agregaba algunas observaciones y después hacía preguntas. Los alumnos

respondían tranquilamente, no se peleaban la palabra y evidentemente todos habían leído. Se estaba analizando a fondo el reinado de un emperador chino, según entendí. Yo había estudiado el tema de China como civilización en general, pero además de que ya no recordaba nada, nunca habíamos entrado en tal detalle. Me pregunté qué utilidad tendría estudiar todo eso.

Ya leería los capítulos pendientes y estudiaría en mi casa. Por el momento era imposible concentrarme. Había recibido demasiada información nueva en muy poco tiempo. Lo único que quería era encerrarme en mi cuarto y olvidar todo, pero tarde o temprano tendría que hablar con Abel. El suspenso me volvía loca: ¿Había visto o no mis colmillos? ¿Me vio salir por la ventana? Mientras, Iván seguía «sugiriendo» que no le dijera la verdad a nadie. ¿Era una sugerencia o una prohibición? ¿Cuáles serían las consecuencias si decidía no hacerle caso? Me pregunté qué habría pasado si no hubiera visto a Iván ese día, a través de mamá. Quizá nadie sabría lo que soy y no podrían prohibirme nada. Pero ya era demasiado tarde… Iván quería hablar conmigo acerca de mi alimentación. ¿Habría reglas al respecto también? Pensar en las dos horas que tendría que pasar el miércoles con él, me llenó de ansiedad. Me daba miedo, había algo en sus miradas y en el tipo de ambiente que se creaba cuando él estaba presente. Y también quería estar con él, que me conociera y viera que no era sólo una adolescente estúpida. Sentí un poco de culpa hacia Abel, pero el tipo de atracción que sentía por el Director era una cosa totalmente diferente. ¿Y si le escribía una carta a Abel y ahí le contaba todo? Saqué mi libreta y una pluma.

Abel:

Te escribo para decirte que hace casi dos meses soy

Ni siquiera podía escribir la palabra. Ya sabía lo que pensaría, y tendría razón. En un mundo ordinario, yo estaba loca. Pero el mundo era extraño y oscuro, y existían vampiros y reglas y secretos, gente que podía «infiltrar» pensamientos en tu mente y gente que te dejaba herencias millonarias. Ése era otro pendiente. Quería volver al banco, averiguar qué más había ahí, y planear qué hacer con todo eso. Y Valentina... Aún no decidía cómo proceder en ese tema. Una parte de mí se arrepentía de haber destrozado su computadora. Otra parte creía que no había sido suficiente castigo. Otra más me recordaba que era hermana de Abel y que lo más conveniente era no hacerle daño. «Está loca. Déjala sola con su locura o Abel no te lo perdonará.» Pero es que... la historia que inventó, y Abel con la navaja, y los correos electrónicos... Con sólo pensarlo comenzaba a enfurecerme.

—¿Estás bien? —La voz de Sabine me sacó de mis reflexiones. Mientras «infiltraba», seguía mirando a la maestra y al mismo tiempo le acariciaba el pelo corto a Ottavia, que tenía la cabeza recargada en su hombro. No supe cómo definirlo, pero esas tres eran más que amigas. Era un presentimiento, nada más.

—¿Por qué? —pregunté a mi vez, susurrando sin voltear a verla.

—Te ves confundida. ¿Te asusté hace rato? No era mi intención. Soy un poco sobreprotectora con ellas, no lo puedo evitar.

—Está bien —respondí, pero el recuerdo de la suavidad de esa mano volvió a mi piel y a mi mente de inmediato. Respiré suavemente para que Sabine no se diera cuenta. Percibí el aroma del gel que mantenía parado el cabello corto de Ottavia, el perfume floral que usaba, una crema de manos empalagosa y, detrás de todo eso, su fragancia natural, fresca y antojable. Tanto ella como Erika eran humanas, cien por ciento humanas. ¿Sabrían ellas que Sabine era otra cosa? En eso, algo me obligó a mirar al frente. Un chico me miraba intensamente desde el otro lado del círculo. Estuve a punto de sonreírle, pero estaba muy serio y me sentí incómoda. Al fin terminó la clase y salí corriendo del salón después de decirle adiós a las suizas. Estaba por llegar a la oficina de mamá cuando alguien me tomó del brazo. Había salido de la nada.

—¿Quién eres? —preguntó el que me miraba en la clase. Sus dedos estaban cerrados alrededor de mi antebrazo con violencia innecesaria.

—Suéltame —exigí, molesta. Su piel estaba más fría que la mía, la sentí a través de la ropa. Era rubio, no muy alto, y parecía un duende.

—¿Quién es el de los ojos verdes? —preguntó con una sonrisa maliciosa—. Y la caja, ¿qué hay en la caja? ¿Quién es Bárbara? ¿Qué quiere Iván contigo, por qué te trajo aquí?

Lo empujé con la otra mano y tuvo que soltarme: perdió el equilibrio y cayó de espaldas. Me miró, muy sorprendido, y no supe si ayudarlo a levantarse. Decidí no hacerlo y, apoyándose en sus manos, se puso de pie. ¿Cómo había sabido esas cosas de mí? Se acercó e instintivamente retrocedí.

—No puedes hacer eso aquí —dijo en un gruñido—, éste es un lugar público. Obviamente no conoces las reglas. Novata.

Dijo esa última palabra como si fuera un insulto. Yo sólo me alegré de comprobar que, al menos físicamente, era más fuerte que él. No sabía cuál era su problema, pero nadie iba a agarrarme ni hablarme así. Era mejor que lo supiera desde el principio. Le volteé la cara y entré a la oficina de mamá.

El vacío me llena hasta la agonía,
la oscuridad se apodera del amanecer:
era yo, pero ya no estoy aquí

Metallica

VEINTIDÓS

El camino en el coche fue incómodo. Mamá esperaba gran entusiasmo de mi parte, pero yo estaba confundida, asustada y ansiosa. Al llegar a la casa me disculpé y corrí a mi cuarto. Me lancé a la cama, como hubiera hecho después de un día pesado cuando era humana. Mi cansancio era muy diferente ahora. No quería dormir, estaba tratando de entender la dinámica de la nueva escuela, quería encontrar la manera de no pertenecer ahí. El encuentro con el vampiro que leyó trozos de mis pensamientos fue muy perturbador. No quería volver, pero deseaba esas dos horas con Iván. Quizá respondería más de mis preguntas. Además, tampoco quería regresar a la otra escuela. Me sentía inadecuada en todas partes. ¿Para qué estudiar? Era rica, con sólo vender algunas de esas casas podía vivir más que cómodamente. Sola. Estaba casi completamente sola, de todas maneras. Mi mejor amiga me había traicionado, no parecía que hacer amigos en el Instituto Montenegro fuera una tarea fácil, y Abel... extrañaba tanto cuando era mío, antes de todo. Qué idiotas habíamos sido al desperdiciar tanto tiempo peleando por tonterías. «Si tuviera una segunda oportunidad contigo», pensé mientras veía una de las fotos, «haría todo diferente. Me dedicaría a hacerte feliz, apreciaría cada minuto».

Recordé al duende ése que me preguntaba quién era el de los ojos verdes. Por unos instantes temí por Abel, pero después se me ocurrió que no había razón alguna. Ese tipo había querido demostrar lo que podía hacer, asustarme. Sólo estaba paranoica. Se me ocurrió llamar a Bárbara y ver si tenía un horario disponible antes del jueves. Su ética profesional la obligaba a guardar mi secreto, y yo podría desahogarme y tal vez hasta romper algún otro de sus horribles adornos. Una grabación decía que el número no existía. Rectifiqué y volví a marcar: lo mismo. Podía ser que Bárbara hubiera cambiado su teléfono o que lo hubiera perdido, pero la grabación me dio mala espina. Decidí ir a visitarla, sólo para asegurarme de que todo estaba bien. Tomé el coche de mamá, que estaba trabajando. Había bastante luz afuera y tuve que cubrirme por completo, lo cual era una verdadera molestia. Debía comprar un coche con cristales polarizados para poder andar con él durante el día. Podía comprar un coche, el que quisiera. Pero tenía que encontrar el modo de justificarlo, y eso estaba muy difícil. Ya pensaría en algo.

Estacioné el viejo coche y miré hacia la ventana del consultorio. Estaba cerrada y el interior oscuro. Subí al tercer piso. La puerta de la salita ya no estaba ahí, cualquiera podía entrar al cuarto vacío y cubierto de periódicos. En una esquina había un bulto. Me acerqué y quité los periódicos. La mesita de los adornos estaba salpicada de sangre. Salí corriendo. Me encerré en el coche y cerré los seguros y las ventanas. Mis manos temblaban. Algo muy malo le había pasado a Bárbara. Quise salir de ahí lo antes posible. Le di vuelta a la llave y el coche no encendía. Volví a intentarlo. El tablero marcaba algo con una lucecita, pero obviamente no tenía idea de qué significaba. Escuché un sonido muy suave, como de plumas que rozaban el piso, y volteé a la calle. No había nadie. Volví a escuchar el ruido y alcancé a ver algo en el espejo retrovisor. Una sombra. O, tal vez, lo había imaginado y no era nada. Mi corazón latía furiosamente y mi instinto me indicaba escapar. Tomé las llaves y salí corriendo a toda velocidad. No miré atrás ni una sola vez, estaba aterrorizada. No sabía a dónde convenía ir, si es que alguien en verdad me estaba siguiendo. No iba a volver a casa, obviamente. Habría corrido a los brazos de Abel, pero tampoco era buena idea. Una plaza en donde hubiera mucha gente, ésa era la mejor opción. Después de unos minutos llegué a la plaza más cercana y me senté en una banca. Los que pasaban se me quedaban viendo, por culpa de mis lentes oscuros y guantes. Aspiré y no detecté ningún olor extraño. Sólo los humanos que iban y venían. De pronto sonó mi celular. Antes de sacarlo de mi bolsa supe que era Abel.

—Estoy afuera de tu casa. ¿Puedes bajar?

—Pues… no estoy en mi casa. Estoy en la plaza de los cines.

—¿Cómo llegaste ahí? ¿En taxi?

—En el coche de mi mamá —mentí—, ¿por qué?

—El coche de tu mamá está aquí estacionado, Maya… ¿Qué haces ahí?

—¿Ahí estacionado? ¿De qué hablas?

—¿Yo? Estás tan rara… ¿Quieres que vaya por ti?

Me quedé congelada. Alguien había visto mi acrobacia fuera del consultorio de Bárbara y había devuelto el coche para demostrar que sabía mi dirección. Y claro, antes de eso le hicieron algo para que no arrancara. Quienquiera que fuera, quería asustarme, no cabía duda. Quizás estaba por ahí, observando a Abel. Me recorrió un escalofrío. Guardé el teléfono y salí corriendo. Estuve a punto de chocar con muchas personas, pero las esquivaba milímetros antes, sin que tuvieran idea de lo que había pasado. Mi teléfono volvió a sonar, pero no podía contestar a esa velocidad y no quería distracciones. Estaba a unas cuantas cuadras. Aceleré el paso y una ráfaga de aire helado me entró por la boca y la nariz. Frené en seco y volteé a todos lados. Reconocía ese olor, o al menos esa clase de olor. Había un vampiro por ahí, estaba segura. Volví a acelerar, mucho más asustada, y una fuerza invisible chocó contra mí. Yo iba tan rápido que el impacto me hizo volar por los aires y estrellarme contra la fuente que estaba en la glorieta de la calle. Abrí los ojos pero no veía nada. La sangre que manaba de alguna herida me cegaba. Tenía huesos rotos y no podía moverme. El dolor en todo el lado derecho de mi cuerpo era terrible. Un aliento helado susurró en mi oído.

—Regla número uno: nadie puede saber lo que eres. ¿Entendiste, Maya? Nadie. Las reglas son inviolables. No nos hagas insistir.

Intenté levantar la mano y limpiarme los ojos, pero no pude. Temblaba incontrolablemente, pocas veces había sentido tanto miedo. ¿De quién era esa voz? No la conocía. Le habían hecho daño a Bárbara, eso era seguro. Yo le había dicho que era un vampiro. Y entonces habían entrado a su consultorio… No quería ni imaginarlo. Todo era culpa mía. Había hecho que asesinaran a alguien inocente. Era injusto. Nadie me lo había advertido. Y ¿cómo sabían lo que había dicho? Me estaban espiando, alguien sabía cada paso que daba. Escuché que un coche frenaba y alguien bajaba y cerraba la puerta.

—¡Dios mío! ¿Estás bien? ¿Me escuchas?

Era una voz de mujer. Una amable automovilista que se detuvo a ayudarme, sin saber que por mi culpa ahora estaba muerta una persona inocente. No tenía idea de cuál era mi aspecto, sólo sentía que mis piernas y brazos estaban doblados de maneras poco naturales. Empecé a llorar. Mi existencia ahora ponía en riesgo a las personas de mi alrededor. A lo lejos, mi teléfono sonaba. Era Abel. Quizás había ido a buscarme. Si era así, nos habíamos cruzado en el camino, no había muchas rutas entre mi casa y la plaza. Pero habría sabido si se acercaba, habría sentido su presencia y reconocido su irresistible fragancia. La mujer escuchó el teléfono y fue a buscarlo. Estaba a unos metros de mí, sobre el pasto de la glorieta.

—¿Bueno? —dijo histéricamente—. ¿Conoce usted a la dueña de este teléfono? Porque está aquí, en la glorieta de Las Rosas…

Gemí y traté de estirar el brazo para arrebatarle el teléfono, pero tenía todos los huesos rotos. Sí, quizá era inmortal, pero el dolor sin duda era igual al de un mortal. O peor, dada la sensibilidad extrema de todos mis sentidos. La voz de Abel al otro lado de la línea llegaba a mis oídos con perfecta claridad.

—¿En la glorieta? ¿Le pasó algo?

—Sí, creo que alguien le pegó con el coche y se escapó.

Ahí hubo un silencio doloroso, en el que «el de los ojos verdes» postergaba preguntar si estaba viva o muerta. Escuché cómo Abel prendía su coche y cerraba la puerta. Incluso distinguía su respiración agitada.

—No… —supliqué, pero no pude seguir. Sabía que iba a curarme, pero no ocurriría tan rápido. Como Abel no hablaba, la mujer siguió.

—Acaba de hablar, está viva, pero le están… le están sangrando los, hmm, los ojos, y su brazo…

Poco a poco estaba recobrando el control sobre mi cuerpo. Logré limpiarme con los dedos de una mano. Estaba sentada sobre el pasto con todo el lado derecho recargado sobre la piedra de la fuente. El brazo de ese lado estaba doblado detrás de mi espalda, y uno de los huesos de mi pierna derecha había atravesado la piel y estaba expuesto. El mayor dolor provenía de ahí. Al ver la herida me horroricé y empecé a gritar. Parecía una muñeca destrozada. Mis lágrimas rojas no habían logrado aterrorizar a la pobre mujer, pero mis gritos sí. Alcancé a ver cómo se levantaba y dejaba el celular cerca de mí.

—Tengo que… —murmuró—. Alguien ya viene para acá. Todo va a estar bien.

Corrió a su coche y se fue. Si Abel estaba en mi casa, nos separaban sólo unas cuadras. Tenía que evitar que me viera así. No quería ir a un hospital ni que llamaran a mamá e inventar una explicación. Apoyé la mano izquierda en el suelo y comencé a arrastrar mi cuerpo fragmentado. Iba a bajar de la glorieta y esconderme de Abel. Volteé para asegurarme de que no vinieran coches: estaban lejos todavía. Crucé la calle lo más rápido que pude, pero me alcanzaron. Temí que alguien más se detuviera, pero al ver a ese insecto agonizante reptando, simplemente cuidaban de no estrellarse contra él y seguían su camino. Alcancé a escuchar a dos chicas que comentaban:

—¡Ay! ¿Viste eso?

—Sí… pobre gente.

Llegué a la banqueta y percibí ese aroma inconfundible y delicioso. Se acercaba. Apoyé la pierna izquierda y me levanté como pude. El dolor de mi brazo estaba disminuyendo, pero el hueso de mi pierna seguía ahí, afuera, y yo perdía sangre a cada paso. Esa herida no estaba sanando. Me sentía débil y a punto de desfallecer. Las lágrimas me llenaron los ojos de nuevo. Necesitaba que mamá cuidara de mí, que Abel me abrazara y dijera que todo iba a estar bien. En cambio, tenía que arrastrarme sin la ayuda de nadie y ahogar mis gritos. Frente a una casa había un enorme bote de basura. Intenté cubrirme con él, pero no podía doblar mi pierna rota para que cupiera dentro. Avancé un poco más. A lo lejos había un terreno baldío lleno de hojas secas bajo las que podría ocultarme. Escuché un motor. Abel había llegado. Regresé al bote de basura y doblé mi pierna por la fuerza. Sentí un dolor tal, que creí que iba a morir. Mis colmillos salieron y mi cuerpo comenzó a estremecerse bajo el bote de plástico. Aunque no respirara, el olor impregnado en las apretadas paredes de alrededor era insoportable. Me abracé con fuerza para disminuir el temblor y mi hombro derecho crujió. El abrazo lo devolvió a su lugar original. Cerré los ojos para evitar ver la sangre y la piel atravesada de mi pierna. No podía soportarlo. Mi corazón latía lentamente, con trabajos. Afuera, Abel buscaba alrededor de la glorieta y se horrorizaba al toparse con un charco de sangre. Su amada voz empezó a gritar mi nombre. Una parte de mí deseaba ser hallada, olvidarse de todo y permitir que alguien más se hiciera cargo. Cerré los ojos y esperé. Sus botas cruzaron la calle, cada vez estaba más cerca. Volvió a llamar, con desesperación. Estuve a punto de responder. Escuché que mi teléfono sonaba, a lo lejos. Abel dejó escapar un grito de desesperación y fue a levantar el aparato. Regresó a su coche y se fue a toda velocidad, probablemente a buscarme al hospital más cercano. Salí del basurero y me tendí sobre la banqueta.

—Ven por mí, ayúdame —susurré. Había perdido mi gorra y mis lentes, y el sol me quemaba la cara. Mi piel ardía como si estuviera en llamas, y la pierna no dejaba de punzar. Levanté la vista. Ya no estaba sangrando, la herida se estaba cerrando alrededor del hueso expuesto. Eso no podía estar bien. Arañé el suelo, desesperada. Los colores eran más opacos a cada segundo, y los sonidos menos claros. El latido de mi corazón apenas era audible. «Ayúdame», pensé con todas mis fuerzas, «ayúdame, Iván».

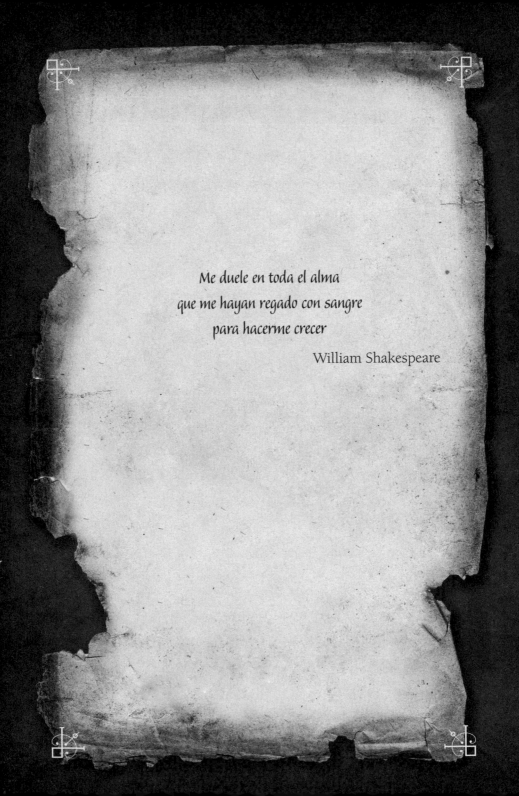

Me duele en toda el alma
que me hayan regado con sangre
para hacerme crecer

William Shakespeare

VEINTITRÉS

Maya, mueve la cabeza si puedes oírme.

Obedecí. El sonido de esa voz me causó tanta alegría que no pude evitar sonreír, aunque el movimiento me recordó que tenía la cara quemada.

—Escucha: antes de darte la sangre tengo que devolver ese hueso a su lugar. La herida casi está cerrada y tendré que abrirla para curarte. No quiero asustarte, pero va a doler mucho. ¿Estás lista?

Asentí. Al poco tiempo sentí que algo me abría la piel profundamente y grité de dolor. Abrí los ojos y vi a Iván sentado frente a mi pierna, mirándola intensamente. No había nada físico cortándome. Después, mi hueso comenzó a moverse hasta quedar en su lugar. Grité durante todo el proceso, hice un gran esfuerzo por estar quieta. Iván posó sus manos sobre la piel abierta y sangrante y ésta comenzó a cerrarse ante mis ojos. Lo que hubiera tomado un par de horas, sucedió en segundos. Mi dolor cedió, y él volteó a verme.

—Sólo la sangre puede terminar de curarte. Perdiste mucha en el accidente.

Estaba tan serio que me preocupó haber hecho algo mal. Desapareció de mi vista y trajo una camilla en la que un hombre estaba acostado.

—¿Quién…?

—No importa, Maya, su sangre te va a poner bien —aseguró Iván. No quería escuchar mi voz, parecía como si estuviera furioso. A continuación insertó una aguja en el brazo del hombre y otra en el mío. El líquido empezó a fluir y mi cuerpo reaccionó de inmediato, cosquilleando felizmente. Mis sentidos recobraron poco a poco su sensibilidad, y mi corazón comenzó a latir con fuerza, agradecido por el alimento. Miré al hombre de reojo. Su rostro empezó a perder color.

—El hombre… Iván…

—No te preocupes por eso —respondió él. Mis venas seguían llenándose mientras el hombre se vaciaba. Finalmente Iván sacó la aguja de su brazo. Hizo lo mismo conmigo.

—¿Cómo me encontraste? —pregunté al fin.

—Llamaste y escuché —respondió simplemente. No quise mencionar a Bárbara por miedo a recibir otra amenaza, pero tenía que saber si alguien del instituto estaba involucrado con lo que había sucedido esa tarde. De todas formas, la probabilidad de que Iván pudiera leer mi mente y supiera todo lo que había pasado era alta. Pensé en Abel, tenía que encontrarlo e inventar algo.

—Alguien me amenazó y se estrelló contra mí. Un vampiro.

—Sí. Esperaba que dejaran pasar tu indiscreción, pero…

—¿Quiénes? ¿Hay *otros*? ¿Qué hice?

—Son las ocho de la noche, Maya. Voy a llevarte a tu casa para que Lucrecia no se preocupe. Ahora, más que nunca, tienes que ser discreta. Al parecer, esto fue una advertencia. La próxima vez no la habrá.

—Pero… —objeté. De nuevo, una de sus miradas me hizo callar.

—El miércoles hablamos. Vámonos.

Para mi sorpresa, me puse de pie sin ningún problema. Había estado acostada en una camilla de hospital, en un lugar que parecía el consultorio médico del futuro. Todo era plateado, y antes de que Iván me guiara a unas escaleras alcancé a ver un mueble lleno de equipos de transfusión, agujas y cosas así. Dejamos atrás el cuarto y volteé a ver al hombre que me había alimentado. Estaba blanco e inmóvil. Intentó levantar una mano pero sólo pudo mover un dedo. Después lo perdí de vista. Subimos una gran cantidad de escalones y después recorrimos un pasillo muy largo. Finalmente abordamos un ascensor.

—¿Qué es esto, la Baticueva? —pregunté. Iván ni siquiera volteó y me sentí estúpida, como siempre. Metió una llave al tablero del ascensor, que comenzó a descender más. Se abrió en un sótano y lo seguí hasta llegar a un coche negro. No sé nada de coches, pero éste parecía muy caro. Subí al asiento del copiloto, y, después de dar unas vueltas bajo tierra, salimos por un túnel a lo que parecía ser el estacionamiento del instituto, y después a la calle. La desaparición de los dolores físicos hizo que todas mis preocupaciones volvieran de golpe.

—¿Quiénes son *ellos*?

—Sólo vampiros que tienen una ideología distinta. No creen en ninguna clase de integración.

—¿Y tú sí? —pregunté, con la imagen de Abel en mi mente. ¿Dónde estaría? Ya habían pasado horas desde mi accidente.

—Evidentemente. No tendría una escuela mixta si no fuera así. Ellos están en contra del instituto.

—¿Por qué?

—Creen que su existencia hace más fácil que los mortales se enteren de nosotros. Prefieren vivir escondidos, seguir siendo un mito mientras se alimentan en los callejones, como tú —dijo. Las últimas dos palabras tenían una carga fuerte de desprecio y me sentí ofendida y triste.

—Yo no sabía —comencé, pero callé de inmediato. Mi tristeza se convirtió en ira. ¿Acaso era mejor lo que él hacía? Decidí preguntárselo y exclamé—: ¿Es mejor desangrar gente inocente?

—No sabes de lo que estás hablando, y estoy perdiendo la paciencia —respondió, furioso. Me encogí en mi asiento y deseé estar en cualquier otro lugar. «Ojalá no hubieras venido, ojalá me hubieras dejado ahí tirada», pensé.

—Las tensiones entre nosotros han crecido en los últimos años. Yo puedo protegerte en cierto grado, pero tienes que ser discreta, por tu bien y el de los humanos de tu vida anterior, así como el del instituto. —Su tono era más conciliador, como si supiera que había sido demasiado duro.

—Pero… ¿y la integración?

—No es un hecho todavía, y no es una integración en la que los humanos sepan con qué se están integrando. Falta mucho para eso.

—Pero Ottavia y Erika…

—Ése es un caso especial.

—Pero…

—¡Es todo! —gritó Iván sin dejar de ver al frente. Me quedé inmóvil y lo miré por el rabillo del ojo. Dos puntas blancas asomaban por entre sus labios entreabiertos. Alguien como él debía tener bastante control sobre esa clase de impulsos; al parecer lo había hecho enojar de veras. «Pero…», me repetía en la mente. Las preguntas, en vez de ser menos cada vez, eran más. Este nuevo mundo era muy complicado, había demasiadas reglas y cosas que tomar en cuenta, y yo estaba perdida. No quería saber nada de eso, ansiaba volver a mi vieja vida e ignorar lo más posible el hecho de que era vampira. Se trataba sólo de una parte más de mí, no me definía por completo, ¿o sí? ¿Qué significaba esa amenaza, que si le contaba la verdad a Abel o a mamá alguien entraría a sus casas a matarlos? No podía ser. Me negaba a creer que ese tipo de cosas pasara en el mundo real.

Llegamos frente a mi casa e Iván ni siquiera apagó el coche. Sólo esperó a que yo bajara. Miré mi pantalón, roto y bañado en sangre. Tendría que entrar por la ventana, cambiarme en silencio, salir y volver a entrar. ¿Cómo sería mi aspecto? Y mi cara, ¿habría sanado ya de las quemaduras? ¿Quién me había noqueado? Antes de bajar, miré a Iván de reojo. Hasta donde yo sabía, podía haber sido él o alguien enviado por él. Si no, ¿cómo me encontró tan rápido? Era tan cruel… Y el hombre de la camilla, y la Baticueva, y el asqueroso duende de la escuela… todo era demasiado oscuro y extraño. Mientras más me relacionara con ese mundo, más lejos quedaría el mío. No me interesaba. Cerré la puerta del coche y me quedé ahí parada. Iván abrió la ventana.

—¿Qué pasa? —preguntó secamente.

—¿Y si no quiero nada? —pregunté, sin pensar muy bien qué estaba diciendo.

—Nada… ¿de qué hablas?

—Sí, no quiero nada de esto, no quiero ir a tu instituto ni relacionarme con nadie, ni saber quiénes son «los otros». Nada, no quiero nada. Quiero seguir mi vida.

Su rostro al fin se suavizó y me miró con una tristeza tan grande, que me tomó por sorpresa. No creía que esas facciones perfectas podían perder su dureza y verse tan… vulnerables. Lo miré con curiosidad.

—Tu vida se acabó, Maya. Te la robaron. Tienes que hacerte a la idea de que en un año o dos dejarás de existir para los que te conocen.

—Pero ¿y los vampiros de Montenegro? Alguno debe tener familia, amigos, alguien…

—Los vampiros de Montenegro son huérfanos, nadie los extrañó cuando desaparecieron para convertirse en lo que son ahora.

—¿Todos…? —susurré.

—Sí, todos. La idea del instituto nunca ha sido destruir vidas humanas que funcionan. Tu caso es diferente, hay gente a tu alrededor que se preocupa, que tarde o temprano hará preguntas. Terminarás yéndote, ya te lo había dicho. Por el bien de la gente a la que quieres. Mientras tanto, tienes que guardar el secreto mucho mejor de lo que lo has hecho hasta ahora.

—¿Por qué? ¿Y si les digo la verdad, qué? ¿Los van a matar, como a Bárbara? —estallé. Lo miré fijamente, esperando alguna reacción. Quizás él la había «visitado».

—¿Bárbara? ¿La psicóloga? ¿Le pasó algo?

—Sí, alguien entró a su consultorio y… ¿Estás bromeando? ¿De cuál indiscreción hablas entonces? Bárbara era la única que sabía. ¿Y cómo sabes quién es?

Se quedó en silencio y se puso más pálido, si es que era posible.

—El de los ojos verdes, él vio tus colmillos. Y entraste a su casa después de romper una ventana —dijo distraídamente. «El de los ojos verdes»… así había llamado el duende a Abel.

—Pero nadie vio, sé que nadie vio.

—Alguien sabe lo que hiciste. Ten cuidado. Aléjate de él y de esa casa.

Un pensamiento fugaz pasó por mi mente: ¿Y si le decía a Valentina lo que era? Entonces alguien más se ocuparía de ella. «No, Maya, estás loca.» Agité la cabeza y me concentré en el perfil de Iván. Sus últimas palabras seguían flotando en el aire. «No puedo alejarme de él», quería decirle, pero sabía que no tenía caso. Volteó a verme duramente, como para asustarme. En vez, sostuve su mirada y de pronto estuve segura de algo: Iván estaba involucrado en lo que me había pasado. El cómo y el porqué no estaban claros. No pude evitar abrir mucho los ojos y retroceder un poco. Pensé en él deliberadamente y esperé alguna reacción. Nada. No podía leer mi mente (o lo escondía bien), y sin embargo sabía lo que había pasado con Abel y en el cuarto de Valentina. Estaba segura de que nadie me había visto, habría sentido alguna presencia, algún olor.

Dejé atrás el coche negro y me acerqué a la ventana abierta de la sala. Mamá estaba en su baño, en el piso de arriba. Abel

no la había llamado, aparentemente. Quizá no quiso preocuparla hasta saber más del asunto. O tal vez ni se le ocurrió, con tanta alteración. Tenía que hablar con él cuanto antes. Entré a la casa y llegué a mi cuarto en segundos. Escondí el pantalón roto y ensangrentado. Tendría que dejarlo en algún basurero después. Me metí a la regadera justo cuando mamá salía de su baño.

—¿Maya? ¿A qué hora llegaste? —gritó desde afuera—. Oí el coche desde hace rato.

—Sí… lo dejé y fui a correr un poco.

—No te oí entrar.

—Estabas en el baño. Oye, ma, el coche está fallando, hay que llevarlo al taller.

—Está bien, hace meses no lo revisan de todas maneras.

Me limpié la sangre bajo el agua caliente. Mi piel estaba tan suave que no podía dejar de acariciarla. Ni rastro de lo que había pasado. Mi pelo seguía creciendo a una velocidad imposible y se sentía sedoso y fuerte. Bañarse era una experiencia curiosa, pues la temperatura del agua no afectaba la de mi cuerpo, que seguía tan frío como si acabara de salir de una tormenta de nieve. Que la mano del duende fuera aún más fría, era increíble, ésa desagradable que me había aferrado en la escuela y que correspondía al dueño del que llamaba a Abel «el de los ojos verdes». Ese duende horrible había leído mis pensamientos. ¡Él había informado a Iván de lo de Abel, la ventana rota, todo! Ahora estaba muy claro. El apodo que ambos usaban para llamar a Abel los delataba. Lo que no podía creer era que Iván me hubiera lastimado así. Era atemorizante, pero igual parecía estar de mi lado. ¿Para qué hacerlo si después iba a curarme? ¿Como advertencia, para mantenerme alejada de los humanos y cuidar su instituto? Podía ser. Entonces, quizá no había otros y él los había inventado, como los papás inventan al Coco o al Robachicos, para controlarme. Pero ¿y Bárbara? Cuando mencioné que la habían lastimado, Iván se puso más pálido de lo que ya era. No parecía enterado de eso. Pobre Bárbara. No era justo. Nada era justo. Cerré el agua y tomé una toalla. Iba a secarme, pero mi cuello y mi pecho estaban sucios otra vez: estaba llorando abundantemente.

Finalmente salí del baño y me puse una piyama. La tele en el cuarto de al lado estaba encendida y decidí llamar a Abel. ¿Qué estaría pensando? ¿En verdad lo estaba poniendo en peligro por amarlo tanto?

—Ven, Maya, platícame de tu día, cómo te sientes.

—Dame dos minutos, mamá —dije, y sin esperar respuesta me encerré. Tomé el teléfono y éste sonó en mi mano. Respondí de inmediato.

—¿Lucrecia? Habla Abel. No quería preocuparte, pero…

—Abel, soy yo.

—¿Maya? —gritó, asustado.

—Sí…

—¿Cómo puede ser? ¿Estás bien? Dios mío, dios mío…

—Estoy perfecta. ¿Tú dónde estás?

—En el Hospital Americano. Dijeron que había una niña como de tu edad que venía de un accidente de coche y creí que podías ser tú. No me dejaron entrar a verla y no la han identificado todavía.

Abel hablaba entrecortadamente, su respiración no le ayudaba. Podía imaginarlo ahí parado, temblando y con el corazón latiendo a mil por hora. Quería correr adonde estaba y mostrarle que todo estaba bien.

—Voy para allá. Quédate ahí y te veo en diez minutos —dije. Me puse de pie pero una punzada de dolor me derribó. No hay mejor manera de explicarlo: fue como si alguien me hubiera soltado un puñetazo justo en el corazón. Me llevé las manos al pecho. Ni siquiera podía gritar. Intenté levantarme pero mis piernas no respondían. Mientras tanto, Abel respondió a mi sugerencia.

—¡No! —gritó demasiado enfáticamente—. No sé quién contestó tu teléfono, pero no quiero que salgas a ningún lado. Quédate en tu casa, cierra bien la puerta.

Dejé de escuchar el latido de mi corazón. No veía claramente, y a mi alrededor todo olía a alcohol. Me estoy muriendo, pensé. Increíble, estoy teniendo un infarto. Dicen que se siente así. Parpadeé un par de veces y reconocí de nuevo el lugar al que Iván me había llevado. Mi mano seguía sobre mi corazón y percibí claramente cómo palpitaba: con fuerza y regularidad. Tosí un poco para poder seguir hablando con Abel.

—Iba a… iba a regresar a mi casa para verte y dejé mi teléfono en el taxi —dije con una voz ronca y exhausta—. Luego llegué aquí y ya te habías ido, y no tenía mi teléfono…—. Remendar esa historia iba a ser demasiado complicado. Intenté poner mi mente en orden para no contradecirme, pero mentirle a Abel me molestaba muchísimo y lo que estaba pasando no ayudaba en nada.

—Pero… —Podía sentir la desesperación en su voz. El olor a alcohol se hizo más intenso. Sabía que mi corazón funcionaba normalmente, pero dolía como si con cada latido me arrancaran un pedazo a mordidas. Iba a detenerse de nuevo. Lo sabía. Me preparé para un nuevo infarto cuando entendí lo que estaba pasando. El que estaba muriendo era el hombre de la Baticueva, no yo. Su sangre me transportaba a donde estaba y me hacía sentir lo que él sentía, ver lo que veía. Pero mi cuerpo estaba en perfecto estado, todo estaba en mi mente.

—Estoy bien, de verdad, estoy aquí —le dije a Abel, intentando sonar lo más normal posible. Ni siquiera recordaba de qué estábamos hablando. El hombre vacío agonizaba, mientras su sangre corría por mis venas alegremente, animando cada dedo, cada parte de mi cuerpo. ¿Cómo se atrevía Iván a juzgar mis cacerías en los callejones? Lo que él hacía era mucho peor.

—Yo tengo tu teléfono —dijo Abel. Me tomó un par de segundos entender su frase—. Cuando te llamé contestó una mujer diciendo que habías tenido un accidente. Fui a donde me dijo y encontré tu teléfono. Junto a un charco de sangre. Maya, ¿qué pasa? ¿En qué estás metida? ¿A dónde te fuiste ayer?

Le pedí que esperara. No podía pensar. Dejé el teléfono y empecé a temblar. Lágrimas de sangre inundaron mis ojos. Tenía muchísimo frío y me metí a la cama. Me limpié la cara con un pañuelo desechable y respiré hondo, por costumbre. Sabía que eso no me calmaría en absoluto. Vi el cuarto subterráneo a través de los ojos del hombre. Además de alcohol, olía a enfermedad, no sé cómo definirlo. La angustia me hizo apretar los puños y cerrar los ojos. Sentí un nuevo puñetazo en el corazón. Me arañé el pecho y la sangre empezó a brotar. Ahogué un grito en mi garganta. Me escondí bajo las cobijas, quién sabe por qué. Seguía llorando. De pronto el dolor paró por completo y suspiré, llena de alivio. Pero

eso significaba que el hombre estaba muerto. Lloré un poco más, pensando en su piel descolorida y en cómo había levantado el dedo la última vez que lo vi, quizá intentaba decir algo. Abel esperaba en la línea. Apenas habían pasado unos treinta segundos. Tomé el teléfono e intenté recordar el hilo de la conversación. Le dije lo que había planeado:

—Tal vez alguien encontró mi teléfono y quería hacer uno de esos fraudes telefónicos, en los que llaman a alguien y cuando llega lo asaltan.

—Puede ser. Ya no sé. Ya no sé nada, Maya. ¿Tú entraste a mi casa el sábado? Dime que no. Pero te vi corriendo a toda velocidad, y tu boca… y juraría que tú saltaste por la ventana. Si la historia de los correos no es cierta, entonces, ¿qué te pasó? Y ayer… ¿por qué colgaste? Necesito saber algo, necesito… Ya no creo lo que veo, no entiendo nada, me estoy volviendo loco.

Suspiré. Apenas estaba recuperándome de la sensación de infarto, y el dolor en la voz de Abel me apretaba el pecho y me hacía extrañar ese oxígeno que en realidad no necesitaba. Él no lo mencionó esta vez, pero estaba convencido de ser el culpable de lo que me había pasado, y eso, llevado a las últimas consecuencias, lo hacía culpable de tantas cosas… Mi mente estaba bloqueada, mi «genialidad» no respondía en lo verdaderamente necesario. O tal vez no quería seguir mintiendo y enredando a Abel con mis historias. Eso, al final, también lo alejaría de mí. Además, tenía mucho miedo. Estaba completamente sola. Ya no sabía qué pensar de Iván y ahora estaba en esa escuela extraña en la que desangraban gente inocente bajo tierra. Abrí la boca y una parte mía comenzó a ordenarme: «No digas nada, será peor para él. Déjalo en paz, ya no pueden estar juntos. Supéralo». «Si le dices estarán unidos para siempre», decía otra parte. «Cuéntale todo, es el amor de tu vida y necesita saber la verdad. Tú puedes protegerlo. Él puede guardar el secreto.» «Pero ¿y si después de saber no quiere estar conmigo?». «Él también te ama. Claro que querrá estar contigo. Quizá algún día también él será inmortal, como tú.» Había pensado en eso, por supuesto, pero no en la manera en que sucedería. Iván ya había dicho que yo no estaba lista para convertir a nadie. Aunque pudo haber mentido en eso, también.

—¿Maya?

—Perdón —susurré. No sé cuánto tiempo lo dejé esperando una respuesta. —No te estás volviendo loco. Hay una explicación para todo lo que está pasando. ¿Me crees?

—Pero…

—Tienes que creerme. Cuando sepas lo que pasó todo será muy claro.

—¿Y qué es? ¿Qué pasó?

—No puedo decirte todavía.

—¡Ah! —exclamó, desesperado— ¿Qué esperas de mí? ¿Por qué no puedes contarme?

—Porque es peligroso. Tienes que confiar, tienes que saber cuánto te amo y que por eso no te digo.

—¿En qué estás metida? ¿Tiene que ver con lo de esa noche en El Lujo?

—Sí y no. Te juro que entenderás todo pronto, mi amor.

—Al menos dime si tú entraste a mi casa.

—Sí.

—¿Tú rompiste la ventana de mi cuarto? ¿Por qué?

—Porque entré por ahí.

—Por la ventana —repitió incrédulo.

—Sí, por la ventana.

—Ajá, y tú destrozaste la computadora de Valentina —dijo mecánicamente. Me quedé pensando y no se me ocurrió ninguna razón para no decirle la verdad.

—Sí, fui yo.

—¿Tú entraste a mi casa, a las tres de la mañana, rompiste la ventana de mi cuarto y después fuiste al cuarto de Valentina y destruiste su computadora?

—No en ese orden, pero sí. Y tengo una buena razón —empecé a alegar.

—No te creo. Imposible. ¿Cómo llegaste al segundo piso? ¿Y cómo es que no te encontró la policía? —Abel estaba gritando. Se interrumpía a sí mismo mientras se le ocurrían más y más preguntas. —No, más bien, lo que necesito saber es por qué. ¿Por qué hiciste todo eso, si es que lo hiciste?

—Porque Valentina se lo merece. Es más, se merece algo peor. —Mi voz estaba llena de veneno y no me importó lastimar a Abel con esa información. De hecho, me parecía increíble que aún no adivinara quién le escribía esos correos. Pasaron unos segundos de silencio, aunque no era absoluto. Podía oír su respiración y escuché el ruido de una puerta de coche cerrándose.

—Se va a acabar la batería del teléfono. No sé cuántas veces te marqué, y a todos los hospitales de la ciudad.

No estaba preguntándome por qué su hermana merecía mi vandalismo, y yo necesitaba decírselo. Estaba muy serio, como si se negara a creer una sola palabra de lo que había dicho.

—¿No quieres saber por qué? ¿Eh? ¿No quieres…? —Y como en una mala película, la llamada se cortó.

Quisiera poder dormir pero no me puedo acostar
porque tengo un cuchillo
por cada día en que te he conocido

Marilyn Manson

VEINTICUATRO

Como casi todas las de mi edad, yo consideraba que un hombre se convertía en mi novio sólo después del primer beso. Abel y yo salimos muchas veces antes de que eso pasara, y yo ya estaba francamente desesperada. Llegábamos a la entrada de mi casa y él se acercaba mucho, hasta que el aire que soltaba era el que yo inhalaba. Sonreía otra vez, me abrazaba otra vez y me dejaba ahí parada, con los labios cosquilleando. Yo sabía que le gustaba, y él aprovechaba cada oportunidad para decírmelo. Ése no era el problema. Yo ya no quería esperar, necesitaba ese beso, y el mundo de contactos y caricias que abriría para nosotros. Quería poder besarlo cuando me diera la gana y que eso fuera normal, tocarlo y que él me tocara. Pero yo no iba a darle el primer beso, tenía que ser su iniciativa.

Un día estábamos en el concierto de una de sus bandas favoritas, y empezaron a tocar una canción que él me había dedicado unos días atrás. Estábamos tomados de la mano, y Abel

le dio la espalda al escenario para mirarme a los ojos fijamente. Me abrazó de la cintura y bailamos la canción como si la estuvieran tocando sólo para nosotros. Era el momento perfecto. Un poco obvio, pero no importaba. Las cosas trilladas lo son por una buena razón. Quería recargar la cabeza en su pecho, pero sostuve su mirada para que entendiera que estaba lista. Me miró como si fuera la cosa más bonita que hubiera visto en su vida. Se acercó más y apretó su abrazo. Pasé mi lengua por mis labios resecos y contuve la respiración. Entonces Abel cerró los ojos y besó mi frente. El concierto duró una hora más y no pude disfrutar ni un solo minuto. Estaba furiosa, rechazada y humillada, y quería largarme de ahí. A la salida ni siquiera intenté disimular mi molestia. Recorrimos el trayecto hasta mi casa en silencio, y al bajar de su coche azoté la puerta. Corrí hasta la puerta de mi casa e intenté abrirla, pero la mano me temblaba de coraje y no atinaba a meter la llave en la cerradura. Abel bajó y recorrió la distancia que nos separaba. Yo seguía luchando con la puerta. Tenía que entrar, mis ojos estaban llenos de lágrimas, y no quería que Abel lo viera. Ya me sentía suficientemente mal. Finalmente la llave entró, al tiempo que sus manos se posaban sobre mis hombros.

—Maya… no te vayas.

No podía contestar. Mi voz se quebraría y él se daría cuenta.

—Preciosa… Ya sé que estás enojada, pero deja que te explique. —¡Ah! ¿Había una explicación? ¿Cuál? ¿Mal aliento? ¿Falta de atracción? ¿Cobardía? ¿Miedo al compromiso? Me quedé inmóvil y no dije nada. Solté la llave para indicarle que hablara.

—Maya, me encantas —dijo mientras me acariciaba los hombros. Su aliento en la nuca me provocó escalofríos. —Mira, no he tenido muchas novias y…

—¿Y qué? —estallé, viendo la puerta— ¿No sabes cómo dar un beso o qué?

Abel se rió suavemente y yo me sonrojé. Bajó las manos para abrazar mi cintura y recargó la barbilla en mi cabeza con cuidado.

—No, no es eso. Es que, aunque no he tenido muchas novias, sé que tú vas a ser la última. Últimas citas, último primer beso, último todo. Vamos a estar juntos para siempre, ya lo sé. Por eso quiero que todo esto dure más, ¿entiendes?

No sonaba tan estúpido. Hice un puchero aunque él no podía verme. Lo perdonaba.

—Me encantas —repitió, y comenzó a jugar con mi oreja entre sus labios. Cerré los ojos y traté de disimular mi respiración agitada—. No sabes cuánto sueño con tu boquita, con tus orejitas, con este cuellito…

Recorrió la piel de mi cuello con los labios y yo creí que me iba a desmayar ahí, en la puerta de mi casa.

—Está bien —le dije, y abrí la puerta. Tomó una de mis manos y besó cada dedo lentamente—. Entonces ya déjame —dije, y retiré la mano. Sonrió con una expresión de travieso irresistible. Le sonreí de vuelta, negando con la cabeza. Cerré la puerta y subí a mi cuarto. Su explicación era adorable, pero el hecho de que pudiera aguantarse me enfurecía y me excitaba. Yo también podía jugar.

Al principio, él seguía sosteniendo que todo era parte de un plan dulce y romántico. Una noche, llegando a mi casa, intentó besarme y yo retrocedí.

—Me gustó tu idea. Hagámoslo durar más y más y más —dije sonriendo. Él me miró con sorpresa e intentó fingir que estaba profundamente ofendido. La verdad es que le gustaba el juego, y a mí también. Las siguientes semanas fueron una tortura. No dejábamos de provocarnos, de intentar llevar al otro a creer que iba a obtener lo que quería, para después traicionarlo. Habíamos llevado el juego tan lejos que ninguno podía ceder, por más que quisiéramos hundirnos en la boca del otro, empaparnos de su saliva, mordernos los labios. Así conocí el deseo. Soñaba con Abel dormida y despierta, y cuando nos separábamos, mi necesidad de volver a verlo era tanta, que dolía. Las despedidas duraban horas y horas. Nuestras madres tuvieron que ponernos un horario de llegada más estricto, lo cual sólo hizo que el juego fuera más placentero y doloroso. Abel se iba a las doce y me llamaba por teléfono de inmediato. Hablábamos en voz baja hasta las dos de la mañana y nos encontrábamos en la escuela antes de empezar las clases, en el recreo y a la salida. Nos veíamos las tardes de casi todos los días, y en los fines de semana éramos inseparables. Cuando no estábamos provocándonos, hablábamos de todo. Muchas veces acabábamos discutiendo sobre temas que no tenían nada que ver con nosotros, sólo por el placer de pelear. Las horas pasaban volando, y empezaba la agonía de la separación.

Estaba tan enamorada que no entendía qué sentido había tenido mi vida antes de Abel. Mi felicidad absoluta sólo se eclipsaba por el miedo de que le pasara algo y desapareciera de mi vida. Los primeros meses soñaba con frecuencia que Abel moría. La pesadilla tenía variaciones: a veces recibía una llamada, y antes de contestar ya sabía que alguien iba a decirme que Abel había chocado y estaba muerto. Otras veces soñaba, simplemente, que lloraba desconsolada por su muerte. Despertaba sobre la almohada empapada de lágrimas y con el cuerpo temblando.

Nuestro primer beso sucedió, finalmente, al salir de una fiesta. Esa noche convivimos con los Gothic Dolls, con algunos otros amigos y desconocidos. Al vernos juntos todos daban por hecho que éramos novios, pero yo necesitaba el título oficial que venía con el primer beso. De cualquier modo nos divertimos mucho, fue una excelente noche. Salimos y Abel me abrió la puerta del coche.

—Ya te voy a besar, ¿está bien? —preguntó simplemente. Había pasado tanto tiempo, que había imaginado cien maneras en cien escenarios diferentes. Nunca algo tan casual.

—¿Por qué hoy?

—Porque te quiero y me gustas. Estoy enamorado de ti.

Tomó mi cara entre sus manos y cerré los ojos. Sentí la electricidad de su cuerpo mientras se acercaba. El juego se había acabado y me había tomado por sorpresa. Mi corazón latía locamente. Su boca rozó mi boca y después sus labios atraparon mi labio inferior suavemente. La punta de su lengua acarició la mía y el estómago me dio un vuelco. Me recargué en el coche y Abel pegó su cuerpo al mío. Nuestro beso se volvió más salvaje y pareció durar horas. Finalmente nos separamos para respirar. Cuando abrí los ojos vi que cinco o seis personas de la fiesta nos miraban, sonrientes. Una de ellas empezó a aplaudir y los demás la imitaron, divertidísimos.

—Perdón, pero no puedo mover mi coche hasta que muevan el suyo —dijo un amigo de Abel.

—Pero ¿quién iba a interrumpirlos? —dijo una chica. Mi cara estaba ardiendo, estaba tan avergonzada que me metí al coche y cerré la puerta.

—Yo lo intenté —siguió el primero—. ¡Pero ni escucharon!

Abel les hizo una grosería y todos respondieron riéndose a carcajadas. Habíamos esperado tanto el momento perfecto... No podía creer que mi último primer beso había sido un espectáculo público. Escondí la cara entre las manos y Abel subió al coche.

—¿Qué pasa, guapa?

—¿Cómo qué pasa? ¡Todo se echó a perder! —respondí con la voz quebrada. Abel quería escuchar, pero su amigo comenzó a tocar el claxon para seguir molestando. Abel sacó la mano por la ventana y repitió su seña. Después prendió el coche y nos fuimos. A la mitad del camino lo vi por entre mis dedos. Estaba sonriendo y parecía muy satisfecho.

—¿Qué te pasa? —le pregunté, furiosa.

—¿De qué? —preguntó divertido.

—¿Por qué estás tan sonriente? ¡Nuestro primer beso fue una porquería!

—¿De veras? A mí me gustó mucho.

—Bueno, sí, pero...

—¡Imagínate! ¡Apenas fue el primero! Claro que estoy muy sonriente. Y si los demás lo disfrutaron, mejor. ¡Que se mueran de la envidia!

Seguía mortificada, pero comprendí que no obtendría ningún consuelo de su parte. Llegamos a mi casa y me acompañó hasta la puerta. Alguna amiga, quizá incluso Valentina, debió haberle dicho qué tenía que hacer, porque antes de despedirnos tomó mi mano y preguntó:

—¿Quieres ser mi novia, Maya? ¿Oficialmente?

—¡Sí! —respondí. La pregunta es básica, y muchos hombres no le dan su importancia. Si no se aclara, puedes ir por ahí diciéndole a medio mundo que tienes novio para luego enterarte de que no era cierto. Qué humillante. Nos abrazamos y emprendimos nuestro segundo beso. Fue perfecto. A partir de ese momento, no dejamos de besarnos durante meses, como si hubiéramos sabido que después sería imposible. ¿Aprendería a controlarme algún día, lo suficiente como para no acuchillarlo con esos grotescos colmillos? Ya ni recordaba cómo se sentía su lengua dentro de mi boca.

En cuanto al noviazgo, era todo menos pacífico. Los dos teníamos temperamentos muy fuertes y opiniones que estábamos siempre listos a defender a como diera lugar. Las peleas eran violentas, y las reconciliaciones, apasionadas. Preocupada, mamá intentó hablar conmigo del tema más de una vez.

—Son *demasiado* intensos —decía—. Es una relación muy desgastante, ¿no, chiquita? ¿No se te antojaría, a veces, estar más tranquila?

La tranquilidad nunca ha tenido mucho valor para mí. Prefiero cualquier emoción a ninguna, y, aunque nuestros choques eran dolorosos, Abel me hacía sentir viva. Eso era lo más importante. Compartíamos un mundo nuestro, un lenguaje propio y una serie de gestos. Abel me veía como nadie, en un nivel muy profundo e inexplicable, y yo lo veía a él y entendía cada célula de su belleza, tanto externa como interna.

—Tendrán que aprender a modelar sus caracteres… Tal vez se tranquilicen un poco con el tiempo —opinaba después mamá, resignada. No es que Abel le cayera mal, todo lo contrario. Le parecía inteligente, tierno y agradable, estaba convencida de cómo me amaba y de cómo lo amaba yo, pero creía que podíamos hacernos mucho daño y que estábamos demasiado jóvenes para tanta intensidad. Desde el principio hablábamos de nuestro amor como eterno, y esto también la espantaba, aunque todos los adolescentes piensan que su primer amor será el último, y rara vez lo es.

Iván había dicho que los vampiros poseían instintos animales muy desarrollados, eso era todo. Para mí la experiencia iba mucho más allá. Era un mundo nuevo. Desde mi muerte y renacimiento como vampira, los conceptos de amor y deseo comenzaron a cambiar muy rápido. Si mamá creía que mis sentimientos por Abel eran intensos antes, no habría podido entender ni la mínima parte de lo que sentía por él en este nuevo estado. Verme forzada a estar lejos me provocaba un dolor físico que estaba presente todo el tiempo. Antes habría dicho que lo necesitaba como al aire, ahora sentía un hueco en la parte superior del cuerpo, un vacío pesado como una roca, que hacía difícil que me moviera, que pensara, y que mi corazón latiera tranquilamente. Como humana lo deseaba físicamente con toda la fuerza de una adolescente. Necesitaba que cada centímetro de su piel fuera mío, sólo eso calmaría un poco mi urgencia. Y aunque el deseo físico puede llegar a ser muy poderoso, no es comparable a la pasión que sentía desde mi cambio de especie. Su cercanía me alteraba por completo. Mi corazón cambiaba de ritmo para imitar el suyo, y su olor hacía que todo mi cuerpo temblara, que mi mente se nublara y que quisiera poseerlo y tragarlo. Deseaba su sangre e imaginaba que su alma estaba presente en cada gota y que la tendría en mis venas también. Soñaba con su sabor en mi boca, con llenarme de él hasta convertirnos en una misma persona. La violencia era parte inevitable de mis deseos, la aparición de los colmillos lo confirmaba. Por eso estar con él era lo más difícil: para poseerlo como quería tenía que atacarlo, y al mismo tiempo sentía una enorme necesidad de protegerlo, una especie de instinto maternal combinado con miedo a que dejara de existir. Así que en Abel se concentraban las emociones y sensaciones más poderosas. Él era parte esencial de mi supervivencia, lo había sido cuando era humana y lo seguía siendo. No viviría sin él.

Ahora, otra vez, lo sentía muy lejos. «Cálmate, es lunes por la noche, no es momento de irlo a buscar.» Di vueltas por mi cuarto mientras me lo repetía una y otra vez. Pero tenía que explicarle. Y después de lo que había experimentado a través de la sangre de ese hombre, necesitaba estar cerca de él, de su aroma y de su pura presencia tan llena de movimiento, tan cálida, tan… viva. Si acababa de salir del Hospital Americano, aún estaba muy lejos de su casa. ¿Qué pretexto le inventaría esta vez a mamá? Además, un agotamiento sobrenatural me impedía moverme, algo más que físico. Logré cubrirme por completo y noté las manchas de sangre en las sábanas y la playera hecha pedazos por mis uñas. Cada vez era más difícil ocultar las evidencias de mi nueva vida. Tomé la precaución de cerrar los ojos y una ola de calma me cubrió. Abel. Valentina. El instituto. Iván. El hombre en la camilla. Los otros. El duende. La caja fuerte. Por suerte, a los pocos segundos mi mente se hundió en la oscuridad.

Bebe uno su dolor y se siente,
en cierto modo, embriagado.
Y entonces ya no es dolor,
es como una nueva naturaleza

Fiodor Dostoyevski

VEINTICINCO

El descanso no duró mucho. A las cuatro de la mañana un fuerte presentimiento me sacó del trance. Era extraño, pues en otras ocasiones nada me había despertado, ni el ruido ni mamá zarandeándome. Pero la sensación de peligro aceleró mi corazón, y en menos de un segundo estaba de pie, junto a la ventana. Las palabras de Iván se repetían en mi cabeza sin parar: «Algún día entenderás… y te irás». Tenía razón. Y ese día quizá no estaba muy lejos. Decidí empezar a tomar algunas precauciones. Necesitaba tener lista una maleta, documentos de viaje, un coche, dinero. Necesitaba dejar lista una carta para mamá, algo que no la pusiera en riesgo pero que la dejara tranquila… ¿Tranquila? ¿Qué madre se quedaría tranquila si su hija de diecisiete años desapareciera, aunque dejara una explicación? No importaba. Lo importante era protegerla. Escogí algunos cambios de ropa y los metí en una pequeña maleta. Los nervios me hacían temblar. Ni siquiera podía definir qué era lo que presentía, sólo sabía que era algo malo, que yo tendría que desaparecer, que debía hacer lo correcto. Y Abel… sentía que ya lo había puesto en peligro. Vio mis colmillos, o al menos creyó ver algo, y le confesé que había entrado a su casa por la ventana. El vampiro que me estrelló contra la fuente quizá vio a Abel y supo… Estaba arriesgando su vida al comunicarme con él y por mi torpeza, porque quería que él adivinara, que supiera para que todo le quedara claro, para que sus culpas desaparecieran, porque yo seguía creyendo, ingenuamente, que hallaríamos la manera de seguir. Abel no podía convertirse en mi próxima «indiscreción».

Mi pasaporte estaba guardado en una caja en la repisa más alta del clóset. La alcancé, pero la jalé con demasiada fuerza, y cayó al piso haciendo un escándalo. Supe que mamá se había despertado. Recogí el contenido de la caja y separé el pasaporte. Oí sus pasos suaves y apresurados en el pasillo. Escondí la maleta y volví a la cama. La puerta se abrió.

—¿Qué pasó, Maya? ¿Todo bien?

—Sí, pero yo también escuché ese ruido. ¿Qué habrá sido?

—El ruido vino de aquí, de tu cuarto.

—No, de verdad, yo estaba dormida.

—Maya… ¿qué pasó? —preguntó, agotada. Se sentó en la cama y me miró a los ojos con expresión de súplica.

—Nada…

—¿Qué es esto? —preguntó. Su tono de espanto hizo que volteara hacia donde ella miraba. Había manchado las sábanas de sangre durante mi experiencia de muerte telepática, y estaban expuestas. Eres una estúpida, Maya, quieres protegerla y ni siquiera puedes evitar que vea esto. Estaba furiosa conmigo misma. Qué descuido tan tonto y tan innecesario.

—¿Qué te pasó? ¿Qué hiciste? —gritó, y antes de que pudiera evitarlo levantó las cobijas y vio mi playera, hecha pedazos y teñida de rojo.

—Mamá… —comencé, pero no tenía ni idea de qué decir. Sus ojos estaban desquiciados. Tomó mis muñecas y las revisó, en busca de cortadas. No la detuve. Dejó caer mis brazos violentamente y se puso a revisar el resto de mi cuerpo. Encontró sangre seca sobre mi pecho, pero ni una sola herida.

—¿Qué hiciste? —murmuró. Me soltó y se agachó hasta quedar sentada en el suelo. Hundió la cabeza entre las rodillas y se quedó en silencio. Cerré los ojos e intenté luchar contra el vacío que me aplastaba, contra la tristeza insoportable que me inspiraba mamá ahí, encogida. Se veía chiquita y frágil, como siempre, pero más que nunca antes. Llevaba semanas intentando fingir que todo iba bien, y estaba llegando a su límite. Necesitaba saber algo. Me cambié la playera por una nueva y bajé al suelo. Recargué mi cabeza en su hombro.

—Estoy bien —dije suavemente. Tenía que decir algo, distraerla de la sangre, prepararla, si era posible, para lo que me decía ese presentimiento que seguía palpitando en mí—. Pero lo que pasó esa noche… No te puedo decir nada más, sólo que si algún día tengo que irme, las dos vamos a estar bien. Yo me voy a encargar de eso.

—¿Irte? ¿De qué hablas? —preguntó levantando la cabeza.

—Sólo le conté a una persona, y le pasó algo muy malo. Por eso no te puedo decir.

—¿De qué hablas? Lo que me contaste de esa noche… ¿no es la verdad? ¿En qué estás metida?

—No te puedo decir nada. Es por tu bien, para protegerte
—dije, y mi voz sonó aguda y temblorosa, no era la voz de una
persona que podía cuidar a otra.

—¿Protegerme? ¿Qué no entiendes? Yo soy tu mamá, la
que se supone que debe protegerte soy yo, no al revés. Cuéntame.
Necesito saber.

—Bárbara… —susurré.

—¿Bárbara? ¿Qué tiene que ver? —preguntó, y volteó para
otro lado. Sabía algo, lo presentí.

—Bárbara es la persona a la que le conté y ahora está
muerta.

—¿Muerta? ¿Estás loca?

—Tú sabes algo, ¿no? Y no me habías dicho.

—Mira… supe que alguien entró a su consultorio y pasó
una desgracia. ¿Por qué te iba a decir? No sabía que la seguías
viendo.

—Pues sí, fui a buscarla y encontré todo tapado con
periódico. La mataron. Por mi culpa —dije, y se me quebró la voz.
Imaginé a Bárbara a merced de un vampiro como el que me había
amenazado. Unos cuantos golpes y punto final. No se necesitaba
más.

—Bárbara no está muerta. La pobre mujer que le hacía
la limpieza sí. Estaba en el momento equivocado, en el lugar
equivocado.¿Para qué te iba a contar una historia tan horrible?
Parece que entraron a asaltar y no encontraron nada.

Así que Bárbara estaba viva. Estuve a punto de alegrarme,
pero pensé en esa pobre mujer inocente y volví a sentirme culpable
de inmediato. Si esa mujer tenía hijos, ahora eran huérfanos por

mi culpa. Me habría encantado creer lo del asalto, que todo había sido una casualidad.

—¿Y dónde está Bárbara? —pregunté.

—Se fue un tiempo. Parece que no creyó la teoría del asalto.

—¿Por qué no?

—Pues… parece que la manera en que mataron a esta mujer fue… ¿Por qué te estoy contando? ¡Es una historia horrible! ¡Una desgracia! Olvídalo, no tiene nada que ver contigo.

—Estoy segura de que estaban buscando a Bárbara. Me tienes que creer. Por eso no te voy a decir, nadie puede saber. Por eso voy a tener que desaparecer algún día y no puedes buscarme.

—¡Ya estoy harta de todo esto, Maya! —gritó mamá y se golpeó las rodillas con las palmas abiertas—. Deja ya de hablar así. Te estás volviendo loca, yo me estoy volviendo loca, no es normal. ¡Estoy harta de tus bufandas y tus guantes, de tus lentes, de que no comas nada y de que haya sangre por todas partes! Tenemos que lidiar con lo que pasó de otra forma, necesitas ayuda y yo tengo que ayudarte. Te estás haciendo daño y yo no te estoy cuidando. Te voy a ayudar, hija, no me importa qué tenga que hacer.

La miré. Hablaba en serio. Se veía desgastada, con unas ojeras oscurísimas y el rostro demacrado. Últimamente no le había puesto demasiada atención, mi torpeza tenía la culpa de que llegáramos a esto. Ella no podía ayudarme. Era una humana en un mundo de vampiros, sangre y secretos.

—Aunque me odies, te voy a ayudar. Sí, aunque me odies —dijo, como hablando para sí misma. Sólo entonces comprendí a qué se refería. Estaba convencida de que yo estaba loca, y nunca creería la verdad, aunque la viera. No que yo pensara revelársela, de todas maneras. Pero ella pretendía «ayudarme» de forma radical. ¡Quería internarme! Sí, *eso* causaría que la odiara, sin duda. Se puso de pie con actitud decisiva, como si pensara hacerlo de inmediato.

—¿Quieres encerrarme en un manicomio? —pregunté mientras me ponía de pie. No estaba enojada con ella, pero fingí estarlo. Tenía que convencerla de que desistiera, quizá podía chantajearla. Pensé en todas las cosas que quedarían a medias si me encerraba. Y ¿qué pasaría en un hospital psiquiátrico? Mi cuerpo rechazaría cualquier alimento o suero, aun por la fuerza. Empezaría a debilitarme cada vez más, nadie tendría una buena explicación, y quién sabe cómo reaccionaría si estaba hambrienta y alguien trataba de amarrarme. Soltaría la verdad y nadie me creería, un buen día no podría ni abrir los ojos… ¿Podía morir por falta de alimento? No sabía. Supuestamente era inmortal. Quizá no moriría, pero estaría agonizando todo el tiempo y sufriendo horribles dolores. Acabaría matando a alguien. Y entonces, además de estar loca, sería una asesina. No estaba sorprendida ni culpaba a mamá por su proceso mental. Pero tenía que evitarlo.

—¡Entonces dime qué hacer! ¡No sé! ¡Estoy desesperada! —gritó. En un segundo estuve junto a ella y la abracé. Podía escuchar el ritmo alterado de sus latidos y percibir ese aroma tan familiar que me tranquilizaba automáticamente, incluso en un momento tan difícil.

—Yo sé. Perdóname. Todo va a estar bien. Mira, son las cinco de la mañana. Vamos a volver a dormir y después platicamos esto.

Me sorprendió lo parecido que fue mi tono al que ella usaba cuando buscaba calmarme. Ahora me tocaba a mí cuidarla, y la verdad es que estaba aterrorizada. «Sólo soy una niña idiota», pensé, «no debería tener tantas preocupaciones». Seguimos abrazadas un rato más, y de pronto tuve la extraña sensación de que nos observaban. Volteé a todos lados. No había nadie, pero mi incomodidad aumentaba a cada segundo. Quizás había un ser invisible dentro del cuarto. En este mundo nuevo todo parecía posible.

—No puedes dormir aquí. Todo está sucio —dijo mamá en voz baja. Me tomó la mano y nos fuimos a su cuarto. Nos metimos bajo sus cobijas y estuvimos acostadas boca arriba mirando el techo y con las manos entrelazadas, mientras afuera amanecía.

A las siete sonó su despertador y se levantó. No sé por qué creí que nos quedaríamos en cama todo el día. Nada parecía tener importancia en comparación con los temas que nos agobiaban. Se bañó y fui a hacer lo mismo. La espuma de jabón dejó a la vista mi piel blanca y suave. No había ninguna señal de los arañazos, sólo las finas líneas azules de las venas de mi pecho. Revisé mi pierna y sentí con las puntas de los dedos la cicatriz que marcaba el lugar por el que el hueso había atravesado mi piel. Ningún humano la habría notado. Seguramente desaparecería por completo en un par de días. Bajé a la cocina y vi que mamá me había preparado un almuerzo y que estaba lista para que nos fuéramos juntas al instituto. Como si nada.

—¿Vas a ir a trabajar?

—La vida no se detiene, sigue hasta que decidamos qué hacer —dijo. Ni volteó. Siguió guardando cosas en el refrigerador y salió de la casa. La seguí. Llevaba en mi mochila los lentes y la gorra, pero no quise usarlas en su presencia, aunque los rayos del sol me daban una comezón insoportable. También llevaba la llave de la caja fuerte. Iría por dinero al banco y vería con más calma lo que había ahí.

—No me esperes a la salida —le dije a mamá.

—¿Cómo piensas regresar?

—Tengo algo que hacer y luego regreso.

—¿Qué cosa? ¿Cómo vas a ir y volver? No, olvídalo, ya no quiero que salgas sola, te regresas conmigo y eso es todo. No quiero discutir.

—Pero…

—Te dije que te iba a cuidar. No quiero que salgas sola. En la tarde vamos a platicar y tomaremos una decisión —concluyó. No sonaba precisamente enojada, pero no cambiaría de opinión. Así que ahora se dedicaría a vigilarme y a limitarme como pudiera, hasta, finalmente, encerrarme en un lugar con la esperanza de que me «curaran». Empecé a perder la calma. El sol a través de la ventana me estaba quemando la cara y las manos. Necesitaba ir al banco y ver a Abel, pero por lo visto estaba condenada al encierro. Saqué mis lentes y mis guantes y me los puse. Al llegar a la escuela bajé del coche y me fui caminando sin volver la vista atrás, como una niña emberrinchada. Me odié a mí misma, pero no lo pude controlar. Todo salía mal, odiaba mi vida, era demasiado difícil. Algo era seguro: no iba a ir a ninguna clase, quería hablar con Iván de inmediato.

Llegué a su oficina y me recibió como si hubiera estado esperando. Señaló la silla frente a su escritorio y me senté. Guardé los lentes y fingí buscar algo en mi mochila, necesitaba unos segundos para ordenar mi cabeza.

—Te ves bien, después de tu aventura de ayer.

—Sí… Muchas gracias.

—No puedes esperar hasta mañana para hablar conmigo, ¿o sí?

—No —respondí. No quería ser grosera, pero estaba muy nerviosa. Iván tenía ese efecto. Me había rescatado y curado, pero seguía teniendo la sensación de que él había tenido algo que ver con mi accidente.

—Empieza con el interrogatorio, entonces.

Todavía no podía verlo a la cara. Miré sus manos entrelazadas sobre el escritorio, con uñas delgadas y brillantes como las mías. Las tenía cortas, no como los vampiros de las películas.

—El hombre de la camilla… —murmuré, insegura. Quería preguntar con firmeza, pero mi carácter se ablandó al escuchar su voz.

—¿Por qué importa tanto ese hombre?

—Porque se murió. Y yo lo sentí. Estaba segura de que estaba teniendo un infarto y luego supe que era él.

Iván se echó a reír. Sus manos permanecieron inmóviles en la misma posición de antes. No soportaba que se burlara de mí, que me hiciera sentir como una niña chiquita y estúpida.

—¿De qué te ríes? Yo no sabía que iba a morir. Nunca te hubiera dejado…

—Me río de tu infarto, Maya. Debías de saber que nunca puedes tener un infarto, estás muerta. Y ese hombre no te salvó altruistamente.

—¡Pero ya está muerto!

—Sí, no deberías gastar más preguntas en ese hombre.

—Pero...

—Sí, está muerto, ya lo sé. También lo estaría si te hubieras cruzado con él una noche oscura, ¿no? Y sufrió mucho menos de esta forma. —No lo dijo a modo de acusación, como la primera vez que mencionó mis cacerías. De cualquier modo respondí, ofendida:

—¡Yo sé lo que sufrió!

—Crees que sabes, pero es sólo un reflejo. Tu hombre en el callejón, ¿crees que se la pasó mejor? —preguntó. Odié que se refiriera a ese desgraciado como «mi hombre».

—Pues yo no sentí nada.

—Ah. Y entonces crees que él no sintió nada tampoco.

—No sé, tal vez sólo los inocentes sufren o algo así —respondí entre tartamudeos. Ya había pasado de nuevo: estaba tan confundida por sus respuestas que olvidaba mis preguntas y opiniones.

—Todos sufren, Maya. Y el de la camilla no era tan inocente como crees. Lo que hacemos aquí vale más que su vida, créeme.

—¿Cómo puedes decidir eso? —pregunté furiosa. Si miraba a *través* de él, sin ver su pelo, tan brillante que parecía estar vivo, ni sus ojos, tan negros que dudé que tuvieran pupila, podía enojarme y responder.

—¿Te parece inmoral desangrar a un hombre de forma indolora y en las mejores condiciones? Es más civilizado que enterrarle los colmillos en la yugular y dejarlo morir pensando que existe el infierno.

—¿Civilizado?

—Claro. Humano, incluso. Sentiste la muerte de ese hombre porque no fue violenta. La adrenalina de la cacería eclipsa todas las demás sensaciones. Las transfusiones nos mantienen en contacto con el dolor humano, es un efecto secundario inevitable. Seguirás sintiendo el dolor físico, pero las culpas irán desapareciendo, te lo prometo. Sólo quedará la gratitud.

—¿Cómo llegó aquí? —pregunté. Necesitaba que siguiera hablando, quizá así no notaría cómo me afectaba la nueva información.

—Era un reo, si te interesa saberlo, y nada inocente. Se ofreció como voluntario para nuestro programa de experimentación genética.

—¿Sabía lo que le iba a pasar?

—Por supuesto que no. Pero no fue mucho peor que pasar el resto de su vida en la cárcel. Además recibió una generosa remuneración económica.

—¿De qué le sirve? ¡Está muerto!

—Pero su esposa y sus dos hijas no. El mundo es así, todo tiene un precio. No te hagas la inocente, Maya, te conozco más de lo que crees. Parece que no escuchaste cuando dije que era un reo. ¿Te parece que su vida era más valiosa que la tuya? Era un asesino.

—¿Y tú puedes sacar gente de la cárcel, así nada más?

—Tenemos un trato con el gobierno. Digamos que no les sobra espacio en las prisiones.

—Así que les das dinero y te dejan sacar gente para matarla —dije, y de inmediato me arrepentí. Había olvidado con quién hablaba y al recordar empecé a temblar incontrolablemente. Bajé la mirada y esperé su respuesta, aterrorizada.

—Es un país de oportunidades —dijo con cinismo, y sonrió. Levanté la mirada. Su sonrisa era malvada, pero la forma

en que iluminaba su rostro me hipnotizaba. ¿Cómo podía una criatura tan sublime ser tan cruel?

—Entonces… ¿así comen todos aquí?

—Así es. Por eso te pedí que me avisaras la próxima vez que estuvieras hambrienta.

No podía pensar con claridad. Había llegado enojada, planeaba confrontarlo y ahora estaba desarmada, como siempre. Una adolescente ignorante e insegura.

—¿Y sólo traes delincuentes?

—Si vamos a eliminar gente de este mundo, mejor que sea la mala. Tú hiciste lo mismo. Hay quienes piensan diferente. Están convencidos de que a través de la sangre pueden adquirir características de las personas. Es un viejo mito. Esos vampiros se alimentan de gente educada o con algún talento que esperan desarrollar. Eres lo que comes, dicen.

Sonreí. Mamá decía esa frase muy seguido, sobre todo cuando me veía comiendo chocolates para luego quejarme de mi acné.

—La sangre es la sangre —concluyó Iván.

Pensé en Abel y me pareció imposible que cualquier sangre diera lo mismo. Recordé su aroma y la coordinación de nuestros corazones, la manera en que el ritmo de sus latidos alteraba por completo mi existencia.

—Pero ¿no puede ser que una sangre te atraiga más que otra? Por su olor o lo que sea… —Apenas terminé la pregunta, supe que había sido un error. Iván sabría de qué hablaba. Sin querer, estaba poniendo a Abel en peligro cada vez mayor.

—Supongo que si eres romántica la sangre de alguien que te

importa sabrá mejor —respondió. No pareció darle a mi pregunta ningún significado especial—. Es como el sexo. Para algunos es mejor con amor y para otros es sólo sexo. En lo personal, creo que la sangre puede llegar a ser mucho más que alimento.

Guardé silencio y lo miré intensamente, indicándole que continuara.

—Cuando deseas a alguien, el sentimiento va más allá del hambre. Necesitas su olor, el calor de su piel, conocerlo desde dentro, consumirlo todo —dijo Iván. Tenía los ojos cerrados y había apretado los puños con pasión. Evidentemente estaba hablando de alguien específico, pero también describía lo que Abel me hacía sentir. «Quieres vaciarlo y fundirte hasta ser una misma persona», pensé, con la imagen de Abel dormido en mi mente.

—Exacto —murmuró Iván.

Mi corazón se aceleró y no supe si había pensado la última frase o si la había dicho en voz alta sin darme cuenta. Iván volvió a su tono didáctico:

—El hambre y el deseo pueden ser cosas muy distintas.

Nos quedamos en silencio unos instantes, cada uno sumergido en su propio sueño.

—Puedes estar totalmente satisfecho de alimento, pero ese olor te seduce y lo deseas, tienes que tenerlo, aunque no lo necesites. Todavía eres muy humana, así que la mejor manera de explicártelo es que puedes comer por hambre o por placer. La motivación que tengas te llevará a buscar distintas cosas.

De pronto se levantó de su silla y apoyó las manos en el escritorio. Su mirada se volvió fría e impersonal. La plática había terminado.

—Por supuesto, todo esto ya no te incumbe. Te alimentarás como te expliqué, nada de cacerías. La discreción es primordial. Esperemos que la situación se calme y que quede claro que no eres una amenaza, que no vas a hacer más tonterías. En fin. Tu primera clase terminó. Quiero que asistas a la siguiente y que procures ser más sociable. Haz amigos, diviértete.

—Oye, ¿mi mamá no sospecha de nada de lo que sucede aquí?

—No. Lucrecia no está lista para el mundo que la rodea. Es demasiado racional. De todas maneras, tienes que tener más cuidado.

—Pero…

—Sí, ya sé que tienes mil preguntas. Más que una adolescente, pareces una niña de cinco años. Ya sé que tienes que saberlo todo, pero por hoy es suficiente.

—Sólo que… no sé cuál es mi siguiente clase.

—Ve a la sala de idiomas. Estudia algo de italiano, *signorina* Cariello. Adiós.

Al decir esta última palabra agitó la mano para indicarme que debía salir de su oficina de inmediato. Me quedé inmóvil unos segundos. Iván se sentó y giró con su silla hasta darme la espalda. Después repitió el gesto con sus dedos y salí a toda prisa. Pronto fui parte de la masa de estudiantes en uno de los largos pasillos. Iván estaba lejos, pero yo sentía su mirada en mi espalda. Incluso volteé un par de veces para asegurarme de que no estaba ahí y de que era sólo mi imaginación.

Había muchas cosas que quería saber. ¿Qué era esa escuela en realidad? ¿Quién más conocía la Baticueva? ¿El gobierno sabía de la existencia de vampiros? Respiré hondo y me dirigí a la sala de idiomas. A Iván no le interesaba mucho lo que yo estudiara, era la única persona que comprendía que todo lo cotidiano había perdido su importancia. Una fragancia conocida me hizo voltear a todos lados y aspirar profundamente. Era Ottavia, estaba cerca. El recuerdo de la suavidad de su piel me estremeció. «Ni lo pienses», había dicho Sabine claramente. Agité la cabeza como para sacudir el recuerdo. ¿Por qué eran Sabine y sus protegidas una excepción? ¿Para qué me quería Iván ahí si era obvio que le irritaba muchísimo y que para él era sólo una adolescente, no, menos, una niña de cinco años?

Entré en la sala y la recorrí con la mirada. No conocía a nadie pero supe que ahí había un vampiro. No quise ser obvia y tomé asiento en la mesa más cercana. Me puse los audífonos acolchonados y la computadora frente a mí me saludó y preguntó qué idioma iba a estudiar. Había dieciséis opciones. No quería estudiar italiano. Mi padre era de ascendencia italiana y no quería conectar con él de ninguna manera. Lo último que había sabido de mí era que estaba desaparecida, quizá secuestrada, quizás asesinada en algún rincón. Y no había vuelto a llamar.

Le indiqué a la computadora que estudiaría alemán y pidió mi nombre. Maya Ca… No, Maya Huerta. De aquí en adelante, nada de italiano.

La pantalla se iluminó con imágenes de castillos, torres góticas, lagos y otros paisajes. Después aparecieron los rostros de personajes alemanes importantes, con la música de algún compositor de esa nacionalidad como fondo. Nivel uno: principiantes. La máquina saludó en alemán y comenzó a hablar. Todo lo que decía aparecía en la pantalla en alemán, en alfabeto fonético y traducido al español. Yo repetía las frases en el micrófono y el programa me felicitaba. «¿Qué quieres aprender?», quiso saber al finalizar la introducción. Las opciones eran personajes importantes, comidas típicas, lugares turísticos o conversaciones casuales. Elegí aprender acerca de la comida. El programa era divertido y fácil, y mi acento no sonaba tan mal. *Blutwurst, Steckrübeneintopf, Labskaus*. Las comidas típicas eran tan desagradables que no tenías que ser vampiro para asquearte. Cuando levanté la mirada, estaba sola en el salón y había pasado a la siguiente lección. No sabía cuál era mi tercera clase, ni me interesaba. Estudié alemán el resto del día. Nadie me molestó. Elegí aprender refranes. *Gute Miene zum bösen Spiel machen*: «A mal tiempo, buena cara». Lo intentaré. *Die Zeit vergeht wie im Fluge*: «El tiempo pasa volando». No todo el tiempo. Mi tiempo pasará lento, lento, luego todos morirán y estaré sola. *Es geht alles vorüber*, dijo la mujer desde la pantalla. «No hay mal que dure cien años». «Pero sí que lo hay», pensé, «el mío, mi mal va a durar cien años, o más». La emoción que sentía por descubrir que se me facilitaba el alemán, desapareció por culpa de los refranes.

Mátenme porque me muero

Caifanes

VEINTISÉIS

ú eres mi prioridad. Poco a poco he ido refiriendo a todos mis pacientes con otras terapeutas. Voy a ocuparme de ti.

Mientras decía esto, mamá tenía las manos sobre mis hombros y me zarandeaba suavemente. O sea que se iba a pasar las tardes vigilándome. ¿Qué íbamos a hacer las dos juntas en la casa todos los días? Necesitaba correr, brincar, ir al banco, explicarle a Abel. No podía estar ahí encerrada, había mucho que hacer.

—¿Vas a dejar de trabajar? ¿De qué sirve eso?

—Ya tomé la decisión. Y te lo digo con todo el amor del mundo: si no haces lo que digo, haré lo que sea necesario, cualquier cosa. No estoy enojada contigo, al contrario. Te adoro y no había notado cuánta ayuda necesitabas. No voy a dejar que te sigas lastimando. No me lo perdonaría. Vamos a volver al psiquiatra y voy a supervisar que tomes tus medicamentos y vayas a la terapia que yo considere mejor. Nunca vas a salir sola, y voy a revisar tus llamadas. Y si esto no funciona, pues… Encontraremos la manera, pero te prometo que vas a estar bien. Te lo prometo.

No podía ni parpadear. La miré largamente mientras ella esperaba que su mensaje penetrara en mi cerebro. ¿Iba a revisar mis llamadas? ¿Qué se estaba imaginando?

—Dices que estabas desmayada y que no sabes lo que ese tipo te hizo. Yo creo que no estabas inconsciente. Estabas bien despierta, pero lo bloqueaste. Hasta que eso no salga, no te puedes curar, y mientras te estás destruyendo, porque crees que tú te lo buscaste, que fue tu culpa. No eres culpable de nada. Una mujer puede vestirse como quiera, hablar con quien quiera, incluso coquetear, y nadie tiene derecho a abusar de ella.

No quería escuchar de nuevo el discurso de la violación. Estuve a punto de interrumpirla, pero no tenía ninguna mejor historia para reemplazar la suya. Tendría que escapar o hacer que ella me acompañara a los lugares a los que tenía que ir. Recordé que Abel tenía mi celular. Ése era un buen pretexto.

—¿Me llevas a casa de Abel? Se quedó con mi celular —dije. No entendió de qué le hablaba. Estaba tan concentrada en su monólogo, que mi petición sonó completamente fuera de lugar. Parpadeó repetidamente y después se cruzó de brazos.

—¿Cuándo viste a Abel?

—Ayer. Nos vimos un rato en la plaza, tomamos un helado.

—¿Están juntos? ¿Qué ha pasado con eso?

—No. Todo está muy raro. No sé qué va a pasar.

—Yo no sé si te haga bien estarlo viendo. Tal vez es peor.

—¿Entonces ni siquiera puedo ver a Abel? ¡Perfecto! ¡Mejor enciérrame en el manicomio de una vez! —exclamé. Mi mandíbula temblaba. Tenía que calmarme antes de que salieran los colmillos y mamá tuviera que ver lo que yo era realmente. Respiré hondo, lo cual no tuvo ningún efecto, y después comencé a repetirme que ella no podía entender, que había sufrido mucho, que estaba haciendo lo que cualquier madre haría en su lugar. Ella creía lo mismo, que yo hacía lo que cualquier adolescente. Pero no era eso, ni rebeldía ni inmadurez. Era pura torpeza. No había tenido cuidado. Mamá no se conmovió con mi berrinche. Estaba realmente decidida y segura de que hacía lo mejor. Se cruzó de brazos y asintió para darse fuerza.

—Todo va a estar bien. Tenemos una cita con el psiquiatra a las cinco y media, te puedo llevar por el teléfono antes. Salimos en quince minutos.

Se dio la media vuelta, y yo me quedé parada en la sala. Necesitaba ir al banco, tener todo preparado por si tenía que huir apresuradamente. Tenía que escribir la carta para mamá, explicarle a Abel… y en eso, como si lo hubiera invocado, el olor inconfundible del amor de mi vida llegó flotando y se metió por la ventana abierta de la cocina. Salí corriendo y el sol de la tarde comenzó a cocinarme de inmediato. El olor a chamuscado era insoportable, mi piel se caía en pedazos si no regresaba a la sombra de inmediato. De vuelta en la sala no pude evitar dar pequeños brinquitos. Lo que necesitaba era una buena carrera para calmar mi ansiedad, pero Abel estaba a la vuelta de la esquina y mamá había decomisado mis guantes, gorras y lentes oscuros. Estaba convencida de que todo era parte de una fantasía esquizofrénica o algo así, y de que no era bueno dejarme usarlos. El comportamiento afecta a las ideas y las ideas afectan al comportamiento, había dicho. No tenía ningún argumento contra eso. Sabía dónde había guardado todo bajo llave, y podía destrozar su cajón de un golpe. No lo haría, claro. Conseguiría cosas nuevas y las escondería. O tal vez debía mostrarle cómo la piel se me achicharraba al menor contacto con el sol. Sí, eso era mejor idea. No tenía que mentirle acerca de eso. Aunque quizá diría que yo lo provocaba inconscientemente. En fin. Mi mente dejó de funcionar, y hasta la vena más diminuta de mi cuerpo golpeó con fuerza dentro de mí. Ahí estaba, la diferencia entre el hambre y el deseo. Abel tocó el timbre y corrí a la puerta. Sólo entonces percibí que no venía solo. Su cercanía me distraía tanto que no había notado que su horrible hermana lo acompañaba. No tenía tiempo para esa escena. Quería verlo a él. No tenía nada que hablar con ella, y mucho menos con los dos a la vez. El timbre volvió a sonar.

—¡Ve a ver quién es, Maya, por favor! —gritó mamá desde su cuarto. Podía escapar por la sala. Salir corriendo. Mamá bajaría y tendría que decir la verdad: que no tenía ni idea de dónde estaba yo. Luego volvería, le diría que estaba escondida, que no quería ver a nadie. Escapar era la mejor idea, pero empecé a avanzar hacia la puerta. No podríamos hablar. Valentina estaba ahí. Quién sabe qué pasaría si me hacía enojar. Su cara podría quedar como la pantalla de su computadora. Abrir era mala idea, pero no podía evitarlo. Detrás de esa puerta estaba Abel, y todo mi ser ansiaba llegar hasta él.

—Tenemos que hablar —dijo a modo de saludo. El tiempo se detuvo durante los segundos que a mi cuerpo le tomó acostumbrarse a las alteraciones que sufría en su presencia. Mi corazón imitó el ritmo del suyo, que estaba acelerado a causa de los nervios y la angustia. Mi sangre galopaba locamente, despertando cada pedacito de piel. Las encías me hacían cosquillas, pero lo que venía era tan estresante que el deseo se fundió con muchos otros sentimientos. Estiré la mano y rocé su pecho por sobre la playera. Ignoró mi gesto y los dos entraron hasta la sala. Valentina ni siquiera saludó y evitó mi mirada. Presentí que no sabía nada de mi confesión, pero podía escuchar su pulso acelerado y oler su miedo, cómo sudaba bajo su horrible playera rosa y se preguntaba si la habíamos descubierto. No sabía muy bien a qué la traían, tenía la vaga esperanza de que Abel intentara una reconciliación estúpida e inocente entre las dos. Se me escapó una pequeña sonrisa de placer. Disfrutaba verla sufrir, imaginar el terror que sintió al darse cuenta de que el «ladrón» había estado en su cuarto mientras ella dormía plácidamente.

—No tengo mucho tiempo, en diez minutos tengo que irme con mamá al doctor —anuncié en el mismo tono serio en que Abel había saludado.

—Está bien. Hay mucho que hablar, pero podemos aclarar lo principal. Hace unos días alguien entró a nuestra casa, rompió una ventana y destruyó la computadora de Valentina —comenzó Abel. Abrí la boca para comenzar a reclamar, pero la voz de mamá nos interrumpió.

—¿Quién es, Maya? ¿Estás lista?

—Es Abel, mamá. Ya casi se van —respondí a gritos. Sentí la mirada de Valentina fija en mi rostro y clavé mis ojos en ella. Su actitud era diferente. Ahora creía que su hermano venía a defenderla, aunque no le quedaba muy claro de qué. Era poco probable que se le ocurriera que yo había sido la que destrozó su máquina.

—Ayer en el teléfono tú dijiste que tenías una buena razón. Quiero saberla ahora mismo —dijo Abel mientras me miraba, nervioso. Valentina abrió mucho la boca y contuvo la respiración. Aún no sabía hacia qué lado se inclinaba la balanza.

—Está bien —dije. Ahora se desataría todo y yo no tendría tiempo para contemplarlo—. Estoy segura de que tu hermana usó mi cuenta de correo para mandarte esas historias espantosas que inventó. Está loca y es una sádica. No le importó que por culpa de sus correos te cortaras las venas en el piso del baño.

Tenía mucho más que decir, pero antes quería ver la reacción de Valentina. Se puso más blanca que yo, y por un momento creí que iba a desmayarse o algo así.

—¡Tú le hiciste creer que era su culpa! ¡Que todo lo que te pasó fue su culpa! —chilló, mientras me acusaba con el dedo. Estaba imitando la escena de alguna película y quise arrancarle su brazo estirado y después sacarla de mi casa de una patada.

Abel cerró los ojos y negó con la cabeza.

—Entonces… ¿sí escribiste esos correos? ¿Inventaste todo eso? ¿Estás loca?

—¡Y tú nunca dijiste qué te pasó en realidad! ¿Por qué? ¿Para hacerte la interesante? ¡Sólo lo hiciste sufrir! —seguía gritando Valentina. Abel estaba inmóvil. Parecía genuinamente sorprendido de que su hermana fuera la villana—. Es mejor para él que no te le acerques, si lo quisieras lo dejarías en paz en lugar de meterlo en todos tus traumas.

Mis puños estaban tan apretados que temblaban por el esfuerzo. Era la tercera vez en el día que mis colmillos querían salir y mi enojo era tal, que estaba perdiendo el control. Lo que importaba era que Abel estaba conociendo la verdad. «Te cree», pensé. «Ella ya no puede hacerte nada. Déjala. Cálmate.»

—¿Sabes lo que sentía cada vez que leía una de esas cartas? —preguntó él con la voz entrecortada. Vi su rostro desfigurado de dolor y ya no supe si la verdad era lo que más le servía a Abel. Tal vez era demasiado terrible para él. Sentí el pecho oprimido, no podía hacer nada para aliviar su sufrimiento.

—Pero… —lloriqueó Valentina, y se llevó las manos al pecho. «Eso, defiende tu corazón, porque si estuviéramos solas te lo arrancaría de entre las costillas.»

—¡Quería morirme! ¿Entiendes eso? —gritó Abel. Valentina retrocedió, asustada. Los ojos verdes de Abel estaban inyectados en sangre. Su hermana comenzó a llorar y volteó a su alrededor, como buscando a alguien que estuviera de su lado.

—¿Cuál es tu problema? ¿Por qué no quieres que estemos juntos? —le pregunté en un gruñido. Entonces escuché los pasos de mamá en la escalera. Había oído los gritos y venía a ver qué pasaba.

—¡Te hablé! ¡Mil veces! ¡Eras mi mejor amiga! —gritó Valentina. En ese momento mamá llegó a la sala y me rodeó con los brazos.

—¿Qué está pasando aquí? Maya no necesita esto ahorita, por favor váyanse —dijo firmemente. Valentina estaba sollozando y noté que a Abel se le dificultaba respirar. Nunca había visto su rostro tan endurecido, ni en nuestras peores peleas.

—Entonces, lo que dijiste en el teléfono es verdad también —dijo Abel mirándome a los ojos.

—Entraste a mi casa, todo eso.

—¡Sí, pero tu hermana se lo merece! —respondí al tiempo que me soltaba bruscamente del abrazo de mamá. Abel se llevó las manos a la cabeza y después dejó caer los brazos a los lados. Tenía los ojos llenos de lágrimas.

—Por última vez, Maya… ¿qué está pasando? —suplicó. Abrí la boca y al instante recordé las manchas de sangre en el consultorio de Bárbara. No podía responder, lo quería demasiado—. Dime, por favor —dijo en voz tan baja, que ningún humano la habría escuchado—. Eres… ¿Qué eres? —susurró.

—No tengo nada que decir —balbuceé.

—Ya no te conozco —dijo—, esto se acabó.

La sangre comenzó a inundarme los ojos y veía a Abel a través de un filtro rojo. Avancé hacia él, pero retrocedió. Comprendí que sentía algo más que enojo: miedo. Y tenía razón. Yo era una predadora y, sí, había estado a punto de estrangular a su hermana. Todavía tenía ganas de hacerlo. Era un monstruo lleno de furia y violencia, y no podía evitarlo. Dio media vuelta y se dirigió a la puerta principal. El dolor físico de su separación fue terrible. Con cada paso sentía que un par de manos metálicas y frías me destrozaba poco a poco, me despellejaba, me arrancaba las venas como si fueran un manojo de alambres oxidados, me trituraba el corazón. La noche que encontré sus cicatrices y corrí hasta su casa, me había mirado con temor, pero esto era diferente, definitivo. Abel ya no reconocía en mí a la persona que había amado. No quería estar conmigo. Lo dejé irse porque no tenía fuerzas para nada más. Valentina salió corriendo y trató de agarrarle el brazo. Él se soltó y dio un paso hacia atrás.

—No quiero saber nada de ti. No existes —dijo fríamente. Oí cómo Abel se subía a su coche y cerraba la puerta, oí el motor del coche alejándose, y a Valentina ahí, afuera, llorando todavía. La había abandonado.

—Maya, ¿estás bien? ¿Qué está pasando? —preguntó mamá, alarmada. Siguió hablando, pero la oía muy lejos y no entendía nada. Los últimos rastros de Abel estaban difuminándose en el aire. Respiré profundamente y me recorrió un escalofrío. Se había ido. Abel me odiaba y no había forma de explicarle. En el fondo Valentina tenía razón. Lo mejor era dejarlo en paz, lejos de todos los peligros que ahora formaban parte de mi vida. Pero que me tuviera miedo… ésa era la peor sensación del mundo. Mis piernas se rindieron y caí al suelo. Mamá se agachó y comenzó a acariciarme la cara mientras seguía hablando. Ésa había sido mi despedida, tenía que dejarlo ir. Iván tenía razón: mi vida, como la conocía, había terminado. Pero se había equivocado en algo: el corazón de un vampiro sí puede detenerse. Y, también, romperse en pedazos.

No hay dolor en la voz. Sólo existen los dientes,
pero dientes que callarán aislados por el raso negro

Federico García Lorca

VEINTISIETE

Que yo sufriera por una pelea con mi novio era la primera reacción normal que mamá me veía en semanas, así que no se preocupó demasiado. De hecho, tal vez hasta le alegró que un problema adolescente y «real» me anclara a este mundo y sirviera como distracción de mi esquizofrenia. De todas formas, no estaba dispuesta a cambiar la cita con el psiquiatra, así que me dejó tirada en el piso unos minutos y después insistió en que nos fuéramos. «Otra pelea», debía de estar pensando. No era más importante que las explicaciones mágicas que este nuevo doctor encontraría para calmar su ansiedad. Ponerme en pie fue muy difícil. Caminé como robot hasta el baño de visitas y me miré en el espejo. Incliné la cabeza hacia un lado y hacia el otro. Me había forzado a no llorar, y ahora no tenía ganas. La desesperación desapareció, el dolor también. No quedaba nada, no sentía nada, era como una muñeca automatizada. Me enjuagué la cara y me arreglé un poco el pelo. Vamos al psiquiatra. Enciérrenme donde sea. No importa.

—¿En qué las puedo ayudar? —comenzó el doctor. Mamá volteó a verme y esperó a que yo hablara, pero mi respuesta a la pregunta iba a ser demasiado corta: «En nada. No nos puedes ayudar en nada». Mejor guardé silencio y la escuché narrar su versión: yo había tenido una experiencia traumática, me habían drogado y probablemente abusado de mí (y yo decía no recordarlo, pero seguramente lo estaba bloqueando), y había desaparecido por semanas. Contó de mi comportamiento, mi nivel académico, mi nuevo colegio, mis «alucinaciones paranoicas», mi ropa, mi horror al sol, mis heridas, mi inapetencia, mi soledad, mi cansancio...

—Fue a una terapia, pero desafortunadamente su psicóloga tuvo que salir de la ciudad por tiempo indefinido. Cuando la llevé al hipnotista fingió estar en trance e inventó una historia que resultó no ser cierta. Es como si viviera en un mundo extraño, la siento cada vez más lejos y no sé cómo ayudarla. El doctor opinó que la paranoia era normal para alguien que había vivido una experiencia como la mía. Inventarle historias a los doctores era una típica actitud adolescente, así como vestirse de formas extrañas, sobre todo si éstas irritan a los adultos. El cambio de escuela, en su opinión, no había sido buena idea, pues después de lo ocurrido necesitaba yo algo de estabilidad.

—¿De qué escuela se trata?

—Es el Instituto Montenegro —dijo mamá, intentando ocultar su orgullo.

—Ah, un colegio muy prestigioso. ¿Cómo te has sentido ahí, Maya?

—Bien.

—¿Sólo bien? ¿Qué hay de la presión de entrar a un nuevo

colegio del más alto nivel, conocer nuevos amigos, ¿encajar? ¿Nada de eso te afecta?

—No.

—¿Qué más ha sucedido desde tu regreso?

—Pues… sí —respondió mamá—, creo que la relación de Maya con su novio no ha vuelto a la normalidad, y eso le afecta. Hoy, de hecho, tuvieron una pelea muy fuerte. Parecía algo definitivo, pero la verdad es que ellos siempre se están peleando.

—De acuerdo —dijo el doctor, y siguió apuntando en su libreta. Después volteó a verme—. ¿Estás enojada porque te trajeron aquí? —preguntó en un tono asquerosamente condescendiente.

—No —respondí. Una cosa era que me dejara llevar ahí y otra muy diferente que le contara toda mi vida a un nuevo doctor que no haría nada útil.

—¿Cómo ves tú las cosas? ¿Crees que necesitas ayuda?

—Sí.

—¿Por qué?

—Por mamá.

—Ella sólo está preocupada por ti.

—Ya lo sé.

—¿Siempre eres así? ¿Reservada? Mamá soltó una carcajada irónica.

—*Nunca* es así. Está enojada porque le dije que iba a estar al pendiente de ella y revisar sus llamadas.

—No estoy enojada.

—Claro que sí —afirmó, y después se dirigió al doctor. —Necesito poder ayudarla, doctor, a veces siento que se me va…

Nadie quería escuchar mi opinión y yo no tenía mucho más que decir. Guardé silencio y me refugié en la nube gris y confusa de mis pensamientos.

—Maya, mi vida, ¿cuánto tiempo llevas ahí parada?

Estaba parada a la mitad de la sala de mi casa, afuera estaba oscuro y realmente no tenía ni idea de cuánto tiempo llevaba ahí. Volteé a ver a mamá en busca de una respuesta y en vez se acercó con una mantita en las manos.

—¿Qué te pasó en la cara? ¿Te lavaste con agua caliente o algo? ¡Pareces quemada!

No sonaba terriblemente alarmada, así que no dije nada. El ardor de mis quemaduras se había calmado horas atrás y ella apenas lo notaba. Me envolvió con la mantita. ¿Por qué cree que tengo frío? Ha visto demasiada televisión. En las películas los bomberos y policías siempre envuelven a las víctimas con una mantita y les dan de tomar algo caliente. Me dejé guiar al sillón. En eso sonó el timbre y mis sentidos estaban tan atrofiados que no tuve ni idea de quién era. Mamá corrió a abrir. Era Simona y traía una maleta. Se saludaron e intercambiaron algunas frases que no pude oír. Seguramente eran acerca de mi estado.

—No quiero ver a nadie —dije con voz de robot.

—Yo sé, chiquita, pero yo sí. Tengo que mantenerme fuerte para poder ayudarte mejor.

Simona se paró frente a mí y agitó su mano a modo de saludo. Le respondí levantando unos dedos del brazo del sillón. Subieron y se encerraron. Agradecí no poder escuchar, seguramente mamá se estaba quejando desconsoladamente. No podía lidiar con eso; no tenía la energía. Había hecho lo mejor posible y todo salía mal. Había perdido a Abel y ahora mamá buscaba deshacerse de mí, llevarme a algún lugar a que me «repararan». Me quité la cobija de encima y la dejé caer. Era imposible que sintiera frío y ya no tenía que fingir que estar envuelta servía de consuelo. Me acosté en el sillón y traté de pensar en algo, pero era imposible. Pronto llegó la ansiada oscuridad.

No existe una persona
que no sea peligrosa para alguien

Marie de Sévigné

VEINTIOCHO

Llegamos juntas al instituto, y mamá me guió directo a la Dirección. La vida seguía, no cabía duda. Sabine estaba ahí, como esperando algo, e Iván le encomendó la tarea de asegurarse de que yo llegara a tiempo a mis clases del día. Mientras me alejaba, alcancé a escuchar que Iván invitaba a mamá a pasar y le preguntaba cuál era el problema; luego le decía que podía confiar en él. Eso no me gustó nada. Yo seguía sin saber si podía o no confiar en Iván.

Sabine y yo avanzamos por el pasillo en completo silencio. Pensé que era extraño que Ottavia y Erika no estuvieran con ella. No analicé más la cuestión, era incapaz de retener un pensamiento por más de unos segundos. No podía ni percibir los aromas de las personas, era como si todo mi ser estuviera adormilado.

—Es algo referente al mundo humano, ¿no? —preguntó Sabine dentro de mi mente. Su habilidad me irritó profundamente.

En ese momento habría dado lo que fuera por poder evitar que se metiera de esa forma en mi cabeza.

—No hay ningún otro mundo —respondí fríamente.

—Sí lo hay. Éste, el de los que son como tú.

—En tu mundo hay algunos que no son como tú —dije con rencor. No me importaba parecer una loca que iba por los pasillos hablando sola.

—Te refieres a Erika y Ottavia.

No respondí y seguimos avanzando hacia uno de los laboratorios. Entramos y ella ocupó su lugar como compañera de laboratorio.

—No deberías envidiarlas —infiltró.

—No las envidio a ellas, sino a ti —dije en voz baja—. Saben lo que eres, y puedes estar con ellas sin que nadie las amenace. De hecho, también las envidio a ellas, son jóvenes y tienen toda la vida por delante, una vida normal.

Algo me hizo voltear hacia atrás. Ahí estaban los rostros sonrientes de dos de los estudiantes orientales que había visto el primer día, los que se vestían iguales. Inclinaron la cabeza hacia el mismo lado al mismo tiempo y yo asentí a modo de saludo. Después se volvieron para hablar entre ellos en chino. «Si tengo tanta facilidad para los idiomas», pensé, «voy a aprenderlos todos para que nadie pueda hablar de mí a mis espaldas». Después se cerró la puerta y volteé al frente: el maestro había llegado. Era un hombre gordo y calvo, y vino directo hacia mí.

—Maya Cariello Huerta —dijo con su voz aguda—, mucho gusto. Esperemos que tengas una inclinación por la química inorgánica, si es así, nos veremos muy seguido. Aquí están la práctica de hoy y las lecturas que debe hacer para ponerse al corriente. Habrá que repasar su química básica y orgánica. Si tiene alguna pregunta puede venir durante cualquier recreo. Siempre estoy aquí y me dará muchísimo gusto auxiliarla.

Asentí con la cabeza deseando que se alejara. Algo en él era repelente. Abrí el fólder que me tendió: era un resumen que comenzaba con la tabla periódica y terminaba con la práctica de ese día. Finalmente se alejó, no sin antes mirarme de pies a cabeza con expresión indescifrable.

—Yo también puedo ayudarte —dijo Sabine en voz alta. Su acento era más marcado cuando hablaba en voz alta—. Es la segunda vez que tomo este curso.

—¿Por qué no tomas otros cursos y aprendes otras cosas?

—Hago lo que se necesita.

«Quieres decir lo que Iván necesita», pensé.

—De cualquier manera —continuó en mi cabeza—, tienes que saber que sus vidas son todo menos normales. Créeme. Tienen que permanecer encerradas en el instituto para no estar en peligro y vivir en uno de los departamentos de Iván, bajo tierra.

Pensé en la Baticueva. Los departamentos debían estar por ahí.

—Iván las vigila, igual que a todos nosotros, aunque son humanas.

El maestro comenzó a explicar algo, y entonces saqué una libreta y escribí:

¿Y por qué a ellas?

—Para asegurarse de que no le dicen a nadie lo que saben.

¿Cómo nos vigila?

Apenas acabé de escribir cuando me encontré mirando discretamente a mi alrededor en busca de cámaras de video y micrófonos.

—A través de la sangre. Todos tienen que darle una muestra periódicamente. Puede ver lo que vemos y oír lo que oímos, pero no puede leer nuestras mentes. Y vigila a demasiada gente, lo cual debe ser confuso.

Me quedé pensando unos instantes. ¿Cuándo me pediría Iván una muestra? Porque no estaba dispuesta a darle nada. Era demasiado. ¿Qué era lo que pasaba ahí realmente? ¿Qué obligaba a Ottavia y a Erika a permanecer encerradas? El enojo comenzó a despertarme de mi letargo. A Iván no podía importarle menos que yo permaneciera en mi antigua escuela, «desperdiciando» mi potencial. No me había traído para ayudar o porque sería más feliz, como había dicho, sino para controlarme. Pero ¿por qué a mí? ¿Qué podía hacer yo? Y volvía a la pregunta de siempre… ¿Por qué me eligió M.? Era muy extraño. La memoria de Abel me destrozaba el alma con la regularidad de un latido, pero tendría que aprender a bloquearlo y concentrarme en lo que sucedía a mi alrededor. Este nuevo mundo tenía demasiadas reglas y misterios, y tendría que estar más atenta para evitar que éstos me arrastraran.

Entonces puede leer mis preguntas.

—Así es.

Pero leer mi mente, no.

—Es capaz de otras cosas, de eso no.

A veces parece que lo hace.

—Es muy perceptivo, tanto, que puede parecer que vive dentro de una…

¿De qué es capaz?

—Mueve cosas, gente. Puede hacer que vueles por los aires, que te sientes, que te calles…

Eso lo comprobé en carne propia.

—Pues eso es lo principal. Sabe curar heridas, como también has comprobado. Y tiene un poder de persuasión… Cuando me mira con esos ojos y oigo su voz, acabo riéndome como una de sus estudiantes enamoradas. No lo puedo evitar. Imagínate actuar así a los ciento noventa y cinco años, es una vergüenza.

El rostro de Sabine estaba sonrojado y lo invadía una sonrisa tímida e irresistible. Quizá tenía ciento noventa y cinco años años, pero parecía de veinte, máximo veintidós. Se me ocurrió que la apariencia física puede influir en los actos de las personas. Si Sabine se viera de cincuenta y cinco años, seguramente no actuaría como una adolescente enamorada, tendría más cuidado. Si ése era el caso, yo sería siempre una adolescente de diecisiete años, condenada a romper las reglas y hacer lo que me diera la gana. Sabine estaba poniendo un tubo de ensayo al fuego, y yo fingí ayudarla. No tenía ni idea de lo que estábamos haciendo. La verdad es que enterarme de esos chismes fue divertido. Ahora entendía: la vida de ella estaba atada a los deseos de él.

—Siempre ha podido hacer lo que quiere conmigo —concluyó mirando hacia el suelo. —Y tú, ¿puedes hacer algo especial?

Pues… correr muy rápido y brincar muy alto, escribí.

—Claro, en mayor o menor medida, todos podemos —infiltró, mientras apuntaba unas cifras en mi hoja de práctica. Así que todos podían. Era yo, para colmo, una vampirita común y corriente—. ¿Segura de que no hay algo más? —insistió, y volteó con gesto angelical. «Puedo romper adornos de porcelana con la mano y doblar sillas de una patada, pero no cabe duda de que no soy la única», pensé. Decidí no mencionarlo.

A veces tengo… presentimientos.

—¿Cómo funcionan? —infiltró. «No respondas», dijo mi intuición, «no sabes si puedes confiar en ella». Pero mi necesidad de demostrar lo especial que era, venció.

A veces puedo intuir cómo se siente alguien, si está mintiendo… Y a veces veo escenas en mi cabeza y puedo estar casi segura de que sucedieron así en la realidad.

—Ah… Eso es muy especial —dijo en mi mente, mientras levantaba las cejas en señal de admiración. Me sentí insoportablemente estúpida. Había revelado algo importante sólo para comprobar que era especial. Tenía que ser más cuidadosa. Lo mejor era cambiar el tema.

¿Y Ottavia…, escribí, pero no me dejó terminar. Arrancó la hoja de mi cuaderno, la arrugó y la lanzó al bote de basura con un tino perfecto.

—Ya no escribas —infiltró—, no quiero hacerlo enojar. Además, creo que puedo adivinar tus preguntas.

—¿Qué hacen aquí? —pregunté en voz baja. No tenía la paciencia de ver si adivinaba o no.

—Van a la escuela, estudian, como tú.

La miré con una expresión que significaba «Ay, por favor», y sonrió.

—En verdad quieres saberlo todo. ¿No puedes simplemente disfrutar tu nueva vida y ver a dónde te lleva?

—No, aún quiero mi vieja vida —dije. Mi irritación salía por todos mis poros, no lo podía evitar. ¿Qué se esperaba de mí? ¿Qué olvidara todo lo que había vivido y estuviera dispuesta a hundirme bajo tierra y desaparecer para todos los que me conocían?

—Eres muy joven —dijo con una breve sonrisa comprensiva. Estaba harta de que todos tomaran mis sentimientos como una cuestión de inmadurez. Para Sabine era muy fácil hablar, estaba acompañada de sus seres queridos, protegidas, sobrinas, hijas o lo que fueran. Yo no era huérfana, tenía una vida a la que pertenecía y quería seguir perteneciendo. —Después te sentirás mejor. Él sabe lo que hace, sólo… Confía en él.

—¿Por qué debería hacerlo? —dije en voz demasiado alta. Un par de alumnos volteó y me concentré en el mechero prendido. Pensé en mi accidente, en el hombre de la camilla, en todos los secretos que nadie quería explicar, pero de los cuales todos hablaban de manera velada.

—Porque él sabe lo que es mejor para todos nosotros. Créeme, cuando llegue el momento, no vas a arrepentirte por estar de su lado.

—¿Hay otro lado?

—Ya entiendo por qué lo vuelves loco —dijo. Mientras hablábamos, la clase llegó a su fin. Los dos chicos chinos llegaron frente a nosotras y mostraron la misma sonrisa al mismo tiempo. Mis sentidos habían despertado un poco y supe que eran vampiros. Era increíble que no los hubiera notado antes. Ellos, por supuesto, me habían notado a mí, seguramente desde el primer día.

—¿Conoces a Zhong y Jing-Sheng? Prefiere que le digan Jing —dijo Sabine en voz alta. Negué con la cabeza y les tendí la mano. Estiraron las suyas al mismo tiempo y compartimos un incómodo saludo a tres manos. Se rieron y reí también, por primera vez en meses, o eso parecía. Era refrescante estar en presencia de vampiros que no fueran terriblemente enigmáticos o atractivos. Aunque no dudo que hayan sido considerados muy hermosos en China. ¿Qué, Iván se había ido a cazar huérfanos genios al Oriente? ¿Cuál era «el momento» en el cual yo agradecería estar de su lado? Salimos y Sabine se recargó en mi brazo como si fuera una dama y yo su acompañante. La dejé hacer.

—Los chinos son más jóvenes, ¿no?

—¿Cómo sabes?

—No sé, hay algo en ellos…

—Más jóvenes que Iván y que yo, sí. Tienen treinta y un años, o sea dieciséis años humanos y quince como vampiros.

—Y son hermanos, obviamente.

—Mellizos. De hecho, es una historia interesante. Ellos tenían una profunda conexión y nos preocupaba que pudieran perderla al convertirlos. Así que los hicimos al mismo tiempo y con la misma sangre.

—¿Quienes? ¿Iván y tú?

—Yo convierto a los nuevos —infiltró. Así que no quería que Iván escuchara eso. Al mismo tiempo, en voz alta dijo alguna tontería acerca de la clase de Cálculo a la que nos dirigíamos. Era difícil entender sus dos discursos a la vez.

—¿Por qué? —le pregunté.

—Por mi linaje. El que me hizo era antiguo, e Iván está convencido de que tengo sangre de los primeros vampiros. La más poderosa.

—Entonces… ¿tú eres más poderosa que él? —dije, sin cuidar el volumen de mi voz. La boca de Sabine se torció en una mueca y su ceño se frunció. Esa era una pregunta que podía enojarlo. Además, ella no quería ser más poderosa, quería que él lo fuera, su control sobre ella le excitaba. Era una mujer chapada a la antigua. Después de todo, tenía doscientos años, en sus tiempos como humana los hombres mandaban y las mujeres obedecían.

—El poder es algo relativo —dijo en voz alta—. Yo nunca podría hacer lo que él hace.

Volteó lentamente a su alrededor, lo estaba buscando inconscientemente, era obvio. Quería que él supiera lo que ella pensaba, que la escuchara decirlo. «Algo relativo»… ¡Por favor! Lo que pasaba es que ella quería ser la «gran mujer detrás del gran hombre», en vez de sólo la gran mujer. Nada valía más para ella que los deseos de Iván, ni siquiera Ottavia y Erika. Alguien así era peligroso. La miré fijamente: sus ojos estaban distraídos, y su olor había cambiado un poco, algo casi imperceptible. Mi mente volvió a los mellizos chinos.

—Los dos al mismo tiempo… ¿Cómo? —pregunté. Sabine estiró los brazos y me mostró las muñecas. La imaginé tirada en el piso, con los dos chinos sobre ella como buitres, bebiéndola a grandes tragos desesperados. La vi aterrada e inmóvil, pero satisfecha por hacer lo que Iván quería.

—¿No es peligroso?

—Lo fue. Muy peligroso. Durante los segundos del parto, vi el fin muy cerca.

—¿El parto?

—Los primeros segundos de los recién nacidos. Recordé el fragmento de la carta en la que M. hablaba de eso:

Para beber absolutamente toda mi sangre destrozarás mi cuerpo con esa fuerza aplastante que sólo tienen los recién nacidos. Dejarás mi corazón seco y mi carne se secará también y en cuestión de horas será sólo polvo.

Así que eso, al menos, era cierto.

—Él intentó detenerlos, pero eran demasiado fuertes. La mezcla de la sangre de ambos en mis venas hizo aún más fuerte su conexión. Se coordinaban para atacar. Estuvieron a punto de vaciarme —dijo con su acento extraño en voz muy baja. Tenía los puños apretados y cerró los ojos como para recordar mejor el dolor.

—¿Cómo los detuvieron? —pregunté. Abrió los puños como si estuviera mostrando que lo que había estado ahí, había desaparecido de pronto, y dijo:

—Sólo pararon.

No le creí. Vi a los chinos convertidos en bestias feroces, con los ojos muy abiertos, la boca llena de sangre y sus dientes chatos tratando de abrir nuevas heridas en la carne azulada de Sabine. Nunca se habrían detenido solos. Había sido ella. Era mucho más poderosa y simplemente no quería restregárselo a Iván en la cara. Y por eso él la mantenía a su lado, para usarla… pero algo no tenía lógica: si Iván quería mandar y ser el más poderoso, ¿por qué permitía que Sabine convirtiera a los nuevos con su sangre antigua? ¿Qué tan antigua era esa sangre? ¿Había sido M. uno de los antiguos? Iván había dicho que llevaba siglos sobre la Tierra.

—Pero casi mueres —afirmé.

—Estuvo muy cerca. Por eso hoy las cosas se hacen de modo diferente. Nada de colmillos, y correas de piel para sujetar a los recién nacidos.

—¿Nada de colmillos?

—Transfusiones. Todo es más limpio, y al convertirlos sin violencia, los recién nacidos son menos violentos también —dijo, y sonrió, llena de orgullo. Supe hacia quién iba dirigida su sonrisa.

—¿Idea de Iván? —pregunté. A veces parecía una mujer enamorada y otras una madre orgullosa.

—Sí. Tu conversión debió ser una experiencia terrible. Lo siento mucho.

La verdad, ese tema ya me tenía sin cuidado. No imaginaba ninguna manera «civilizada» de acabar con la vida de una persona y convertirla en un monstruo asesino. Aunque quizás estaba equivocada, Iván tenía sistemas para todo. Como si hubiera leído mi mente, Sabine continuó hablando de estos sistemas:

—Y todo el proceso de conversión lo pasan aislados, pero vigilados. Saben que no están solos. La mayoría de las veces se les inyecta morfina para ayudarlos a sobrellevar el dolor, que es espantoso.

Ese sí que era un tema interesante. Si mamá pensaba medicarme, no estaba de más saber qué sucedería.

—¿Morfina? —repetí—. Creí que los vampiros no podían consumir nada más que…

—Iván descubrió que no había efectos secundarios negativos. Evidentemente las dosis tienen que ser casi insignificantes, pues los medicamentos van directo a la sangre, no se diluyen en absoluto. Una dosis humana puede dormir a un vampiro por días y días.

—¿Y qué hay de… otras medicinas?

—No necesitas ninguna medicina. ¡Eres inmortal! —respondió, emocionada. Parecía creer que estaba anunciándome la buena noticia por primera vez. No debía darle ningún otro dato, estaba demasiado enamorada de Iván como para confiar en ella. Nos acomodamos en el salón, y el maestro de cálculo entró instantes después. Saqué mi cuaderno y comencé a anotar, para indicarle a Sabine que la conversación había terminado. Resultaba extraño que pudiera entrar a mi cabeza y dejar unas frases sin ser capaz de ver lo demás, pero ¿quién era yo para cuestionar los poderes de una vampira de doscientos años?

Para la clase de Historia se reunió toda la generación en el salón de los sillones. Yo no había tenido tiempo de adelantar ninguna de mis lecturas, y de nuevo me sentí perdida. Sabine estaba con sus dos seguidoras, que me saludaron sin disimular el poco gusto que les daba mi presencia. Además, el duende estaba ahí, pero ni siquiera volteó en mi dirección. A la mitad de la clase pedí permiso para salir y me puse a deambular por los pasillos sin ningún rumbo. Tenía ganas de pensar en Abel, de martirizarme por haberlo perdido, de recordar cada una de sus ácidas palabras. «No te conozco», había dicho mientras se alejaba, atemorizado. Abel, el único hombre que amé antes de mi muerte. Deseé tener su anillo en mi dedo, el anillo de máscara que le robé para luego devolvérselo manchado de sangre. Ese anillo ya había sido mío antes. Cuando llevábamos seis meses de novios, una de sus compañeras hizo una fiesta de cumpleaños enorme e invitó a su banda a tocar. Toda la preparatoria estaba ahí. Tocaron sus propias versiones de canciones famosas, y durante toda la fiesta yo estuve sentada frente al escenario, viéndolo mover sus dedos largos a lo largo y ancho de la guitarra. Su hermana se acercó a intentar entablar una conversación, pero la relación ya se había enfriado bastante para ese momento. A la una y media de la mañana quedaban pocos invitados, y a la banda se le estaba agotando el repertorio. Me paré por algo de tomar y escuché la voz de Abel en el micrófono.

—¿Maya? ¿Dónde estás? ¿Alguien ha visto a mi novia?

Fingí beber, pero me tiré la mitad del vaso encima. Estaba tan sonrojada que no quería que nadie me viera. Uno de sus amigos corrió hacia mí y me señaló escandalosamente. Volteé a ver a Abel y le sonreí. Sonrió de vuelta y golpeó la guitarra mientras tocaba un acorde desafinado y espantoso. «¿Qué fue eso?», le pregunté con la mirada.

—Sólo para que pongas atención —dijo. Los veinte invitados que seguían ahí alternaban entre verme a mí y voltear al escenario, divertidísimos con la situación embarazosa. Regresé a mi silla y seguí fingiendo que tomaba refresco de mi vaso vacío.

—Ahora, ¿qué? —pregunté.

—Voy a cantar una canción que te escribí —informó. Después se puso a afinar su guitarra. El cantante fue a tomar algo y los demás empezaron a enrollar sus cables y guardar sus cosas. Mi emoción tomó el lugar de la vergüenza. Tosió en el micrófono y volvió a sonreír, nervioso esta vez. Comenzó a tocar y, al levantar la mirada hacia mí, se equivocó.

—Estimado público —dijo en el micrófono—, una disculpa. Volveremos a empezar.

No había quien se conmoviera, los que quedaban eran todos hombres, y casi todos estaban borrachos. Yo entrelacé

los dedos de mis manos y traté de controlar la expresión de estúpida que tenía, sin éxito. Estaba perdidamente enamorada. Abel comenzó de nuevo, y al tercer acorde entró su voz que a mí, al menos, me parecía la más hermosa y varonil del mundo. La canción se llamaba «Te conocí» y narraba el principio de nuestro noviazgo, cómo llevábamos toda la vida conociéndonos y sólo en el momento correcto habíamos visto algo más en el otro. Era sencilla, dulce y perfecta, la mejor canción del mundo. Algunos borrachos se aprendieron el coro y lo repitieron con él por el resto de la melodía. Yo lo veía casi sin parpadear, con las manos moradas por lo fuerte que estaba apretándolas. En algún momento vi a Valentina atravesar el salón para entrar al baño, seguramente a refugiarse de los celos que sentía en ese momento. Sonó el acorde final y brinqué como impulsada por un resorte a besarlo y abrazarlo.

—Espérame, espérame —dijo con prisa. Soltó la guitarra, que quedó colgando de su hombro y se sacó el anillo de máscara del dedo—. Te amo, Maya. Quiero estar para siempre contigo.

—Yo también —dije en un gritito. Como respuesta, tomó mi mano derecha y deslizó su anillo en mi dedo medio. Me quedaba enorme, así que lo cambió a mi pulgar y nos besamos largamente.

—Entonces es un compromiso —dijo. Tuve ese anillo en mi mano por meses, pero nunca le dijimos a nadie su significado. A veces, Abel me acariciaba cada dedo y al llegar al pulgar me llamaba su prometida. Entonces empezábamos a hablar del futuro lejano, en que nos casaríamos y nos iríamos de esta maldita ciudad para viajar por el mundo. Hablábamos de París, Londres,

Venecia, todas las ciudades en las que ahora yo tenía propiedades. El anillo nos acercó a ese futuro adulto que de pronto parecía más real que nunca. Estar «comprometidos» nos daba permiso para hablar de eso y soñar juntos con las distintas etapas de la vida. Hasta que tuvimos una de nuestras peleas mitológicas. Abel se paró a la mitad de la discusión, se fue y me dejó sentada en la mesa del restaurante. Pedí la cuenta, segura de que él esperaba afuera, junto al coche, pero cuando salí, ya se había ido. Después de abandonarme así, la causa ya no era relevante. Sea lo que sea que discutas, no te vas, no dejas a tu novia sola en un lugar, con la cuenta sin pagar y sin manera de volver. No llamó esa noche, ni el día siguiente. El domingo en la noche pasé por su casa y dejé en su buzón un sobre con el anillo dentro. El compromiso estaba roto. Me buscó en el colegio, yo me escondí, llamó y no respondí. Después yo lo llamé y él no respondió, en la escuela nos ignorábamos, y así pasaron semanas. Yo lloraba todos los días. Finalmente, después de una de esas exhaustivas pláticas con lágrimas y explicaciones, regresamos. Él juró que nunca más me abandonaría. No rompió su promesa hasta el día que yo dejé de ser humana.

Extendí las manos y analicé mis dedos blancos y huesudos. El anillo de Abel me quedaría grande de todas maneras. Seguí caminando por los pasillos y presentí la cercanía de un vampiro. Volteé a todos lados: era el duende. Pasó junto a mí y me rozó con el hombro. Antes de alejarse volteó y me dedicó una sonrisa extraña. No supe cómo reaccionar y seguí caminando. Iba distraída y estuve a punto de chocar con Sabine, que venía acompañada de su escolta.

—¿Dónde estabas? —preguntó inocentemente. Mientras tanto, Ottavia y Erika me analizaban de pies a cabeza. Traté de ignorarlas para responder.

—Necesitaba salir.

—Así nunca vas a ponerte al corriente —dijo Sabine, negando con la cabeza.

—La verdad es que no me importa —respondí. Tenía cosas más importantes en la cabeza, como la prueba que me aplicarían en la tarde para determinar mi grado de esquizofrenia, y el hecho de que mamá estaba decidida a vigilar cada paso mío y que yo tenía que estar preparada por si tenía que desaparecer. Necesitaba ir al banco. Cargaba la llave conmigo por si encontraba un momento para hacerlo—. De hecho, tengo que salir del instituto por una hora, más o menos. Regreso a la hora de salida.

—Hoy soy responsable de ti —dijo Sabine con una sonrisa— y sé que no puedes salir.

—Sabine, no entiendes, es urgente.

—¿Qué puede ser tan urgente? Lo único urgente es que vayas a la escuela y hagas tus tareas. Tienes diecisiete años, Maya, no lo olvides.

Habló en el mismo tono que usaba mamá cuando ya no quería discutir conmigo y su argumento final era: «Yo soy la mamá, tú eres sólo una niña.» La odié por eso. La verdad es que olvidaba todo el tiempo la verdadera edad de Sabine.

—¿Y si me voy de todas maneras?

—No te lo recomiendo —dijo, sin dejar de sonreír. «Claro», pensé enojada, «no quieres que tu Ivancito se enoje contigo». Sabine entrecerró los ojos por una milésima de segundo y podía haber jurado que era una reacción a lo que yo estaba pensando. De hecho, por un momento dudé de si lo había dicho en voz alta. La miré fijamente esperando alguna otra reacción. Nada. Lo había imaginado, sin duda.

—Por favor —insistí—, estaré de regreso en… cuarenta minutos.

Mi capataz negó con la cabeza.

—No puedo perderte de vista.

—¡Perfecto! Entonces acompáñame. Podemos ir corriendo y estar de vuelta antes de que Iván lo note.

—¿Adónde tienes que ir, que es tan urgente?

No respondí de inmediato. No estaba segura de querer decirle. «Rápido, responde antes de que sospeche algo, Maya, inventa algo.» No se me ocurrió nada. ¿Qué más daba? Había cosas más comprometedoras que ir al banco.

—Tengo que ir al banco.

—¿Por qué ahora mismo? ¿No puede ser en la tarde?

—Mamá no me deja. Es más, no sabe que tengo una cuenta. Pero tengo que sacar dinero para su regalo de cumpleaños sin que se dé cuenta. Y ya no deja que salga sola.

Sabine me miró, incrédula. La prisa con la que le había dicho todo eso me delataba. Se trataba de algo más importante que un regalo de cumpleaños, era más que obvio.

—¿Quieres escapar? —preguntó. Me quedé con la boca abierta, literalmente. ¿Qué podía responder a una pregunta tan directa. Además no es que yo quisiera escapar, es que tendría que hacerlo en algún momento—. Aquí estás más segura que en ningún otro lado. Y tienes la oportunidad de lograr una diferencia en este mundo, Maya, de formar parte… en fin. Irte no es buena idea.

Los pasillos estaban vaciándose. Los alumnos se dirigían a sus salones. «En vez de hacerme perder el tiempo», pensé, «déjame ir».

—Iván es el que dice que acabaré yéndome. No es mi elección.

—Es cierto. Pero no es el momento, e Iván entiende y respeta eso.

Toda nuestra conversación había sido en voz alta. Si Iván estaba vigilando a Sabine, ahora sabía que yo quería escapar. Pero no podía estar vigilándonos a todos todo el tiempo, ¿o sí? Estaba harta de tener que cuidar lo que decía y lo que pensaba. Quería volver a mi antiguo colegio, quería volver a mi antigua vida. Mi existencia como vampira era miserable.

—Además —agregó—, ¿a dónde irías? No sólo pareces una adolescente, lo eres. No sabes cuidarte ni conoces las reglas. Olvídalo.

Esa mujer parecía sólo un año o dos mayor, y pretendía juzgar de qué era yo capaz y de qué no. ¿Por qué no me apoyaba? ¿Qué le importaba si iba al banco o no? Me estaba enfureciendo. Si tuviera que huir, pensé, podría cuidarme sola perfectamente. Tengo dinero, casas y quién sabe cuántas cosas más.

—Entonces, ¿a qué se refiere Iván cuando dice que tendré que partir? —pregunté.

—Seguramente te enviaría con su colega al instituto europeo. Para toda la gente aquí, estarás muerta o desaparecida.

Respondió de inmediato, como si fuera un proceso conocido. Iván había dicho que todos los vampiros de Montenegro eran huérfanos. Si eso era cierto, nunca habrían tenido que desaparecer ni fingir estar muertos para nadie.

—¿Y si no quiero ir a Europa? —pregunté, sonando como la típica adolescente.

—Ahora perteneces a un mundo que tiene sus propias reglas. No puedes hacer lo que te dé la gana y ya.

—Entonces tengo que hacer lo que le da la gana a Iván, ¿no?

—No es así, Maya. No es tan radical como lo ves. No puedo explicarte todo ahora, pero confía en mí. —El tono de Sabine era distinto. Pasó de ser una mamá regañona a una amiga comprensiva. Me quedaba claro que no podía confiar en ella. Al parecer, no podía confiar en nadie. —Es más, ¿sabes qué? Te acompaño al banco. Vamos rápido, acabas con tu pendiente y volvemos, ¿está bien?

Asentí. Quería ganarse mi confianza y por eso había cambiado de opinión, pero yo no caería tan fácilmente en su trampa. Simplemente haría lo que tenía que hacer y no le diría nada. Nunca.

—Vamos en mi coche. Será más discreto —ofreció. Después me dio la espalda y se puso a hablar en alemán con sus protegidas. Gracias a mi clase, entendí algunas palabras: «auto», «tarde», «silencio». Se despidieron de ella (para mí, ni una mirada) y comenzaron a caminar hasta dejarnos atrás. Sabine y yo nos dirigimos al estacionamiento, y me mostró cuál era su auto. No tenía nada de especial. Subí en el asiento del copiloto, y arrancamos. Llegamos a la salida y nos topamos con el portón cerrado. El vigilante salió de su caseta y nos preguntó por nuestro permiso.

—Llama a Iván —le ordenó Sabine. La volteé a ver, alarmada. Era posible que Iván ya estuviera enterado de lo que pasaba, pero no era necesario informárselo más detalladamente. El vigilante obedeció y la puerta se abrió. Así que estábamos saliendo con permiso. Eso significaba que el director también quería que Sabine se ganara mi confianza, o que a los dos les interesaba saber cuál era mi urgencia. «No importa», pensé, «entraré sola a la caja fuerte y nadie sabrá nada».

Llegamos al Banco del Sur y Sabine ofreció esperar en el coche. Me acerqué al mismo tipo de la última vez y me reconoció.

—Señorita Maya, ¿en qué podemos ayudarle?

—Vengo a ver mi caja —respondí, y le mostré la llave.

—Claro —dijo, y me mostró una bitácora donde debía registrarme. Firmé y fuimos hasta la bóveda. Puso su llave en la caja 243 y preguntó si necesitaba algo más. Cuando estuve sola saqué la caja, la llevé a uno de los cuartitos y cerré la puerta con llave. Mi corazón se aceleró al recordar que todo lo que estaba ahí dentro era mío. La abrí y hasta me sorprendió encontrar todo tal cual lo había dejado. Nadie más sabía lo que contenía, nadie más tenía acceso. Saqué la bolsa de terciopelo negro y deshice el nudo. Tomé 10 paquetes de cinco mil dólares cada uno y los metí en mi mochila. Me llevaría la mitad y le dejaría la mitad a mamá. No, era muy poco. Dupliqué la cantidad y cerré la bolsa. Ahí, bajo todos los sobres rotulados con nombres de ciudades, estaba la caja de madera tallada. La saqué y estaba a punto de abrirla cuando se me ocurrió ver si había algo más. Encontré un libro forrado en piel, parecía un diario antiguo. Lo saqué y comprobé que eso era, exactamente. ¡El diario de M.! Lo abrí y encontré una hoja suelta que decía mi nombre. Tenía fecha de dos años atrás.

Dicen que cuando uno escribe, incluso cuando se trata de un diario íntimo, lo hace para que alguien más lo lea. Yo siempre escribí para mí, porque no podía hablar de mi vida con nadie y porque quería recordar cada momento, y en una vida eterna uno comienza a olvidar. Tu vida humana está cercana a su fin y no te enseñé nada, ni siquiera te acompañaré en tu proceso de conversión. Destruí todas mis memorias y te dejo sólo este tomo porque contiene la única lección que puedo legarte: la vida, incluso eterna, no vale la pena en soledad.

Cerré la hoja y la metí entre las del diario. Abracé el libro con los ojos llenos de lágrimas. Lo había escrito un asesino, un monstruo que sin piedad me robó la vida y me condenó a la existencia más miserable que se podía imaginar. Pero había pensado en mí. Lo había planeado todo. Era, de cierta forma, mi padre. Metí el diario en mi mochila con mucho cuidado. De pronto parecía la cosa más valiosa de la caja. Me limpié un par de lágrimas rojas y suspiré. Ya había tardado demasiado, tenía que volver con Sabine. Tomé la caja de madera y la abrí. Adentro había otra caja, o más bien una especie de estuche extraño de plástico. Una lucecita verde parpadeaba cada tres segundos. Apreté un botoncito gris para abrir el estuche y vi dentro un tubo de vidrio lleno de sangre. Debía contener más de medio litro. El estuche extraño la mantenía fría, seguramente tenía una batería en algún lado. Un tubo de sangre. ¿Por qué me dejaría eso M? ¿Para alguna emergencia? Parecía haberse tomado demasiadas molestias para algo tan tonto. ¿De quién era esa sangre? Debía volver al auto. Quizá en el diario estaba la respuesta. Cerré el estuche y sonó un «bip» agudo. Acomodé el contenido de la caja

fuerte y la cerré. A los pocos segundos cambié de opinión. Volví a abrirla y tomé el sobre que contenía las llaves de la casa en El Prado. Las guardé en mi bolsa del pantalón y busqué en los papeles el nombre de la calle y el número de la casa, aunque seguramente la encontraría sin problemas: era gigantesca. Memoricé los datos y devolví la caja fuerte a su lugar. Tomé mi llave y toqué el timbre para indicarle al ejecutivo del banco que había terminado. Le dio la vuelta a su llave y me acompañó afuera. Le agradecí y estaba a punto de salir corriendo cuando escuché mi nombre.

—Disculpe, señorita Cariello. El notario que contrató su caja fuerte vino a dejarle este sobre. Pidió que se lo entregáramos la próxima vez que viniera.

Me tendió un sobre con mi nombre impreso. Lo tomé y salí corriendo.

Quien quiere a su madre no puede ser malo

Alfred de Musset

VEINTINUEVE

Cuando mamá y yo llegamos a la casa, Simona nos esperaba con la comida preparada. Detecté el olor a sopa de lentejas y pescado hervido desde el coche y dejé de respirar, pero era demasiado tarde. Entramos y nos saludó alegremente. Mi tía se había casado muy joven con un millonario de la construcción que la dejó viuda (y millonaria) a los veintiocho años. No tuvieron hijos, y ella se dedicaba a lo que le daba la gana cada día. En algún momento había decidido ser artista, pero eso no funcionó. Tomó cursos de cocina y aprendió a tejer, pero no se volvió experta en nada. Lo que más le gustaba era viajar y lo hacía muy seguido, tomaba cruceros de un mes y cosas por el estilo. Siempre invitaba a mamá, pero ella no quería dejarme sola, y además le apenaba que Simona pagara. Lo que hacía mi tía todos los días, cuando estaba en la ciudad, era un misterio.

Subí a mi baño, me encerré y abrí la mochila. Ver esa cantidad de dinero me hizo sentir que había hecho algo prohibido. Era demasiado extraño. Saqué el diario. Quería leerlo todo de un tirón, pero no era el momento. Mamá estaba llamándome a comer. Volví a guardarlo y saqué el sobre rotulado. Lo único que contenía era la tarjeta de presentación de un notario y atrás, con pluma azul, decía: «Lo que necesite, a cualquier hora.» Y un número de celular. ¿Qué podía necesitar de un notario? Aunque ese notario conocía a M. Quizá sabía algo más acerca de él y de los sobres de la caja fuerte con nombres extraños. Oí la voz de mamá. Ya tenía que bajar y fingir comer. Después volveríamos al consultorio del psiquiatra para que me pusiera un título que calmara a mamá y la hiciera creer que podían arreglarme.

Bajé al comedor y, apenas llegué, Simona y mamá callaron. No tenían que disimular, sabía que sólo hablaban de mí y de lo difícil que le hacía la vida a mi pobre progenitora.

—Encontré esto en el buzón —dijo mamá, agitando mi celular.

—¡Mi teléfono! —exclamé. Quién sabe por qué me emocionó tanto recuperarlo. A los pocos segundos mi ánimo decayó de nuevo: Abel había venido a dejarlo. Pensar en él me puso triste de inmediato. El teléfono estaba completamente descargado y pedí permiso de subir a conectarlo. Tenía seis mensajes sin escuchar. Tres eran de mamá y tres del señor Javier Galván Villanueva, el notario. Quería que lo llamara para presentarse formalmente y ofrecer sus servicios. ¿Qué servicios? ¿De qué hablaba? Volví abajo y dije que mi sopa se había enfriado. Con ese pretexto fui a la cocina y desde ahí alabé la receta de Simona.

—Pero ¡ven a comer con nosotras! —dijo mi tía.

—Últimamente hace eso, déjala —le respondió mamá en voz baja. No supe si estaba acusándome o justificando mi conducta.

Volví a la mesa y me serví un filete de pescado. Lo partí con mucha calma mientras las dos miraban fijamente. Atrapé un pedazo con los dientes y sólo entonces volvieron la mirada a sus propios platos. Me sentí enferma. Escupí el pescado en una servilleta.

—Una espina —dije. El sabor en mi boca era espantoso. Tomé otro pedazo y con la otra mano empujé la mitad del pescado a la servilleta sobre mis piernas, con un movimiento tan rápido que era imposible que lo percibieran.

—En quince minutos nos vamos —dijo mamá. Ni siquiera volteó a verme. Con su tono estaba diciendo: «Sí, claro, una espina... Haz lo que quieras, me tiene sin cuidado.» Intentaba ser paciente pero a veces no lo lograba. Una parte suya creía que yo actuaba como lo hacía a propósito, para rebelarme ante algo, por aburrimiento... Podía ver que hoy no era un buen día para ella. Me ofrecí a levantar los platos para disimular el resto del pescado en mi plato.

Subí «a lavarme los dientes» y, desde mi encierro en el baño, llamé al notario.

—Señorita Cariello —dijo a modo de saludo. Debió haber guardado mi número después de intentar llamarme. ¿Quién se lo había dado?

—Hola. ¿Es Javier Galván Villanueva? —pregunté, aunque era obvio.

—Así es. Le agradezco que llame. Antes que nada, quiero darle mi más sentido pésame. Y bueno, quería presentarme con usted y ponerme a sus órdenes.

—Gracias. ¿Qué hace usted? O sea, sé que es un notario, pero ¿en qué puede ayudarme exactamente?

—Claro. Soy notario, pero su padrino confiaba en mí un sinnúmero de asuntos.

—Mi padrino… Usted lo conocía bien.

—Lo vi algunas veces. La mayor parte de nuestro contacto fue telefónico. Pero dejó muy en claro que debía ocuparme de usted y ayudarla en lo que fuera necesario.

No tenía la menor idea de a lo que se dedicaba un notario, ni se me ocurría qué podía hacer por mí Javier Galván Villanueva.

—¿Como… qué tipo de cosas puede usted hacer por mí?

—Cualquier cosa.

—Pero a ver, un ejemplo.

—Asesorarla con sus bienes raíces, explicarle acerca de las compañías que posee, encontrar a alguien de confianza para que se ocupe del mantenimiento de los jardines de su casa en El Prado… Considéreme su asistente personal.

—Pero… —No sabía qué quería preguntar. ¿Un asistente personal? Eso debía costar mucho dinero. Quería actuar lo más adulta posible, así que adopté un tono muy serio y pregunté: —¿Y cuánto costaría esto?

Javier soltó una carcajada y me sentí avergonzada. Doblé su tarjeta en dos y estuve a punto de lanzarla al excusado.

—Su padrino se encargó de eso antes de su muerte. Usted no tiene de qué preocuparse.

—¿Cómo sabía que yo le llamaría?

—No lo sé, pero se arriesgó.

—¿Cuánto le pagó?

—Dejó un fideicomiso a mi nombre, y cada mes recibo una cantidad fija.

—¿Qué cantidad? —quise saber. El notario volvió a reírse e imaginé lo que pensaba de mí, una heredera de diecisiete años ignorante y estúpida.

—No se preocupe por eso. Lo que importa es que me considere su más seguro y fiel servidor. Llame para lo que sea, a cualquier hora y desde cualquier lugar, y haré lo posible por ayudarla.

—Mi padrino debió ser muy generoso.

—Lo fue.

—Y si quiero, por ejemplo, abrirle a mi mamá una cuenta de banco…

—Usted dice en qué banco y con qué cantidad.

—¿Usted tiene acceso a mi dinero?

—Soy el encargado responsable del dinero que posee en sus inversiones hasta que usted sea mayor de edad. Pero puede disponer de lo que quiera, cuando quiera, claro está.

Eso era muy interesante. Así que podía darle órdenes a Javier y él haría lo que yo dijera. ¿Qué cantidad de dinero hacía que un hombre le dijera a una adolescente que podía llamarle para lo que fuera, a cualquier hora?

—¿Mis inversiones? Y lo de la caja…

—La caja es suya y sólo suya. Yo solamente la compré, su padrino es el único que conocía el contenido. Y usted, claro. Estoy hablando de la Naviera y de las acciones que tiene en distintas compañías, además de la cuenta en dólares en Suiza.

Sentía mi rostro hervir. No alcanzaba a entender lo rica que era. Tenía que saber una cifra. Intenté adoptar ese tono adulto de nuevo, aunque sólo había provocado burlas, y pregunté, muy seriamente:

—¿Como cuánto dinero tengo, o sea, si juntamos todo?

—Será mejor que no hablemos más de esto por teléfono. Tengo reportes detallados que puedo explicarle cuando desee. Usted ponga el día y la hora.

—Por ahora tengo que irme… ¿No puede darme una cifra aproximada?

De nuevo esa risa. Esta vez no fue irritante, al contrario, me causó gracia. Esa risa significaba que la cifra era muy alta.

—Mientras tanto —dije—, ¿puede abrirle la cuenta a mi mamá?

—¿De qué inversión le gustaría que tome los fondos?

—No tengo idea, sáquelos de donde mejor le parezca.

—Muy bien. ¿Le parece bien en el mismo banco?

—Sí, por qué no.

—¿Y la cantidad…?

—Como no sé cuánto tengo…

—Sólo diga cualquier cantidad.

—Muy bien, un millón de pesos —dije decisivamente. Creí que vendrían unos segundos de duda por parte de Javier, pero no.

—Perfecto. Mañana estará lista la cuenta — dijo Javier de inmediato y nada preocupado.

—¿Le doy el nombre de mi mamá?

—Tengo todos los datos, no se apure.

—Claro, mi padrino le dejó los datos.

—Así es.

—¿Y podría…? —comencé. De pronto mis manos temblaban.

—¿Sí…?

—Si me llega a pasar algo, o si me voy, entonces dígale de la cuenta. Antes no.

—Por supuesto.

—Gracias, Javier.

—A sus órdenes.

—Adiós.

Colgué el teléfono y comencé a reírme. Así que al día siguiente mamá tendría una cuenta con un millón de pesos. Increíble. De haber sabido que era tan sencillo, habría dicho que le depositaran diez, o cien. Era mucho más millonaria de lo que creía. O quizá todo era una farsa. Pero presentía que no, que era real. ¡Las cosas que podría hacer con tanto dinero…! Lo primero era abandonar esa casa, que estaba llena de recuerdos desagradables. Podríamos mudarnos a la de El Prado… El único obstáculo que nos separaba a mamá y a mí de una vida fácil y llena de lujos era el origen del dinero. Nunca hallaría manera de justificarlo.

Salí del baño en el momento exacto en que mamá salía de su cuarto. Bajamos las escaleras y pensé, nada feliz, que el sol volvería a quemarme la piel. Para colmo, el gusto del pescado seguía en mi boca. Me mordí la punta de la lengua y el sabor de mi propia sangre lo borró por completo. Buen truco. Dejé que mamá se adelantara y abriera el coche para no tener que esperar bajo el sol.

—Hola, Maya —saludó el doctor. Odiaba su tono de condescendencia. No contesté. Mamá esperaría afuera mientras yo respondía la

prueba—. Quiero recordarte que no terminaremos la prueba hoy. Requeriremos de otra sesión.

Asentí. No tenía prisa por que me diagnosticaran esquizofrenia. Podía esperar una semana más. Comenzó a hacer preguntas y anotaba mis respuestas en una hoja impresa llena de cuadritos. Quería saber si oía voces que nadie más oía, si mis sentidos percibían cosas que las demás personas no notaban, si me sentía perseguida u observada… Respondí negativamente a todas, aunque en realidad sí oía, sentía y sabía más que ningún humano, y sí era observada y, de vez en cuando, perseguida. Pero no estaba loca, sabía cuáles eran las respuestas correctas. Las preguntas se repetían, redactadas de distintas formas, para intentar que el que respondía «cayera» en la trampa. De vez en cuando el doctor levantaba el rostro de sus papeles y entrecerraba los ojos mientras me miraba fijamente, buscando algo. Entonces le sonreía por unos segundos y tamborileaba en el escritorio para que siguiera con el cuestionario y yo pudiera irme. Estaba pensando en la silla de mi cuarto, de la que colgaba una mochila llena de dinero en efectivo. Estaba pensando en mamá, que esperaba tristemente a que le dijeran que su única hija estaba loca. Y pensaba en Abel, que sentiría por siempre que él era culpable de algo terrible. Que había visto mis colmillos agujereándome la cara y que me había visto brincar desde su ventana. Abel, que ya no me conocía y al que yo tenía que dejar ir sin decirle nunca la verdad.

Cuando llegamos a la casa ya era de noche. Simona había salido de compras, y sus regalos estaban expuestos sobre mi cama y la de mamá. Yo tenía ganas de cerrar con llave, llorar, leer las memorias de M., ver las fotos de Abel… Probarme atuendos estaba entre las diez cosas menos apetecibles para hacer, pero mi tía insistía, y mamá estaba demasiado agradecida para dejar que me saliera con la mía. Tuve que mostrarle cómo me quedaba cada pieza de ropa cara que había elegido para mí. Cuando era humana me habría emocionado mucho, pero ahora eso no importaba. Además, aunque las tallas eran las correctas, había algo que no encajaba… Todo parecía un poco grande, un poco demasiado brillante, un poco demasiado suave y perfecto. Mi piel grisácea afeaba cualquier prenda y daba la sensación de que me faltaba relleno, aunque no parecía haber perdido peso. No sé cómo explicarlo, pero la manera en que las prendas se echaban a perder sobre mi cuerpo era evidente para todas.

—Voy a ponerme la piyama —anuncié al terminar con el último juego. Cerré la puerta de mi cuarto y doblé la ropa nueva.

—¿Cómo les fue? —le preguntó Simona a mamá en voz baja.

—Pues… falta otra sesión para que acabe la prueba.

—Pero ¿ya está tomando algo?

—No. La tiene que diagnosticar primero. Pero los síntomas concuerdan —respondió mamá con la voz entrecortada. Estaba pensando en que tendría que internarme, en que me había perdido para siempre—. Las alucinaciones, la paranoia, el cambio de hábitos… No come, siempre parece cansada y se viste con esas gorras y guantes…

—Espera a ver qué te dice el doctor antes de brincar a las conclusiones. Seguro es normal después de algo como lo que vivió.

—Pues sí… pero ni siquiera sé lo que le pasó. Ahora dice que no es lo que me contó, que es algo diferente y que no puede decirme.

—Quién sabe qué mundo se inventó para poder superarlo, Lucrecia. Tienes que tener paciencia.

—Ya sé, ya sé… sólo que…

Se le quebró la voz y empezó a llorar. Supe que mi tía había corrido a abrazarla, porque segundos después sus sollozos sonaban amortiguados. Yo no podía consolarla. La impotencia hacía que sintiera el pecho como aplastado entre dos paredes. Mi nueva vida destrozaba la de todos a mi alrededor. Más valía que desapareciera y dejara que los humanos a los que amaba siguieran sus vidas.

Tenía que preparar mi partida, ahora entendía que ésa era la prioridad. Saqué la maleta que había escogido y metí en ella mi pasaporte, la llave del banco, las llaves de la casa en El Prado y la mitad del dinero. La otra mitad la dejé en un cajón. No podía empacar la ropa nueva, porque mamá esperaría que la usara pronto para que Simona la viera. De todas maneras no estaba cómoda en ella. Guardé algunas playeras y un par de pantalones, una chamarra, unos tenis, ropa interior. Necesitaría entrar al cuarto de mamá para recuperar mis gorras y guantes. Aunque, pensándolo bien, podía comprar lo que necesitara. Podía comprar todo lo que quisiera. No me acostumbraba a esa idea, y más valía que lo hiciera pronto: mi partida podría ser mucho más fácil de lo que estaba imaginando. No tendría que irme como una ladrona. Simona seguía consolando a mamá, diciéndole que todo estaría bien, que era una etapa difícil, etcétera. Tomé mi celular y llamé a Javier.

—Señorita Cariello —respondió al primer timbre.

—Hola Javier —dije. Ya no quería hablarle de usted. Después de todo, tenía que acostumbrarme a la idea de que trabajaba para mí.

—¿En qué puedo servirle?

—Oye… si algún día tuviera que irme…

—¿Sí? ¿De vacaciones? Diga el lugar y la fecha y está hecho.

—Bueno, no tanto de vacaciones. Si tuviera que *irme*, sin que nadie lo supiera…

—Todo puede arreglarse.

Me quedé en silencio unos segundos. ¿Quién era este hombre? ¿Por qué no tenía preguntas? Estaba dispuesto a ayudar a una niña a abandonar su hogar. ¿Dónde estaba su moral? Por un momento me sentí irritada. Se supone que los adultos deben aconsejar a los adolescentes, llevarlos por el buen camino. Javier no sabía las razones detrás de mis decisiones y de cualquier manera iba a facilitarme hacer lo que quisiera.

—Pero ¿y si no quiero comprar un boleto de avión? No quiero que nadie sepa que me fui, ni a dónde. Ni siquiera mamá.

—En ese caso puede utilizar uno de los yates, o un avión privado.

—¿Tengo un avión privado?

—No, pero puede adquirirlo.

—Pero ¿tengo yates? —pregunté, incrédula. No uno, sino varios yates.

—Tres. A su padrino le gustaba viajar en barco.

—Sí, claro —dije, como si lo conociera.

—Sólo necesita volar al puerto y de ahí zarpar hacia donde desee. Podemos arreglar un vuelo privado en helicóptero.

—Podría ser —dije en un tono experto. Todo sonaba absurdo. Sentía que Javier me estaba tomando el pelo, y que a la primera oportunidad llamaría a mamá para advertirle de mis planes descabellados.

—Debe saber que su padrino tenía agentes en cada continente. No dudo que estén listos para atenderla también.

—¿Cómo se hizo tan millonario mi padrino? —se me ocurrió preguntar.

—Según él mismo decía, había sido bendecido con una buena intuición para las inversiones.

—¿Y cómo supiste tú que él… que ya era momento de contactarme?

—Su padrino estaba muy enfermo, como usted seguramente sabe.

Me quedé callada. Javier sabía que yo no tenía ni idea. Probablemente sabía que M., «mi padrino», no tenía ninguna relación conmigo. Sólo quería mantener las apariencias.

—Tres días antes de morir en su casa, llamó para afinar los últimos detalles de su herencia. Después murió una noche por un sangrado interno que fue imposible detener. Tengo conmigo el certificado de defunción, si le interesa saber la hora exacta y las causas.

¡Un sangrado interno! No pude evitar sonreír. Resultaba que mi creador tenía sentido del humor. ¿Por qué había ofrecido Javier mostrarme el certificado de muerte? ¿Qué adolescente querría ver eso?

—¿Sufrió mucho? —pregunté con falsa tristeza.

—Lamentablemente, sí.

Según la carta, eso era cierto. Si yo había destrozado a M. y le había arrancado el corazón para beber hasta la última gota de su sangre, debió de sufrir mucho. ¿Qué había hecho? ¿Sobornar a un doctor para que inventara lo de su enfermedad? ¿O era Javier su único cómplice? Eso sonaba más sencillo. Javier podía, sin duda, falsificar un certificado de defunción. Mientras pensaba en esto, tomé el diario y lo metí a mi maleta también.

—¿Y dónde está enterrado? Quisiera visitarlo.

—Su última voluntad fue la cremación.

—Claro —dije. Su carta lo decía: «Dejarás mi corazón seco y mi carne se secará también y en cuestión de horas será sólo polvo. Como debía haber pasado hace cientos de años.» Yo no recordaba nada de eso, ni me constaba. Quizá M. seguía vivo y había decidido fingir su muerte para todos, incluyéndome, para poder desaparecer o empezar una nueva vida en alguna otra parte. Sólo Javier sabía la verdad, o una parte de la verdad, y le habían pagado demasiado bien para mantenerla oculta. Percibí que mamá se acercaba.

—Llame si necesita cualquier cosa, señorita.

—Gracias. Oye, ¿cómo es que tienes tanto tiempo libre?

—Hace años que me dedico exclusivamente a los asuntos de su padrino.

Mamá llegó a mi puerta y golpeó con fuerza.

—¿Con quién hablas, Maya?

—Tengo que colgar —le dije a Javier, y así lo hice. Mamá entró al cuarto y yo me levanté rápidamente. Eso estuvo mal, le hizo creer que estaba haciendo algo malo.

—¿Con quién hablabas? Déjame ver —dijo, y estiró la mano esperando el teléfono.

—Con un compañero de la escuela. No lo conoces.

—Conozco a todos tus compañeros. ¿Quién era? —insistió. No me creía.

—Se llama Jing. Está en mi clase de Química.

—Déjame ver el número —insistió. ¿Por qué no podía inventar una mejor historia? Estaba echando todo a perder de nuevo. Mamá se acercó y trató de arrebatarme el celular. ¿Qué debía hacer? ¿Dejar que llamara al notario? ¿Qué pensaría? Entré en pánico y me alejé de un brinco. Ella me persiguió.

—¡Basta, Maya! ¡Dame el teléfono ahora mismo! —gritó. Yo estaba pegada al escritorio con el teléfono apretado entre los dedos. Simona apareció en el marco de la puerta.

—¿Qué está pasando aquí? —preguntó, muy alarmada.

—¡Necesito saber con quién estaba hablando!

—Maya, dale el teléfono a tu mamá —ordenó Simona. Estaba hablándome como si yo fuera una delincuente y me estuvieran pidiendo que tirara el arma y levantara las manos.

—¿Por qué? ¿Por qué no confía en mí? ¡No he hecho nada malo! —grité. Apenas terminé la última frase, me di cuenta de que estaba realmente dolida. No estaba fingiendo y mis preguntas tenían sentido. No había hecho nada malo, no le había hecho daño a nadie, al menos no que mamá lo supiera. ¿Por qué no podía creerme acerca de algo tan tonto como una llamada?

—Sólo queremos ayudarte, Maya —dijo Simona. Comenzó a acercarse lenta y cuidadosamente, como si yo fuera un perro rabioso. Eso me enfureció e hirió. No era un monstruo. Al menos, no había pedido serlo. Nunca le haría daño a mamá, ni a ella. ¿Por qué me trataban así?

—¡Ayudar! Mamá quiere encerrarme en un manicomio, ¿sabías? ¡Y claro, tú quieres ayudarla!

—No quiero encerrarte en ningún lado, hija, tranquilízate —dijo mamá. Tenía los ojos muy abiertos y la cara pálida. Yo estaba fuera de control. Para ella resultaba obvio que mi resistencia a darle el teléfono ocultaba algo terrible. En eso me distrajo el olor de la sangre. Miré mi mano: estaba chorreando. Había triturado el teléfono sin darme cuenta y ahora estaba sangrando. Escondí la mano detrás de la espalda, pero era demasiado tarde. Mamá lo había visto. Yo sabía que la herida sanaría en cuestión de minutos, pero ella no. Se acercó y me tomó del brazo. Empezó a jalonearme. Yo no quería que viera la piel destrozada. Quería que se fueran y me dejaran en paz. Le pedí en voz baja que parara, y no lo hizo. Su hermana se acercó a ayudarla. Las encías comenzaron a dolerme, y sabía que tenía que concentrarme mucho para evitar lo que vendría. Respiré hondo (no me había acostumbrado a dejar de respirar todavía) y solté las piezas del teléfono, que cayeron sobre mi escritorio. Apoyé la mano en la madera y sentí que uno de los pedazos se hundía en mi carne más profundamente. Tenía que sacarlo antes de que la herida sanara. Las dos mujeres tiraban de mí y no lograban moverme ni un centímetro. Mamá comenzó a gemir por el esfuerzo y Simona tenía la cara roja y la mandíbula apretada. Comenzaba a odiarlas, necesitaba que me dejaran en paz. La furia se estaba apoderando de mí, el instinto animal estaba reemplazando a mis sentimientos por ellas, a mis ganas de protegerlas. No tenían por qué seguir jaloneándome: el teléfono ya era inservible. No podían parar, necesitaban saber que podían controlarme. Intercambiaron una última mirada de confusión por

mi extraña fuerza física, y entonces empujé a cada una con una mano. Simona voló por los aires y cayó sobre mi cama. Mamá salió impulsada hacia atrás, tropezó con la maleta cerrada y se estrelló contra el buró. Su cuerpo se desplomó sobre el suelo y sus ojos se cerraron. El aroma de la sangre llegó hasta mí y supe que la había descalabrado.

Hacen falta dos para un asesinato

Aldous Huxley

TREINTA

Una parte mía quería volver, pero el instinto me obligó a seguir corriendo. Pegué la maleta a mi pecho porque varias veces estuvo a punto de salir volando a causa de la velocidad de mi carrera. Ahora sí era un monstruo, oficialmente. Golpeé a mamá y le fracturé el cráneo. Mi tía cayó sobre el colchón, pero eso fue pura suerte. Pude haberla lastimado gravemente también. Al recordar el olor de la sangre fresca, aceleré el paso y me volví una figura invisible para los que se cruzaban en mi camino. «Deberías dejar de existir, Maya. Escapaste. Tomaste tu maleta y brincaste por la ventana sin siquiera averiguar si tu madre estaba viva o muerta. Presentías que seguía viva, pero ¿qué hija hace lo que tú hiciste? Escóndete bajo tierra, que tu cuerpo se seque y se convierta en polvo también.» Lágrimas oscuras se formaban en mis ojos y al instante las desintegraba el viento. Corrí sin parar durante horas. Sólo podía pensar en el ruido que había hecho su cabeza contra la madera del buró, en lo frágiles que eran ella y Simona. A

mi alrededor el mundo no existía, era una mancha distorsionada, y los sonidos no permanecían en mis oídos el tiempo suficiente para percibirlos. Esquivaba sin esfuerzo cualquier obstáculo, pero en el fondo deseaba chocar contra algo, estrellarme con tanta fuerza que mi cuerpo se rompiera en pedazos tan pequeños que no pudieran unirse nunca más.

Finalmente paré. Sabía perfectamente dónde estaba. Aspiré con fuerza: el barrio olía a basura y a rata muerta. Ahí es donde merecía estar. En la acera de enfrente, a unos diez metros, había una banda de seis tipos recargados en un viejo automóvil. Los faros estaban prendidos, y el radio también, a todo volumen. Las bocinas estaban tronadas, y la música norteña sonaba distorsionada y más horrible de lo que de por sí era. Los tipos conversaban a gritos mientras tomaban cerveza de lata. Uno de ellos se terminó la suya y la lanzó en mi dirección mientras gritaba algo que no traté de entender. Los demás voltearon, esperando mi reacción. Me quedé ahí parada, con la maleta apretada contra el pecho. Dos de ellos comenzaron a acercarse, silbando y murmurando. Como humana, habría estado aterrorizada. Ahora casi quería que llegaran a mí. Imaginé la pelea, mis uñas desgarrando la piel, los colmillos destrozando las venas, la sangre caliente empapándolo todo y las expresiones de sorpresa de los tipos segundos antes de ser asesinados por una niña. Lo deseaba, las venas me golpeaban por dentro, todo mi cuerpo pedía violencia y destrucción. En el último instante pateé la puerta desvencijada y entré al viejo local.

—Se rajó —dijo uno de los tipos en tono burlón. Los demás respondieron con abucheos y silbidos. Llegaron frente a la puerta. Podía oler su aliento a cerveza desde el interior.

—Toc, toc —dijo una voz. «Por favor váyanse», pensé, »no quiero matar a nadie». Tenía que recordar lo que me hacía humana, quería que me dejaran tranquila en ese rincón en el que semanas atrás había dejado de ser una persona para convertirme en lo que ya era. Mantuve la puerta cerrada con todas mis fuerzas y a través de una ranura de la madera corroída vi los ojos del hombre que creía ser mi atacante, cuando en realidad estaba a punto de convertirse en mi víctima. De pronto el hambre se hizo presente y todo mi cuerpo comenzó a temblar. Separé los labios y el dolor de mis encías eliminó cualquier otra sensación. Mis colmillos estaban listos para hundirse en la carne de alguno de los borrachos que tocaban la puerta.

—Váyanse —susurré. Dejé caer la maleta al suelo y me apoyé contra la puerta con más fuerza.

—Nosotros ya nos vamos —dijo uno de los tipos desde el auto—. Sólo se van a meter en problemas.

—Sí, Pinto —dijo uno de los que estaban en la puerta—, ya vámonos.

—Sólo quiero saludar —respondió el Pinto. Abrí la boca y le mostré los colmillos con la esperanza de que eso le espantara lo suficiente para irse, pero al parecer estaba demasiado ebrio para notar algo extraño—. Toc, toc —repitió.

La tensión acumulada de los últimos días se convirtió en cólera pura. Mamá tirada en el piso, Abel yéndose de mi casa, el psiquiatra con su tono condescendiente, Sabine y sus secretos, Iván y el hombre de la camilla, la sangre embotellada, el notario... Y el Pinto seguía empujando la puerta y repitiendo «Toc, toc». Atravesé la puerta con mi puño cerrado. Antes de que el tipo pudiera reaccionar tenía su cuello apretado entre mis dedos. Miré sus ojos húmedos y llenos de temor. Su acompañante salió corriendo a toda velocidad. Por unos segundos seguí escuchando su respiración agitada y el roce de sus botas contra el pavimento. El Pinto se retorcía y arañaba mi mano, mientras su cara cambiaba de color. Lo solté y se tambaleó antes de caer al piso. Abrí la puerta y lo miré por unos segundos. Parecía una araña encogida y hacía unos ruidos grotescos al intentar recuperar el oxígeno perdido. Apoyó las manos en el suelo y levantó la mirada. Imagino lo que pensó al volver a ver a quien lo había tumbado: una niña chaparra y escuálida, vestida con su piyama morada y pantuflas. Se puso de pie y rugió como un animal. Pretendía espantarme, pero no pude evitar una pequeña sonrisa, que lo enfureció más. «Te dije que te fueras, intenté advertirte. No quería matar a nadie.» Pero mi razón ya estaba dormida, y ahora dominaba algo mucho más poderoso. El Pinto embistió y dejé que me derribara. Caímos juntos en el interior del viejo local. Se incorporó sobre mí, cerró el puño y, un segundo antes de que lo estrellara contra mi nariz, lo detuve con la mano y le di vuelta hasta que escuché el crujir de los huesos, acompañado por un grito de dolor que sólo aumentó mi excitación. Me lo quité de encima con un rápido movimiento y lo miré desde arriba mientras intentaba levantarse con una sola mano.

—Te voy a matar —dijo en un gruñido. En ese momento me quedó claro por qué había corrido hasta ahí. Había querido convencerme de que merecía estar en un lugar sucio y desolado, que estar rodeada de ratas y olores repugnantes era mi manera de castigarme, pero entendí que lo que buscaba era la oportunidad de encontrarme con tipos como ése, para destruirlos sin sentir ninguna culpa. ¿Por qué? «Porque en el fondo eres una asesina, Maya. Acéptalo y vive tu nueva vida. Tú no pediste ser así.» Recordé al hombre de la camilla y a Iván, que había encontrado una manera más «civilizada» y «limpia» de hacer las cosas. ¿No era lo mismo, al final? En los callejones al menos había una batalla, o la ilusión de una, porque yo siempre vencería. Estaban la rabia, los golpes, la dignidad de luchar por sobrevivir. En el mundo subterráneo de Iván todo era frío y las personas morían solas y olvidadas, como enfermos terminales a los que nadie quiso visitar. El Pinto se acercó e intentó patearme, pero lo evadí fácilmente. Estiró su mano buena para agarrar mi playera y se la rompí de un golpe. Volvió a gritar y cayó al piso de rodillas. Qué fácil era. Demasiado fácil. Ya no tenía forma de defenderse. «Levántate y sal corriendo, Pinto. Es lo único que puedes hacer. La pelea terminó, y tú perdiste.» Pero él no estaba de acuerdo. Volvió a levantarse y a patear al aire. Mis movimientos eran tan rápidos que comenzó a marearse. Se apoyó contra la pared y resopló un par de veces antes de volver a la carga. ¿Por qué no escapaba? ¿No era obvio cómo iba a terminar esto? Imagino que su orgullo de macho se lo impedía. Jugué con él unos minutos más. El olor de su sudor mezclado con cerveza llenaba todo el espacio. Se acercó lentamente pero no supo qué hacer. El dolor lo estaba agotando. Por un breve instante nos vimos a los ojos: El Pinto, malo o bueno, sufría. Me sentí enferma. Mis ganas de destrozarlo se esfumaron. Quería estar sola y dejar de ver su cara.

—Lárgate —dije. Respiró profundamente y arqueó las cejas, furioso. Ya no iba a jugar más con él, ahora era como una niña inocente que de pronto se da cuenta de que le disparó por error

a alguien y no sabe qué hacer, si rematarlo para que deje de sufrir o tratar de curarlo. Mis instintos de predadora habían dominado, y ahora salía del trance y me daba asco a mí misma. Quería estar acurrucada en mi esquina sucia y revivir, al menos mentalmente, los dolores de la conversión, repetir en mi cabeza todos los errores cometidos para reprochármelos hasta el cansancio. El Pinto no se iba. Volví a ordenárselo, pero caminó hacia mí. Consideré marcharme, pero ése era mi local, quería estar ahí y que él se fuera. Volví a mostrarle los colmillos sin mucha convicción, y abrió más los ojos, sorprendido. Pero no se fue. Había que darle crédito por su perseverancia. Mientras tanto, yo me sentía agotada y triste. La violencia de la que era capaz dejaba muy en claro que era un peligro para la gente a la que amaba. Un predador como yo está condenado a la soledad, no puede vivir rodeado de seres frágiles a los que puede romper de un golpe. ¿Cómo le hacía Sabine? ¿No le daba miedo? Y la integración que Iván buscaba, ¿cómo sería posible? Los humanos siempre estarían en desventaja. Terminarían en una camilla si eso era lo que los vampiros necesitaban. Tal vez «los otros» tienen razón, pensé, y la única manera de existir para los vampiros es como una leyenda pueblerina, escondidos bajo tierra.

El Pinto lanzó un par de patadas más. Me estaba aburriendo. Tomé sus brazos y gritó de dolor. Creo que, sin querer, había roto más que sus manos. Lo lancé fuera del local y cerré lo que quedaba de la puerta. Al fin, pensé. Pero a los pocos segundos se levantó del suelo y volvió. «¡Lárgate con tu asqueroso olor humano, con tus huesos rotos y tu rabia que no sirve para nada!». Abrió de un puntapié y se irguió en la entrada.

—¿Qué, no entiendes? ¡Lárgate! —grité. Parecía un mal chiste: mi conciencia volvía, y este tipo insistía en que acabara con él. Lo empujé con todas mis fuerzas contra el marco de la puerta. Emitió un largo gemido ahogado y resbaló lentamente hasta quedar tendido sobre el suelo. En su camino, manchó todo de sangre espesa y caliente. Lo empujé con el pie y vi la herida en su cráneo. Intenté ignorar el olor, pero mis venas se encogieron dentro de mí y los colmillos no desaparecían. Sentí un hambre feroz, pero no quise ceder. No podía ser sólo eso, un animal que obedece a sus instintos de matar y comer. Había mucho más en mí. Cerré la puerta y fui a sentarme al rincón. Ese maldito aroma cubría el de la cerveza y el sudor. La satisfacción estaba a unos pasos de distancia, y era muy fácil obtenerla, pero resistí. Me abracé las rodillas y pensé una y otra vez en mamá, en el sonido de su cabeza contra el buró. Sólo había querido desprenderme de ellas, no lastimarlas, pero la intención no era lo que contaba. No sabía si estaba viva o no, ni cuánto daño le había hecho. ¿Por qué no le di el teléfono y ya? Pude haber inventado alguna mentira si llamaba al notario. Era una estúpida, no había tomado una sola buena decisión desde hacía ocho semanas. Como humana era un desastre, pero esto era mucho peor. Perdí todo en dos meses, diecisiete años de vida a la basura. ¿De qué sirve tener habilidades especiales, ser un genio y poseer casas en todo el mundo, si estoy completamente sola?

El Pinto se quejaba suavemente cada par de minutos, y su aroma era una tentación constante. Mientras yo pensaba en mi vida eterna, ese hombre se desangraba ahí afuera, por mi culpa. Y no podía olvidar el hambre, quería vaciar sus venas hasta sentir que su corazón se detenía: mis colmillos lo exigían. Los toqué con

la punta de la lengua y traté de empujarlos. Sólo logré sacarme sangre. Hice lo mismo con mis pulgares hasta atravesar la carne. El dolor se extendió por mis manos y hasta los codos, y el líquido salado inundó mi boca. Afuera, El Pinto seguía consciente, y sus gemidos me taladraban los oídos. Escondí la cabeza entre mis manos, pero seguía escuchando claramente. Tenía que haberlo lastimado sólo lo suficiente para espantarlo y que se fuera. Ahora no podía moverse, y su cerebro estaba derramándose en la entrada de mi escondite. ¿Por qué me sentía culpable? Él se la buscó. «Si yo no fuera lo que soy», pensé, «la historia de terror que inventó Valentina en sus correos se habría convertido en realidad». Sí: de ser yo sólo una adolescente, los seis tipos habrían entrado, y quizá yo no habría vivido para contarlo. ¿Era eso más justo?

—Por favor… —escuché que el Pinto suplicaba—, ayuda…

«¿Dónde está tu orgullo ahora, eh? ¿Le pides a tu atacante que te ayude? No entiendes cómo funciona el mundo.» Apreté más fuerte las palmas de las manos contra mis orejas. ¿Es que nadie lo veía? ¿Por qué nadie venía por él y se lo llevaba? Su respiración era cada vez más lenta, y a cada rato escuchaba pequeños aullidos de dolor, probablemente intentaba levantarse apoyándose en sus manos rotas.

—Es mi naturaleza —dije en voz alta—, no lo puedo evitar.

Quería creer eso, aunque llegara a la conclusión de que tendría que irme y empezar una nueva vida en otra parte, lejos de Simona, de mamá, de Abel. Necesitaba entender qué era yo, cuál era mi misión y lo que se esperaba de mí. Si era simplemente un monstruo, no debía sentir culpa por comer y destruir a quien se cruzara por mi camino. Si era humana, quería tener derecho a mi vida anterior, lo cual era imposible. Y sufrir como persona por mis acciones como vampiro resultaba demasiado terrible. Quizá el mundo de Iván no estaba tan mal, su frío mundo de monstruosidad civilizada. Quizá debía volver, dejarlo beber mi sangre y controlarme, comer a través de transfusiones, estudiar idiomas y ser un genio de las matemáticas para, un par de años después, fingir mi muerte y marcharme de buena gana a Europa con alguno de sus colegas. Realmente daba lo mismo. Abel había dejado muy claro que no quería estar conmigo, y yo ya estaba harta de hacerle daño a mamá de tantas maneras. Ya no quería mentir, inventar historias para todo y que me encontrara otra vez cubierta de sangre y con la ropa hecha pedazos. La estaba volviendo loca, destruyendo su vida. Cerré los ojos y respiré profundamente. «Es mi naturaleza, no lo puedo evitar.» El aire olía a humedad, a sangre ácida, a rata. Pasaron las horas y dejé de pensar. Un predador no debe analizar cada una de sus acciones. No puede evitar ser lo que es. Pero mi cara estaba empapada de lágrimas espesas y afuera el Pinto seguía suplicando.

Nos une la sangre,
y la sangre es memoria sin lenguaje

Joyce Carol Oates

TREINTA Y UNO

¿Dónde estás?

La voz de Sabine me sacó del trance al que había sido tan difícil llegar. Volteé a mi alrededor. No había nadie más. Quizá estaba soñando.

—Maya, no hagas ninguna tontería. Ven y hablemos.

Me puse de pie de un brinco y olisqueé. No olía a vampiro. Tampoco olía al Pinto, se lo habían llevado. Llegué a la puerta y miré a través del hueco que había hecho con mi puño. Algunas personas caminaban por la acera, nada fuera de lo común. Sabine no estaba ahí. Eso significaba que podía meterse en mi cabeza desde muy lejos. Huí de la luz que entraba y volví a mi rincón.

—Lucrecia tampoco está aquí. Si huyeron juntas pueden volver, Maya, y no pasará nada. Vuelvan.

«¿No pasará nada?» ¿Qué quería decir con eso? ¿En qué situación pasaría algo? Iván la hacía hablar, era él quien nos quería de vuelta, pero ¿por qué? Abracé mis rodillas y en ese momento noté, aliviada, que mis colmillos habían vuelto a su escondite. Cerré los ojos. Ansiaba volver al trance, no pensar y no despertar nunca más.

—No es el momento, aún te quedan años con tu madre. No tomes ninguna decisión precipitada. Déjame explicarte algunas cosas. Vuelve.

Me tapé los oídos, quería sacarla de mi cabeza. No insistió más y pude relajarme. Escuchaba los pasos de la gente y, de vez en cuando, fragmentos de conversaciones lejanas. Una de ellas hizo que mi corazón se acelerara.

—Parece que ya no despertó. Que tenía un hoyo en la cabeza.

—¿De veras? ¿Y dónde lo encontraron?

—Ahí mero, tirado ahí.

—¿Era un balazo?

—Quién sabe.

—Pobre Lupe. Primero lo de la Yolanda y ahora esto.

—¿Qué de la Yolanda?

—¿No supiste? Que salió embarazada.

—¡Embarazada! ¿Cuántos años tiene, la chamaca?

—Catorce.

—¿Y quién la manda andar acostándose?

—No… parece que no fue así, mana. Parece que la violaron.

—¡No le hagas!

—Sí, y quién crees que va a acabar ocupándose del niño…

—Pues la Lupe.

—Pues sí.

Se alejaron y yo me quedé inmóvil. Ni siquiera se me había ocurrido pensar en qué pasaría cuando alguien encontrara al Pinto. Sus amigos me habían visto de lejos, quién sabe si me reconocerían la cara. Pero sabían que ése era mi refugio. ¿Por qué nadie entró a buscar al culpable? Intenté sentir simpatía por la madre del Pinto, pero mi mente estaba ocupada en otros asuntos. Tendría que partir, eso era obvio. Alguien vendría a buscarme, tarde o temprano. Lo malo era que no quería irme, pertenecía ahí. Había pasado una terrible noche escuchando al Pinto agonizar, pero en el fondo quería cruzarme con otros como él. O quizá quería que vinieran por mí y me encerraran. Daba lo mismo la cárcel que un manicomio. En la cárcel al menos no intentarían medicarme. Decidí esperar lo que viniera. Abrí la maleta y saqué el diario de M. La luz que entraba era muy tenue, pero podía distinguir cada letra perfectamente.

24 de mayo, 1936

Madrid

Lo supe mucho antes que tú. Todo cambió: tu temperatura, la velocidad de tu corazón, tu olor. Y lo odié más que nunca, más que la noche en que te engendró a esa niña por la fuerza, entre súplicas y lágrimas, porque gracias a él tendrás algo que yo nunca podré darte. Gracias a esa intolerable violencia que tú, Amira, pediste que soportara desde lejos. El día de tu boda me hiciste prometer que nunca le haría daño. Esa noche maldita entré por tu ventana y me recordaste esa promesa con la mirada, me pediste que padeciéramos juntos el dolor y la humillación, y yo te hice caso y dejé que te quebraran y esperé bajo tu ventana hasta el final. Debí haberle roto

el cuello, debí arrancarle las piernas, debí liberarnos de tu absurdo compromiso, pero soy débil, me has vuelto demasiado humano, Amira, has aletargado mis instintos más poderosos.

Ahora tu cuerpo ha comenzado a cambiar, y no puedes esconder la extraña dicha que te causa el crecimiento de la criatura. ¿Qué te ofrezco yo a cambio? ¿Sangre? ¿Vida eterna? ¿Acaso hay más eternidad que la que llevas en el vientre? Maldigo mi amor por ti.

Maldigo el momento en que dejé de ser ese monstruo que se satisfacía fácilmente y me convertí en esta criatura miserable, que ha sufrido más en estos dos años que en siglos de existencia solitaria. Maldigo mi esterilidad y a ese esposo tuyo, a tu necedad y a tu miedo, y maldigo a esa niña que te mantendrá lejos de mí y a la que no me atreveré a dejar huérfana por miedo a que no me lo perdones nunca.

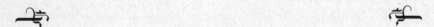

Así que mi creador era un romántico. La narración me hizo pensar en Abel y en la gran historia de amor que ya no viviríamos. En mi mente se quedó la palabra «esterilidad», y entendí por primera vez que nunca sería madre. No es que lo deseara a los diecisiete años, pero siempre había dado por hecho que algún día tendría un hijo. Abel y yo hablábamos de eso de vez en cuando y elegíamos las características de uno y de otro que harían al niño perfecto: sus ojos verdes, el tono de mi piel… Ahora eso se unía a la lista de cosas que ya no sucederían, cosas que me habían arrancado.

20 de agosto, 1936

Madrid

Hace meses que no me dejas tocarte. Eres el único ser humano capaz de limitarme de ese modo. Me contento con acompañarte a escondidas a las cortas caminatas que te ha recomendado el médico. Aspiro tu nuevo aroma y observo tu cuerpo invadido. Acaricias tu vientre redondo y de vez en cuando te quejas de algunos dolores. Extraño tanto la textura de tu piel... A veces te ofrezco el brazo para caminar, o la mano para bajar algún escalón, y tú te niegas. Ayer intentaste disculparte, encontrar la manera dulce, como siempre, de explicármelo. Pero no hay dulzura en el miedo, y la realidad es que temes por tu criatura, y yo no sé cómo convencerte de que he dejado de ser un animal para tener el derecho de amarte. Si supieras cómo sufrí los primeros meses que te tuve en mi vida... Aprendí a dominar instintos que creía indomables. Cuando te expliqué lo que era, me pediste que lo comprobara. «Tendría que alimentarme de tu sangre.» «No importa», dijiste, «hazlo». No me creías. Yo sabía que si te probaba, no pararía. Y te amaba, ya no concebía un mundo sin ti, pero te ansiaba demasiado. Dejé que vieras mis colmillos, que habían emergido incontrolables ante la perspectiva de probarte. Quisiste tocarlos y estuve a punto de atrapar tu pequeño dedo y destrozarlo de una mordida. Mi corazón latía rápida y dolorosamente, y mis venas exigían dejar de lado cualquier racionalidad y tomarte. «Los vampiros no existen», dijiste, «ahora bésame». Nos besamos lentamente y el deseo, en todas sus formas, se apoderó de mí. Me dejaste desnudarte y recorriste la piel de mi pecho con tus dedos hirvientes. Si supieras lo difícil que fue tenerte para mí y tomarte de todas las maneras menos de la más absolutamente necesaria, controlar este cuerpo para mantener el tuyo intacto...

Tu esposo habla de dejar España. Hace apenas unos días que los franquistas intentaron tomar Madrid. Pronto lo lograrán, y los habitantes de este país se enfrentarán a una dictadura férrea y terrible. Planea esperar hasta el nacimiento de la niña para marcharse, lo he oído conversar con tu padre. No sé adónde te llevarán, pero te seguiré a donde sea. Después de siglos de existencia comprendo que mi misión es cuidarte y amarte. Pero este amor es doloroso y solitario, soy un fantasma, una sombra, una bestia domesticada a la que ni siquiera le perteneces. Algún día tu voz no será suficiente, tu cuerpo no será suficiente. Le temo a ese día más que a nada.

—Quiero que confíes en mí, Maya. Quiero que vuelvas y apoyarte hoy y en un futuro, cuando la separación sea inminente. Déjame ayudarte y hacer todo más fácil para ti.

«Cállate», pensé, «déjame en paz». La voz de Sabine era una interrupción indeseable ahora que estaba sumergida en otro mundo, en una historia lejana a la mía y que me distraía de mis problemas.

—Hay buenas razones para quedarte con nosotros, créeme. Existe la oportunidad de lograr una diferencia, de formar parte de un proyecto que cambiará para siempre el destino de nuestra especie.

«Estoy harta de los misterios y secretos. ¿De qué proyecto se trata? ¿Por qué me quieren a mí? ¿Qué les importa mi vida?».

—No puedo hablar mucho del proyecto, pero es algo positivo, Maya. Quiero ayudarte, es simplemente mi instinto. No busco sustituir a tu madre, pero puedo cuidarte. Si el futuro pareciera peligroso, ¿crees que expondría a Erika y a Ottavia a él? Ésa es la mejor muestra de que confío plenamente en Iván y en sus planes. Ellas son lo más valioso para mí.

Cerré el diario.

—Deja que me acerque, habla conmigo. Vuelve. ¿Por qué insistía tanto? No me conocía lo suficiente para que le importara. O quizá, como decía, su instinto protector era muy poderoso, y le parecía una pobre niña confundida y sola. ¿Qué relación tenía con esas dos suizas?

—Como muestra de confianza, voy a resolver una de tus grandes dudas: Ottavia y Erika. Ellas son los últimos eslabones de mi familia, a la que he cuidado por más de cinco generaciones. Te dije que su vida humana está limitada. Pues bien, el límite es el momento en que alguna de las dos tenga descendencia. La familia debe seguir viva.

Pareció haber escuchado mi pregunta y eso me inquietó. No era la primera vez que dudaba de si podía leerme la mente o no. «Está bien, así que vas a contarme tu historia. ¿Y eso qué? ¿Por qué debería importarme? No llevo ni un día desaparecida y ya estás tras de mí. ¿Acaso no tengo derecho de estar en este rincón, sola, sin que nadie me moleste? ¿Estoy rompiendo alguna de sus reglas?».

3 de septiembre, 1936

¿Cómo es posible que el mundo sea más simple para mí que para ti, que sólo has habitado en él por dos décadas? La finitud de tu existencia humana debería hacerte

entender qué es lo importante, lo trascendente. Hoy te pedí otra vez que te marcharas conmigo, y tu rostro se tornó sombrío y lejano. ¿Y si tu esposo muriera? «No te atreverías», respondiste. Ya te lo he dicho, Amira, soy un asesino. «No harías eso. No dejarías a mi hija sin padre.» «Yo puedo ser su padre», dije. Sí, estoy dispuesto a simular una vida humana contigo, a darte unos años más hasta hacerte mi propuesta final: que vivas eternamente a mi lado.

Te preocupan tus padres, tus amigos, qué dirá la gente. Sabes que tendrías que alejarte de todos, sin remedio. Pero así es la vida de los humanos, todo se desvanece, todos mueren algún día. Tú morirás algún día también, por alguna enfermedad o agobiada por la edad, y eso no puedo permitirlo. Hallar el sentido a una existencia como la mía es algo que creía imposible, y tú me lo has dado. El instinto de todas las criaturas es sobrevivir, y sólo puedo hacerlo contigo. Elígeme, quédate a mi lado y déjame mostrarte el mundo. Quiero cuidarte y a todo lo que amas, quiero sentirme para siempre como me siento hoy.

Queda poco tiempo, puedo sentirlo, pronto nacerá esa criatura. Tienes que marcharte antes, yo cuidaré de ti hasta el alumbramiento y después mi sangre sanará todas tus heridas. Renacerás más mía que nunca, y tendremos el infinito por delante.

La gente seguía pasando frente a mi puerta, y yo percibía sus olores y oía sus conversaciones. Calculé que era mediodía. ¿Cómo estaría mamá y dónde? ¿Qué clase de daño podría causarle un golpe así? ¿Me perdonaría algún día? Por suerte Simona estaba ahí para cuidarla. Una parte mía deseaba que estuviera inconsciente, para que no imaginara dónde estaba yo y qué me pasaba. No estaba lista para verla, pero quería saber que estaba bien. Si tan sólo tuviera mi teléfono podría llamar a Javier y pedirle que averiguara su estado. Si yo no volvía, ¿cuánto tiempo tardaría Javier en informarle de la cuenta de banco? Cerré el diario de nuevo y me puse a pensar en los errores que había cometido desde mi conversión. Nunca debí entrar a casa de Abel como una ladrona. Nunca debí destruir la computadora de Valentina. Hasta antes de eso, Abel había estado dispuesto a escuchar y… ¿Qué le habría dicho si me escuchaba? «Hola, mi amor. ¿Recuerdas esa noche? Pues lo que sucedió es que un tipo me convirtió en vampira y después lo maté. Sí, y desde entonces no puedo estar al sol y a veces mato gente y les chupo la sangre. ¿Mencioné que tengo casas en todo el mundo y una cantidad absurda de dinero?». No. Las cosas estaban bien así. Abel estaría lejos y seguro, y no quedaba más que decidir si me integraba al mundo subterráneo de Iván o si desaparecía por un tiempo, hasta evaluar si valía la pena seguir existiendo o no.

4 de octubre, 1936

Hoy decidiste acabar con mi agonía y permitirme tocarte. Mi cuerpo despertó; mi corazón, agradecido, retumbó dentro de mi pecho con un ritmo desesperado. No importó que ya no fueras tú, que tu cuerpo le perteneciera a la niña. Tu piel sigue siendo tu piel, y al buscar entre los aromas, el tuyo, el de Amira mi compañera, mi amante, está ahí, agazapado detrás de Amira la esposa, de Amira la madre. Quisiste que sintiera el movimiento en tu interior para que entendiera el milagro de lo que está por suceder. Posé mis dedos helados sobre la montaña de tu vientre, y el diminuto corazón respondió. Me miraste llena de expectativa.

Necesitabas una reacción de mi parte, la esperabas, y eso hizo que comprendiera perfectamente por qué te amo tanto y por qué necesito permanecer a tu lado. Esperas una reacción, que me maraville por la vida que alimentas con tu cuerpo, porque eso es lo que cualquier madre esperaría de cualquier ser humano. Así me ves, aun a pesar del miedo, Amira, como una persona. Y esa percepción tuya ha hecho que yo me redefina como tal, que encuentre dentro de mí los sentimientos y debilidades que tú buscas, la vulnerabilidad que en realidad no existe. Has olvidado que añoro tu sangre más que a nada en el mundo, y que estar contigo es una lucha interminable que temo perder cada segundo. Olvidas que podría tomarte en cualquier momento y terminar contigo y con esa criatura que necesita tu sangre igual que yo. Podría saciar mi sed y volver a ser lo que era, recuperar mi fortaleza, mi frialdad, mis instintos. Pero no quiero. Prefiero que me mires como lo hiciste hoy, aunque tenga que fingir, como lo haría un hombre que te ama, que estoy feliz por ti, cuando en realidad sufro por cada día que eliges quedarte aquí y no pertenecerme. Olvidas que podría llevarte a donde quisiera, obligarte a hacer mi voluntad, lo olvidas y entonces lo olvido yo también, por momentos, y entonces soy sólo un hombre enamorado, y eso me hace sentir el dolor más profundo y la felicidad más completa.

Cerré el diario y lo lancé contra la pared. ¿Por qué había querido M. que lo leyera? Parecía una broma. Lo que más añoraba M. era ser humano para poder compartir una vida normal con Amira, darle hijos, envejecer juntos… Si no se la llevó es porque sabía que no podía darle lo que ella necesitaba. Así que él entendía cómo sufriría yo con la conversión. ¿Por qué lo había hecho? «Te odio», pensé, «no quiero tu dinero ni tus casas ni tus recuerdos, quiero que me devuelvas mi vida y regresar a casa, a Abel, a lo que tenía antes». Me acosté en el piso y me sentí más sola que nunca.

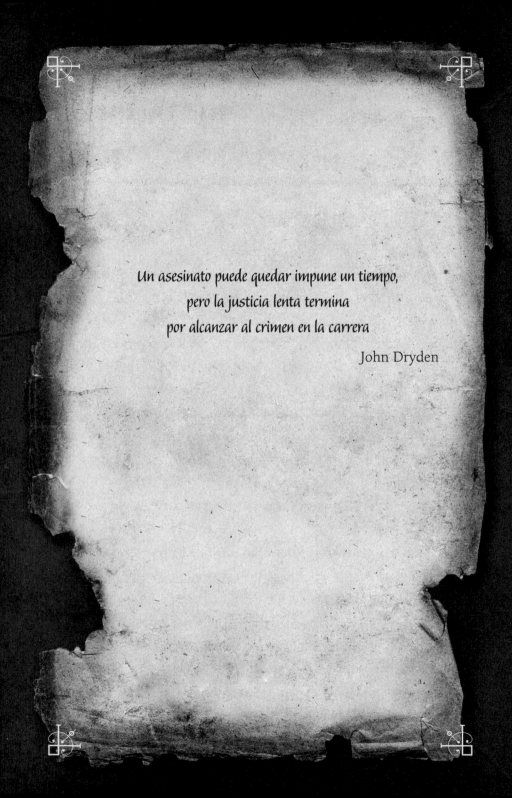

Un asesinato puede quedar impune un tiempo,
pero la justicia lenta termina
por alcanzar al crimen en la carrera

John Dryden

TREINTA Y DOS

Pasé dos días inmóvil, cubierta de polvo y recibiendo visitas de ratas y arañas. Creí que el tiempo me ayudaría a decidir qué hacer, pero no fue así. Sabine seguía pidiendo que volviera, y yo seguía preguntándome para qué. Si la lección que M. pretendía heredarme era que la vida sin compañía no valía la pena, condenarme a la soledad de la manera en que lo hizo era, más que incongruente, cruel. Volví a llenarme de odio hacia él. Recordé la noche en que lo conocí. Él ya había elegido mi destino, años atrás, sabía todo de mí y no había sentido ningún remordimiento al asesinarme y convertirme en una criatura que tendría que alejarse de todo lo que la definía, de todo lo que amaba.

Estaba claro que nadie iba a decidir por mí, y que no podría permanecer yo ahí indefinidamente. Me senté y esperaba un dolor de músculos o huesos a causa de la incómoda posición en que había estado por horas y horas, pero no llegó; al parecer podía aguantar lo que fuera. La piel de mi cara estaba pegajosa por las lágrimas de sangre, y en mis venas latía la urgencia del hambre. Eso era algo de lo que realmente no quería preocuparme en ese momento. Afuera era de noche, y pensé que una carrera sería relajante. A juzgar por los olores y sonidos, la calle estaba desierta. Me cambié las pantuflas por los tenis que traía en la maleta, abrí lo que quedaba de la puerta y tuve cuidado de no pisar la sangre seca del Pinto. Volteé a todos lados y salí corriendo. Sentir el aire fresco después de mi encierro de tres días fue liberador. Mi velocidad fue en aumento hasta que me convertí en algo que ningún humano podría distinguir. Recorrí muchas calles, esquivé toda clase de obstáculos y llené mi olfato de olores nuevos. Mis preocupaciones se esfumaron poco a poco, todas menos una: el hambre. La sentía en cada latido, más poderosa y difícil de ignorar a cada paso. Las imágenes de mi batalla con el Pinto llegaron a mi cabeza todas a la vez, y me sentí enferma. Mi crueldad había sido completamente innecesaria, y después lo dejé desangrarse lentamente ahí afuera. Abel tenía razón: yo era otra, él no me conocía, nadie lo hacía, ni yo misma. Me estaba convirtiendo en otra cosa y no sabía cómo controlarlo, cómo mantener mi humanidad. Amira había hecho eso por M. Llevaba siglos solo cuando la conoció, y ella le recordó las cosas buenas de su interior. Comprendí que mientras más me alejara de mi mundo, menos humana sería. El día en que me resignara a perder para siempre todo lo que amaba, nada importaría. Necesitaba, como M., que alguien esperara algo de mí. De lo contrario me convertiría en una asesina y dejaría de ser Maya. Tenía que ver a mi madre, pedirle perdón, abrazarla. Y quería ver a Abel, aunque él no me viera, para tener una última imagen suya, en la que estuviera haciendo cualquier cosa menos despedirse de mí.

Frené y traté de descifrar qué rumbo tenía que tomar para volver a casa. Seguiría mi instinto, simplemente. Retomé la carrera y había recorrido varias calles cuando pensé en el diario de M., tirado en el piso del viejo local. Tenía que recuperarlo: a fin de cuentas me había explicado lo que tenía que hacer. Y estaban también los cincuenta mil dólares. Di media vuelta y emprendí el regreso. Quería llegar lo antes posible, pero era incapaz de correr. El hambre me estaba debilitando rápidamente. Volví a pensar en el Pinto. Esta vez vino a mi mente el olor de su sangre. «No, concéntrate. Regresa al local, toma tus cosas, vuelve a casa.» Respiré con fuerza y percibí los aromas de las personas más cercanas. Si quería, podía encontrar alimento en segundos. Sólo un poco. Sólo para recobrar las fuerzas. Pero ¿sabría parar? ¿O acabaría matando a alguien más? Aceleré el paso y dejé de respirar. Negué con la cabeza: había pensado en la gente como «alimento».

Estaba a unas dos cuadras del local cuando una oleada fría me golpeó la cara y tuve que frenar en seco. El olor era inconfundible, y las memorias asociadas a él me provocaron un temblor difícil de controlar. No podía determinar de dónde venía, y lo único que se me ocurrió fue empezar a correr lo más rápido posible. La ciudad era un borrón gris, pero de una manera extraña todo era muy claro. Tenía un objetivo: escapar, y mis instintos me ayudaban a brincar obstáculos y dar las vueltas correctas. El frío no desaparecía, el olor y su dueño iban tras de mí por las calles oscuras y desiertas. En cuestión de segundos estaba frente al local, pero no paré. ¿Para qué indicarle dónde me escondía? Además ese rincón era un callejón sin salida. Seguimos así por kilómetros y kilómetros. Necesitaba comer, no podría seguir así

por mucho tiempo. De pronto oí un siseo, una frase que se perdió en la velocidad de la carrera. Continuamos. Mis venas eran como ramas secas y retorcidas, requerían sangre, que yo consumiera mis últimos restos de energía en cazar, no en huir.

—Para —dijo una voz. No le hice caso y seguí corriendo—. Por favor, sólo quiero hablar contigo —insistió. Habló en voz muy baja, y, aunque yo estaba a muchos metros, escuché con toda claridad. Era él, y no encontré ninguna razón para dejar que me alcanzara. ¿Qué quería de mí? ¿Había hecho algo malo según las reglas de los otros, también? No quería averiguarlo. El olor perdió intensidad. Aminoré el paso y volteé atrás por una décima de segundo. Vi al vampiro parado a la mitad de la calle, sin moverse. Quería demostrar que venía en son de paz, atraerme para después destrozarme. No iba a caer en su trampa. Me alejé a toda velocidad y rodeé la cuadra. Planeaba volver al local, tomar mis cosas e iniciar el camino a casa, pero tenía que estar segura de que ya no estaba tras de mí: su aroma seguía en el aire. Llegué a mi destino y había una patrulla estacionada a un par de metros de la entrada. Miré a mi alrededor: estaba amaneciendo, y no vi al vampiro por ningún lado. Eso no significaba nada, claro, podía estar escondido en cualquier parte o llegar desde muy lejos en cuestión de segundos. Ahora mi principal problema era que la policía estaba dentro de mi guarida. La puerta estaba abierta. Olisqueé el aire. No había más que un aroma humano, un policía que había llegado hasta ahí gracias a las indicaciones de alguno de los amigos del Pinto. Me asomé silenciosamente y vi que el policía levantaba mi maleta del suelo. Encontraría mi pasaporte, contactarían a mi madre, el dinero desaparecería misteriosamente… Tenía que evitarlo. Entré y cerré la puerta para hacer algo de ruido. El policía desenfundó su arma y volteó en mi dirección con expresión de espanto. Al verme bajó el arma y dejó escapar un suspiro.

—¡Señorita! ¿Qué hace aquí a estas horas? —preguntó en voz baja, como si temiera despertar a alguien. Mi apariencia era delatora: no encajaba en ese barrio.

—¿Por qué, oficial? ¿Hay algún problema? —pregunté inocentemente. Me acerqué y estiré la mano.

—Esa maleta es mía. Si me la da, puedo mostrarle mi identificación, que está adentro.

Me miró, dudoso. Rogué mentalmente que no intentara buscar mi identificación él mismo. No podía permitir que encontrara el dinero, sería demasiado sospechoso y seguramente me lo decomisarían hasta que pudiera comprobar que era mío. «A quién engaño», pensé, «si ve el dinero va a intentar por todos los medios quedarse con él». Así es esta ciudad: todos los policías son corruptos, y éste sin duda estaría dispuesto a matarme antes de renunciar a esa cantidad de billetes.

—¿Qué hace en este barrio? Es muy peligroso —insistió.

—Me peleé con mis papás y huí de la casa —dije mientras miraba el suelo.

—¿Sabe que apenas hace unos días hubo un asesinato aquí?

—¿De verdad? —exclamé, fingiendo horror. Intenté tomar la maleta y el policía se resistió distraídamente.

—Sí… justo aquí.

—¡Qué espantoso! —murmuré, y puse cara de inocente, aunque la luz todavía era muy tenue para que el policía apreciara mi actuación. Yo veía cada detalle nítidamente.

—Pos dicen que esa noche el Pinto y sus amigos andaban… —con la mano hizo una seña que significaba «tomados»—. Igual y hasta fue uno de ellos, que luego se agarran a golpes por una chava o por dinero. Pero seguimos investigando.

Sonreí tímidamente y volví a jalar la maleta suavemente. El policía cedió.

—Pues a ver… si me muestra la identificación, de favor.

Di un paso atrás y abrí el cierre sólo lo suficiente para que cupiera mi mano. Encontré el pasaporte y lo saqué. Le mostré la foto y cuidé de tapar mi nombre con los dedos. Se acercó a mí y entornó la mirada. Ya tenía la maleta en mi poder y era claro que el policía no sospechaba de mí, así que me tranquilicé, lo cual hizo que mi necesidad de alimento volviera. La cercanía del hombre no ayudaba en nada, y su olor se metía por mis fosas nasales aunque yo intentara contener la respiración. Era más alto que yo, y sólo tenía que ponerme de puntas para alcanzar su cuello. Entreabrí los labios y sufrí en silencio el dolor de los colmillos que confirmaba mi apetito. El policía buscó en su cinturón y sacó una linterna. La encendió, pero al parecer no funcionaba. La agitó, le sacó las baterías y volvió a colocarlas, sin éxito. Cerré los ojos e intenté pensar en otra cosa. No había ni un solo ruido, y el latido de ese corazón humano parecía llenar todo el cuarto.

—Muy bien, señorita —dijo. Era evidente que no había visto ni mi foto ni mi nombre, pero se dio por satisfecho. Guardé el pasaporte—. No debería quedarse aquí. Regrese a su casa. ¿Por dónde vive?

Estaba a punto de responder con alguna mentira cuando escuché un sonido suave, como de plumas que rozaban el suelo.

Mi perseguidor estaba cerca. Comencé a temblar de nuevo. Levanté el diario de M. y lo metí en la maleta.

—¿Ya ve? Está temblando. Por lo del asesinato. Le digo que no debería estar aquí.

Asentí y volví la mirada a la puerta. El vampiro pasaba delante de la entrada una y otra vez, tan rápido que sólo yo podía notarlo. Esperaba y quería que yo lo supiera. No tenía manera de escapar.

—¿Tiene teléfono? Si no, le presto el mío para que llame a sus papás, que vengan por usted —ofreció el policía. Si me quedaba sola, estaría a merced del vampiro, pero si me veía salir acompañada del humano, desaparecería al instante. Ésas eran las reglas.

—¿Oficial? —pregunté. Tenía que hablar muy lento por culpa de los colmillos. Aunque el miedo me había distraído del hambre momentáneamente, ellos no la olvidaban.

—Diga.

—¿Puedo irme con usted? Me da miedo estar aquí después de lo que me contó.

Parecía confundido. Estaba preguntándose qué haría conmigo, adónde me llevaría y si podría obtener algo a cambio de su buena voluntad.

—¿Por dónde vive?

—En la colonia El Prado —respondí rápidamente. Tenía las llaves de la casa conmigo, podía pasar algunas horas ahí, quizá darme un baño antes de buscar a mamá y asustarla con mi apariencia de vagabunda. Llamaría a Javier, no sabía muy bien para qué, pero eso me tranquilizaría. Y podría conocer la casa a la que esperaba que mamá se mudara cuando yo ya no estuviera.

—No queda tan lejos… —reflexionó el policía en voz alta. No sabía qué querían los otros conmigo, pero no podría volver a mi escondite nunca más, ellos ya sabían cuál era. El suave sonido del vampiro desplazándose aumentaba mi temblor, y, mientras tanto, el policía pensaba que su propina por ayudar podría ser jugosa, dado que mis padres vivían en esa colonia.

—Mi mamá debe estar preocupadísima —insistí.

—Sí… Bueno, vámonos y ya luego me pasa algo para el refresco —dijo, intentando que sonara como una sugerencia y no como una condición.

—Claro, mis padres estarán muy agradecidos —respondí, y eché un vistazo rápido para asegurarme de que no olvidaba nada. ¿Cómo se me había ocurrido salir a correr y dejar todo ahí? El dinero era lo de menos… ¡Mi pasaporte! ¡Las llaves de la caja fuerte y de la casa! ¿Qué habría hecho si al volver no encontraba la maleta? Yo no era nada como los villanos de las películas, sigilosos, atentos a cada detalle. Era la peor vampira de la historia, la más torpe y estúpida.

El policía salió, y yo lo seguí. Subimos a su patrulla y comenzamos a alejarnos. Volteé atrás y vislumbré, por segundos, al vampiro de pie a la mitad de la calle desierta. Después desapareció.

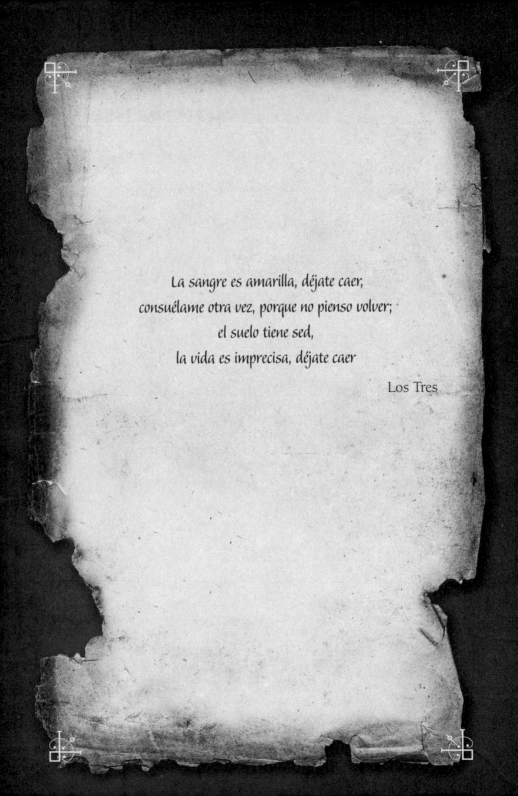

La sangre es amarilla, déjate caer,
consuélame otra vez, porque no pienso volver;
el suelo tiene sed,
la vida es imprecisa, déjate caer

Los Tres

TREINTA Y TRES

25 de octubre, 1936

Espero que puedas perdonar lo precipitado de mi partida. Era demasiada sangre, amor mío, demasiada sangre tuya ensuciándolo todo, y tuve que irme para no tener que averiguar si lo que me dominaba y aceleraba mi corazón era el miedo a que perdieras la vida o esa hambre tan absoluta que me convierte en un animal que no se habría detenido ante nada.

Sabías que estaba a tu lado, invisible para todos los demás, y eso te tranquilizaba. ¿Por qué? ¿No me conoces? No. Te has negado a conocerme en realidad. Empezaste a gritar, y esa mujer intentaba ayudarte mientras las sábanas se pintaban de rojo. Hace apenas unos días me hiciste prometer que esto no nos separaría, repetiste que me amabas y que algún día seríamos sólo los dos. «Necesito que lo quieras también», suplicaste, refiriéndote a la criatura. «Es una niña», te dije. No hiciste más preguntas, me creíste y bajaste la mirada para observar tu vientre. «Una niña...», murmuraste. Y entonces ya no estabas conmigo.

Ahora que ha nacido, el miedo que tengo de perderte es tan poderoso que soy incapaz de hacer cualquier cosa. Llevo diez horas encerrado, no me atrevo a averiguar si sigues viva. Estarás bien, y aun así no serás mía. Nunca te obligaré a esta vida si no es lo que quieres, el resentimiento se apoderaría de ti y me abandonarías. Podría encontrarte, claro, pero no serías mía, no como lo has sido por elección. Además te amo así, humana, eres tan hermosa y vulnerable, tan finita. ¿Qué sigue? Esa niña es tu dueña ahora, tendrá derecho de vivir adherida a tu piel, de alimentarse de ti mientras yo observo de lejos cómo te conviertes en madre y el presente se desvanece de tu cuerpo. ¿Seguirás amándome? ¿Qué tengo para ofrecerte? Soy sólo un muerto al que has revivido, un cadáver que vive con un alma prestada. La tuya, Amira.

Me puse a caminar por la casa. Estaba impecable, y la luz del día entraba por unos ventanales enormes. ¿Cómo había hecho M. para vivir ahí? Mientras avanzaba iba cerrando las persianas, y a mis espaldas todo iba quedando a oscuras. Los muebles estaban cubiertos con fundas. Me acerqué a una mesa y jalé un extremo de la tela, esperando encontrarme con una pieza antigua, pero era moderna y refinada, como M. aquella noche en el bar. Imaginé una escena típica de las películas: M. y yo sentados en esa larga mesa, uno en cada extremo, con candelabros de plata y sirvientes que traían toda clase de platillos que nunca probaríamos. Dejé el comedor atrás y llegué a una de las dos cocinas que mencionaba el expediente. Abrí las puertas y cajones y encontré toda clase de electrodomésticos y utensilios. Seguramente M. los tenía para no llamar la atención de sus sirvientes. En el otro extremo de la cocina había una puerta; me dirigí a ella. Del otro lado había una escalera. Bajé y llegué a un estacionamiento. Estaba completamente a oscuras, pero distinguí claramente la silueta de cuatro automóviles con cubiertas de plástico. Destapé el más cercano y al verlo me quedé con la boca abierta. Nunca me habían interesado los coches, pero éste era algo especial. En pocos segundos había destapado los otros tres y estuve admirándolos un rato. «Abel se volvería loco si viera esto», pensé. La idea de regalarle uno cruzó mi mente, pero el recuerdo de su despedida llegó de inmediato y se posó sobre mi corazón como un enorme insecto. «Olvídate de Abel.»

Recorrí el estacionamiento lentamente. Me gustaba estar ahí, sola y en la oscuridad. Cada uno de mis pasos borraba el silencio y retumbaba en mi cabeza, amplificado. Caminaba con un ritmo regular, contando los pasos y acariciando los costados de los coches. Por primera vez en mucho tiempo, no pensaba en nada. Sólo oía mis pies, cayendo uno tras otro. De pronto, el sonido cambió ligeramente. Ningún humano lo habría notado. Retrocedí y puse más atención. Supe que ahí, bajo mis pies, había otro cuarto, o al menos un espacio hueco. Me puse de rodillas y recorrí el suelo con las yemas de los dedos: nada. «¿Qué esperas encontrar, Maya? ¿Un pasadizo secreto?». Quise convencerme de que era una tontería, pero no pude evitar buscar una entrada por todas partes. Después de unos minutos me rendí y volví a las escaleras. Extrañamente, estar en esa cocina humana le recordó a mi organismo vampírico que tenía hambre. El trayecto en la patrulla había sido muy difícil. Una vez que el miedo dejó de dominarme, mi corazón comenzó a exigir alimento desesperadamente. Latía con lentitud, como si así pudiera amenazar con detenerse si no le daba lo que quería. Ahora, la sensación de que mis venas se encogían dentro de mí hacía que todo el cuerpo me doliera. «No puedes pensar en eso en este momento. Hay cosas más importantes. Eres más que esto, Maya, eres más que esto.» Me arrastré hasta un teléfono y temí que estuviera desconectado, pero por lo visto M. había considerado la posibilidad de que yo llegara ahí, y había dejado todos los muebles y la línea telefónica. «O quizá», dije en voz alta, «no se le ocurrió desconectar la línea porque iba a suicidarse y nada la importaba». Pero prefería creer que M. había pensado en mí. Marqué el teléfono de Javier.

—¿Sí?

—¿Javier? —pregunté ansiosamente.

—Señorita Cariello —dijo, y tosió un poco.

—Sí… Perdón por despertarte.

—Veo que se encuentra en la mansión del Prado —dijo. Debió reconocer el número. Me quedé callada unos segundos. Ahora alguien sabía dónde estaba y eso me puso nerviosa. Pero Javier no traicionaría mi confianza.

—Sí, vine a conocerla —dije, intentando sonar tranquila.

—Así que nunca visitó a su padrino en la mansión —declaró. Por instantes me sentí culpable, como si ese padrino hubiera existido en realidad y yo fuera la ahijada ingrata que nunca lo visitó. Después sonreí y aprecié el esfuerzo que Javier hacía por continuar con la mentira.

—No, sólo nos veíamos para viajar. Íbamos mucho en barco —inventé. ¿Qué más daba? Toda esa historia era sólo un juego.

—Claro, claro —respondió—. Y bueno, ¿qué le parece la mansión?

—Me gusta —dije simplemente. No quise parecer impresionada por la riqueza de mi supuesto padrino.

—¿Quiere que arregle una mudanza? —ofreció.

—No. Quiero que mi mamá la conozca primero —dije. Y en eso recordé por qué estaba llamándole, y cambié el tono—: Javier, mamá tuvo un accidente hace unos días. Necesito que averigües si está bien y me avises.

—Por supuesto —respondió en tono profesional— ¿Algo más?

—Sí… Que no sepa que estás averiguando.

—Claro. ¿Algo más?

—Sí… Necesito otro celular. El mío se rompió.

—¿Adónde quiere que lo envíe?

—Aquí, a la mansión.

—Puedo tenerlo hoy por la tarde.

—Perfecto. Voy a estar aquí hasta las ocho.

—Lo dejaré en la puerta de entrada a las siete, y tocaré el timbre.

—Perfecto —repetí. ¿Cómo hacía Javier para actuar tan serio cuando su trabajo era cumplir los caprichos de una niña de diecisiete años? Mi «padrino» debió pagarle exageradamente bien—. Y ¿la cuenta de mi mamá…?

—Ya está. ¿Puedo ayudarla en algo más?

No sabía qué más encargarle, pero no quería colgar. Era agradable hablar con una persona que estaba de mi lado incondicionalmente y que no hacía preguntas incómodas.

—De hecho sí. Necesito unas gorras y sombreros, unas bufandas, guantes… cosas de invierno. Y unos lentes oscuros.

—Muy bien, déjeme tomar nota… ¿Algún color, marca en especial?

—No…

—¿Algún límite de precio?

—Pues… No *necesito* limitarme, ¿o sí?

—Por supuesto que no. A las siete en punto en la mansión.

—Está bien. No se me ocurre nada más. Gracias, Javier.

—Hasta luego, señorita.

—¡Espérame! —De pronto recordé algo.

—Dígame.

—Los coches que están aquí…

—Las llaves están pegadas —dijo tranquilamente—. Hasta pronto.

Colgó, y segundos después hice lo mismo. Bajé corriendo al estacionamiento y subí a un auto tan chaparro que parecía estar pegado al piso. ¿Quién tiene coches así en esta ciudad llena de baches y topes? Lo encendí, y el motor rugió. El tablero y la palanca se iluminaron con luces color turquesa. Encontré el control remoto de la puerta del garaje y lo activé. En eso recordé que eran apenas las siete de la mañana, y que la luz sería demasiado intensa para soportarla. Iba a apagar el coche y volver a la casa cuando la puerta se abrió por completo y noté que los vidrios estaban polarizados, de modo que el sol no me molestaría en absoluto. Sonreí y pisé el acelerador. Era extraño estar tan cerca del suelo, pero el avance era suave y silencioso, me recordó la gracia con la que el vampiro se deslizaba de un lado a otro, frente a mi local. Además, las calles de

El Prado están mejor pavimentadas que las del resto de la ciudad. Era domingo y todo estaba desierto, era demasiado temprano.

No conocía la zona, pero no importaba. Había un aparato localizador en el tablero, sólo tenía que escribir la dirección y me indicaría cómo volver. Prendí el radio y al llegar a una recta pisé el acelerador.

—Maya —dijo Sabine. Aceleré más, como si eso pudiera silenciar su voz en mi cabeza—. Maya, cuidado.

¿De qué hablaba? Di una vuelta brusca en una curva y tuve un presentimiento que me paralizó los músculos. No hice caso y continué, esperando volver al estado de relajación que sentí al salir del garaje. La calma no llegaba. Mi mente se llenó de imágenes confusas y terroríficas. Tenían que ver con Abel, con Simona y, extrañamente, también con Ottavia y Erika. Había sangre por todos lados, no estaba claro de quién era. Sacudí la cabeza y seguí mi camino. Los presentimientos se intensificaron y se mezclaron con el hambre, me provocaron un malestar físico que por instantes me hizo perder el control del auto.

—¡Maya! —gritó Sabine, y me pareció que su voz hacía eco en el mundo exterior. Frené en seco y volteé a ver a todas partes.

—¿Dónde estás? —grité. Me sentía mareada y débil, y ese grito resultó mucho más fuerte de lo que planeé y acabó con mis fuerzas. De cualquier modo salí del coche y recorrí el panorama con la mirada. Había llegado a una autopista o algo parecido, y mi coche bloqueaba el carril derecho. No pasaba ningún otro vehículo, lo cual resultaba tétrico. No tenía ni idea de dónde estaba.

—Tienes que volver. Déjame explicarte. Ven y déjame explicarte todo.

—¿Dónde estás? —repetí.

—¿No quieres que todo vuelva a la normalidad? Puedes ver a tu madre, tener unos años más… No te entiendo, Maya, tomas decisiones que sólo te alejan de lo que te puede hacer feliz.

No podía seguir ignorando el olor y la sensación de mi piel quemándose. Subí al coche y cerré la puerta. Los seguros se cerraron automáticamente.

—Sabemos lo que pasó. Vuelve y podrás explicarle a Iván. Es muy comprensivo, sabe que estás pasando por un momento difícil, pero tienes que regresar al instituto. Él puede ocultarte mientras las cosas se calman.

Abrí la puerta y salí de un brinco. Necesitaba averiguar a qué se refería Sabine. Habían pasado tantas cosas… todos los reglamentos estaban rotos, los que conocía y también los que no, sin duda. Peleé contra un humano, le mostré los colmillos y lo dejé agonizando a la vista de todos. Dejé el diario de un vampiro tirado donde cualquiera podía haberlo encontrado y estuve a punto de almorzarme a un policía. Me pregunté por cuál de esos cargos me buscaban los «otros», que seguían enviando a su emisario a asustarme. Añoraba tanto mi vida humana, tan rutinaria, tan común y corriente, sin psiquiatras, hipnotistas, violadores, asesinos ni hombres en camillas… habría dado lo que fuera por volver atrás, por tener la oportunidad de huir de M. y de su elección incomprensible. Seguramente había en el mundo alguien más adecuado para heredar lo que él había dejado, alguien que habría hecho un mejor vampiro, si es que existía tal cosa.

—Sabine —dije con toda la firmeza de que fui capaz. Mis piernas se negaron a sostenerme, y tuve que buscar apoyo en el cofre del coche. La poca sangre que circulaba por mis venas parecía ser espesa como petróleo, y su lento avance me hacía sentir pesada y torpe—. ¿Cuándo te alimentaste por última vez? Si dejas pasar tanto tiempo corres el riesgo de caer en la desesperación y perder el control. Sabes que está prohibido cazar. Vuelve. Tenemos mucho que enseñarte, puedes tener una existencia provechosa y... Solté un alarido: no quería escucharla. Extrañamente, su voz cesó. Si sólo puede infiltrar, pensé, ¿cómo sabe que la interrumpí? Estaba cerca, escuchó. Di unos pasos, pero no tenía fuerzas. —Sabine— repetí en un susurro. La picazón que sentía en la piel expuesta al sol dio paso a un ardor intenso. El olor a papel chamuscado era nauseabundo. Miré mis brazos: había varios huecos que dejaban ver el músculo palpitante. Subí al coche y antes de encenderlo alcancé a ver mi imagen en el espejo retrovisor. Parecía sacada de una película de horror: las cejas y pestañas se habían consumido por completo, y mi cara era como un trozo de carne cociéndose sobre la flama de una fogata. Asumí que el proceso de curación comenzaría con sólo refugiarme en la sombra, pero no fue así. El fuego seguía extendiéndose con rapidez increíble, aun bajo mi ropa. No tenía idea de cómo detener lo que estaba pasando. Intenté encender el coche, pero el contacto con cualquier objeto era demasiado doloroso. «Ahí está», me dije, «¿no querías morirte? Vas a morirte aquí, a la mitad de una carretera quién sabe dónde, y no van a encontrar más que tus huesos. O quizá se conviertan en polvo, como le pasó a M.». Pero no quería morir. Tenía que saber que mamá estaba bien y rogarle que me perdonara. Tenía que ver a

Abel una vez más. Tenía que terminar de leer el diario, entender por qué M. me había elegido. No estaba lista. La angustia se apoderó de mí y empecé a llorar. Mi cuerpo hacía el mismo ruido que hacen las brasas en una chimenea. Toda yo crepitaba, y de pronto empezó a oler a hule quemado: estaba derritiendo el volante con las manos.

—Tenemos sangre, Maya, para ti. Eso te ayudará a pensar más claramente. Ven.

Sangre. La pura palabra me hizo sentir mejor. Necesitaba sangre. Eso detendría mi incendio y me curaría. Pero volver al instituto, como proponía Sabine, resultaba imposible. No tenía mucho tiempo, lo presentía. Además no quería deberle nada más a Iván, ni me interesaba formar parte de sus métodos «civilizados» de alimentación. Cada segundo que pasaba me costaba más trabajo pensar. Buscar a una víctima que mereciera morir tampoco era una opción: muy pronto, la capa de piel que me envolvía dejaría de existir en su totalidad.

El calor dentro del automóvil era insoportable. Prendí el aire acondicionado y el botón se deformó. No tenía muy claro qué iba a hacer, pero tenía que moverme. Le di vuelta a la llave y el metal penetró profundamente en la carne expuesta y suave de mi mano. No pude ni gritar; apenas abrí un poco la boca. Arranqué mi mano de la llave y empezó a punzar. Tenía la vista nublada, así que no pude ver si había salido sangre de la herida. Todo mi cuerpo era una llaga, era imposible distinguir de dónde provenía la mayor cantidad de dolor. Avancé, esquivando sombras que, intuí, eran vehículos. Tuve miedo de perder la conciencia y aceleré. Intenté limpiarme las lágrimas de sangre de los ojos, pero sólo logré quemármelos y llenarlos de ceniza.

El auto se estrelló, se despegó del suelo, giró en el aire y aterrizó con gran estruendo. No hubo más dolor, sólo la presión de algo muy pesado sobre mi pecho. Estaba ciega, no distinguía ni siquiera sombras. Permanecí inmóvil durante unos segundos. Aun con los sentidos atrofiados, escuché los gritos de una mujer. No sé cómo salí de debajo del coche volcado. Caminé a gatas y sentí que mis manos y rodillas dejaban un rastro pegajoso en el suelo, como si estuviera hecha de chicle. Tenía que ayudar a esa mujer, el accidente había sido mi culpa, y podía estar lastimada. Inhalé débilmente. Después inhalé obsesivamente. He de haber parecido un roedor inmundo, olisqueando el aire a ciegas y arrastrándome por el suelo, pero ese aroma era tan irresistible que no podía parar. Me hallaba otra vez a merced del sol, y era como si un gato estuviera arañando furiosamente mis heridas. El latido de mi corazón era apenas perceptible, y volví a cuestionarme si la inmortalidad era sólo un mito.

Mi olfato me guió hasta ella. Había sangre fresca a mi alrededor, muy cerca. El filo de los colmillos me intentó desgarrar las encías, pero lo que quedaba de mi cuerpo ya no tenía fuerzas ni para eso. Un aullido espantoso me hizo retroceder. La mujer me había visto y ahora, además del *shock* causado por el accidente, estaba aterrorizada.

—Todo va a… —comencé a decir, pero mi voz parecía la de un fantasma infernal y sólo la asusté más. Podía escuchar sus latidos acelerados y adivinar el fluir de su sangre. Continuó gritando, pero no le serviría de nada: Maya no estaba ahí. Encontré una cortada en su antebrazo y mi boca, o lo que quedaba de ella, se pegó a su piel como un molusco. Dejé de escuchar y el dolor

se esfumó. No existía nada en el mundo, sólo mis labios y su sangre. Me envolvió una sensación de frescura estremecedora, bebí por lo que parecieron horas. Si hubiera podido cantar, lo habría hecho. El placer resulta difícil de describir: dedos aterciopelados recorrían el interior de mi cuerpo, purificando todo a su paso. La piel carbonizada comenzó a regenerarse lentamente, el proceso me hacía cosquillas en cada poro, en cada milímetro que volvía a la vida. El olor de la mujer se volvió más complejo a medida que mis sentidos despertaban, y el sonido de su corazón se intensificó. El sabor era dulce, la sangre estaba tibia, la sangre… Todo lo sufrido desde mi muerte humana había valido la pena a cambio de un éxtasis tan sublime.

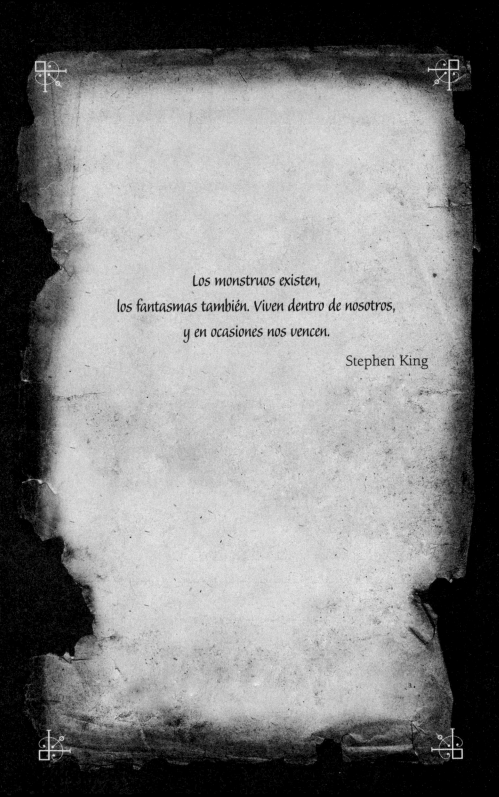

Los monstruos existen,
los fantasmas también. Viven dentro de nosotros,
y en ocasiones nos vencen.

Stephen King

TREINTA Y CUATRO

¡Dios mío! ¡Suéltalo, maldita!

—Sería útil que ayudara en vez de gritar como histérica.

—¡Dios mío, dios mío!

—Señora, *por favor*.

Las voces eran tan difusas que tardé en darme cuenta de su cercanía. La conciencia volvió a mí, acompañada de un terror paralizante. ¿Qué había hecho y frente a quién? Abrí los ojos a medias mientras apartaba los labios de la piel tibia de mi salvadora. Su brazo estaba aprisionado entre mis dedos, que aún parecían haber sufrido quemaduras graves. Mi otra mano apretaba algo blando. No quería saber de qué se trataba, pero volteé. Era el cuello de un hombre que tenía la cara azul. La que gritaba era su esposa, probablemente. El otro hombre, el que le pedía a la mujer que se calmara, estaba intentando salvar a mi prisionero de morir asfixiado. No faltaba mucho, a juzgar por la debilidad con que la

sangre pasaba por su yugular. Yo no recordaba lo que había pasado, pero no era difícil de adivinar: el moribundo que yo sostenía entre mis dedos había intentado interrumpir mi alimentación y yo se lo había impedido. Aflojé los músculos poco a poco y el bulto cayó al suelo.

—¡Jaime! ¡Jaime, despierta!

Me puse de pie y miré a mi alrededor. Mi auto estaba volcado y en llamas, el otro era irreconocible y había volado fuera de la carretera. A mis pies estaba una mujer muerta, otra que no dejaba de gritar mientras abofeteaba histéricamente a un moribundo y un hombre de pelo blanco y lentes que miraba con los ojos muy abiertos y sin moverse. Mi cuerpo seguía ardiendo, pero me sentía mucho mejor. El hombre seguía mirando. Veía mi boca semiabierta. Pasé mi lengua por los labios y saboreé restos de sangre. La quijada del viejo comenzó a tiritar y sólo en ese momento hice conciencia de que mis colmillos seguían ahí, se los estaba mostrando en plena luz del día. Olí su miedo y escuché el temblor de su corazón. Él sabía. Con mucho trabajo sacó un celular de la bolsa de su pantalón. Llegué hasta él, le arranqué el aparatito y lo lancé contra el suelo. Se hizo pedazos. Hacía demasiado calor: el coche en llamas y el sol me lastimaban. Dos vehículos más se habían detenido al borde de la carretera y sus dueños se acercaban al lugar del accidente. Comencé a alejarme y nadie intentó evitarlo. Aún podía sentir la mirada del viejo sobre mi espalda.

Sabía que debía huir a toda velocidad, pero estaba demasiado confundida para reaccionar. La sangre nueva corría por mis venas y me llenaba de vigor, pero la certidumbre de que algo terrible sucedería eclipsó todas las demás sensaciones. Empecé a respirar agitadamente, como una humana ansiosa.

—Maya… Ay, Maya —dijo Sabine, llena de tristeza. ¿Dónde estaba? Había visto todo, cómo me alimentaba sin pensar en las consecuencias, cómo me exponía frente a todos esos humanos, cómo estuve a punto de ahogar a alguien con la fuerza de mis dedos. Lo vio y no intervino. ¿Por qué? ¿No decía que quería ayudarme? La racionalidad se me escapaba y todo el placer fue reemplazado por un pánico que estaba más que justificado. ¿Cómo había perdido el control de esa forma?

—¡Sabine! —grité con todas mis fuerzas. No respondió. Repetí su nombre mientras avanzaba al lado de la carretera. Seguía estando cerca del accidente, el olor del miedo combinado con la gasolina quemándose y la sangre derramada estaba muy presente. Tenía que refugiarme en la sombra, huir del sol que brillaba como nunca. La mujer moriría de todas maneras, pensé. El choque había sido demasiado fuerte, le había hecho un favor. Pero nunca sabría la verdad. Estaba ciega cuando llegué hasta ella, no supe qué tan herida estaba. Era una asesina.

—Sabine —dije sin fuerzas. No sabía dónde estaba, pero mis pies me llevaban por un rumbo que seguramente era el correcto. Como en mis primeros días como vampira, todo parecía un extraño sueño del que pronto iba a despertar. Escuché un alarido que me sacó de mis borrosas reflexiones. Venía del lugar del accidente. No sé por qué volví sobre mis pasos, y en el camino percibí el inconfundible aroma frío que indicaba la presencia de vampiros. No sabía cuántos había, al menos tres. No reconocí el olor de ninguno. Mi instinto indicaba huir, pero no le hice caso.

Me acerqué y vi cuatro vehículos más estacionados en el área, y a unas diez o doce personas que se movían agitadamente, tratando de entender lo que sucedía. De pronto un cuerpo voló por los aires. Los espectadores gritaron histéricamente. Una mujer corrió a su coche y arrancó, pero un ser invisible la alcanzó y el coche fue a estrellarse contra lo que quedaba del mío y se prendió en llamas. Sólo yo podía saber qué eran esas siluetas que se movían fugazmente, atrapando a los testigos y quebrándoles el cuello. Al terminar, lanzaron los autos uno contra otro y se encargaron de que la gasolina de todos se derramara. El lugar se convirtió en una hoguera gigantesca. Yo observaba, atónita. Era culpable de la muerte no de una, sino de todas las personas que ahora llenaban de humo el cielo. Los vampiros se habían concentrado demasiado en su labor como para fijarse en mí, pero no tardarían en hacerlo. ¿Cómo habían llegado tan pronto? ¿Quiénes eran? Una de las siluetas se detuvo por una milésima de segundo y me miró fijamente desde muy lejos. ¡Era el duende! ¿Qué hacía ahí? No había reconocido su repugnante olor, quizá porque estaba demasiado nerviosa. No pude evitar sostener su mirada, aunque era realmente estúpido de mi parte. Yo no estaba en posición de retar a nadie, más bien era hora de desaparecer.

Salí corriendo, y el duende salió tras de mí. «Por favor», supliqué, «que mi pavor me haga correr más rápido que a él sus razones para alcanzarme». Había perdido mis tenis en el interior del auto y sentía las piedras y hojas en las plantas de los pies. Escuchaba también cómo el aire se agitaba con la velocidad de nuestra carrera. Por momentos el duende me alcanzaba, y después yo lograba una ventaja de nuevo. Una sirena de bomberos se acercaba; los vampiros habían terminado justo a tiempo. Mi perseguidor y yo continuamos por kilómetros. ¿Dónde estaría a salvo? Era evidente que estos vampiros no tenían límites, acababan de masacrar a una docena de personas en segundos, con escalofriante eficacia. La verdad es que merecía ser alcanzada, merecía el peor castigo imaginable por lo que había hecho y provocado. Pero ahora mi instinto mandaba y no me dejó parar. Estábamos de vuelta en El Prado. ¿Y si volvía a la casa y…? ¿Qué? No podía hacer nada. El duende correría más rápido que cualquiera de mis coches, y no había modo de ocultarme de él, que podía olerme. No debía guiarlo a esa casa, sobre todo si planeaba que mamá la ocupara algún día.

El sol me estaba haciendo daño otra vez, y aún tenía el olor a carne quemada atorado en la nariz. No podía dejar de pensar en la expresión de terror del hombre de pelo blanco. Ahora estaba muerto y pronto se convertiría en un montón de cenizas. Aún no me acostumbraba al miedo, a que las personas vieran en mí al monstruo que soy. «Yo no pedí ser esto», quería explicarles, «nunca quise lastimar a nadie». Pronto llegarían los bomberos, la policía… Creerían que todo había sido un gigantesco accidente, y como es típico en este país, no averiguarían mucho más. Comencé a sentirme débil. Mi mente quería que mi cuerpo se rindiera, mi conciencia necesitaba recibir un castigo, que la justicia existiera. Si no, el mundo era un lugar espantoso en el que una bestia podía terminar con las vidas de personas que habían simplemente tenido la mala suerte de cruzarse por su camino. Bárbara, mamá, la mujer que me alimentó y los diez espectadores. Y también los dos desgraciados del callejón, el Pinto y el hombre de la camilla, que

Iván aseguraba merecía eso y más. Dejé de correr y un segundo después sentí un aliento frío en la piel. Cerré los ojos y pensé que estaba lista para lo que viniera. Era culpable de acuerdo con las reglas de cualquier lugar, de cualquier época, de cualquier especie.

Quien muere paga todas sus deudas

William Shakespeare

TREINTA Y CINCO

Caminé con el duende hasta una callecita donde estaba estacionada una camioneta gris con los vidrios polarizados. Supe que dentro se encontraban los demás vampiros. No opuse resistencia, como si acabara de confesar un crimen y me dejara llevar esposada hasta la patrulla. Sabine también estaba ahí, y no supe si eso era bueno o no. Me indicaron entrar y la camioneta arrancó.

—Ay, Maya —dijo Sabine.

—¿Qué va a pasar conmigo? —pregunté, intentando sonar valiente.

—No voy a mentirte. Estás metida en un problema. Guardé silencio. Además del duende estaba un vampiro al que, como a mí, habían convertido siendo muy joven. No lo reconocí del instituto. Una vampira de pelo negro manejaba la camioneta. Aparentaba unos veitidós años y la había visto antes. Todos estaban impecables, el episodio de minutos atrás sólo había dejado en

ellos un leve olor a humo. Me miraban con cara de asco, incluso la que manejaba encontró el modo de seguirme inspeccionando por el espejo retrovisor. Mi aspecto debía ser espantoso, entre las quemaduras, el polvo y la sangre. Miré a Sabine: su expresión no era de preocupación. Por el contrario, parecía muy tranquila y hasta complacida.

—Te advertí que caerías en la desesperación y harías una tontería. Rompiste las reglas y nos pusiste en peligro a todos.

No tenía nada que decir. Estaba dispuesta a aceptar cualquier consecuencia.

—Has cometido demasiados errores. Y no nos has dejado ayudarte. Iván está muy preocupado.

Preocupado seguramente no era la palabra que mejor describía el ánimo de Iván. De sólo imaginarlo comencé a temblar.

—Primero lo de tu madre —continuó Sabine—, después aquel hombre en el callejón y ahora esto. Los Subterráneos ya te están buscando, Maya. Quién sabe si Iván podrá protegerte. Y a Lucrecia, que ha visto demasiado y sospecha, sin duda.

Su actitud era totalmente diferente a la de siempre, no intentaba parecer maternal ni tierna; estaba en absoluto control, y lo último que había dicho sonaba más como una amenaza que como una advertencia.

—¿Entiendes lo que digo, Maya? Esto es muy serio.

Por supuesto que entendía. Pero ¿qué podía hacer? Estábamos dirigiéndonos hacia el instituto, lo sabía. Ahí esperaba Iván, y quién sabe si contaba con métodos «civilizados» para lidiar con lo que yo había hecho. Y estaban los «otros», o los Subterráneos, como Sabine los llamaba. Con ellos no existía diálogo posible, me había quedado claro desde lo de Bárbara. Pero ahora que lo pensaba, resultaba extraño que la filosofía «civilizada» de Iván fuera compatible con la masacre que sus emisarios habían llevado a cabo.

—Tienes toda la razón —dijo Sabine. Después continuó en mi mente—: Iván no sabe de esto. Y no tiene que saberlo.

Me quedé paralizada por unos instantes: ¡Había leído mis pensamientos! No estaba completamente sorprendida, en ocasiones Sabine había tenido pequeños descuidos y yo ya sospechaba. De cualquier forma me sentí expuesta y vulnerable. Intenté concentrarme en la conversación. Al parecer, Sabine estaba ofreciéndome una especie de trato. Pero ¿qué podía ofrecer yo a cambio de su silencio?

—Tienes algo que Iván quiere más que nada en este mundo —respondió Sabine. El que estuviera infiltrando mi mente indicaba que no quería involucrar a nadie más en la conversación. Quizá los demás creían obedecer órdenes de Iván y no era así—. E Iván puede darme a cambio lo que yo más quiero.

No infiltró nada más, quizá para darme tiempo a adivinar a qué se refería. Yo no podía pensar en eso, mis esfuerzos se centraban en intentar entender el proceder de Sabine: ella había podido detenerme, pero prefería que yo siguiera haciendo estupideces para después poder chantajearme. Quizá nadie más sabía lo que yo había hecho, quizás el vampiro que había intentado hablar conmigo afuera de mi local trabajaba para ellos y no era uno de los «otros».

—Ah, no —respondió—, los Subterráneos existen, y tienes razón en temerles. Están buscándote, y si Iván se entera del riesgo en que has puesto a todos, y sobre todo a su amado instituto, no dudo que dejará que los «otros», como tú los llamas, te atrapen y acaben contigo. Imagino que incluso estará tentado a entregarte él mismo. Lo que hice hoy fue para protegerte. Si los Subterráneos supieran lo que pasó, no estaríamos hablando ahora. He visto todo lo que has hecho, Maya, todo. Es grave. Así que, ¿qué quieres hacer?

La nueva personalidad de Sabine me tenía aturdida. Una parte mía le temía, pero otra presentía que lo que yo conocía de ella, su ternura, su preocupación, era lo genuino, y que esto era una gran actuación. ¿Qué podía necesitar tan desesperadamente? De pronto su rostro se suavizó, y sus ojos se humedecieron con lágrimas rojas.

—No puedo hablar así —dije en voz alta. Me di cuenta de que lo que ella quería era mucho más valioso para ella de lo que para mí era mi propia vida. Eso me daba poder—. Si quieres hablar conmigo, que sea a solas. Si no, dile todo a Iván o acúsame con los otros, no importa. Tal vez sería mejor que dejara de existir, de todas maneras.

La vampira que manejaba miró a Sabine por el espejo retrovisor e hizo un pequeño gesto de entendimiento. Después guió la camioneta hasta una plaza comercial, se estacionó, y segundos después estábamos solas.

—A cualquier vampiro que sepa lo que yo sé le gustaría acabar contigo, Maya —dijo en voz alta. Notó mi cambio de actitud y eso la puso en guardia. Necesitaba amenazarme con algo más que mi miserable existencia.

—Tendrían razón. Soy una pésima vampira —dije.

—¿No te importa? ¿Quién cuidaría a tu madre, que está en peligro? ¿A tu tía Simona?

Eso era justo lo que temía. Ésa si era una amenaza real.

—Iván conoce a mi madre y le tiene cariño. Tú también la conoces. ¿La matarías? ¿De verdad? —pregunté. Estaba poniéndola a prueba.

—Uno hace gran cantidad de cosas por amor, tú lo sabes mejor que nadie.

—Así que si no te doy lo que quieres, además de dejar que me destruyan, matarás a mi mamá. Bueno —dije finalmente—, ¿qué quieres de mí?

—La sangre que tienes guardada en el banco.

—¿La sangre de M.? ¿Por qué?

—Esa sangre no es del que te creó, Maya. Es la sangre de un antiguo. De uno de los primeros vampiros.

—Y tú quieres dársela a Iván. ¿Por qué?

—Porque a cambio de eso él me dará lo que yo quiero.

—Que es…

—Eso no te incumbe —respondió defensivamente. Su seguridad había desaparecido, y ahora se trataba de una negociación, no de un chantaje.

—¿Por qué no la robas de la caja y ya? ¿O rompes las paredes del banco? Cualquier vampiro puede hacer eso —dije para provocarla.

—Es una bóveda muy sólida. Además, va contra las reglas. Los vampiros no debemos hacer nada ilegal, humanamente hablando.

—Las reglas de Iván —aclaré—. Pues lo que pasó hoy no es muy legal que digamos.

—Eso lo hice para protegerte, Maya, no lo olvides. No podía haber testigos humanos de lo que hiciste, ni evidencias que los Subterráneos pudieran encontrar.

—¿Por qué? ¿Qué más te da si me matan?

—Iván me pidió que te cuidara.

—Y descubriste que tengo la sangre.

—También —admitió.

—¿Por qué no me detuviste? —pregunté, aunque ya sabía la respuesta.

—Ya sabes la respuesta —confirmó. No quiso decir «Para poder chantajearte».

—¿Para qué quiere Iván la sangre?

—No puedo decirte.

—¿Cómo sabe que existe?

—Sospecha que tu creador tenía ese tubo en su poder, pero no está seguro. Sería una sorpresa para él y me permitiría negociar.

—Así que… Iván no me odia.

—¿Odiarte? ¿Por qué piensas eso? —preguntó Sabine, genuinamente sorprendida—. Él en verdad quiere protegerte, ayudarte.

—Y hace rato que dijiste que tuviera cuidado… ¿De qué hablabas?

—Quería asustarte, hacer que volvieras. Aunque ahora no lo parezca, yo también quiero ayudarte. Pero tú también puedes ayudarme a mí.

—¿Qué quieres de Iván?

—Ya te dije que eso no te incumbe.

—Si esa sangre es tan valiosa, ¿por qué te la daría? Si la tomara seguramente podría proteger a quien quisiera, no podrías amenazarme con nada.

—Los Subterráneos te encontrarán antes de que llegues al banco por ella —afirmó. —Necesitas protección. Y esa sangre es mucho más valiosa de lo que crees. Y más peligrosa. No estás lista para tomarla, créeme. Debería estar en manos de quien pueda cuidarla adecuadamente.

—Alguien como Iván —dije.

—Iván la usaría para algo que puede cambiar la historia del mundo y la de nuestra especie. Algo más importante que tú y que yo.

—Quiero saber lo que obtendrías a cambio — insistí.

—Está bien —cedió. Yo estaba impresionada por la manera en que mi situación había cambiado: pasé de ser una criminal lista para ser condenada a muerte, a una feroz negociadora. No podía bajar la guardia—. Lo que obtendré es tiempo.

—Los vampiros tienen todo el tiempo del mundo —argumenté.

—No para mí —aclaró.

—Para Erika y Ottavia —dije. Asintió con la cabeza—. ¿Por qué necesitan tiempo? Creí que su límite era tener hijos.

—Tienen un plazo. Y está a punto de terminarse. Iván quiere convertirlas ya.

—¿Y por qué decide él?

—Ése fue el trato —dijo.

—¿Cuál trato?

—No tenemos tiempo para que te cuente toda la historia, Maya. Necesito saber tu decisión.

—¿Y por qué te quedas aquí? Si Iván quiere convertirlas, ¿por qué no se van a otra parte y ya?

—No puedo hacer eso.

—¿Por qué no?

—Porque creo en el proyecto de Iván. Cuando lo logre, será algo muy importante.

—Y ¿qué ganas tú?

—Estar.

—¿Estar?

—Sí. Estar cerca.

—De él —completé. Asintió sin verme a la cara—. Y ¿qué te garantiza que Iván respetará su parte del trato? ¿Por qué no se quedaría con la sangre y ya?

—No hay garantía. Aunque claro, podría darle lo que él espera sólo después de que él me haya concedido el tiempo que yo necesito. Sé que no quiere perderme, ni a mí ni a mis hijas. Somos necesarias para lo que planea.

—Que es…

—¡Ah! —exclamó, desesperada—. ¡Eres tan necia, que…! No puedo decirte todo lo que quieres saber. Ya tenemos que irnos.

—¿Qué pasa si no te doy la sangre? —pregunté para ganar tiempo.

—No quiero amenazarte, sólo… —Cerró los ojos con fuerza y continuó: —Maya, tú amas con intensidad humana todavía. Eso tiene un valor que no te imaginas. Con el tiempo, tu alma se irá enfriando, se endurecerá al igual que tu piel, que un día será como la de una estatua. Por dos siglos, yo he amado como tú. Una parte de mí se ha mantenido humana gracias a que me he dedicado a cuidar a mi descendencia. Si pierdo esa conexión, ese sentido… No puedo perderlo. Si Iván las convierte ahora, será el fin de mi familia.

—Entonces vete, llévatelas. Son como tus hijas, seguro que sus vidas son más valiosas que…

—¿Que qué? ¿Que mi amor por él? Dime, ¿a quién amas más? ¿A tu madre o a Abel? —No respondí. Escuchar su nombre fue como recibir un golpe en el pecho. La conversación había dado otro giro. Ahora éramos dos mujeres enamoradas, dos amigas.

—Pero si Iván te ama, no le hará eso a Erika y…

—Iván no ama —interrumpió Sabine—, él ya está lejos —dijo como para sí misma. Después levantó la mirada y en un tono decisivo dijo—: Tenemos que ayudarnos una a la otra, Maya. ¿Qué harías con esa sangre de todas maneras? Realmente no te pertenece.

—Pero si los otros me están buscando, van a encontrarme donde sea. Me encontraron en ese local abandonado y me encontrarán en el instituto. Sólo los guiaré hasta allá, eso a nadie le conviene. Además, puede ser que la policía me esté buscando también.

—Iván te ocultará donde nadie pueda hallarte.

—¿Adónde iría?

—No te preocupes. Estarías lejos y a salvo.

—¿Y mi mamá?

—Te prometo asegurarme de que esté bien. Aunque realmente no necesitaría protección si haces lo que te digo.

—¿Por qué?

—Porque para ella, como para todos los que te buscan, estarías muerta.

—¿Muerta? —repetí en voz baja después de unos segundos.

—Sí, es la única manera.

—Pero… ¿No me pedías que volviera? ¡Dijiste que podía tener muchos años más…!

—Eso fue antes, Maya.

—Pero yo no te pedí que mataras a toda esa gente.

—Sin embargo, tengo testigos que dirán que fuiste tú quien lo hizo.

Abrí mucho los ojos. ¡Sabine quería jugar rudo! Tenía que responder rápidamente, aunque mi respuesta no fuera la más inteligente.

—Quizá debería tomarme la sangre. Parece la mejor opción. Sería tan poderosa que ni siquiera los Subterráneos podrían castigarme. Iván, menos.

—No quieres tomar la sangre.

—Además —continué— M. me la dejó a mí por alguna razón, no a Iván. Es mía.

—No podía dejársela, aunque es obvio que contaba con que Iván te encontraría, tarde o temprano.

—Tal vez me la dejó para protegerme.

—Imposible. Es mucho más importante que eso.

Me sentí ofendida, aunque lo más probable era que Sabine tuviera razón. Bajé la mirada esperando que se diera cuenta de que me había herido, pero no sucedió.

—Si tomas esa sangre, serás verdaderamente inmortal.

—Ya *soy* inmortal.

—Hasta cierto punto. Es difícil que mueras, pero aún es posible. M. te utilizó para eso, ¿entiendes? Ni siquiera él bebió la sangre, quiso la posibilidad de acabar con su vida. La sangre antigua eliminaría esa posibilidad: no importa cuánto esfuerzo pongas en morir o cuánto dolor estés sintiendo. Yo no me atrevería a beberla y te llevo años... no, siglos de experiencia.

No dije nada. Necesitaba unos segundos para asimilar la información y aclarar mi mente. Yo era muy joven todavía, y sin embargo ya había deseado morir varias veces en el transcurso de las últimas semanas. Perder la opción sonaba como algo demasiado definitivo. Pero ceder algo tan valioso... No podía darle el tubo a Sabine así de fácil. Tenía que pensar en las consecuencias. Pero ella no me daría tiempo, no le convenía.

—Si M. hubiera querido que Iván la tuviera, se la habría dejado a él.

—Hay muchas cosas que no sabes ni entiendes.

—Se la habría dejado a él —repetí. Sabine cerró los ojos. Cuando mamá se exasperaba conmigo, respiraba profundamente mientras apretaba los labios.

—Si Mael le hubiera dicho a Iván lo que planeaba hacer, Iván habría intentado detenerlo.

—¿Por qué? —pregunté automáticamente. Mientras, me repetí mentalmente su nombre: Mael.

—Porque tienen una historia.

—¿Y...? —comencé, pero Sabine me interrumpió. Había llegado al límite de su paciencia.

—¡Basta, Maya! ¡Se acabó el tiempo! ¿Tenemos un trato o no?

El duende y los otros dos llegaron a la camioneta y tomaron sus lugares. Sabine no permitiría que la conversación se alargara más. Mi piel seguía ardiendo, me pregunté si mi apariencia volvería a ser la de antes algún día. La sangre estaba trabajando, pero el daño era demasiado.

—Iván puede curarte —respondió Sabine en voz alta—, si no, probablemente recordarás este día por algunas décadas. Si no te destruyen antes —completó. La crueldad no le sentaba bien. Su última frase sonó como un diálogo de película de superhéroes.

—Desaparecer… —murmuré. Pensaba en Abel. Dejaría de verme y nunca sabría qué sucedió. Una nueva oleada de culpas lo invadiría.

—Pero sabría —dijo Sabine—. Tu muerte tiene que ser convincente.

—Mi vida se acabó —dije dramáticamente. Comenzaba a comprender lo que implicaba el trato.

—Sólo esta vida, los restos de tu vida humana. Te quedan siglos por delante.

—Pero todos estarán muertos.

—Ya encontrarás a otro de quien enamorarte.

No podía creer que había dicho eso. ¿Cómo se atrevía? ¿Qué sabía ella? Sacrificaba a Ottavia y Erika con tal de estar cerca de Iván, ¿y no entendía lo que significaba para mí no volver a ver a Abel nunca más? ¿Comprender que él moriría algún día, y que yo estaría lejos?

—Sí lo entiendo. Perdóname —infiltró. Supongo que la disculpa no podía ser pública, arriesgaría su posición de villana frente a sus ayudantes. «Nunca voy a olvidar que dijiste eso», pensé. Repetí la frase en mi mente para asegurarme de que oía. «Y también está mi madre», pensé, «¿qué sugieres? ¿Me busco una nueva también?».

—Sé que es difícil, Maya. De verdad lo siento. Pero aunque yo no hubiera intervenido, estarías en graves problemas, y lo sabes. Sólo te ofrezco una salida.

Una idea cruzó por mi cabeza, pero la cubrí rápidamente con otros pensamientos. Creí que lo había logrado, pero ella fue más rápida.

—Con ellos no se puede negociar. Y si les interesa la sangre, sólo es para evitar que Iván tenga éxito en su proyecto. Te la quitarán y después te eliminarán de todas formas. Créeme, nosotros no somos los villanos de la historia.

—Tus amenazas no te hacen quedar como la buena.

—A veces el fin justifica los medios.

—Si digo que sí, ¿qué procede?

—Si aceptas, iremos juntas con Iván y él terminará de curarte. Ni un rastro de esta terrible experiencia. Te quedarás conmigo esta noche y mañana temprano iremos al banco. Me darás la sangre y nos despediremos. Después te encontrarán muerta, con las venas cortadas, y alguien llamará a tu madre para que te identifique.

—¿Tengo que cortarme las venas? ¿Para qué curarme antes, entonces?

—Tienes que estar bien para ir al banco, no puedes presentarte ahí con el aspecto que tienes ahora. Y tu suicidio será muy creíble para los que te conocen, dado tu comportamiento de las últimas semanas.

—¿Por qué tenemos que fingir mi muerte? ¿No puedo simplemente desaparecer?

—No, te buscarían. La policía, tu madre…

La interrumpí antes de que mencionara a Abel.

—Pero los Subterráneos… ellos sabrán que el accidente es mentira, que no puedo morir así.

—Quién sabe… podrían creer que alguien se encargó de ti antes que ellos. Y si no, quizá te dejarán en paz de todas formas, pues este tipo de «accidente» significa que te enviaremos lejos y dejarás de causar problemas. Lo que más les preocupa es el contacto que has tenido con gente de esta ciudad. Si mueres dejarán de preguntar por ti, el caso estará cerrado, por decirlo así.

—¿Cuándo podré volver? —pregunté, desesperanzada.

—Maya, por favor —fue su única respuesta.

—Y después de mi «muerte»…

—Tendrás un funeral humano, tus familiares y amigos se despedirán de ti. Quizás el ritual te ayude a entender que esa etapa de tu existencia llegó a su fin. Días después te desenterraremos y te irás de aquí.

—¿Días después?

—Tiene que ser así.

Volteé a ver a los demás vampiros buscando algo de simpatía, pero todos veían al frente, sus rostros permanecieron inmóviles como si fueran muñecos de cera. La plática me había distraído del dolor que aún sentía en todas partes, y apenas hubo una pausa, volvió, duplicado. No podía imaginar a Sabine asesinando a mi madre, pero no había manera de saber de qué era capaz por salvar a su familia. No podía arriesgarme: no tenía alternativa. Alguien iba a atraparme, tarde o temprano, y por lo visto no podía dejar de hacer tonterías que ponían en peligro a las personas que amaba.

¿Qué más daba? Tal vez era lo mejor, después de todo. Que alguien más pensara por mí, planeara el futuro. Yo ya no podía más.

—Está bien, Sabine. Tú ganas —dije en voz baja. No sé por qué esperé un abrazo, algo de su vieja actitud maternal a cambio de mi rendición, pero no llegó. Asintió una vez y la camioneta arrancó.

—Hoy afinaremos el plan hasta el último detalle. No puede haber errores —dijo Sabine en voz alta—. Vas a estar bien —infiltró, y se me llenaron los ojos de lágrimas. Había fracasado, y ahora mamá sufriría más allá de lo imaginable. Pasaría el resto de su vida y moriría pensando que no hizo lo suficiente por curarme, por salvarme de mis propios demonios. Abel iría a mi funeral y nunca sabría la verdad. Maya dejaría de existir para siempre. Quise ser fuerte, o al menos aparentarlo, pero no pude. Cuando me di cuenta, estaba a los pies de Sabine y con la cabeza sobre su regazo. Comencé a llorar sin control y la llené de sangre. Al principio se sorprendió e intentó mantener su fachada, pero después me acarició suavemente la cabeza y no paró hasta que llegamos al instituto.

Una primera señal de que se inicia
el entendimiento es el deseo de morir

Franz Kafka

TREINTA Y SEIS

No puedo ir a ningún lado viéndome así. No tengo para qué escapar. Esto no es necesario.» Habría dicho todo en voz alta, pero el poder de Iván me tenía completamente inmovilizada; estaba poniéndome las famosas correas de piel que Sabine mencionó al hablar de los métodos civilizados de conversión. Mi debilidad era tal, que casi era un halago que creyeran que tenía tanta fuerza como un recién nacido.

—Sabine sugirió que hiciera esto. Dice tener una buena explicación —dijo Iván. Me pareció extraño que justificara sus acciones, pero lo tomé como una buena señal.

—Guarda silencio —infiltró Sabine. No podía hacer otra cosa, de todas maneras. Mis muñecas y tobillos quedaron apretados dentro de las correas, y mi cuerpo, extendido sobre una camilla soldada al piso. Iván salió del cuarto, y la pesadez desapareció. Moví los dedos para comprobar que estaba «libre» de nuevo. Me pregunté por qué Iván me había soltado... Quizá su poder sólo

funcionaba si estaba cerca. Los oí hablando en voz baja, oí cómo sus pasos se alejaban, después no oí nada. Sabine seguramente negociaba la prolongación de las vidas de Erika y Ottavia a cambio de la sangre.

Ni siquiera intenté soltarme de las correas. Cerré los ojos para imaginar mi funeral. No era la primera vez que lo hacía: en otras ocasiones había fantaseado al respecto, calculaba cuánta gente iría y qué tan tristes estarían. Y siempre pensaba en mi padre, y en si le importaría lo suficiente como para asistir. En poco tiempo podría comprobarlo. Después pensé en el ataúd y en la perspectiva de estar ahí, bajo tierra, por días. Aunque no necesitara oxígeno, la idea era aterrorizante. ¿Y si nadie venía por mí? Era una posibilidad. Después de todo, una vez que tuvieran la sangre, no me necesitaban para nada. Hasta el momento había hecho todo mal, había roto todas las reglas. ¿Para qué me querrían? Era su oportunidad, podían abandonarme, y si antes de eso vaciaba mis venas para fingir el suicidio, no tendría fuerzas ni para tratar de abrir el ataúd. Eso era parte del plan de Sabine, sin duda. Podía haber elegido otra clase de accidente, pero quería debilitarme lo más posible. Agonizaría por semanas, incapaz de vivir y de morir.

Pasaron muchos minutos. ¿Por qué no regresaban? Necesitaba renegociar. Les daría la sangre sólo después de que me sacaran del ataúd. Mi resignación desapareció y fue sustituida por miedo. Desaparecer en Europa sonaba bien en comparación con la eternidad bajo tierra. Ahora sí intenté soltarme; sólo logré llenar el cuarto con el horrible sonido del metal rechinando. Alguien se aproximaba. Unos pasos suaves y ligeros. Ese olor: el duende. Dejé de moverme como para demostrar que me portaría bien. Entró en mi celda y se acercó lentamente. Su expresión era indescifrable. Entreabrió los labios y parecía que iba a decir algo, cuando Sabine e Iván volvieron. Iván no lograba esconder la emoción que le había causado enterarse de que muy pronto sería dueño del tubo de sangre. Sonreía y yo escuchaba su corazón latir, excitado. Quise hablar con mucha elocuencia y tranquilidad, pero me fue imposible.

—Les doy la sangre después de que me saquen de la tumba —solté sin más.

—Pero eso no puede ser. ¿Cómo vas a presentarte en el banco días después de haber sido declarada muerta? —preguntó Sabine. No supe qué contestar y volteé a otro lado. Iván caminó alrededor de la camilla y se detuvo junto a mi cabeza. Extendió ambas manos a pocos centímetros de mi rostro y empecé a sentir un frío muy agradable. Estaba curando mis heridas.

—Nunca te abandonaríamos, Maya. Puedes confiar en mí —dijo Iván. «No confío en ti, me das miedo», pensé. Pero había algo en su voz, en sus dedos, en lo que estaba haciendo… era hipnótico.

—Nos importas, queremos protegerte —continuó—, por eso hacemos esto.

—¿Me lo prometes? —le pregunté a Iván. Mi voz sonó como la de una niña.

—Sí, te lo prometo —respondió.

—Si no —infiltró Sabine— simplemente dejaríamos que los Subterráneos acabaran contigo.

—Te quedarás aquí esta noche, y todo procederá como Sabine te explicó. Días después del funeral estarás en camino a un

lugar muy lejano y a una vida nueva —dijo Iván. La perspectiva era horrible, pero él la hacía sonar como un cuento de hadas.

—¿A dónde voy? —pregunté.

—No puedes saberlo hasta que llegues —dijo Iván mientras avanzaba hacia la piel de mis hombros y mi pecho. La curación no era exactamente placentera, pero tampoco dolía. Sentía un cosquilleo frío en las áreas que las manos de Iván regeneraban—. Es por tu protección. Si tú no lo sabes, no puedes compartir esa información con nadie, ni voluntaria ni involuntariamente. Sólo puedo decirte que alguien se encargará de ti durante todo el proceso, y que un amigo mío te recibirá en tu destino final y se asegurará de que encuentres tu lugar.

—Mamá… —comencé.

—Estará bien —aseguró Iván. No tenía manera de saberlo, pero quise creerle. Los tres permanecimos en silencio mientras la sanación de mi cuerpo continuaba. Y ¿para qué? En algunas horas tendría que herirlo y agonizar de nuevo. «En algunas horas», pensé, «Maya morirá desangrada y una vampira infeliz e inexperta será enviada a un lugar desconocido. Quizá sea mejor morir de verdad, vaciarme por completo, dejar de existir». Sabine supo lo que estaba pensando y respondió dentro de mi mente:

—No quieres dejar de existir. Eres muy joven. El proceso es difícil, pero te prometo que le hallarás sentido. En menos de lo que piensas te integrarás al proyecto de Iván, y eso te devolverá la esperanza. Formarás parte de algo importante, trascendente. Ten paciencia.

No quería llorar frente a ellos y logré controlarme. Sabine era tan extraña… Había lanzado amenazas terribles y ahora me consolaba. ¿Qué sentía por mí, realmente? Y seguía hablando de ese proyecto… ¿Cómo podía importarme? Había perdido todo. Cerré los ojos y dejé que me invadieran la melancolía y el dolor.

La noche fue terrible. Fui abandonada en esa celda sin luz y sin posibilidad de movimiento. Busqué sumergirme en el trance, pero los gritos de las personas masacradas comenzaron a repetirse en mi cabeza apenas estuve sola. El recuerdo del olor a humo era tan vívido, que habría jurado que algo se quemaba a centímetros de mí. La pobre mujer cuya sangre salvó mi vida… cenizas. Por más que traté de poner mi mente en blanco, fue imposible. Nunca más vería a Abel. ¿Y si vivo eternamente y olvido su cara?, pensé, aterrada. Abel seguirá su vida, me olvidará, se casará con otra. Algún día volveré. Él tendrá cincuenta años y yo diecisiete. Siempre diecisiete. Mamá se preguntará el resto de su vida qué hizo mal, qué pasó conmigo, a dónde desaparecí esa noche, después de lanzarla contra un mueble, días antes de cortarme las venas. Seré enterrada viva y puede ser que nadie venga por mí. La piel se me pegará a los huesos, no tendré fuerzas ni para gritar. Vendrán las ratas y encontrarán algo que roer. Tendré años y años para recordar todos mis errores y arrepentirme demasiado tarde de cada uno. La inmovilidad y la sed finalmente me volverán loca… basta. Iván vendrá por mí. Lo prometió. Empecé a llorar, y las lágrimas caminaban por mis sienes hasta inundarme las orejas. Sacudí la cabeza, sacudí los brazos y las piernas sin saber si quería soltarme o no.

La sangre dirá,
aunque a veces diga demasiado

Don Marquis

TREINTA Y SIETE

Alguien se acercaba. Sabine. Y el duende. Venían por mí. Encontrarían mi cara llena de sangre, sabrían que había llorado. Eso me llenó de vergüenza, pero no podía hacer nada al respecto. Agité las manos sin mucha convicción.

—¿Estás lista? —preguntó Sabine, como si le estuviera preguntando a su hijita si estaba lista para irse al escuela. No esperaba respuesta, y no se la di. Desató las correas y me senté de inmediato. Necesitaba cambiar de posición. Me acarició la mejilla, y yo quise voltearle la cara, actuar dolida, traicionada, pero no pude. Por el contrario, me restregué contra sus dedos como hacen los gatos. Sonrió tristemente. Me tenía lástima. Ojalá no hubiera llorado en la noche. El duende esperaba en el marco de la puerta, con los ojos inyectados en sangre. Los seguí a través de pasillos que conocía, hasta el elevador, hasta la camioneta. Sólo nosotros tres. Salimos del instituto, camino al banco.

—No tengo la llave —dije. Acababa de recordar que estaba con el resto de mis cosas, en la casa de El Prado.

—¿Cuál llave? —preguntó Sabine, irritada.

—La de la caja. Está en la colonia El Prado. Sin decir una palabra, el duende cambió de rumbo. El resto del camino transcurrió en silencio. El reloj de la camioneta indicaba que eran las nueve de la mañana. Estiré el cuello para ver mi rostro en el espejo retrovisor: era yo de nuevo, no un monstruo despellejado. Cerré los ojos para evitar saber cuándo pasaríamos por donde había ocurrido el «accidente». Cuando estuvimos más cerca de la casa, el duende pidió direcciones exactas. Iba a dárselas cuando algo me distrajo, un aroma que hizo que mi corazón se acelerara, confundido. De pronto, todas las ventanas estaban abiertas de par en par, y la corriente de aire disolvió el olor.

—¿Qué haces? ¡Cierra las ventanas ahora mismo! —ordenó Sabine. El sol brillaba intensamente y los rayos le daban en plena cara a ella y al duende, que estaban sentados del lado izquierdo de la camioneta. Él manejaba y ella venía en el asiento trasero, junto a mí. Las ventanas subieron y yo olisqueé lo más discretamente que pude. Sentí la mirada del duende por el espejo. Era extraña. Creí que iba a decir algo, pero no abrió la boca. No pude ver sus ojos porque traía lentes oscuros.

—Dile por dónde ir —dijo Sabine. Yo recordaba el camino, aunque había pasado poco tiempo en la zona. Le dije al duende qué hacer y seguí buscando restos de ese aroma en el aire. Nada. Llegamos frente a la mansión.

—Confío en ti, Maya. No harás ninguna tontería —declaró Sabine. Con eso quería decir: «No tengo que recordarte que la vida de tu madre está en tus manos, ¿o sí?». Asentí. No haría ninguna tontería. —Los Subterráneos te encontrarían, de todas maneras —completó. Eso lo dijo para sí misma. Se sentía culpable, quería creer que me estaba salvando. Se me ocurrió que podía ser cierto. Quizás en verdad le importaba y utilizaba la amenaza de mi madre para obligarme a desaparecer y protegerme. Si leyó esos pensamientos en mi cabeza, lo disimuló bien. Su expresión no cambió.

El duende y yo bajamos del coche, y yo corrí a la entrada para escapar de la luz. Él, además de los lentes, traía una gorra y playera de manga larga y cuello alto. El portón estaba abierto, y junto a la puerta interior había una bolsa grande de papel: Javier había hecho su tarea. Quería ver las bufandas, gorros y guantes que había comprado, pero el duende me jaló bruscamente del brazo y me obligó a entrar a la mansión. Tomé la bolsa y me dejé arrastrar. Algo pesaba ahí dentro. El nuevo celular. Se me ocurrieron un par de planes descabellados, de llamadas de último momento que pudieran salvarme, pero nada se concretó en mi cabeza. El duende caminaba a mi lado, sin dejar de sujetarme pero dejándose guiar. Su contacto no era tan frío ni tan desagradable como de costumbre. Recorrimos el enorme comedor con las ventanas cubiertas. No recordaba dónde había dejado la maleta. Llegamos a la cocina y ahí estaba, junto al teléfono. El duende iba a tomarla, pero me adelanté. No quería que viera el dinero. ¿Qué importaba? Yo ya no lo usaría. Quizás en mi nuevo hogar podría llamar a uno de los agentes de M. ¿A dónde me enviarían? ¿Cómo podía saber que el «amigo» de Iván no acabaría conmigo a petición suya? Respiré hondo, como un humano, y de nuevo me pareció percibir ese aroma familiar a mi alrededor.

—Listo. Vámonos —dije, y nos dirigimos a la salida. Había bastante tráfico y nos tomó mucho tiempo volver. Nadie habló, como si no hubiera nada que decirle a una condenada a muerte. Pensé en lo que me esperaba y me dije: «El recuerdo de Abel me dará fuerzas.» Seguramente saqué esa frase de alguna telenovela. La repetí obsesivamente en mi cabeza para convencerme de que así sería.

Llegamos al Banco del Sur. El duende se estacionó y bajó del coche. Yo tomé la maleta y la bolsa de papel, pero a Sabine eso le pareció sospechoso. Era de esperarse.

—No necesitas nada de eso —dijo. En realidad, lo único que quería era bajar el celular, por si se me ocurría alguna idea brillante—. Deja las bolsas aquí. Ni siquiera intentaré averiguar lo que hay dentro.

No tuve opción. Metí la mano en la maleta y hurgué hasta encontrar la llave. Mis dedos rozaron la piel del diario de M., y de pronto tuve muchas ganas de seguir leyéndolo. Ya tendría tiempo. Quizá sus cartas de amor me harían sentir acompañada cuando estuviera tan sola en el mundo como nunca antes. Quizás algo en sus palabras me ayudaría a entender la razón, el sentido de lo que estaba pasando. Quizá.

El duende me escoltó hasta la entrada del banco, y, apenas entré, el ejecutivo de siempre me reconoció. Su sonrisa se borró al ver a mi acompañante. Movió los ojos, quería comunicarse conmigo, preguntar si estaba bien, si el duende me tenía amenazada. Seguramente sabían qué hacer en casos así; si percibían que algo estaba mal, llamarían a la policía. No podía arriesgarme a eso. En primera, porque podían estar buscándome por el asunto del Pinto, y en segunda, porque si por cualquier razón no lograba mi cometido, mamá estaría en peligro. Aunque dudaba que Sabine fuera capaz de lastimarla, no la pondría a prueba. Una hace cantidad de cosas por amor, ella lo había dicho. O por venganza. Así que tomé al duende de la mano y sonreí con la sonrisa más falsa del mundo.

—Buenos días. Vengo a ver mi caja —dije, mientras sentía el pulso del vampiro en la palma de mi mano—. Le presento a mi novio…

—Abel —completó el duende. Y el aire se llenó de ese aroma, el amado aroma que salía de la boca de ese asqueroso duende güero, chaparro y horrible, y yo sólo necesité un par de segundos para comprender por qué «el de los ojos verdes» ahora tenía nombre. Mis músculos comenzaron a endurecerse y el miedo me paralizó. El ejecutivo entrecerró los ojos buscando alguna señal y yo hice un enorme esfuerzo, sonreí, le mostré la llave. El duende me apretó la mano y con la otra se quitó los lentes oscuros.

—Mucho gusto —dijo el ejecutivo en voz baja—, regístrense aquí, por favor.

Abrió la bitácora de visitas y escribí mi nombre con la mano temblorosa. El duende tomó la pluma con suavidad y sonrió. A continuación se acercó y me miró a los ojos. Se acercó más, puso sus labios sobre los míos y me lamió con su lengua de sapo gigante. Se separó de mí un segundo después y sentí que mis venas se encogían, se cerraban, se oxidaban. Era Abel, ahí, Abel, su sabor, su sangre, en mis labios. Nunca la había probado pero sabía que era la suya. Y estaba dentro del vampiro, alimentando su cuerpo, calentando su piel, acariciando su corazón.

Cerré los puños. Miré la bitácora de reojo. El duende había escrito su nombre. Sabía sus apellidos, sabía todo. ¿Cómo se atrevía a hacerse pasar por él? Mi pulso dolía, mi cuerpo era de piedra, mis uñas estaban profundamente enterradas en las palmas de mis manos. Dejé de escuchar. Veía borroso. El duende tuvo que empujarme. El ejecutivo nos guio a la bóveda y abrió la caja 243 con ambas llaves. Después volteó, preocupado, y creo que sonreí, creo que dije algo, no lo sé. El caso es que se fue y nos dejó solos.

—¿Quieres probarlo? —dijo el duende con una horrible mueca. Extendió su brazo y se descubrió la muñeca—. Adelante. Vale la pena.

Cerré los ojos como deseando que al volverlos a abrir todo fuera una pesadilla. ¿Por qué habían ido tras él? ¿Qué le habían hecho? ¿Sabía Iván de esto? ¿No era suficiente amenazarme con mamá? No hallaba la fuerza para preguntar.

—Querían matarte. Eres descuidada y demasiada gente te conoce, pero cuando supe de la sangre antigua, los convencí de que esperaran.

—¿Quién..?

—Los Subterráneos. Los «otros», como les dices. Ese tubo no puede llegar a manos de Iván. Cuando salgamos de aquí me lo darás. Y entonces te diré dónde está el de los ojos verdes. —¡Tú! —grité. No supe qué más decir. Quería destrozarlo, salpicar las cerraduras de todas esas cajas con su sangre. Pero era la sangre de Abel. Lo tenían. Vivo, quizá. Y el duende era un traidor, un espía. Había engañado a Iván, a Sabine.

—Según su sangre, sigue vivito y coleando. Pero no por mucho tiempo. Necesitaba ordenar mis pensamientos.

Necesitaba pensar en las consecuencias de mis decisiones. Abel, ¿qué te hicieron? ¿Dónde estás? El duende miró la caja y volvió a mirarme a mí.

—Tic, tac —dijo, y sonrió horriblemente.

«Sabine, escúchame, ¡Sabine!», pensé con todas mis fuerzas. El duende dejó de sonreír y me tomó del brazo.

—Así que son hermanitas telepáticas, ¿no? — dijo mientras me agitaba con fuerza. Así había leído mis pensamientos la primera vez, tocándome. Traté de zafarme, pero fue inútil: el miedo me debilitaba.

—Sabine, ayúdame, Sabine, Sabine —me imitó el duende en tono de burla—. Sigue perdiendo el tiempo, Maya. Yo no tengo prisa. Obtendremos la sangre de una manera o de otra, ahora o después. Al único al que se le acaba el tiempo es a tu novio. Tic, tac.

Supe que nunca olvidaría esa malvada voz recordándome que la vida de Abel se desangraba gota a gota en algún rincón. Tic, tac.

—Muy bien. Te doy el tubo —dije—, y ¿qué me garantiza que no vas a matarme después? ¿Y a Abel? Él ya sabe de nuestra existencia, gracias a ti.

—La única garantía que puedo darte es que Abel va a morir muy pronto. Y hay otros parientes tuyos a los que no auguro una vida muy larga, si no me das el tubo saliendo de esta bóveda.

Apenas unas horas antes Sabine me había preguntado a quién amaba más, si a mamá o a Abel. No había podido responder. Ahora ambos estaban en peligro mortal, por mi culpa. Aparentemente yo podía salvar a uno de los dos, como en las películas, pero no podía confiar en el duende. ¿Para qué me daría la ubicación de Abel? No tenía lógica. Nos matarían a los dos una vez que tuvieran la sangre. Quizá matarían a mi madre y a Simona, de paso. No había razón para creer que respetarían un trato. Iván y Sabine, en cambio, prometieron cuidar de mi madre si yo fingía mi muerte y desaparecía para siempre de la ciudad. Y entonces Abel… Piensa, Maya, piensa.

Las imágenes del amor de mi vida cortándose la piel, tirado en el piso del baño, volvieron a mi mente. Las marcas en sus brazos. Sus palabras: *Necesitaba sufrir, Maya*. Abel y sus pecas, Abel y sus ojos verdes, Abel sin el que yo no quería seguir viviendo. Abel sin sangre. Tic, tac. Y por otro lado, mamá volviéndose loca en casa. Mamá que hace días no sabe de mí, a la que descalabré y abandoné, a la que no he llamado, a la que no sé proteger. Mamá desesperada y encogida al lado de mi cama, mamá y su olor, sus abrazos, su eterna tristeza. Mamá, que merece enterrarme y vivir el resto de su vida en paz. Cerré los ojos como si así pudiera detener el tiempo. Mientras, esa voz repetía «Tic, tac», no sé si dentro de mi cabeza o fuera de ella.

—No puedo decidir esto —murmuré. Quizás esperaba algo de compasión, quizá sólo quería ganar tiempo. El tiempo que Abel perdía a cada segundo.

—¿No puedes? ¿No te has dado cuenta de que no tienes nada que decidir? —respondió el duende. Abrió la caja y encontró el baúl de madera en segundos. No le interesó nada más de lo que había dentro. Se puso el baúl bajo el brazo—. ¡Vámonos! —ordenó. Yo tenía que esforzarme para pensar, para darme cuenta de que en realidad estaba ahí, que todo eso estaba pasando. «Haz algo, Maya, estás permitiendo que una criatura repugnante decida por ti.» Devolví la caja fuerte a su lugar y me guardé la llave, como si fuera importante, como si esa herencia pudiera hacer alguna diferencia para mí en el futuro. No había futuro. «Todo es una mentira», pensé. «Aunque les dé el tubo, los Subterráneos me buscarán, acabarán conmigo apenas puedan. Iván y Sabine no me protegerán si no les doy la sangre. La verdad es que a nadie le conviene que yo siga viva, soy una vampira torpe y estúpida, eché a perder todo.»

Dejamos atrás la bóveda. Estábamos a pocos pasos de la calle, a segundos de que el duende desapareciera con el tubo y que Sabine se diera cuenta de que había sido traicionada y de que ya no obtendría el plazo que necesitaba para que su familia siguiera viva. Y yo correría la carrera más loca, más desquiciada de mi vida, intentando llegar a Abel a tiempo y temiendo por la vida de mamá. Cinco metros, cuatro metros. Ahí estaba la camioneta, Sabine esperaba.

—¿Dónde está Abel? —pregunté antes de continuar. El duende se aferró con más fuerza al baúl de madera y siguió caminando.

—Abel sabe demasiado —dijo simplemente, y se precipitó a la salida. «¿Ves, Maya? Eres una estúpida. Sabías que no te lo diría. Abel, perdóname, llegaré, te juro que llegaré a tiempo.» Corrí tras el duende, pero ya no estaba a la vista. Era demasiado rápido. Tic, tac, el cuerpo de Abel se volvía gris, se endurecía, su corazón intentaba latir, pero era más difícil a cada segundo. ¿Cómo pude dejar que esto sucediera? Al verme ahí sola, Sabine abrió la ventanilla de la camioneta.

—¿Qué está pasando, Maya? —gritó.

—¿Por qué no me oías? —respondí, sin dejar de mirar alrededor en busca del duende—. ¡Te llamé! ¡El d...! ¡Ese enano desgraciado nos traicionó! ¡Tiene la sangre! ¡Tiene a Abel!

No podía perder más tiempo explicándole. Salí corriendo, el sol me quemaba y el miedo hacía que mis venas se encogieran dentro de mí. «Busca su olor, Maya, encuentra en el aire a Abel, mezclado con esa esencia fría y cruel que conoces bien.»

—Entre las dos vamos a encontrarlo, Maya, no puede hacerme esto —infiltró Sabine. Ahuyenté su voz, no podía distraerme. Olisqueé a mi alrededor como un perro: no lo encontraba, Abel no estaba ahí. Cambié de dirección y me convertí en una sombra que ningún humano distinguía. Pasaba rozándolos como una ráfaga de viento y esquivaba todo a mi paso. El sol era intenso, mi piel estaba en llamas pero no pararía, encontraría a ese demonio y le arrancaría los brazos, le destrozaría cada hueso hasta que me llevara con Abel, y, si era demasiado tarde, si Abel no estaba respirando cuando yo llegara, entonces... «No pienses en eso, Maya, estará bien, tiene que estar bien o ya nada será importante, ni Iván, ni el tubo, ni las hijas de Sabine ni tu propia vida.»

El calor me debilitaba. La necesidad de llegar a tiempo me fortalecía. Seguí en mi persecución sin sentido por minutos, quizá horas. No tenía ninguna pista, ningún aroma que seguir, sólo mis instintos y mi miedo. La idea de que ya era demasiado tarde me atacaba a cada paso, y entonces aumentaba la velocidad como si estuviera corriendo hacia atrás en el tiempo, como si pudiera llegar a algún lugar mágico y evitar todo lo que había pasado.

Percibí ese aroma frío que tienen los de nuestra especie y frené. Dos hombres que iban caminando brincaron hacia atrás al verme: un segundo antes no había nadie ahí y de pronto yo había aparecido, de la nada. Volteé a todos lados. ¿De dónde venía el aroma?

—Ahí dentro —infiltró Sabine—, en el restaurante.

No supe dónde estaba ella, pero no me importaba. A unos metros había una cafetería y me dirigí hacia allá. En la entrada me detuvo una mujer.

—¿Va a desayunar? —preguntó, intentando ser amable. Mi aspecto debía ser terrorífico, con el rostro quemado, los ojos llenos de furia y la piel transparente.

—Voy a ver a alguien —respondí, y seguí mi camino. La mujer se me adelantó y volvió a postrarse frente a mí.

—El baño es sólo para clientes —anunció. Eché un vistazo fugaz: había unas veinte mesas, sólo cuatro estaban ocupadas. El duende debía estar en el baño, justamente. Qué extraño, ¿por qué se detendría? No era un criminal humano, común y corriente, que necesitara ocultarse en una cafetería para recobrar el aliento. Era un vampiro, podía seguir corriendo por horas y horas, despistarnos y llegar donde el resto de los Subterráneos lo esperaba. La encargada del restaurante no se quitaba de mi camino y yo no tenía tiempo para lidiar con ella. La empujé con demasiada fuerza, tropezó con una silla y cayó al suelo. Un par de meseros notaron el incidente y se apresuraron a ayudarla. Mientras tanto, subí las escaleras que conducían a los sanitarios.

La peste del duende chaparro me guiaba, su frío. De Abel, nada. Abrí la primera puerta con cuidado: una precaución puramente humana, pues el vampiro debió percibir mi presencia desde que me acerqué al restaurante. No había nadie ahí. Traté de girar la manija del baño de mujeres, pero estaba cerrado con llave. «Por favor», dije en voz alta. ¿Cerrar con llave? Sabía que eso no me detendría. Estaba ahí dentro, y gemía suavemente. Escuché con más atención y distinguí roces, como si estuviera restregándose contra la pared o el suelo. ¿Qué estaba pasando? Arranqué la manija de un jalón y la cerradura se rompió. Pateé la puerta y una oleada de frío me golpeó la cara: su olor había llenado todo el cuarto.

—Abre la ventana —infiltró Sabine. La obedecí, y segundos después estaba ella a mi lado. El duende estaba tirado en el suelo del último cubículo, convulsionándose. No tenía ni idea de qué le pasaba, pero ver su rostro deformado por el dolor me dio placer. Seguía aferrándose al baúl de madera con todas sus fuerzas. Me miró desde abajo e intentó una de sus horribles sonrisas. Me enfureció tanto que le arañé la cara de un zarpazo. Intenté arrancarle la caja con el tubo de sangre, pero no pude. Sabine tomó sus muñecas y con un movimiento rápido las rompió. El duende gritó, y sus ojos se llenaron de lágrimas de sangre, sangre que no le pertenecía. Pateaba involuntariamente el suelo, y su cuerpo parecía una cochinilla encogida. Parecía estar agonizando, sufriendo un dolor terrible, como si le faltara el aire, como si todos sus órganos estuvieran muriendo a la vez. Sabine tomó la caja de madera y retrocedió. No quería involucrarse más. Yo apenas empezaba.

—¿Dónde está Abel? —pregunté mientras le hundía las uñas en el cuello.

—Vámonos, Maya —dijo Sabine en voz alta—, no va a decirte nada.

—¡No puedo irme! —grité—. ¡Él es el único que…!

No pude seguir hablando porque la carne de mis encías comenzó a abrirse. Mi corazón latía furioso, mis músculos se endurecieron en segundos y mis colmillos fueron a enterrarse en mi labio inferior.

—¿Dónde? —repetí. El duende se retorció. Sus manos rotas se agitaban con cada movimiento y las lágrimas rojas comenzaron a secarse sobre su piel. Pronto comenzaría a sanar.

—Vámonos —insistió Sabine—. La mujer de abajo llamó a la policía.

No quería escuchar su voz. ¿Cómo se atrevía a sugerir que me fuera sin saber dónde estaba Abel? Tenía que creer que llegaría a tiempo, que podría salvarlo. Miré los ojos del duende. Se había calmado y sostuvo mi mirada. Comprendí que no era él quien agonizaba, sino Abel. El duende lo sentía como yo había sentido la muerte del hombre de la camilla días atrás. Las comisuras de sus labios se deformaron; de nuevo intentaba sonreír. No aguanté más. Si él no me decía dónde estaba Abel, la sangre que le había robado me lo diría. Me lancé sobre su yugular y la destrocé de un mordisco. El líquido caliente me salpicó la cara y me cegó por unos segundos. Dejé que el chorro inundara mi boca. El sabor tan ansiado no estaba ahí.

—Maya —llamó Sabine suavemente—, vámonos.

—¿Qué hiciste? —le grité al cuerpo destrozado a mis pies.

—Es demasiado tarde —infiltró Sabine.

—¡Dime, maldito! —exigí. La arteria seguía escupiendo sangre y la piel del duende palidecía. En el piso del baño se había formado un charco color escarlata. El duende no hablaba. La sangre no hablaba. Me puse de pie y me volví hacia Sabine.

—¡Tú puedes leer mentes! ¡Dime dónde está! ¡Dime! —le grité.

—Lo siento mucho, Maya. De verdad —respondió en mi mente. ¿Qué era lo que sentía? ¿No había podido leer la mente del duende o había elegido no hacerlo?

—¡No! —grité, y seguí gritando mientras pisaba al duende con todas mis fuerzas, primero sus pies, después sus rodillas, sus dedos. Lo habría descuartizado ahí mismo, pero Sabine era mucho más fuerte que yo y me obligó a detenerme.

—No puedes matarlo —dijo.

—¿Por qué no? —pregunté en un aullido mientras luchaba por zafarme.

—Está prohibido. No vale la pena.

—¡Déjame en paz! —respondí, pero no me soltó. Forcejeamos unos segundos y de pronto me quedé sin fuerzas. ¿Qué caso tenía? Dejé de luchar. Miré al duende: era un muñeco desarticulado y temblaba. Ese monstruo seguía vivo, sus heridas sanarían mucho antes de que el cuerpo vacío de Abel comenzara a enfriarse. Sabine se asomó por la ventana y me indicó que podíamos salir por ahí. La seguí mecánicamente. La camioneta esperaba a pocos metros de distancia, cada paso era agotador. Mis piernas eran de piedra, toda yo era una roca, seca, gris, inerte.

—Maya… —comenzó Sabine, una vez dentro de la camioneta.

—Déjame en paz.

No sonaba como yo. No era yo. O tal vez sí, no importaba. Mis venas se encogieron dentro de mi piel, la sangre avanzaba angustiosamente, nada en mí quería seguir. Mi corazón se convirtió en un hoyo negro que amenazaba con tragarse al resto de mi cuerpo. El plan de Sabine e Iván se llevaría a cabo. Yo fingiría mi muerte y desaparecería por años, como ellos querían. Pero volvería. Volvería por el asesino de Abel, por Sabine, que lo había permitido, por todos los responsables. «Y cuando eso pase», pensé, «no respetaré ni una sola de las reglas».